MATTHIAS P. GIBERT

Eiszeit

BAUSÜNDEN Sommer 2009. Hauptkommissar Paul Lenz will endlich seinen wohlverdienten Urlaub antreten, als ihn Salvatore Iannone aufsucht. Der Besitzer eines Eiscafés in Kassel fühlt sich von seinem Vermieter, dem Immobilienspekulanten Jochen Mälzer, bedroht und bittet die Polizei um Hilfe. Lenz misst den wirr klingenden Äußerungen des Italieners wenig Bedeutung bei, doch zwei Tage später liegen Iannone und seine Frau erschossen in ihrem Lokal.

War ihre Eisdiele den Plänen des Baulöwen im Weg, der dort ein großes Outlet-Center plant? Die ersten Ermittlungsergebnisse weisen jedenfalls darauf hin und Kommissar Lenz glaubt fest an eine Verstrickung Mälzers in den Fall. Doch dieser scheint nicht nur ein wasserdichtes Alibi zu haben, sondern auch Schutz von höchster Stelle zu genießen …

Matthias P. Gibert, 1960 in Königstein im Taunus geboren, ist verheiratet und lebt als freier Schriftsteller in Kassel. Mit »Eiszeit«, seinem vierten Kriminalroman, setzt er seine erfolgreiche Serie um den Kasseler Hauptkommissar Paul Lenz fort.

Bisherige Veröffentlichungen im Gmeiner-Verlag:
Zirkusluft (2009)
Kammerflimmern (2008)
Nervenflattern (2007)

MATTHIAS P. GIBERT

Eiszeit

Lenz' vierter Fall

GMEINER *Original*

Besuchen Sie uns im Internet:
www.gmeiner-verlag.de

Im Ehnried 5, 88605 Meßkirch
Telefon 07575/2095-0
info@gmeiner-verlag.de

2. Auflage 2009

Lektorat: Claudia Senghaas, Kirchardt
Herstellung: Katja Ernst
Umschlaggestaltung: U.O.R.G. Lutz Eberle, Stuttgart
unter Verwendung eines Fotos von: © Hannele / photocase.com
Druck: Fuldaer Verlagsanstalt, Fulda
Printed in Germany
ISBN 978-3-8392-1002-4

1

MONTAG, 6. JULI 2009
ODER 140 STUNDEN BIS ZUM ABFLUG

Hauptkommissar Paul Lenz sah aus dem Fenster und betrachtete den blauen Himmel. Der laue Sommerabend lud zu einem Besuch im Biergarten ein, doch Lenz war dafür zu müde. Am Vormittag hatten er und sein Team von K11, der Kasseler Mordkommission, den seit langer Zeit gesuchten Mörder zweier Frauen gefasst. Der Kommissar hatte seit knapp 30 Stunden nicht mehr geschlafen und freute sich auf sein Bett.

»Soll ich dich mitnehmen?«, fragte Oberkommissar Thilo Hain, nachdem er angeklopft und den Kopf ins Zimmer geschoben hatte.

»Lass mal, ich will lieber noch ein paar Schritte zu Fuß gehen. Die Luft wird mir guttun.«

Hain deutete auf die Stadt.

»Die Luft da draußen ist zum Schneiden und wird dir innerhalb von Sekunden den Schweiß aus allen Poren treiben. Aber wie du willst. Dann sehen wir uns morgen früh. Machs gut.«

»Ja, bis morgen«, wollte Lenz antworten, doch Hain hatte schon die Tür ins Schloss gezogen und war verschwunden. Allerdings tauchte er keine drei Sekunden später wieder auf.

»Und, schon im Urlaubsfieber?«

Lenz bedachte ihn mit einem ungläubigen Blick.

»Bist du zurückgekommen, um mich zu fragen, ob ich Urlaubsfieber habe?«

»Klar. Mein geliebter Chef hat in den letzten drei Jahren,

also solange ich ihn kenne, nie länger als eine Woche Urlaub am Stück genommen. Und jetzt gleich drei Wochen! Da ist die Frage doch mehr als berechtigt.«

Lenz dachte einen Moment nach.

»Also erstens habe ich noch die ganze Woche zu arbeiten, bis es so weit ist, und zweitens fühle ich mich akut ganz und gar nicht nach Urlaub. Aber das ist nach dem Verlauf des heutigen Tages auch nicht zu erwarten, oder?«

»Nein«, bestätigte Hain. »Weißt du denn endlich, wo du hin willst?«

Lenz ließ den Kopf nach hinten fallen.

»Gar nichts weiß ich.«

Kurze Pause.

»Oder halt, ich weiß doch was. Nämlich, dass ich mich darauf freue, drei Wochen lang um diesen Bunker hier einen großen Bogen zu machen.«

»Das kann dir niemand verdenken. Vielleicht …« Weiter kam der Oberkommissar nicht, weil das Telefon auf dem Schreibtisch seines Chefs klingelte.

»Ja, Lenz«, meldete sich der Hauptkommissar.

»Hier ist Wischnewski von der Pforte, Herr Lenz. Neben mir steht ein Herr Ia…«

»Iannone«, kam es leise aus dem Hintergrund.

»Also, hier steht ein Herr Iannone und würde gerne mit Ihnen sprechen. Was soll ich mit ihm machen?«

»Worum gehts denn?«

»Das will er mir nicht sagen.«

Lenz warf einen Blick auf seine Uhr.

»Ich schicke den Kollegen Hain, der soll ihn raufbringen. Danke, Herr Wischnewski.«

Thilo Hain warf seinem Chef einen missbilligenden Blick zu.

»Fauler Sack!«

Kurze Zeit später klopfte es höflich an der Tür und Hain führte einen etwa 60 Jahre alten Mann mit grau melierten Haaren ins Zimmer. Der Oberkommissar verbeugte sich leicht und lächelte dabei.

»Das ist Signore Iannone, Herr Hauptkommissar«, erklärte er mit devotem Unterton in der Stimme. »Wenn Sie erlauben, werde ich mich dann zurückziehen.«

»Schönen Feierabend«, wünschte Lenz, kam um den Schreibtisch herum, stellte sich vor und schüttelte dem Mann mit dem dunklen Teint die Hand.

»Salvatore Iannone«, antwortete der und erwiderte den Händedruck.

»Bitte, Herr Iannone, nehmen Sie doch Platz. Kann ich Ihnen etwas anbieten? Ein Glas Wasser vielleicht?«

»Nein danke.«

»Was kann ich für Sie tun?«, fragte Lenz, nachdem sein Gast sich gesetzt und Hain die Tür zugezogen hatte.

»Sicher fragen Sie sich, was ein alter Italiener wie ich von dem Chef der Mordkommission will, Herr Lenz«, begann der Mann mit leichtem Akzent. »Aber ich weiß mir sonst nicht mehr zu helfen.« Sein ›helfen‹ klang ein bisschen wie ›elfen‹.

»Deswegen habe ich vorhin Uwe Wagner, Ihrem Kollegen, der seit ganz vielen Jahren ein Stammkunde ist, mein Leid geklagt. Und der hat gesagt, ich soll mich an Sie wenden.«

»Hm«, machte Lenz. »Worum geht es denn überhaupt, Herr Iannone?«

Der Italiener griff mit beiden Händen an den Stuhl, setzte sich aufrecht und hob den Kopf.

»Ich betreibe das Eiscafé La Gondola in der Wilhelmshöher Allee, an der Ecke zur Humboldtstraße. Meine Frau und ich sind seit 18 Jahren dort und wir mögen es, genau wie die

Leute uns mögen. In den letzten Jahren haben wir sogar über Winter nicht zugemacht, weil immer mehr Leute bei uns ihren Kaffee trinken und Kuchen oder Waffeln essen. Genau wie in einem Eiscafé in Italien.«

Lenz nickte. Er wollte nach Hause.

»Und jetzt haben Sie Probleme?«

»Ja, Herr Kommissar. Große Probleme sogar. Vor zwei Jahren hat der Eigentümer des Hauses gewechselt. Der alte Verpächter war ein ganz feiner Mann, aber eben schon ziemlich alt, und ist vor drei Jahren gestorben. Die Erben haben sich ein Jahr lang furchtbar gestritten und dann an den jetzigen Eigentümer verkauft, Jochen Mälzer. Vielleicht haben Sie schon von ihm gehört.«

Und ob Lenz von Jochen Mälzer gehört hatte. Immer wieder tauchte der Name des Großinvestors und Projektentwicklers in der Zeitung auf.

»Ja, ich kenne natürlich den Namen. Aber welche Schwierigkeiten macht Mälzer Ihnen denn genau?«

»Wie gesagt, große. Es hat alles damit angefangen, dass er direkt nach dem Kauf in mein Eiscafé gekommen ist und mir 30.000 Euro auf die Theke geknallt hat. Einfach so. ›Nehmen Sie das und verschwinden Sie, mehr werden Sie nie mehr kriegen‹, hat er gesagt. Aber ich hatte gerade für 40.000 Euro eine neue Eismaschine gekauft, außerdem ist allein die Theke das Doppelte wert. Also habe ich nein gesagt, und das hat ihn, glaube ich, sehr verärgert. Seitdem habe ich einen Prozess nach dem anderen von ihm an den Hals gehängt bekommen, dazu gab es ein Mahnschreiben nach dem anderen.«

Er atmete tief durch. »Und immer war es unbegründet. In der ganzen Zeit hat er nicht einmal gegen mich gewonnen vor Gericht.«

»Das tut mir leid für Sie, Herr Iannone, aber gegen solche Methoden kann ich leider nichts tun. Am besten nehmen Sie sich einen Anwalt, der Ihre Interessen vertritt.«

Iannone hob abwehrend die Hände.

»Seit der Streit mit Mälzer losgegangen ist, habe ich vier Anwälte verschlissen, Herr Kommissar. Und jeder einzelne hat sein Mandat niedergelegt, weil er sich vor Mälzer gefürchtet hat. Jetzt habe ich einen jungen, der sich traut, diesem Mann die Stirn zu bieten, aber in einem Punkt kann er mir trotzdem nicht helfen.«

»Und?«, machte Lenz, nachdem der Italiener nicht weitersprach.

»Ich glaube, Mälzer will mir etwas antun.«

Lenz musterte ihn irritiert.

»Und was bringt Sie zu diesem Schluss, Herr Iannone?«

Der Mann starrte zur Decke und blickte Lenz danach lange in die Augen.

»Ich weiß, es klingt ziemlich dumm, wenn ich Ihnen das so sage, aber es ist mehr ein Gefühl. Außerdem bekommen meine Frau und ich seit ein paar Tagen nachts anonyme Anrufe.«

»Und was will der Anrufer?«

»Er sagt nichts. Er atmet in den Hörer, bis wir auflegen.«

Lenz war sichtlich bemüht, sachlich zu bleiben.

»Aber direkt gedroht hat Herr Mälzer Ihnen nicht?«

Iannone lächelte schief.

»Das würde er nie machen, Herr Lenz, dafür ist er viel zu schlau. Aber er hat seine Methoden, das können Sie mir glauben.«

Nun musste der Kommissar den Italiener ein wenig bremsen. »Das, was Sie hier unterstellen, ist ein schwerer Vorwurf, Herr Iannone, und es braucht zur Beweisführung schon etwas mehr als eine vage Vermutung oder Intuition, wie Sie es nennen.« Er zuckte mit den Schultern. »Ich würde gerne etwas für Sie tun, aber ich sehe keinen Ansatzpunkt. Ihre zivilrechtlichen Differenzen müssen Sie vor Gericht ausfechten, und wenn jemand Sie konkret bedroht, schreitet die Polizei natürlich ein, jedoch sicher nicht wegen einer bloßen Vermutung oder ominösen nächtlichen Anrufen.«

Iannone nickte.

»Ich kann verstehen, dass es Ihnen schwerfällt, mir zu glauben. Aber Sie können sicher sein, dass meine Vermutung nicht aus der Luft gegriffen ist.«

»Was macht Sie denn so sicher?«

»Mälzer hat die Genehmigung, das Haus, in dem sich unser Eiscafé befindet, abzureißen, weil er dort ein riesiges Outlet-Center hinstellen will. Mit allen anderen Mietern hat er Vereinbarungen getroffen, die sind schon ausgezogen. Wir wollen das aber nicht, wir wollen unser Eiscafé an dieser Stelle behalten.« Er lächelte erneut. »Ich weiß sogar aus sicherer Quelle, dass er schon einen Vertrag mit einem Italiener wegen einer Eisdiele in dem Neubau geschlossen hat.«

»Haben Sie sich denn um einen neuen Vertrag bemüht?«

»Das musste ich nicht, denn meiner läuft noch fast fünf Jahre. Danach wollen meine Frau und ich zurück nach Italien. Wir haben keine Kinder und freuen uns auf einen Lebensabend im warmen Sizilien, wo ein Großteil unserer Freunde und Verwandten lebt.«

Lenz kratzte sich am Kinn und schielte dabei verstohlen auf die Wanduhr hinter dem Kopf des Italieners.

»Wenn ich Sie richtig verstehe, kann Herr Mälzer mit dem Abriss des jetzigen Gebäudes beginnen, sobald Sie ausgezogen sind?«

»Exakt. Wir und unser Eiscafé stehen einem großen Geschäft des Signore Mälzer im Weg. Und weil er alle juristischen Möglichkeiten ausgeschöpft hat, glaube ich, dass er uns etwas antun wird.«

Wieder kratzte Lenz sich am Kinn.

»Bei allem Respekt, Herr Iannone, wir leben in Kassel, nicht in Catania oder Palermo. In Deutschland werden Streitigkeiten dieser Art nicht nach Methoden der Mafia beigelegt.«

Der Italiener stand auf.

»Hoffentlich haben Sie recht, Herr Kommissar. Wenn es anders kommen sollte, denken Sie bitte an meinen heutigen Besuch.« Er reichte Lenz mit gesenktem Kopf die Hand. »Und wenn nicht, war es mir eine Freude, Sie kennengelernt zu haben.«

Die Körpersprache des Mannes, der jetzt auf die Tür zustrebte, drückte maßlose Enttäuschung aus. Enttäuschung und Ernüchterung.

»Vielleicht kann ich ja mal ein ernstes Wort mit Herrn Mälzer reden. Das sollte ihn davon abhalten, Ihnen in welcher Form auch immer zu nahe zu treten«, schickte der Polizist ihm hinterher, als der schon die Türklinke in der Hand hatte. Daraufhin drehte sein Besucher sich noch einmal um.

»Wenn Sie das tun könnten, Herr Kommissar, würde ich mich sehr freuen.«

2

»14 Tage Sommer, Sonne und die nackte, blanke Erholung«, frohlockte Maria Zeislinger und drückte sich noch ein wenig enger an Lenz.

»Nun mach mir keine Angst, Maria. Es ist schon schlimm genug für mich, in ein Flugzeug steigen zu müssen.«

»Ach, Paul, du hast keine Ahnung, wie geil das ist. Leider kann ich aus nachvollziehbaren Gründen in der Luft noch nicht deine Hand halten, aber spätestens, wenn wir drüben sind, klappt auch das.«

»Mein Gott, ›wenn wir drüben sind‹, wie das klingt. Als ob wir sterben müssten.«

»›Drüben‹ bedeutet, dass wir fast zwei komplette Wochen zusammen ins Bett gehen und gemeinsam aufwachen können. Das sollte dir doch die Mühen des Fluges wert sein, meinst du nicht?«

Er legte die Stirn in Falten.

»Na ja, irgendwie schon. Ist denn wenigstens das Wetter in Ordnung?«

»Bestens. Nicht so heiß, wie bei uns hier, aber Sonne, so weit das Auge reicht. Und das Schönste an der ganzen Sache ist, dass wir nach menschlichem Ermessen keine Angst haben müssen, von irgendwem erwischt zu werden, weil in diesem Teil der Staaten, wenn überhaupt, nur Amerikaner Urlaub machen.«

»Wo genau ist das noch mal?«

»Maine. Wir fliegen nach New York und fahren dann weiter nach Maine. Sag mir jetzt nicht, dass du noch nicht in das Buch geschaut hast, das ich dir geschenkt hab?«

Sie hatte ihm etwa einen Monat zuvor einen Wälzer mit dem Titel ›Gottes Werk und Teufels Beitrag‹ mitgebracht und ihm erklärt, dass darin eine Menge zu lesen wäre über ihr gemeinsames Urlaubsziel. Lenz hatte kurz hineingeschaut und beschlossen, dass es sich dabei um ziemlich schwer verdauliche Kost handelte. Seitdem lag das Buch von John Irving unangetastet neben seinem Bett.

»Nur kurz, um ehrlich zu sein. Aber das kann ich ja im Flugzeug nachholen. Es hat sich ein bisschen … zäh angelassen, fand ich.«

»Das kann sein. Halt einfach die ersten 200 Seiten durch, der Rest ist ein Vergnügen.«

Der Kommissar dachte an die ersten 20 Seiten und hatte keine Ahnung, wie er es bis Seite 200 schaffen sollte.

»Wenn du meinst …«

Sie spielte mit den Haaren auf seiner Brust, küsste seinen Hals und sah dabei auf die Uhr an der Wand.

»Wenn du vor der großen Reise und dem Sprung auf 12.000 Meter Höhe noch einmal mit mir vögeln willst, hast du jetzt die letzte Chance dazu«, gab sie ihm mit kehliger Stimme zu verstehen. »In einer halben Stunde muss ich los, wenn ich vor Erich zu Hause sein will, und das will ich heute ganz bestimmt.«

Er drehte sich auf die Seite, legte den Kopf zwischen ihre Brüste und fuhr mit der Zunge über ihre nackte Haut. »Und warum willst du das unbedingt?«

Maria atmete schwer und schloss die Augen. »Wir hatten heute ziemlichen Ärger, und ich habe keine Lust, dass er im Wohnzimmer auf mich wartet, um mich mit weiteren Vorwürfen und Beschimpfungen zu beglücken.«

Sein Mund hatte den Weg zu ihrer Brustwarze gefunden. »Und das macht er nicht, wenn du vor ihm zu Hause bist?«

Sie stöhnte lustvoll auf. »Entweder, du machst weiter, oder du fragst weiter, Paul. Beides zusammen geht nicht.«

»Machen«, flüsterte er und fuhr mit der Zunge auf ihrem Bauch entlang abwärts.

*

»Wow«, hauchte sie eine Viertelstunde später kaum hörbar. »Wenn du mir versprichst, dass das unser Programm der nächsten Wochen ist, kommen wir garantiert nicht dazu, uns die Sehenswürdigkeiten von Maine anzuschauen.«

Er strich mit der flachen Hand über ihren schweißnassen Rücken. »Vergiss es, ich will Urlaub machen. Außerdem sind wir nicht verheiratet, was in manchen amerikanischen Bundesstaaten zu schweren juristischen Konsequenzen führen kann.«

»Ich erzähls keinem.« Sie machte sich von ihm frei, stand auf und sammelte ihre bunt auf dem Boden verstreuten Klamotten ein. »Aber jetzt muss ich los, auch wenn es dramatisch unromantisch ist.«

Lenz setzte sich aufrecht und sah ihr beim Anziehen zu.

»Warum habt ihr gestritten?«

Sie nahm einen Kamm aus der Tasche, fuhr sich durch die Haare und lächelte ihn an. »Deinetwegen.«

Er musterte sie zweifelnd. »Erzähl keinen Scheiß.« Der Kamm wanderte zurück in den Lederbeutel. »Erich hat mir mal wieder Vorhaltungen gemacht, weil ich allein nach Amerika fliege. Ich hatte keine Lust auf diese Diskussion und hab ihm eigentlich gar nicht zugehört, und das hat ihn dann richtig gallig gemacht. So kam eins zum anderen und am Ende flogen halt Tassen.«

»Er hat mit Tassen geworfen?«

»Nein, das war ich.«

»Du wirfst mit Tassen?«

»Manchmal, ja. Aber nur, wenn mir die Argumente ausgehen oder ich mich in die Ecke gedrängt fühle. Heute wäre es gar nicht nötig gewesen, aber irgendwann war mir einfach danach. Dann ist er abgehauen.«

»Wollte er, dass du nicht wegfährst?«

»Hm«, nickte sie. »Er kann Judy nicht leiden, deshalb findet er es doof, dass ich in ihrem Haus Urlaub mache.«

Judy Stoddart, Marias beste Freundin, hatte das Ferienhaus von ihrer im Jahr zuvor verstorbenen Mutter geerbt.

»Aber du bist sicher, dass er nicht eines Tages vor der Tür steht, weil er dich im Urlaub überraschen will?«

Sie band sich die Haare zu einem Pferdeschwanz, beugte sich zu ihm hinunter und küsste seine Nase.

»Da kannst du ganz beruhigt sein, mein Geliebter. Judy würde sich lieber erschießen lassen, als ausgerechnet Erich zu verraten, wo das Haus steht. Außerdem hat er keine Zeit.«

Er zog sie zu sich, küsste sie auf den Mund und ließ sich zurückfallen.

»Nächster Treffpunkt Flughafen Frankfurt«, erklärte sie im Tonfall einer Bahnhofsdurchsage. »Und wehe, du stehst am Sonntag nicht spätestens um halb zwölf in der Schlange vor dem Lufthansa-Schalter, dann kannst du dir eine andere suchen, die sich dir hingibt. Verstanden?«

»Verstanden«, murmelte er und sah ihr dabei zu, wie sie nach einem letzten gehauchten Kuss durch die Tür schlüpfte.

*

Auf der Fahrt von Fritzlar nach Kassel entdeckte er am nächtlichen Himmel zwischen den Sternen die Blinksignale mehrerer Flugzeuge.

Amerika, dachte er. Mit Maria. Nicht schlecht.

*

Die beiden folgenden Tage verbrachte Lenz in einer Mischung aus Dienst nach Vorschrift und permanent steigendem Reisefieber. Am Mittwochabend ging er bei seinem Hausarzt vorbei, um sich ein Beruhigungsmittel gegen eventuell einsetzende Flugangst verschreiben zu lassen. Danach begann er, die für die Reise notwendigen Kleidungsstücke zu sortieren.

3

DONNERSTAG, 9. JULI 2009 ODER 78 STUNDEN BIS ZUM ABFLUG

Der Wecker klingelte gegen halb sechs. Zumindest in Lenz' Fantasie. Er öffnete ein Auge, blinzelte auf die Uhr und schnaufte. Das Geräusch, das sich in sein Ohr bohrte, war nicht das Klingeln des Weckers, sondern die Melodie des Mobiltelefons neben dem Bett. Er griff danach und drückte die grüne Taste.

»Lenz«, knurrte er in das kleine Mikrofon.

»Tut mir leid, dass ich dich wecken muss, aber wir haben zwei Tote.«

Der Hauptkommissar kniff die Augen zusammen und stöhnte. »Ach, Thilo, lass mich doch mit so was in Ruhe. Morgen ist mein letzter Tag, dann hab ich drei Wochen Urlaub. Ich will mir jetzt nicht noch zwei Tote anschauen, die mich dann den ganzen Urlaub nicht in Ruhe lassen. Nimm dir die Jungs vom Kriminaldauerdienst und kümmer dich drum, du hast mein volles Vertrauen.«

Hain machte eine kurze Pause, bevor er antwortete.

»Glaub mir, Paul, das hätte ich alles ganz genau so gemacht, aber wegen der Identität der Opfer klappt das nicht.«

Nun wurde Lenz hellhörig.

»Wieso das denn? Wer ist es?«

»Signore Iannone und seine Frau.«

Der Hauptkommissar brauchte einen Augenblick, bis er den Namen mit einem Gesicht in Verbindung bringen konnte.

»Ach, du Scheiße«, murmelte er.

*

Die Sonne war längst aufgegangen an diesem lauen Sommermorgen, als Hain mit seinem kleinen Cabrio auf die Kreuzung zurollte. Lenz sprang in den Wagen und schnallte sich an.

»Moin«, begann Hain vorsichtig.

»Fahr los. Weißt du schon was?«

»Sie wurden erschossen; die Putzfrau hat sie gefunden. Sie ist ebenfalls Italienerin und schon auf dem Weg in die Psychiatrie. Die uniformierten Kollegen vor Ort sagen, sie sei völlig durchgedreht.«

»Das ist alles?«

Hain verzog das Gesicht. »Ja, Paul, das ist alles. Allerdings könntest du mich kurz darüber informieren, was er am Montag eigentlich von dir wollte.«

»Jetzt nicht.«

»Jetzt nicht?«

Der Hauptkommissar nickte abwesend.

Den Rest der Fahrt sagte keiner der beiden mehr etwas. Lenz sah aus dem Fenster und kaute dabei nervös auf seiner Unterlippe.

Vor dem dreistöckigen Haus, in dessen Erdgeschoss sich das Eiscafé befand, drängelten sich trotz der frühen Tageszeit Massen von Gaffern und ›Adabeis‹. Zwei uniformierte Polizisten waren damit beschäftigt, den Eingangsbereich mit Trassierband weiträumig abzusperren. Hain parkte den kleinen Japaner auf der gegenüberliegenden Straßenseite, stieg aus und warf Lenz, der keine Anstalten machte auszusteigen, einen auffordernden Blick zu.

»Was ist?«, fragte der Oberkommissar irritiert.

Lenz fixierte einen imaginären Punkt im Fußraum des Mazdas.

»Er hat sich bedroht gefühlt«, erklärte er seinem Kollegen leise. »Und ich fühle mich total scheiße, weil ich ihn nicht ernst genommen habe.«

Hain ertastete mit dem Daumen den Druckpunkt auf dem Schlüssel, ohne jedoch die Fernbedienung der Zentralverriegelung auszulösen.

»Nun hör auf zu jammern und komm aus der Karre raus. Wir wissen zwar beide, dass die Chance dafür hart bei null ist, aber vielleicht wurden die beiden ja einfach überfallen und ausgeraubt.« Er ging um den Wagen herum und hielt Lenz die Tür auf. »Von wem hat er sich denn bedroht gefühlt?«

»Von seinem Vermieter, einem Herrn Mälzer.«

Hain schaute ihn erschrocken an.

»Jochen Mälzer?«

»Ja, Jochen Mälzer. Was ist daran so erschreckend?«

»Erzähl ich dir später. Komm jetzt!«

Lenz schälte sich mühsam aus dem Auto, sah hinüber zum

Eiscafé und setzte sich langsam in Bewegung. Hain folgte ihm über die vierspurige Straße mit den Straßenbahnschienen in der Mitte und hielt das Trassierband hoch, als sie vor dem Haus angekommen waren. Lenz schlüpfte darunter durch, nickte den Uniformierten zu und betrat das Eiscafé. Dort kniete Dr. Peter Franz, der Rechtsmediziner, neben der Leiche von Salvatore Iannone, der vor dem Tresen lag und mit seinen toten Augen die Decke anstarrte. Sein Kopf wurde von einer Blutlache umrahmt, und mitten auf der Stirn entdeckte der Hauptkommissar ein dunkel schimmerndes Einschussloch.

»Morgen, Herr Kommissar«, begrüßte Franz den Polizisten, ohne sich in seine Richtung umgedreht zu haben.

»Erkennen Sie mich jetzt schon an dem Geklapper meiner Schuhe, Herr Doktor?«

Der Mediziner hob den Kopf und hielt ihm den Arm zur Begrüßung hin.

»Wie es aussieht, ja«, erwiderte er und lächelte dabei kaum wahrnehmbar. »Aber im Ernst, ich hab Sie und Ihren Kollegen gesehen, als Sie die Straße überquerten. Und außerdem: Wer außer Ihnen darf dem Tatort so nah kommen?«

Lenz war verwundert, wie gesprächig und wohlwollend Dr. Franz an diesem Morgen war. Er hatte ihn bei diversen Anlässen schon ganz anders erlebt.

»Wobei«, fuhr der Arzt fort, »es mich durchaus wundert, Sie hier zu sehen. Ich wähnte Sie im Urlaub.«

»Noch nicht. Ab übermorgen.«

»Und dann tun Sie sich so eine Sache wie die hier noch an? Erstaunlich.«

Lenz verschwieg Franz die genauen Hintergründe seines Erscheinens am Tatort.

»Können Sie schon irgendwas sagen?«

Der Mediziner nickte. »Erschossen, beide. Die Frau haben sie mit einem Kopfschuss getötet, bei ihm hier haben sie eine zweite Patrone investiert.«

Der Hauptkommissar betrachtete den Leichnam näher.

»Ich sehe nichts. Wohin ging der zweite Schuss?«

»In den geöffneten Mund, das Projektil ist hinten ausgetreten. Danach wurde der Mund zugedrückt.«

»Merkwürdig. Welcher kam zuerst?«

»Vermutlich der obere, danach der in den Mund.«

Lenz richtete sich auf und sah sich in dem Eiscafé um. Die Frau lag hinter dem Tresen, ebenfalls in einer Blutlache. Auch ihre Stirn war mit einem Loch verziert. Lenz schätzte sie auf etwa 50 bis 55 Jahre. Ihre blutverkrusteten, grauen Haare klebten im Gesicht, auch die Hände waren voller Blut. Über dem hochgerutschten schwarzen Rock trug sie eine kleine weiße Schürze.

»Sie war vermutlich nicht sofort tot und hat noch versucht davonzukriechen«, erklärte Franz, der sich neben Lenz stellte.

»Aber das kann nur eine Sache von ein paar Sekunden gewesen sein, bei der massiven Hirnverletzung.«

»Wann ist es passiert?«

»Vor etwa fünf bis sieben Stunden.«

Lenz ging vorsichtig um den Leichnam herum und zog mit einem Stift die ein paar Millimeter offen stehende Schublade der Registrierkasse heraus. Bis auf ein paar wenige Kleingeldmünzen war sie leer.

Hain kam mit Rolf-Werner Gecks im Schlepptau auf ihn zu.

»Moin, Paul«, begrüßte der altgediente Hauptkommissar seinen Chef.

»Morgen, RW. Bist du schon länger hier?«

»Ich schon, aber die Frage des Tages ist eher, was du hier machst? Thilo wollte nicht damit rausrücken, was dich am Tag vor deinem Urlaub hierher treibt.«

Lenz presste die Lippen zusammen.

»Ich erkläre es dir später. Hast du schon was rausgefunden?«

»Nicht wirklich. Draußen steht ein Herr Stehl, der ausgesagt hat, dass er gestern als einer der Letzten die Eisdiele verlassen hat. Er wohnt auf der anderen Straßenseite und ist Stammgast hier.« Gecks klappte einen Notizblock auf. »Er ist eine Viertelstunde vor Mitternacht gegangen. Zu diesem Zeitpunkt haben die beiden noch gelebt. Normalerweise, sagt er, haben sie nach Feierabend die Stühle hochgestellt, das Eis aus der Verkaufstruhe nach hinten geräumt und die Theke gewienert. Wie es aussieht, waren der oder die Täter die letzten Gäste.«

»Die Allerletzten«, murmelte Lenz vieldeutig.

»Gefunden wurden die beiden um kurz vor fünf von der Putzfrau. Die ist in der Psychiatrie und im Moment nicht vernehmungsfähig, weil sie völlig zusammengeklappt ist.«

In diesem Moment betraten Heini Kostkamp von der Spurensicherung und zwei seiner Männer das Café, begrüßten die Anwesenden und fingen an, sich umzuziehen.

»Raus hier!«, bellte Kostkamp kurz angebunden, nachdem er einen blendend weißen Tyvek-Anzug und blaue Füßlinge übergestreift hatte. »Ihr habt vermutlich schon genug Unheil angerichtet mit eurem Rumgerenne.«

»Schon gut, Heini«, erwiderte Hain und ging Richtung Ausgangstür. Die anderen beiden folgten ihm, nur Dr. Franz blieb im Raum.

Die Menge der Gaffer vor der Absperrung war kleiner geworden. Offenbar hatte der eine oder andere den Weg zur Arbeit angetreten. Lenz holte tief Luft und legte die Stirn in Falten.

»Das ist echt blöd gelaufen, RW. Der tote Herr Iannone da drin war vor ein paar Tagen bei mir im Präsidium und hat sich über seinen Vermieter beschwert, Jochen Mälzer.«

Gecks pfiff leise durch die Zähne. »Jochen Mälzer …«

»Genau. Dabei hat er auch erwähnt, dass er sich von ihm bedroht fühlte. Allerdings hat er das, bis auf ominöse nächtliche Anrufe, bei denen der Anrufer nichts gesagt hat, in keiner Weise präzisieren können. Es sei mehr so ein Gefühl, sagte er.« Lenz schluckte. »Und jetzt liegt er erschossen da rum.«

»Das kommt wirklich nicht gut, Paul. Wenn er dir allerdings nur ein Gefühl geschildert hat, weiß ich nicht, was du hättest anders machen sollen.«

»Ich hab ihm, als er gegangen ist, gesagt, dass ich mal mit Mälzer sprechen würde. Und das habe ich vergessen. Es war einfach nicht mehr in meinem Kopf.«

»Wie auch immer. Vielleicht gibt es ja gar keinen Zusammenhang zwischen seinem Besuch bei dir und seinem und dem Tod seiner Frau.«

»Möglich, aber nicht wahrscheinlich; den Rest werden hoffentlich die Ermittlungen klären. Natürlich kommt auch ein Raubmord infrage, zumal die Kasse leer geräumt ist. Mir wäre es am liebsten, du würdest hierbleiben und dich darum kümmern, dass die Nachbarn befragt werden. Thilo und ich fahren zu Mälzer und fühlen ihm auf den Zahn.«

Gecks nickte. »Aber fang besser nicht an zu bohren, mit dem Mann ist nicht gut Kirschen essen, außerdem hat er erstklassige Kontakte zu Politik und Justiz, soweit ich weiß.«

»Ja, das habe ich auch gehört. Trotzdem werden wir ihn befragen.«

»Du weißt, wo er seinen Firmensitz hat?«

Lenz sah fragend zu Hain, der nickte.

»Und was ist mit deinem Urlaub?«

»Das weiß ich nicht, RW, und im Moment verschwende ich daran auch keinen Gedanken.«

Damit schob Lenz sich an den verbliebenen Gaffern und der mittlerweile vollzählig versammelten Lokalpresse vorbei und überquerte die vierspurige Straße. Hain folgte ihm langsam.

»Was hat dich so erschreckt, als ich vorhin Mälzers Namen erwähnt habe?«, wollte der Hauptkommissar wissen, während er sich anschnallte.

Sein Kollege startete den Motor, legte den ersten Gang ein und fuhr los. »Ich hatte mal mit ihm zu tun, als Privatmann. Das muss vor etwa …«, er zählte mit den Fingern, »… acht Jahren gewesen sein. Ich war im zweiten Jahr bei der Polizei und hatte mir eine kleine Wohnung genommen. Das Haus gehörte Mälzer, er war der Vermieter. Seitdem weiß ich, dass mit dem Mann nicht zu spaßen ist.«

»Erzähl!«, forderte Lenz interessiert.

»Schon nach ein paar Monaten gab es Ärger. Ich glaube, es ging um die Treppenhausreinigung. Richtig schlimm wurde es aber, als die erste Nebenkostenabrechnung kam. Darin reihte sich ein Fehler an den nächsten, und deswegen hab ich das Ding nicht bezahlt. So nahm das Drama seinen Lauf.«

»Ja, und?«

»Wir haben uns ein paar Mal vor Gericht gesehen, also ich und seine Anwälte. Das Ende vom Lied war dann, dass ich zwar überhaupt nichts nachzahlen musste, es mich aber jede Menge Nerven gekostet hat, die Geschichte durchzustehen. Und wenn ich nicht Polizist gewesen wäre, hätte mich Mälzers Einschüchterungstaktik garantiert ziemlich beeindruckt.«

»Die da war?«

Hain rollte langsam auf eine rote Ampel zu und nahm den Gang heraus. Der morgendliche Berufsverkehr hatte seinen Höhepunkt erreicht.

»Sofort, nachdem ich die Abrechnung moniert hatte, kam ein Mahnbescheid. Das sieht schon mächtig wichtig und ziemlich bedrohlich aus für einen jungen Kerl, der von Tuten und Blasen keine Ahnung hat. Als das nicht gezogen hat, kamen Drohbriefe eines Inkassounternehmens. Zum Glück war der Vater meiner damaligen Freundin Rechtsanwalt, der hat mich immer wieder beraten und auch vor Gericht vertreten. Seitdem weiß ich, was es bedeutet, Mieter bei Jochen Mälzer zu sein.«

»Vielleicht warst du ja ein Einzelfall?«

»Ganz bestimmt«, spöttelte der junge Oberkommissar. »Schon damals, und das ist in der Internetsteinzeit gewesen, gab es Foren, in denen sich Mälzergeschädigte getroffen und ausgetauscht haben. Von wegen Einzelfall …«

»Du bist danach ausgezogen?«

»Schneller, als du gucken kannst. Nachdem die Sache vom Gericht entschieden worden war, hab ich gekündigt und kurze Zeit später meine Koffer gepackt. Das hing allerdings auch damit zusammen, dass mir der Rechtsbeistand abhandengekommen war.«

»Der Rechtsanwaltsvater?«

»Sie war weg, er war weg, also hielt ich es für besser, ebenfalls weg zu sein. Aber ich hätte sowieso nicht weiter dort wohnen wollen.«

»Danach hattest du keinen Kontakt mehr zu ihm?«

Hain wirkte verstört. »Natürlich nicht, wie kommst du denn auf die Frage? Ich war, wie gesagt, froh, dass ich es hinter mir hatte.«

»Freust du dich, ihn wiederzusehen?«

»Das ist so lange her und ich habe das meiste davon ganz sicher verdrängt. Aber den Kerl an den Eiern zu fassen, würde mich bestimmt nicht unglücklich machen. Allerdings solltest du nicht erwarten, dass er uns mit einem schriftlichen Geständnis in der Hand empfangen wird. Der Mann ist durch und durch gerissen, ziemlich clever und dazu noch eine richtig coole Socke. Außerdem hat er, wie RW richtig bemerkt hat, beste Kontakte zu Politik und Justiz. Man munkelt, dass er und der OB ziemlich dicke Freunde seien.«

Er dachte einen Moment nach. »Und wen wir auf keinen Fall ausblenden dürfen, ist seine Frau. Die ist, das habe ich schon damals öfter gehört, die treibende Kraft im Hintergrund. Außerdem ist die gute Molina Mälzer an allen seinen Unternehmungen zur Hälfte beteiligt.«

»Das nenne ich echtes Teamwork. Hast du sie kennengelernt?«

»Ach was, nein. Sie bleibt stets in der zweiten Reihe. Es gibt auch nicht besonders viele Bilder von ihr. Mir ist sie in Erinnerung geblieben wegen eines ziemlich perfiden Marketinggags, den sie sich vor ein paar Jahren hat einfallen lassen. Damals hatten die beiden gerade die Herzogsgalerie in der Innenstadt hochgezogen. Noch vor der Eröffnung wurde das Ding zur schönsten Einkaufsmeile in Europa gewählt. Die beiden sind mit viel Tamtam nach Sevilla geflogen und haben die Auszeichnung entgegengenommen. Später wurde bekannt, dass Molina Mälzer über eine von ihr in England gegründete Firma die Stifterin des Preises war.«

Er hielt schräg hinter einem alten Golf, der eben wegfahren wollte, und stellte sein kleines Mazda-Cabriolet ab.

»Wir sind da«, erklärte er seinem Chef und deutete auf eine herrlich sanierte, riesige Gründerzeitvilla, auf der in großen Lettern ›Mälzer-Bau-Consulting‹ zu lesen war.

»Netter Firmensitz. So was braucht man in dem Business wahrscheinlich.«

Hain sah noch einmal zu dem Haus hinüber und zuckte mit den Schultern. »Das weiß ich nicht, aber ich vermute, in solch einem Schlösschen zu arbeiten, massiert das Ego kolossal.«

Sie stiegen aus, gingen auf das schmiedeeiserne Tor zu und betrachteten das knappe Dutzend glänzender, goldfarbener Schilder am Sandsteinportal links vom Eingang. Neben der Mälzer-Bau-Consulting GmbH residierten in dem Gebäude unter anderem die Mälzer-Stadtentwicklungs GmbH, die Mälzer-Objektschutz GmbH, die Mälzer-Parkhausbeteiligungs GmbH sowie eine Twin-Otter Ltd.

»Beeindruckend«, stellte Lenz ohne eine Gefühlsregung fest und legte den Finger auf den Klingelknopf neben dem Kamerabullauge.

»Ja, bitte«, kam die prompte Antwort.

»Wir sind von der Kriminalpolizei Kassel und würden gerne Herrn Mälzer sprechen.«

»Das tut mir leid«, antwortete die Frauenstimme aus der Sprechanlage, »aber Herr Mälzer ist nicht im Haus.«

Lenz dachte einen kurzen Moment nach.

»Wann erwarten Sie ihn zurück?«

Kurze Pause. Aus dem Lautsprecher drang leises Gemurmel.

Dann ertönte ein leises Summen und das Tor sprang auf.
»Wenn Sie bitte hereinkommen wollen.«

Die beiden Polizisten blickten sich irritiert an, folgten aber trotzdem dem gekiesten Weg und standen kurze Zeit später einer etwa 45-jährigen, aschblonden Frau gegenüber, die sie in der geöffneten Haustür erwartete. Sie trug ein hellgraues Kostüm, das vermutlich mehr gekostet hatte, als ein deutscher Hauptkommissar im Monat verdiente, ebenso teure italienische Schuhe mit hohen Absätzen und eine dazu passende, anthrazitfarbene Halskette.

»Sie wünschen?«, fragte sie mit schweizerischem Akzent.

Lenz und Hain zogen ihre Dienstausweise aus der Tasche und hielten sie der Frau vor die Nase.

»Mit wem haben wir denn das Vergnügen?«, gab Lenz die Frage zurück.

»Ich bin Molina Mälzer. Darf ich Sie fragen, was die Polizei zu uns führt?«

»Wir würden gerne Ihren Mann sprechen, Frau Mälzer. Wie die Dame an der Sprechanlage uns mitgeteilt hat, ist er nicht im Haus. Vielleicht sagen Sie uns einfach, wann er zurück ist oder wo er sich momentan aufhält, dann werden wir ihn dort aufsuchen.«

Sie verzog das Gesicht. Die Geste kam von oben herab und hatte etwas Schulmeisterliches.

»Das wird schwerlich möglich sein, er hält sich zurzeit nicht in Europa auf.«

Lenz steckte seinen Ausweis zurück in die Jacke und versuchte, ein freundliches Gesicht zu machen.

»Und wo genau ist ›nicht in Europa‹?«

»Mein Mann ist auf einer Geschäftsreise in Asien. Er ist vor …«, sie sah auf ihre Armbanduhr, »vier Stunden in Singapur gelandet und ruht sich jetzt hoffentlich in seinem Hotelzimmer aus, damit er morgen früh Ortszeit frisch und entspannt seine Termine wahrnehmen kann.«

»Seit wann ist er unterwegs?«

Sie bedachte Lenz mit einem tödlichen Blick.

»Ich bin nicht sicher, ob mir Ihr Ton gefällt, Herr …?«

»Lenz. Hauptkommissar Paul Lenz. Es betrübt mich außerordentlich, wenn Ihnen mein Ton nicht gefällt, allerdings gebe ich zu bedenken, dass ich meiner Arbeit nachgehe. Deshalb bitte ich Sie, mir zu antworten.«

Die Frau zwinkerte ein paar Mal mit den Augen, was sicher nichts mit der Sonneneinstrahlung zu tun hatte. »Er ist am Sonntagnachmittag von Frankfurt aus geflogen«, antwortete sie sachlich. »Und nun sagen Sie mir bitte, was Sie von meinem Mann wollen.«

Lenz schüttelte den Kopf. »Das möchte ich ausschließlich mit ihm besprechen. Wann erwarten Sie ihn zurück?«

Sie verschränkte die Arme vor der Brust, was ein klein wenig unpassend wirkte. »Am Sonntag. Ich hole ihn am Sonntagnachmittag in Frankfurt am Airport ab.«

»Dann sehen wir uns spätestens am Montag, Frau Mälzer. Bis dahin eine gute Zeit«, erklärte er ihr und wandte sich zum Gehen. »Aber falls Ihr Mann es sich anders überlegt und eine frühere Maschine nimmt, soll er sich im Präsidium melden. Haupt…«

»Hauptkommissar Lenz, ich habe Ihren Namen verstanden«, unterbrach sie ihn. »Aber er kommt nicht früher zurück, das weiß ich mit Sicherheit.«

»Nun denn, also bis Montag.« Damit nickte er ihr zu und setzte sich in Bewegung.

4

»Für einen Moment hatte ich richtig Angst um dich«, gestand Hain, nachdem das schwere Tor hinter ihnen ins Schloss gefallen war. »Allerdings war die auch richtig scheiße. Immerhin hast du jetzt eine erste Ahnung, mit wem wir es zu tun haben.«

Lenz zog sich das Jackett aus, legte es über den Arm und nickte.

»Ja, das weiß ich jetzt. Als ich ihr gegenüberstand, kam mir der Gedanke, dass Mälzer oder die beiden am Ende wirklich nichts mit der Geschichte zu tun haben könnten. Und dabei habe ich mich gefragt, ob das mehr meine Angst vor der Konfrontation mit solchen Kalibern ist oder echter Polizisteninstinkt.«

»Und?«

»Keine Ahnung. Im Moment rede ichs mir schön und gehe von Instinkt aus.«

»Und was machen wir jetzt, da Mälzer vor Sonntag nicht zurück sein wird?«

Lenz ging langsam auf den Mazda zu. »Ermitteln, Thilo. Als Erstes brauchen wir alle Informationen über das bestehende Gebäude und den geplanten Neubau. Dann will ich wissen, woher Mälzer das Geld für die neue Hütte kriegt. Außerdem müssen wir natürlich prüfen, ob er sich wirklich in Singapur aufhält und wann er dort eingetroffen ist. Darum kümmerst du dich am besten. Ich habe jetzt einen eher unangenehmen Gang vor mir.«

*

Die Tür zu Uwe Wagners Büro stand wie immer offen. Der Pressesprecher saß am Schreibtisch und blickte konzentriert auf den Computermonitor. Lenz klopfte vorsichtig an den Türrahmen. Wagner hob den Kopf und grinste.

»Hallo, Paul, schön, dich zu sehen.« Er schaltete den Monitor aus und stand auf. »Leider hab ich heute gar keine Zeit für dich, weil ich auf dem Sprung bin. In zehn Minuten werde ich abgeholt und nach Wiesbaden chauffiert, wo ich mich mit den Kollegen der anderen Präsidien zu einem Workshop treffe. Eigentlich bin ich heute nämlich gar nicht im Dienst und hab die ganze Arbeit dem Per Waldmann, meinem Stellvertreter, überlassen. Nach einem kurzen Check meiner Mails wollte ich abhauen.«

»Dann bist du auch nicht darüber informiert, was heute Morgen auf der Wilhelmshöher Allee passiert ist?«

Nun kam Wagner langsam um den Schreibtisch herum. »Nein, ich hab überhaupt nichts mitgekriegt, warum? Was ist passiert?«

Lenz holte tief Luft, bevor er antwortete.

»Salvatore Iannone und seine Frau sind erschossen worden.«

Für einen Moment herrschte absolute Stille im Raum, zumindest schien es Lenz trotz des offenen Fensters so. Er hörte nicht den Verkehr auf den Straßen, hörte nicht das Vogelgezwitscher und das Bellen eines Hundes gegenüber. Er hörte nur das Blut in seinem Kopf pulsieren.

»Salvatore ... ist tot? Und ... Isolde? Verdammt!« Der Pressesprecher ließ sich mit dem Hintern auf die Schreibtischkante fallen und fuhr sich durchs Haar. »Das gibts doch nicht. Ich bin noch am Montag auf einen Espresso und ein Eis bei ihnen gewesen. Dabei hat er mir erzählt, dass er sich von seinem Vermieter, diesem Mälzer, bedroht fühlt. Ich habe ihm empfohlen, sich mal mit dir in Verbindung zu setzen. Shit, warum hat er das nur nicht gemacht?«

Der Hauptkommissar schluckte. »Das hat er, Uwe.«

Wagner sah seinen Freund ungläubig an. »Wie, das hat er? Wie meinst du das?«

»Er war am Montagabend hier im Präsidium und hat mir von seinen Problemen mit Mälzer und seinen Befürchtungen erzählt.«

Der Pressesprecher ging um den Schreibtisch herum zurück zu seinem Stuhl und ließ sich schwer hineinfallen. »Und was hast du unternommen?«

Lenz trat ein paar Schritte nach vorn und stützte sich auf der Schreibtischkante ab.

»Mensch, Uwe, was hätte ich denn machen sollen? Ich hab ihm angeboten, dass ich mal mit Mälzer reden würde, doch das hab ich dann einfach vergessen. Es ist meine letzte Woche vorm Urlaub. Ich weiß, es hätte nicht passieren dürfen, ist es aber nun mal.«

Wagner war kreidebleich geworden. »Das arme Schwein. Und seine Frau? Die hatte mit der Sache eigentlich gar nichts zu tun, sie hatte doch von nichts eine Ahnung. Ohne Salvatore wäre die verhungert und verdurstet.«

»Es tut mir echt leid, Uwe. Aber wer rechnet denn damit, dass gleich jemand mit der Knarre bei denen vorbeigeht?«

Wagner zuckte hilflos mit den Schultern.

»Lass mal, Paul, ich mach dir keine Vorwürfe. Als er mir von der angeblichen Bedrohung erzählt hat, war ich auch skeptisch. Und dass ich ihn zu dir geschickt hab, lag daran, dass ich ihn nicht richtig ernst genommen habe. Sonst hätte ich wohl selbst was unternommen. Ich dachte, dass du ihm diesen Spleen schon ausreden würdest.«

»Das hätte ich gerne, es ist mir allerdings nicht gelungen.«

»Und wie geht es jetzt weiter?«

»Thilo und ich waren gerade in Mälzers Firmenzentrale. Er ist in Singapur und kommt erst am Sonntag zurück.«

Wagner kniff die Augen zusammen.

»Das war nicht anders zu erwarten. Der Mann macht sich die Finger nicht selbst schmutzig.«

»Nun bleib mal ruhig, Uwe. Es gibt zwar diesen Verdacht, der auf Iannones Besuch und seine Äußerungen zurückzuführen ist, aber immerhin war auch die Kasse leer geräumt. Vielleicht ist es nur ein dummer Zufall, dass es ausgerechnet heute passiert ist.«

Lenz' Mobiltelefon klingelte. Er nahm das Gespräch an und meldete sich. Bis auf ein kurzes ›Ich komme‹ hörte er nur zu.

»Das war RW. Er ist noch in der Eisdiele und hat mitbekommen, dass irgendein Abrisstrupp eingelaufen ist. Ich fahr wieder hin.«

»Ja, mach das.« Wagner sah auf die Uhr. »Ich muss mich auch losmachen. Lass uns vielleicht heute Abend telefonieren, ja?«

»Ich ruf dich an, wenns passt«, antwortete Lenz.

*

Zwei Stockwerke tiefer saß Thilo Hain in seinem Büro und legte gerade den Telefonhörer auf, als Lenz durch die Tür stürmte.

»Komm, wir müssen noch mal zum Tatort. RW hat angerufen, da gibt es Ärger.«

»Mälzer ist tatsächlich in Singapur. Alles, was seine Frau uns gesagt hat, stimmt«, erklärte der Oberkommissar seinem

Chef, während sie durchs Treppenhaus hasteten. »Ich habe es im System gecheckt und zur Sicherheit mit dem Zoll in Frankfurt telefoniert.«

»Es hätte mich schwer gewundert, wenn es anders gewesen wäre. Jetzt müssen wir allerdings sehen, was dieser Abrisstrupp will.«

*

Es standen noch immer einige Gaffer vor der Tür, als die beiden Polizisten zum zweiten Mal an diesem Tag das Eiscafé betraten. Die Männer der Spurensicherung in ihren weißen Tyvek-Anzügen gingen im Raum verteilt ihrem Job nach, Gecks stand mit zwei seriös aussehenden Männern links hinter der Tür.

»Schön, dass ihr da seid«, begrüßte er seinen Chef und Hain. »Das hier sind zwei Mitarbeiter der Kanzlei Braun, Engelhardt, Koch und Partner.«

Lenz schüttelte den beiden jungen Männern die Hand und stellte sich vor. Dann wandte er sich an seinen Kollegen. »Kann ich dich kurz sprechen?«, fragte er und ging, ohne eine Antwort abzuwarten, auf die Ausgangstür zu. Gecks folgte ihm.

»Was ist hier los, RW?«, fragte der Hauptkommissar, als sie im Freien standen.

»Es fing vor einer Stunde an. Da ist hier ein Bautrupp aufgetaucht, der mit den Vorbereitungen der Abrissarbeiten anfangen wollte. Sie haben mich gefragt, wie lange wir hier noch bräuchten. Irgendwie hat mich die Sache genervt, also hab ich sie zum Teufel gejagt. 20 Minuten später sind die beiden Vögel da drin aufgetaucht, mit Papieren und einer Vollmacht des Hauseigentümers.«

»Mälzer!«

»Ja, Mälzer. Die haben einen Vertrag, Paul, der auf gestern datiert ist und aus dem zweifelsfrei hervorgeht, dass Iannone die Eisdiele an Mälzer verkauft hat und der Pachtvertrag mit sofortiger Wirkung aufgelöst wurde. Außerdem haben sie die behördliche Abrissgenehmigung. Und sobald wir hier fertig sind, wollen sie Fakten schaffen.«

»Hast du dir die Papiere genau angesehen?«

»Mensch, ich bin ja nun kein Jurist, aber nach meiner unmaßgeblichen Meinung sind die Verträge echt und wasserdicht.«

»Wer hat sie denn unterschrieben? Mälzer selbst?«

»Nein, er nicht. Einmal natürlich Iannone und zum anderen Molina Mälzer.«

Lenz starrte ihn an. »Seine Frau?«

»Ja, seine Frau. Soweit ich die Anwälte verstanden habe, ist sie zeichnungsberechtigt.«

»Und was machen wir jetzt?«

Gecks kratzte sich am Kinn. »Hör mal, Paul, wir sind die Mordkommission. Wir wollen und müssen herausfinden, wer die beiden armen Schweine umgebracht hat, nicht mehr und nicht weniger. So leid mir das tut, aber ich glaube, wir können den Lauf der Dinge hier nicht aufhalten.«

»Und wenn sich herausstellen sollte, dass der, der für den Abriss verantwortlich ist, der Auftraggeber der Morde ist?«

»Sag das bloß nicht so laut, dass die Rechtsverdreher da drinnen es hören können«, erwiderte Gecks im Flüsterton und mit abwehrend erhobenen Händen. »Oder weißt du schon mehr als ich?«

»Nein. Mälzer treibt sich in Asien herum, sein Alibi ist kugelsicher. Aber das heißt gar nichts.«

»Natürlich heißt das nichts. Trotzdem solltest du vorsichtig sein, wenn du so einen Verdacht aussprichst. Und jetzt gehen wir wieder rein und erklären den beiden, dass zuerst noch die Kriminaltechnik dran ist, bevor sie anfangen können. Damit gewinnen wir Zeit bis morgen. Einverstanden?«

Lenz nickte. »Ja, das ist in Ordnung.«

Die beiden gingen zurück in den Gastraum und Lenz erklärte den Juristen das weitere Vorgehen. Zu seiner großen Überraschung wirkten die beiden eher erleichtert als unzufrieden. Ohne Widerspruch verabschiedeten sie sich und zogen ab.

»Das war jetzt aber zu einfach«, sinnierte Gecks.

»Ja, finde ich auch. Die beiden haben wahrscheinlich einen ganz klaren Auftrag, an den sie sich halten müssen. Apropos Auftrag, hast du schon mit den Nachbarn gesprochen?«

»Hier im Haus gibt es keine mehr. Bis auf die Eisdiele steht die Bude komplett leer. Es gab bis Ende des Monats noch einen Telefonshop nebenan, doch der ist in einen Neubau in der Stadt umgezogen. Die Wohnungen und Büros in den oberen Stockwerken stehen schon länger leer.«

Er zog einen Block aus der Tasche und klappte ihn auf. »Im Haus gegenüber habe ich eine Frau gefunden, die Stein und Bein schwört, dass um Viertel vor eins ein Motorrad mit aufheulendem Motor von hier weggefahren sei. Bestätigt hat mir das allerdings bisher niemand.«

Lenz sah sich auf der Straße um. In beiden Richtungen gab es Ampeln. »Vielleicht nur ein Spinner, der auf dem Hinterrad durch die nächtliche Stadt blasen wollte. Krieg doch mal raus, ob die Ampeln in der Nähe die ganze Nacht aktiv sind.«

Gecks grinste.

»Hab ich schon. Die Fußgängerampel in Richtung Stadtmitte ist aus, die Kreuzungsampel in die andere Richtung an. Der Motorradfahrer könnte also auch dort losgefahren sein.«

»Sonst noch was?«

»Ja. Als du gerade weg warst, ist hier ein Mann reingeschneit, ein Nachbar von nebenan. Er hat mir erzählt, dass er Stammkunde war und auch gestern Abend einen Kaffee hier getrunken hat. Dabei ist ihm angeblich aufgefallen, dass Iannone ziemlich bedrückt gewesen ist. Er hat ihn nach eigener Aussage gefragt, was los sei, doch der Italiener wollte nichts erzählen. Erst nach ziemlich langem Nachfragen ist er damit rausgerückt, dass das wohl seine letzte Saison an diesem Standort hier sei, so oder so. Mehr wollte er dem Zeugen gegenüber aber nicht preisgeben.«

»Hm«, machte Lenz. »Vielleicht hat er wirklich gestern seine Bude verkauft und das Ganze ist ein tragisches Missverständnis?«

»Und die Erde ist doch eine Scheibe?«

»Immerhin ist die Kasse ausgeräumt. Das machen Auftragskiller in der Regel nicht.«

»Nur, wenn sie von ihrem Auftrag ablenken wollen.«

Lenz' Blick schweifte durch das Café.

»Wo ist eigentlich Thilo hin? Der ist doch mit mir reingekommen?«

»Keine Ahnu…« Weiter kam Gecks nicht, weil in diesem Moment hinter ihnen eine Tür aufgerissen wurde und Thilo Hain durch den Hinterausgang hereinkam.

»Wir haben dich schon vermisst, Kleiner«, wurde er von Gecks empfangen.

»Sind die Advokaten weg?«, wollte der junge Oberkommissar wissen.

Lenz berichtete kurz über die Ereignisse. »Und wo hast du dich rumgetrieben?«

Hain deutete hinter sich. »Im Hof.«

»Und, was gefunden?«

Er nickte. »Da hat ein Berber gepennt, in einer Nische hinter einem Betonträger. Und es sieht danach aus, als sei er ziemlich überhastet abgehauen. Schlafsack, Tabak, Wein, alles hat er liegen gelassen.«

»Und wer sagt dir, dass das Zeug nicht schon länger da rumliegt?«

Hain sah ihn beleidigt an. »Die Zeitung von gestern, Herr Chefermittler.«

»Das ist ein Argument. Irgendwelche Dokumente?«

»Nein, nichts. Aber ein Buch hat er dagelassen, und das finde ich schon ungewöhnlich. Es ist nämlich Tolstois ›Krieg und Frieden‹, und zwar in der Originalsprache. So einen Wälzer schleppt man nur mit sich herum, wenn man den Inhalt wirklich liebt.«

»Wirklich auf Russisch?«

»Wenn du Kyrillisch meinst, ja.«

»Dann sehen wir uns das Nachtlager mal an«, erklärte Lenz und strebte auf den Hinterausgang zu.

*

Die gleißende Helligkeit traf die drei wie ein Blitzschlag und Lenz fluchte innerlich darüber, dass er seine Sonnenbrille zu Hause vergessen hatte. Er griff sich mit der rechten Hand an die Stirn und sah sich auf dem Parkplatz um.

Die Nische, von der Hain gesprochen hatte, lag in der Ecke hinter einem massiven, quadratischen Stahlbetonträger, der als Stütze für das obere, wesentlich kleinere Parkdeck diente. Vom Parkplatz aus kaum einsehbar, etwa einen halben Meter unter dem Niveau der Asphaltdecke und durch die obere Etage vor Regenwasser geschützt, ergab sich ein Schlafplatz, der von den Abmessungen an einen Sarg erinnerte. Neben dem aufgeklappten Schlafsack entdeckte Lenz eine Kerze, einen Tabaksbeutel, eine halb geleerte Weinflasche und das abgegriffene, vergilbte Buch ohne Deckel, das Hain in Erstaunen versetzt hatte. Daneben lag der Sportteil der Lokalzeitung vom Vortag. Lenz zog ein paar Einweghandschuhe aus der Tasche, griff nach dem Buch, hob es hoch und studierte die erste Seite. Unter den kyrillischen Schriftzeichen stand in Klammern ›War and Peace‹, also ›Krieg und Frieden‹. Er blätterte die dünnen Seiten durch, aber es gab nirgendwo einen Hinweis auf den Besitzer. Deshalb legte er das Werk zurück.

»Sieht nach überstürztem Aufbruch aus, was meint ihr?«, fragte der Hauptkommissar rhetorisch, weshalb keiner seiner beiden Kollegen sich bemüßigt fühlte zu antworten.

»Da muss der Heini mit seinen Jungs auch noch drübergehen. Vielleicht haben wir ja Glück und sie finden einen Fingerabdruck, mit dem sich was anfangen lässt«, fuhr Lenz ungerührt fort.

Dann wandte er sich nach links, sah über die etwa 40 Parkplätze und wischte sich den Schweiß von der Stirn.

»Wenn er stiften gegangen ist, weil sich hier im Hof was abgespielt hat, in welche Richtung wird er wohl gelaufen sein?«

Hain trat in die Mitte des Platzes und betrachtete die Szenerie. »Das hab ich mich vorhin auch schon gefragt.« Er deutete nach links, wo es zwischen Hauswand und Parkplatz einen schmalen Plattenweg gab. »Zum einen kann er dort abgehauen sein, zum anderen über den Hauptausgang. Eine weitere Möglichkeit hatte er nicht.«

»Stimmt«, bestätigte Gecks. »Aber warum sollte er sein Domizil überhaupt verlassen haben? Ich sehe hier keine Leuchte, also liegt er da unten doch sicher wie in Abrahams Schoß.«

»Es sei denn, er hat was gehört, das ihm einen ordentlichen Schrecken eingejagt hat. Zum Beispiel ein paar Schüsse.«

»Stimmt, die könnten ihn vertrieben haben«, mischte Lenz sich ein. »Allerdings könnten ihn auch viele andere Dinge vertrieben haben. Berber sind extrem vorsichtige Zeitgenossen.«

»Und sie sind immer darauf bedacht, ihre Siebensachen möglichst nicht zu verlieren, was gegen deine These spricht«, gab Hain zu bedenken. »Ich glaube, er hat was gehört, das ihm ganz und gar nicht gefallen hat, und ist in Panik abgehauen.«

»Was bedeuten könnte, dass er den oder die Täter zumindest kommen sah.«

»Gut möglich.«

»Also suchen wir nach einem Berber, dem sein Nachtzeug, sein Rauchzeug und sein Lesezeug fehlen.«

»Vielleicht müssen wir gar nicht nach ihm suchen. Es könnte durchaus sein, dass er in einer der kommenden Nächte zurückkommt, um sich sein Zeug zu holen«, führte Lenz den Gedanken fort.

»Gute Idee. Also lassen wir den Hof observieren?«

Der Hauptkommissar nickte. »Wir sollten Heini allerdings klarmachen, dass er und seine Jungs nach getaner Arbeit alles wieder so dekorieren müssen, wie sie es vorgefunden haben.« Er nahm erneut die Hand vor die Stirn, um seine Augen vor der Helligkeit zu schützen, und betrachtete das Gebäude. Der hintere Teil war längst nicht in so gutem Zustand wie die Front. Überall bröckelte der gelb angestrichene Putz und zwei hässliche Rostnasen von der defekten Dachrinne liefen über die komplette Höhe. Manche der Fenster waren mit Zeitungspapier beklebt, bei anderen erschwerten Malereien den Einblick. Vorhänge waren nirgendwo mehr zu sehen. Lenz ging nach links, trat an die Hauswand und betrachtete den morschen Putz. Dann bewegte er sich langsam nach rechts, ohne die Fassade aus den Augen zu lassen. Hain und Gecks waren irritiert.

»Können wir dir helfen?«, fragte der Oberkommissar.

»Nein, ich bin gleich durch. Wenn ich fertig bin, gehen wir rein und sprechen mit Heini.« Er setzte seinen Weg bis zur Hausecke fort, wandte sich nach rechts und nahm Kurs auf die Schranke in der Einfahrt, immer noch auf die Fassade fixiert. Kurz vor dem Ende blieb er wie angewachsen stehen und beugte sich nach vorne. »Kommt mal her!«, forderte er seine Kollegen erregt auf und deutete auf ein kleines Loch im Putz. Hain und Gecks setzten sich in Bewegung, postierten sich neben ihm und betrachteten ebenfalls das Loch in etwa zwei Metern Höhe.

»Du bist schon ein Fuchs«, entfuhr es Hain anerkennend. »Was um alles in der Welt hat dich denn darauf gebracht?«

»Reine Intuition«, erwiderte Lenz und zog ein kleines Schweizer Messer aus der Tasche. »Wir brauchen eine Leiter. Oder einen Stuhl.«

Gecks sprang auf den Hinterausgang zu, verschwand kurz, kam mit einem Stuhl in der Hand zurück und stellte ihn unter das Loch an die Wand. Lenz hielt Hain das Messer hin.

»Mach du das besser. Ich will in Urlaub und lieber nicht das Risiko eingehen, mit dem Kopf aufs Gesicht zu fallen.«

Hain griff zu, stieg auf den wackeligen Stuhl und fing an, das Loch zu vergrößern. Dann zog er einen kleinen Kunststoffbeutel aus der Hosentasche, hielt ihn an die Hauswand und ließ das, was er aus der Wand befreit hatte, hineinfallen. »Voilà«, sagte er, und sprang neben seine Kollegen. »Dieses Projektil könnte einer der Gründe gewesen sein, warum unser Berber es so eilig hatte.«

»Und ich wette, dass dieses Ding aus der gleichen Waffe

stammt wie die Kugeln, die den Iannones zum Verhängnis geworden sind.«

»Also sind wir auf der Suche nach einem Penner, auf den in der vergangenen Nacht geschossen wurde und der den Rest der Nacht ohne sein Bettzeug verbringen musste.«

Lenz kräuselte die Stirn. »Hoffentlich hat er nicht schon längst die Stadt verlassen. Die Jungs gehen normalerweise jedem Ärger möglichst großräumig aus dem Weg, speziell, wenn er in Form der Polizei in Erscheinung tritt.«

»Dann würde ich vorschlagen, wir verlieren keine Zeit und bewegen unsere Hintern auf der Stelle zu den einschlägigen Plätzen.«

»Liefert wenigstens vorher die Kugel bei Heini ab und sagt ihm Bescheid, dass sein Arbeitsauftrag sich erweitert hat«, forderte Gecks.

5

»Wohin zuerst?«, wollte Hain wissen, als die beiden Polizisten vor seinem kleinen Cabrio standen.

Lenz dachte einen Moment nach. »Was hältst du davon, wenn wir Uwe fragen? Der arbeitet doch mit bei diesem Resozialisierungsprojekt zur Wiedereingliederung Nichtsesshafter. Vielleicht hat er ja eine Idee, wer unser Bücherwurm sein könnte und wo er sich bevorzugt aufhält.«

Der Hauptkommissar griff nach seinem Mobiltelefon und wählte. Wagner nahm nach dem zweiten Läuten ab. Lenz kam ohne großes Geplänkel zur Sache.

»Ich brauche deine Hilfe, Uwe. Wir suchen einen Berber, der in der vergangenen Nacht im Hinterhof von Iannones Eiscafé geschlafen hat. Auffällig könnte sein, dass er ›Krieg und Frieden‹ von Tolstoi auf Kyrillisch zu seiner Bettlektüre gemacht hatte. Vielleicht ist er also Russe oder so was.«

Wagner antwortete nicht sofort, offenbar dachte er nach. »Da kann ich dir auf die Schnelle auch nicht helfen, Paul. Von einem Nichtsesshaften mit Vorliebe für russische Klassiker habe ich noch nichts gehört. Aber frag doch mal den Dieter Just, der kennt die allermeisten. Du findest ihn im Ordnungsamt.«

»Das könnte uns helfen. Danke, Uwe.« Er beendete das Gespräch und steckte das Telefon zurück ins Jackett.

»Zum Ordnungsamt«, klärte er seinen Kollegen auf.

*

Dieter Just war etwa 50 Jahre alt, deutlich übergewichtig und trug eine knallbunte Weste zu seinem weißen T-Shirt.

»Ein Nichtsesshafter, der Tolstoi im Original liest«, sinnierte er einen Moment, nachdem die Kripobeamten sich vorgestellt und ihr Anliegen vorgetragen hatten. »Da bin ich, ehrlich gesagt, überfragt. Haben Sie sonst nichts, womit man ihn vielleicht besser identifizieren könnte?«

Die beiden Polizisten schüttelten synchron die Köpfe. »Einen Tabaksbeutel, einen Schlafsack, eine Weinflasche, eine Kerze, viel mehr haben wir nicht.«

»Normalerweise tragen diese Leute ihr Hab und Gut in einer oder mehreren Taschen mit sich herum. Eine Tasche haben Sie nicht gefunden?«, wollte Just wissen.

»Nein, leider nicht.«

Der Ordnungsamtsmitarbeiter stand auf und ging Richtung Tür. »Warten Sie einen kleinen Moment, ich will einen

Kollegen fragen, der sich um einiges besser als ich in der Szene auskennt.«

Noch besser?, fragte Lenz sich.

»Waldemar«, erklärte Just knapp, nachdem er ein paar Minuten später wieder auf seinem Bürostuhl Platz genommen hatte. »Waldemar, mehr wusste mein Kollege nicht. Angeblich ist er Russe oder Russlanddeutscher, aber das ist nicht sicher, weil er höchst selten spricht. Allerdings steht er in dem Ruf, ein ziemlich heller Kopf zu sein, warum auch immer. Und er ist ein notorischer Einzelgänger. Soziophobiker hat mein Kollege ihn genannt. Er kommt und geht, Kassel ist meist nur eine Station auf seinem Weg von Nord nach Süd oder Ost nach West.«

»Eine Idee, wo man ihn suchen könnte, haben Sie nicht?«

»Nein, weder er noch ich. Menschen dieses Kalibers sind immer schwer zu finden.«

»Aber es gibt doch garantiert irgendwelche Anlaufstationen, wo man fragen könnte?«, bohrte Hain nach. Just winkte ab.

»In der kalten Jahreszeit vielleicht, aber nicht im Hochsommer, das können Sie vergessen. Im Moment kann man sich im See oder im Fluss waschen, wenn es denn notwendig erscheint, und zu essen bietet die Natur ebenfalls reichlich. Auch das Schlafen unter freiem Himmel ist kein Thema.«

Wieder dachte er einen Moment nach.

»Versuchen Sie es mal in der Markthalle. Dort verkauft ein Mann den Tagessatz, das Magazin der Obdachlosen. Er heißt Heinz Winterschied. Vielleicht kann der Ihnen helfen. Grüßen Sie ihn von mir und richten Sie ihm aus, dass ich Sie geschickt habe, das könnte helfen.«

Die beiden Polizisten bedankten sich, verließen das Büro, fuhren zur Markthalle und genehmigten sich am Stand des Italieners zuerst einen Kaffee.

»Hier soll ein Mann den Tagessatz, die Obdachlosenzeitung, verkaufen, Enzo«, sprach der Hauptkommissar den jungen Italiener hinter der Theke an, während er die Tassen auf den Wagen für das schmutzige Geschirr stellte.

»Scuso, Commissario? Was soll der machen?«

»Der läuft vermutlich hier rum, mit einer Zeitschrift in der Hand, die er verkaufen will.«

»Ah, si, den kenne ich.« Der Italiener sah sich um. »Aber heute habe ich ihn noch nicht gesehen. Normalerweise ist er freitags und samstags hier, aber heute?« Er zuckte mit den Schultern.

»Läuft er hier rum oder sitzt er irgendwo, wenn er da ist?«

»No, der läuft meistens rum. Wenn schönes Wetter ist, so wie heute, sitzt er aber auch manchmal vor der Tür.«

Lenz bedankte sich, gab Hain einen Wink und ging Richtung Ausgang. Als die beiden in der Sonne standen, kam ein etwa 55 Jahre alter Mann mit einem Paket Zeitschriften im Arm über die Freifläche auf den Eingang zugeschlendert.

»Das passt ja«, bemerkte Hain.

»Vielleicht, wenn er es denn ist«, bremste der Hauptkommissar die Euphorie seines Kollegen.

»Herr Winterschied?«, sprach Lenz den Mann vorsichtig an, als der an ihnen vorbeiging.

»Ja«, antwortete er freundlich und schob seine Sonnenbrille in die Haare. »Was kann ich für die Herren Polizisten tun?«

Lenz hielt ihm die Hand hin und stellte sich und Hain vor. »Allerdings macht es mich schon stutzig, dass wir auf den ersten Blick als Bullen zu erkennen sind«, fügte er hinzu.

»Bullen haben jetzt Sie gesagt«, erwiderte Winterschied grinsend. »Und nehmen Sie es einfach als Kompliment.«

»Gerne. Dieter Just vom Ordnungsamt hat uns zu Ihnen geschickt, weil er meint, dass Sie uns vielleicht mit einer Information helfen können. Wir suchen einen Obdachlosen, einen gewissen Waldemar.«

Winterschied blickte erstaunt von einem zum anderen. »Waldemar, soso. Da sind sie aber nicht die Einzigen, die nach ihm suchen, wie ich so höre.«

Nun tauschten die beiden Polizisten einen irritierten Blick.

»Wer sucht ihn denn noch außer uns«, wollte Hain wissen.

»Zwei Kerle. Aber sie wissen nicht, dass sie konkret ihn suchen. Die rennen in der Stadt rum und fragen jeden, der wie ein Obdachloser aussieht oder riecht, nach einem, der Tolstoi liest.«

»Und woher haben Sie das?«

»Ach, was glauben Sie denn? Kassel ist ein Dorf, solche Geschichten sprechen sich in Windeseile rum. Und ich bin eine Anlaufstelle für Informationen. Deshalb hat Dieter Sie doch sicher zu mir geschickt und nicht woandershin.«

»Das kann sein. Wie sahen die beiden denn aus, die diesen Waldemar suchen?«

»Ich hab sie ja nicht gesehen, aber der, von dem ich es habe, hat mir gesagt, dass er denen nicht mal erzählen würde, wie sie zum Bahnhof kommen. Zwei Typen in dunklen Anzügen, gegelte Haare inklusive.«

»Haben sie gesagt, warum sie nach Waldemar suchen?«

»Angeblich wegen einer Erbschaft. Er hätte etwas vererbt bekommen.«

»Hm«, machte Lenz. »Meinen Sie, wir können mit dem Herrn sprechen, von dem Sie die Information haben? Ob wir vielleicht Phantombilder der beiden erstellen können mit seiner Hilfe?«

Winterschied nickte. »Das kriegen wir hin. Aber zuerst könnten Sie mir erzählen, warum Sie Waldemar suchen und was Sie von ihm wollen.«

Lenz brauchte einen kleinen Moment, bevor er antwortete.

»Offenbar hat dieser Waldemar etwas gesehen, das er besser nicht gesehen hätte. Mehr kann ich Ihnen leider nicht sagen. Aber es wäre sicher nicht gut für ihn, wenn die anderen ihn vor uns finden würden.«

»Da machen Sie sich mal keine Sorgen. Wenn der Waldemar nicht gefunden werden will, dann wird er nicht gefunden. Weder von Ihrer Truppe, noch von den anderen. Aber wenn ich es richtig verstehe, muss man sich ein bisschen um ihn sorgen?«

»Durchaus«, bestätigte Hain. »Außerdem hat er, wenn es sich wirklich um ihn handeln sollte, letzte Nacht seinen Schlafsack eingebüßt.«

Der Zeitungsverkäufer hob den Kopf und betrachtete den blauen Himmel. »Im Winter wäre das schlimmer, aber schön ist es auch jetzt nicht.« Er sah den Hauptkommissar an. »Sie haben doch bestimmt Visitenkarten dabei? Lassen Sie mir eine da, dann rufe ich Sie an, wenn ich mit meinem Informanten gesprochen habe. Das passiert in den nächsten drei, vier Stunden. Und ich melde mich natürlich auch, wenn ich etwas über Waldemar in Erfahrung bringen sollte.«

Lenz steckte ihm eine Karte zu und bedankte sich.

»Und einen Tipp, wo wir nach ihm suchen könnten, haben Sie nicht?«, fragte er.

Winterschied musterte ihn mitleidig. »Seien Sie nicht albern. Ich habe doch gesagt, dass Sie ihn nicht finden werden. Ich glaube nicht, dass er in Gefahr ist, weil sich in der Stadt herumgesprochen hat, dass nach ihm gesucht wird. Und wer nach ihm sucht. Außerdem würde ich an seiner Stelle auch nicht den Kopf ins Freie stecken, wenn man auf mich geschossen hätte.«

Damit drehte er sich um und ging langsam davon.

»Stopp«, rief Hain hinter ihm her, »woher …?«

»Lass gut sein, Thilo«, wurde er von Lenz gebremst.

»Aber der weiß doch viel mehr, als er uns hier verklickern will.«

»Stimmt, und das wollte er mit seiner letzten Bemerkung auch deutlich zum Ausdruck bringen. Aber wir haben keine andere Chance, als ihm zu vertrauen.«

Der Oberkommissar dachte ein paar Sekundenbruchteile nach, um dann, nicht restlos überzeugt, zögernd zu nicken. »Hoffentlich hast du recht.«

6

Robert Braun sah Molina Mälzer hilflos an.

»Ich kann nicht sagen, dass mir diese Entwicklung gefällt, Molina. Wir waren uns immer einig …«

»Hör auf zu moralisieren, Robert«, schnitt sie ihm das Wort ab. »Wir stecken bis zum Hals in der Scheiße, und wenn sich die Verhandlungen mit dem Itaker noch länger hingezogen hätten, wären wir am Ende gewesen. Und vergiss bitte niemals, dass du und deine sauberen Kollegen genauso in diesem Schlamassel drinstecken wie Jochen und ich.«

Der Gründungssozius der angesehenen Kasseler Rechtsanwaltskanzlei Braun, Engelhardt, Koch und Partner senkte den Kopf.

»Ich wünschte mir aus tiefstem Herzen, ich könnte die Uhr ein paar Jahre zurückdrehen; aber diese Form der Reue kommt wohl zu spät.«

Molina Mälzer lächelte sarkastisch. »Dann würdest du sicher auch gerne auf das viele Geld verzichten, das du durch uns verdient hast. Ohne unsere Geschäfte in den letzten zehn Jahren wäre deine feine Kanzlei garantiert nicht das, was sie heute ist.«

»Da hast du recht. Aber der Tod des italienischen Ehepaares stellt eine völlig neue Dimension in unserer Zusammenarbeit dar.«

»Niemand von uns hat mit dem Tod der beiden etwas zu tun. Jochen ist in Asien, ich war den ganzen Abend mit Freunden unterwegs. Und dich und deine Leute wird garantiert niemand mit den Italienern in Verbindung bringen. Lass die Leute doch reden, wir können damit völlig entspannt umgehen.«

Braun verengte die Augen zu schmalen Schlitzen, presste die Kiefer aufeinander und sog langsam die Lungen voll, doch er hatte sich zu sehr unter Kontrolle, um seinen Emotionen freien Lauf zu lassen. Also legte er beide Handflächen auf den großen Schreibtisch vor sich und sprach ruhig weiter.

»Ganz so einfach sehe ich die Sache leider nicht, Molina. Meine Leute, die eben vor Ort waren, haben von Szenen wie in einem Mafiafilm gesprochen. Überall Blut. Das geht einfach nicht.«

Er bewegte den Oberkörper ein Stück auf sie zu und schlug dabei mit der rechten Hand auf den Tisch. »Das geht nicht!«

Die Frau stand auf, beugte sich leicht nach vorne und schaute ihm eindringlich in die Augen.

»Verlier jetzt bloß nicht die Nerven, Robert. Wenn das Ding in die Hose geht, ist die Kasseler Polizei unser kleinstes

Problem, das weißt du ebenso gut wie ich. Also keine Panik. Deine Leute sollen morgen früh um sieben vor der Eisdiele stehen und dafür sorgen, dass die Bagger Fakten schaffen können. Das ist im Moment das Wichtigste.«

Sie zog die Schultern hoch und machte mit der rechten Hand eine abfällige Geste.

»Im Übrigen sterben jeden Tag irgendwo auf der Welt Italiener, und manche davon sind sogar Eisdielenbesitzer. Man munkelt doch immer wieder von Schutzgelderpressungen und derlei Ungemach unter unseren südländischen Freunden. Außerdem wurden die beiden, soweit ich es in den Nachrichten gehört habe, ausgeraubt. Und wir haben einen Vertrag, aus dem zweifelsfrei hervorgeht, dass er die Eisdiele an uns verkauft hat. Inklusive bestätigter Geldübergabe.«

Braun sank in seinem Stuhl zusammen.

»Darüber müssen wir ohnehin noch einmal sprechen, Molina. Was soll ich denn sagen, wenn die Polizei mich fragt, wann der Vertrag ausgefertigt wurde? Und wann ich ihn erhalten habe. Ich kann denen schlecht erklären, dass du ihn mir heute Morgen um Viertel nach sieben in die Hand gedrückt hast.«

Sie sah ihn genervt an.

»Ich bin relativ sicher, dass dich niemand fragen wird. Und wenn doch, hast du ihn gestern Nachmittag bekommen. Ich habe ihn dir um 3 Uhr vorbeigebracht.«

»Und wann hast du ihn erhalten?«

»Das weißt du nicht und das musst du auch nicht wissen. Warum also sollte dich jemand danach fragen. Und mein Teil der Geschichte ist durchgeplant, da mach dir mal keine Gedanken.«

Er stützte den Kopf auf der Hand ab, legte die Stirn in Falten und seufzte. »Hoffentlich wächst mir das alles nicht über den Kopf. Ich bin noch nie in meinem Leben von der Polizei verhört worden und habe keine Ahnung, wie ich das überstehen soll.«

Sie ging um den Schreibtisch und legte ihm sanft eine Hand auf die Schulter.

»Vielleicht sind deine Befürchtungen völlig überzogen, Robert. Es ist nicht einmal gesagt, dass die Polizei dich verhören wird. Und wenn, solltest du dir überhaupt keine Gedanken machen. Sag, was du weißt, stell keine Spekulationen an und halt ansonsten deinen Mund. Dann passiert auch nichts.«

»Wenn es doch so einfach wäre«, erwiderte er kraftlos.

7

»Wollen wir diesen Waldemar nicht wenigstens zur Fahndung ausschreiben lassen?«, fragte Hain, als die beiden wieder im Auto saßen. »Als wichtigen Zeugen in einem Mordfall?«

»Mit welcher Beschreibung denn? Berber ohne Schlafsack und Tabaksbeutel?« Der Hauptkommissar winkte ab. »Nein, vergiss es. Dann kontrollieren die uniformierten Kollegen wie wild die Obdachlosen, und das spricht sich sicher ganz schnell bis zu ihm rum und er ist endgültig weg.«

»Auch wieder wahr«, konnte Hain die Äußerungen seines Chefs nachvollziehen. »Das wäre ganz blöd. Aber wir können doch nicht rumsitzen und warten, bis sich dieser Winterschied meldet.«

»Das machen wir auch nicht. Wir fahren jetzt noch einmal zu Mälzers Firmensitz und fragen die Dame des Hauses ein bisschen nach dem Vertrag aus, den sie unterschrieben hat und den die Anwälte vorgelegt haben.«

Hain beugte den Kopf nach rechts, legte ihn schief und sah Lenz skeptisch an. »Kann es sein, dass du im Moment ein klein wenig auf Krawall gebürstet bist? Die kratzt uns doch die Augen aus, wenn wir jetzt noch einmal bei ihr auftauchen.«

»Deswegen fahren wir ja hin. Also mach die verdammte Karre an und fahr los.«

»Scheiße!«, fluchte Hain.

*

Diesmal wurden sie von der Dame des Hauses persönlich an der Sprechanlage begrüßt. Entgegen Hains Befürchtungen trat Molina Mälzer den Polizisten reserviert, aber freundlich entgegen.

»Bitte, meine Herren, haben Sie etwas vergessen?«, wollte sie wissen, als die beiden an der Tür angekommen waren.

»Nein«, erwiderte Lenz, »es haben sich Umstände ergeben, die ein Gespräch mit Ihnen notwendig machen, Frau Mälzer.«

Sie deutete ein Lächeln an. »Mit mir? Das klingt ja spannend.«

»Möglicherweise. Wollen wir vielleicht reingehen, unser Anliegen passt, offen gesagt, eher schlecht, um es zwischen Tür und Angel zu besprechen.«

Sie musterte die beiden kurz, drehte sich dann um und ging einen Schritt ins Innere. »Bitte.«

Das Haus war ein Traum für jeden Innenarchitekturfetischisten. Sanfte Apricottöne in moderner Wischtechnik, wohin das Auge blickte. Dazwischen, sparsam verteilt, Bilder und moderne Skulpturen. Der Boden aus Granit, die Beleuchtung exquisit. Molina Mälzer führte sie in ein klimatisiertes Büro, dessen schiere Größe Respekt abnötigte.

»Nehmen Sie Platz, meine Herren.«

Sie umrundete einen riesigen Schreibtisch, zog sich einen Gymnastikball heran, ließ sich darauf nieder und schaute erwartungsvoll.

»Es geht um den Vertrag, den Sie mit Salvatore Iannone geschlossen haben, Frau Mälzer«, begann Lenz. »Wann genau wurde der Vertrag unterzeichnet?«

»Gestern«, antwortete sie knapp. »Gestern Nachmittag.«

»Wo wurde er unterzeichnet?«

»Hier bei uns im Haus. Herr Iannone war so freundlich, sich hierher zu bemühen.«

»War er allein?«

»Ja, er war allein.«

»Und Sie haben den Vertrag mit ihm ausgehandelt?«

Sie lehnte sich auf ihrem Ball zurück und sah aus dem Fenster.

»Nein. Ausgehandelt, wie Sie es nennen, war er schon.«

»Seit wann?«

»Seit ein paar Wochen.«

Lenz schlug die Beine übereinander, legte die Arme auf die mit Leder bezogenen Lehnen seines Stuhls und wartete ein paar Augenblicke, bevor er weitersprach.

»Es interessiert Sie offenbar überhaupt nicht, warum wir das alles fragen?«

»Nein«, antwortete sie kühl. »Sollte es mich denn interessieren?«

»Vielleicht. Das Ehepaar Iannone wurde in der vergangenen Nacht ermordet.«

Äußerlich war an ihr keine Regung festzustellen.

»Ich weiß. Aber was hat das mit mir oder dem gestern unterzeichneten Vertrag zu tun?«

»Wir wissen, dass Ihr Mann und Salvatore Iannone sich in herzlicher Feindschaft verbunden waren. Und wir wissen weiterhin, dass Iannone unter keinen Umständen sein Café aufgeben wollte.«

Nun verdunkelte sich ihr Gesicht schlagartig.

»Herr Kommissar, ich bin nicht sicher, ob ich Sie richtig verstehe. Wollen Sie andeuten, dass mein Mann oder ich etwas mit dem Mord …«

»Ich will gar nichts andeuten, Frau Mälzer«, unterbrach er sie schroff. »Ich habe einen Doppelmord aufzuklären, und den Streit, den Ihr Mann mit Iannone hatte, bezeichnen wir als ein mögliches Motiv.«

Über ihr Gesicht huschte der Schatten eines Lächelns.

»Es ist nicht von der Hand zu weisen, dass es in der Vergangenheit zwischen Herrn Iannone und unserem Unternehmen, als seinem Vermieter, zu Unstimmigkeiten gekommen ist. Das ist auch kein Geheimnis. Allerdings wurden diese Differenzen in den letzten Wochen komplett ausgeräumt. Es gab Gespräche, fruchtbare Gespräche, die zu einer Annäherung und im weiteren Verlauf zu einer Einigung geführt haben.«

Sie machte eine entschuldigende Geste.

»Aus diesem Grund bedauere ich zutiefst, was den beiden passiert ist, kann Ihnen jedoch versichern, dass wir von einem Ableben Iannones nicht den geringsten Vorteil gehabt hätten. Womit Ihr Vorwurf, Herr Kommissar, als haltlos zu bezeichnen sein dürfte.«

»Hat Herr Iannone Geld von Ihnen erhalten?«, wollte Hain wissen. »Immerhin hat er wohl sein Eiscafé mit sämtlichem Mobiliar und allen technischen Einrichtungen an Sie verkauft.«

Sie nickte.

»Selbstverständlich ist Geld geflossen. Allerdings haben Herr Iannone und ich über die Details der Vertragsgestaltung Stillschweigen vereinbart.«

»Na ja«, mischte Lenz sich ein, »so weit ist es mit der Diskretion nicht her, denn Ihre Anwälte sind heute Morgen mit diesem Papier in der Hand im Eiscafé aufgetaucht.«

Wieder lächelte sie kaum wahrnehmbar.

»Nur mit dem Teil, der nicht die finanzielle Ausgestaltung betrifft. So weit sollten Sie in der Lage sein, Verträge zu lesen, Herr Kommissar. Unsere Anwälte wurden beauftragt, nachdem der Vertrag unterzeichnet war. Ihr Erscheinen hat definitiv nichts mit dem bedauernswerten Tod der Iannones zu tun.«

Hain rutschte auf seinem Stuhl nach vorne und senkte den Kopf.

»Ich muss noch einmal auf die Geldfrage zurückkommen, Frau Mälzer. Haben Sie die nicht genannte Summe an Herrn Iannone überwiesen, haben Sie ihm das Geld in bar ausgezahlt oder ihm einen Scheck gegeben? Wie muss ich mir das vorstellen?«

»Herr Iannone hat auf Bargeld bestanden. Das hat er hier in diesem Raum gestern Nachmittag überreicht bekommen.«

»Und dafür haben Sie sicher eine Quittung?«, fragte der Oberkommissar weiter.

»Natürlich.«

»Würde es Ihnen etwas ausmachen, uns diese Quittung zu zeigen?«

»Ja, durchaus. Ich werde sie Ihnen nicht zeigen.«

»Weil wir sonst wüssten, wie viel Sie Iannone für sein Café bezahlt haben.«

»Genau aus diesem Grund. Es gibt jenen Teil des Vertrages, den unsere Anwälte zur Durchsetzung unserer Interessen benötigen, alles Weitere behandeln wir mit der gebotenen Diskretion.«

»Wenn ich Sie richtig verstehe, ist Iannone gestern Mittag hier mit einem Koffer voller Geld hinausspaziert, den er von Ihnen in die Hand gedrückt bekommen hat. Dann ist er nach Hause gefahren und wurde in der Nacht …«

»Machen Sie sich bitte keine falschen Vorstellungen über den Wert eines Eiscafés, Herr Kommissar«, unterbrach sie ihn. »Die Summe, die Iannone von mir erhalten hat, konnte er ohne Schwierigkeiten in einer kleinen Herrentasche unterbringen, vermute ich.«

»Aha«, machte der Polizist. »Und Sie haben immer so viel Geld hier im Tresor liegen, für den Fall, dass Sie mal eben auf die Schnelle ein Eiscafé kaufen müssen.«

»Durchaus nicht. Ich habe den Betrag gestern Morgen von der Bank geholt. Natürlich ist auch das zu belegen.«

»Aber das Dokument wollen Sie uns sicher auch nicht zugänglich machen.«

»Richtig.«

»Tja, Frau Mälzer«, resümierte Lenz und stand auf. »Es ist Ihnen vermutlich klar, dass wir uns nicht zum letzten Mal gesehen haben dürften. Ihr Verhalten ist nicht dazu angetan, unsere Verdachtsmomente zu entkräften. Ich kann Sie natürlich nicht zwingen, mit uns zu kooperieren, jedoch vermute ich, dass Sie auf Dauer mit Ihrer Taktik nicht durchkommen werden.«

Sie erhob sich von ihrem Gymnastikball und kam um den Schreibtisch herum.

»Meine Anwälte werden das Nötige veranlassen, seien Sie davon überzeugt, Herr Lenz«, erwiderte sie, ging vor den

Polizisten zur Tür und verabschiedete sie mit einem sparsamen Kopfnicken.

»Auf Wiedersehen«, brummte Lenz.

*

»Ich hab einen Moment lang befürchtet, du legst ihr Handschellen an und schleifst sie aufs Präsidium«, erklärte Hain seinem Chef, während sie nebeneinander auf das Auto zusteuerten.

»Na, so langsam scheinst du es zu verstehen, dich in meine Gemütslage zu versetzen. Das hätte ich natürlich gerne gemacht, aber dann hätte ich gleich auch meine Kündigung einreichen können. Ihre Anwälte hätten sie schneller …«

Er wurde vom Klingeln seines Mobiltelefons unterbrochen.

»Lenz«, meldete er sich hörbar gereizt.

»Ich bins«, hörte er Marias Stimme.

»Moment, bitte«, antwortete er, bedeutete Hain, im Wagen auf ihn zu warten, und ging mit dem Telefon am Ohr in die entgegengesetzte Richtung.

»Hallo, Maria«, sagte er, als er außerhalb der Hörweite seines Kollegen war. »Das ist aber eine schöne Überraschung an diesem grusligen Tag.«

»Hast du Ärger?«

»Wenn zwei Tote Ärger sind, dann ja.«

»Die beiden armen Leute aus der Eisdiele?«

»Genau, die beiden.«

Er nahm das Telefon ans andere Ohr.

»Aber du rufst doch sicher nicht an, um meinen Arbeitstag zu verschönern.«

»Nein. Oder doch. Ich rufe eigentlich nur an, um dir zu

erzählen, wie sehr ich mich auf die Zeit mit dir freue. Ich war eben noch beim Friseur, damit du dich in Amiland nicht mit mir schämen musst. Und später gehe ich noch zur Maniküre, dann bin ich so weit. Freust du dich trotz deines Ärgers und der beiden Toten auch ein bisschen?«

Lenz hätte ihr am liebsten erklärt, dass ihm der Kopf überhaupt nicht nach Amerika oder Urlaubsgedanken stand, aber er wollte sie weder verärgern noch verunsichern.

»Aber natürlich. Was glaubst du, wie ich den Gedanken genieße, ab Montag für 14 Tage mit dir in wilder Ehe zu leben. Noch dazu rund um die Uhr.«

»Schön. Dann bring jetzt die Mörder zur Strecke und wir sehen uns am Sonntag in Frankfurt am Flughafen. Alles klar?«

»Alles klar, Maria«, bestätigte er zögernd und beendete das Gespräch.

»Mr. X am Apparat«, frotzelte Hain, als Lenz sich neben ihn in den Sitz gleiten ließ. »Oder eher Mrs. X?«

»Fahr los, Thilo. Und nerv mich jetzt nicht mit diesem Gequatsche.«

Hain warf ihm einen gekränkten Blick zu, startete den Motor, blickte in den Rückspiegel und gab Gas.

8

Heinrich Lappert sah ein weiteres Mal auf die Uhr, holte tief Luft, griff in die Sakkotasche und kramte sein Mobiltelefon hervor.

»Ich bin es, Veronika. Scheinbar hat sich der Termin hier in Sichelnstein zerschlagen.« Er hörte kurz zu, was seine Gesprächspartnerin erwiderte. »Ja, das kam mir auch komisch vor, aber wie dem auch sei. Ich fahre jetzt zurück nach Kassel und sehe auf der Baustelle in der Wolfhager Straße, was es da für Probleme gibt. Spätestens um halb vier bin ich zu Hause.«

Nachdem er sich verabschiedet hatte, beendete der Architekt das Gespräch, steckte das Telefon zurück und wollte gerade zu seinem Wagen auf der anderen Straßenseite gehen, als ein dunkelblauer Audi A8 in die Nebenstraße einbog und auf das Buswartehäuschen zuhielt, vor dem er gestanden hatte.

»Zu spät und im falschen Auto«, murmelte Lappert und trat wieder einen Schritt zurück.

Der Audi kam direkt hinter seinem Mercedes zum Stehen, die Beifahrertür flog auf und ein etwa 35-jähriger Mann mit Sonnenbrille und dunklen Haaren sprang heraus. Der Fahrer und ein weiterer Mann auf der Rückbank blieben sitzen.

»Sorry, Herr Lappert. Sie glauben nicht, wie leid es mir tut, mich verspätet zu haben.«

Lappert fragte sich, ob er den Mann schon einmal gesehen hatte, aber es wollte ihm nichts dazu einfallen.

»Wir sind über die Autobahn gekommen und standen zwischen Göttingen und der Abfahrt …«, wollte der Mann seine Entschuldigungsarie fortsetzen, doch Lappert unterbrach ihn sanft.

»Das macht doch nichts, Herr …?«

»Schulz. Peter Schulz. Wir hatten telefoniert.«

»Ja, ja, schon gut, Herr Schulz. Dann lassen Sie uns jetzt keine Zeit verlieren und am besten gleich zu dem Haus fahren, das Sie kaufen möchten. Ich habe leider noch einen Termin im Anschluss, deshalb muss ich ein klein wenig drängeln.«

»Selbstverständlich. Macht es Ihnen etwas aus, wenn ich mit Ihnen fahre, dann kann ich Ihnen gleich die Einzelheiten erläutern.«

»Nein, nein, das geht«, erklärte der Architekt mit leichtem Erstaunen in der Stimme. »Ich muss nur kurz den Beifahrersitz für Sie frei machen.«

Er ging zu seinem Wagen, räumte ein paar Ordner und einen Katalog mit Farbmustern auf die Rückbank und deutete auf den Sitz. »Bitte.«

»Fahrt ihr vor«, rief Schulz zu dem Audi, dessen Motor noch immer lief und der nun wendete. »Meine Geschäftspartner sind ziemlich neugierig, was Sie zu meinem neuen Wochenenddomizil sagen werden«, erklärte er Lappert über das Dach des Mercedes hinweg und stieg ein.

»Nun schauen wir uns das Haus erst mal an und sehen, was sich für Möglichkeiten ergeben, Herr Schulz.«

Damit startete Lappert den Motor, wendete ebenfalls und rollte langsam auf den Audi zu, der an der Einmündung auf die Kreisstraße wartete. Dann bogen beide Wagen nach links ab und beschleunigten.

»Wie sind Sie eigentlich auf mich gekommen?«, wollte der Architekt wissen und blickte für einen Moment nach rechts, als der A8 vor ihm schlagartig langsamer wurde. Erschrocken nahm er den Fuß vom Gas und trat auf die Bremse.

»Was ist denn das?«

Ohne eine Antwort abzuwarten, drückte er den Schalter der Warnblinkanlage und fuhr langsam hinter dem ausrollenden Audi her, der jetzt ebenfalls die Warnblinkanlage einschaltete.

»Nein, warum denn ausgerechnet jetzt«, stöhnte Schulz auf.

»Das hatte er schon zweimal. Der Motor geht aus, und

wenn man ein paar Minuten wartet, läuft er wieder, als sei nichts gewesen.«

Lappert verzog das Gesicht. »Audi halt«, erklärte er leicht genervt, kam auf der Grasnarbe zum Stehen und drehte den Zündschlüssel um. »Ist das Ihr Wagen?«

»Gott bewahre, nein«, antwortete Schulz mit entschuldigender Geste und öffnete die Tür. »Ich fahre einen Mercedes, wie Sie. Aber nachsehen werde ich trotzdem mal.«

Lappert öffnete ebenfalls die Tür, stieg aus und ging auf den Audi zu. Schulz bewegte sich direkt hinter ihm. Dann wurde es schlagartig Nacht um den Architekten.

9

Lenz warf einen zerknirschten Blick nach links.

»Tut mir leid. Ich wollte dich nicht anmachen.«

»Schon erledigt. Du bist einfach urlaubsreif. Wo darf ich uns denn hinbringen?«, gab Hain zurück, nachdem er sich in den Verkehr eingeordnet hatte.

»Lass uns bitte zum Eiscafé fahren, ich will mich dort gründlich umsehen. Und dann müssen wir herausfinden, wo die Iannones gewohnt haben, und uns ihre Bude vornehmen. Außerdem brauchen wir Informationen über ihre Bankverbindungen, und ob es gestern eine größere Einzahlung gegeben hat. Darum kümmert sich am besten RW.« Der Hauptkommissar drückte eine Schnellwahltaste auf seinem Telefon und instruierte Rolf-Werner Gecks. Danach wählte er erneut und ließ sich vom Einwohnermeldeamt die Adresse der Iannones geben.

»Sie haben am Königstor gewohnt, also nicht weit von der Eisdiele entfernt. Wir fahren zuerst dorthin und danach zu ihrer Privatwohnung.«

*

Die Spurensicherung hatte ihren Job gemacht und war abgezogen, auch die Medien hatten scheinbar alle Bilder im Kasten und waren verschwunden. Die Leichen des italienischen Ehepaares waren auf dem Weg in die Gerichtsmedizin. Zwei einsame Uniformierte standen vor der Eingangstür zum Eiscafé und langweilten sich.

»Tag, Männer«, begrüßte Hain die beiden. Kollektives Kopfnicken. »Wir wollen noch mal rein. War was Besonderes?« Nun schüttelten die beiden die Köpfe. Offenbar waren sie keine besonders gesprächigen Typen. Oder sie waren sauer, dass sie an diesem heißen Sommertag dort herumstehen mussten. Lenz und Hain betraten den angenehm kühlen Gastraum, betrachteten den großen, eingetrockneten Blutfleck vor der Theke und sahen sich ernst an.

»So ein Leben ist keine große Sache«, meinte Lenz leise.

»Wohl wahr«, erwiderte sein Kollege. »Vor allem, wenn man es wegen einer Kugel im Kopf hergeben muss.«

Der Hauptkommissar gab sich einen Ruck und ging um den Blutfleck herum hinter die Theke. Dort öffnete er nacheinander die Schiebetüren der Schränke und die Schubladen, konnte jedoch keinen Schlüssel finden. Er griff zum Telefon und wählte eine Nummer.

»Hallo, Heini«, begrüßte er den Mann der Spurensicherung. »Habt ihr in der Eisdiele einen Schlüsselbund oder so was gefunden?«

»Logisch«, antwortete Kostkamp. »Einen Monsterschlüsselbund. Ist, wie es sich gehört, auf Spuren hin untersucht und eingetütet worden. Jetzt liegt er hier vor mir auf dem Schreibtisch.«

»Das heißt, ich könnte ihn mir abholen?«

»Wann immer du willst.«

Lenz bedankte sich, beendete das Gespräch und wandte sich an Hain.

»Also brauchen wir jetzt noch ein paar Kontoauszüge. Aber die finden wir eher bei denen zu Hause, was meinst du?«

»Vermutlich, aber wo wir schon mal hier sind, können wir auch nachschauen. Vielleicht haben wir Glück.«

*

Eine Viertelstunde später hatten sie in jedes Regal, jeden Schrank und jede Schublade gesehen, ohne einen einzigen Kontoauszug entdeckt zu haben. Auch fanden sie nirgendwo Bargeld oder eine Kopie des Vertrages mit Molina Mälzer.

»Lass gut sein, Thilo. Wir holen uns bei Heini den Schlüssel, fahren zu ihrer Privatwohnung und sehen uns dort um«, entschied Lenz und zog sich die Einweghandschuhe von den Fingern.

*

Das Haus am Königstor machte von außen einen betagten, aber gepflegten Eindruck. Im Erdgeschoss gab es einen Drogeriemarkt, daneben die Eingangstür. Hain sperrte auf und blickte in das faltige, neugierige Gesicht einer alten Frau mit einem dicken Kassenbrillengestell auf der Nase und einer Mülltüte in der Hand.

»Was wollen Sie denn hier? Und woher haben Sie den Schlüssel, Sie wohnen doch gar nicht hier im Haus?«

Hain setzte sein gewinnendstes Schwiegersohnlächeln auf, kramte seinen Dienstausweis heraus und stellte Lenz und sich vor.

»Soso, von der Polizei«, gab die alte Frau ungerührt zurück. »Das haben die beiden Trickdiebe, die neulich eine ganze Reihe alter Leute um ihr bisschen Rente erleichtert haben, auch gesagt. Das waren auch ein jüngerer und ein älterer Mann, genau wie sie beide.«

»Ja, daran kann ich mich erinnern«, bestätigte Hain. »Aber hatten die auch so schöne Ausweise wie wir?«

Sie nickte. »Macht mein Enkel in fünf Minuten, hat er mir erzählt. Also damit brauchen Sie mir nicht zu kommen, da müssen Sie sich schon was Besseres überlegen.«

Hain verstärkte sein Grinsen noch ein wenig, hob den Saum seines Jacketts hoch und gewährte der Dame den freien Blick auf seine Dienstwaffe und das Paar Handschellen an seinem Gürtel. Sie hob anerkennend eine Augenbraue. »Und Sie?«, deutete sie mit dem Kopf in Lenz' Richtung.

»Mein Kollege ist immer dann, wenn wir gemeinsam unterwegs sind, unbewaffnet, weil ich ja für unseren Schutz sorge«, erklärte der Oberkommissar.

Sie sah sich ein weiteres Mal Hains Dienstwaffe an und nickte. »Schon recht. Diese Eierdiebe von letzter Woche hatten bestimmt nichts zum Schießen dabei«, winkte sie ab. »Wo wollen Sie denn hin?«

»Zu Iannone.«

»Das können Sie vergessen«, belehrte sie die Polizisten. »Bei dem Wetter machen die wahrscheinlich gerade die erste Million voll in ihrer Eisdiele. Wissen Sie, wo die ist?«

Nun schaute Hain unsicher zu Lenz. Offenbar hatte sich

das Schicksal der Italiener noch nicht bis zu der Frau herumgesprochen.

»Ja, natürlich«, erwiderte der Hauptkommissar und drängte sich an ihr vorbei. Er hatte keine Lust, mit ihr den Tod der Nachbarn zu erörtern. »Wir sollen nur was abholen, das wars auch schon.«

Offenbar war auch der Kontrollelan der Frau erlahmt, denn sie öffnete die Haustür und trat auf die Treppe. »Wird schon alles seine Richtigkeit haben«, nuschelte sie leise, ohne sich noch einmal umzudrehen.

*

Die Polizisten stiegen zwei Stockwerke nach oben, bis sie das grün-weiß-rot unterlegte Namensschild der Iannones gefunden hatten. Hain musste mehrere Schlüssel ausprobieren, bis er die richtigen für die drei Sicherheitsschlösser gefunden hatte, mit denen die Tür verriegelt war.

»Die haben es aber ernst genommen mit der Sicherheit«, meinte er, während er das letzte Schloss zurückschnappen ließ.

Das Innere präsentierte sich wie jede zweite deutsche Wohnung. Einzig die große italienische Flagge über dem Sofa im Wohnzimmer stellte einen deutlichen Kontrast zum sonst eher biederen Einrichtungsstil der Iannones dar. Die Polizisten sahen sich in der Küche und im Bad um, danach im Schlafzimmer und in einem weiteren, offensichtlich als Gästezimmer genutzten Raum.

»Vielleicht das frühere Kinderzimmer?«, vermutete Hain.

»Nein«, antwortete Lenz.

»Was macht dich so sicher?«

»Er hat es mir im Präsidium erzählt, als er bei mir war. Sie hatten keine Kinder.«

»Hmm«, machte der Oberkommissar. »Dann lass uns mal nach den Auszügen suchen.«

*

Sie durchsuchten systematisch alle Regale, Schränke und Schubladen in der Wohnung, ohne auf einen einzigen Kontoauszug zu stoßen. Neben dem Bett im Schlafzimmer standen ein paar Aktenordner auf einem kleinen Schreibtisch, deren Inhalt aus Belegen für die Steuerabrechnung und Prospekten für Gastronomiebedarf bestand.

»Was für eine Scheiße!«, fluchte Hain eine halbe Stunde später. »Hier liegt auch nicht der Hauch von irgendwas Persönlichem rum, ich kapiere das nicht. Haben wir vielleicht in der Eisdiele was übersehen?

10

Heinrich Lappert versuchte, sich zu orientieren, doch um ihn herum war es stockdunkel. Sein Kopf schmerzte, in seinem Mund schmeckte er Blut und seine Augen wurden von irgendetwas so stark komprimiert, dass er bunte Farben sah. Obwohl er keine Ahnung hatte, was mit ihm geschehen war, durchzuckte ihn eine vollkommene, alles ausfüllende, alles dominierende Panik. Langsam kamen die ersten Eindrücke zurück und er nahm wahr, dass er in einem Fahrzeug unterwegs sein musste. Das rhythmische Schaukeln und ein sonores, brummendes Geräusch beseitigten jeden Zweifel. Der Architekt wollte den rechten Arm hinter dem Rücken hervorziehen, doch es war ihm nicht möglich, seine Hände voneinander zu lösen. Er brachte die Schultern nach vorne und versuchte es mit mehr Kraft, bis er resignierend feststellen musste, dass seine Handgelenke hinter dem Rücken gefesselt waren.

Trotz des nervtötenden Pochens im Kopf versuchte er, sich an die Ereignisse vor seiner Ohnmacht zu erinnern:

Da war dieser Mann, dessen Namen er wusste, der ihm jedoch partout nicht einfallen wollte. Und der dunkle Wagen, aus dem er gestiegen war. Je angestrengter er sich bemühte, desto diffuser wurde die Erinnerung und desto mehr schmerzte sein Kopf.

*

Nun wurde sein Körper herumgeworfen, weil das Fahrzeug, in dem er sich befand, eine enge Kurve nahm. Lappert stemmte sich gegen die Wand in seinem Rücken und versuchte gleichzeitig, die Beine anzuziehen, doch der Platz war dafür nicht ausreichend. Seine Knie und Fersen schlugen gleichzeitig an. Mit ruckartigen Bewegungen gelang es ihm, die Seitenlage zu verlassen und auf dem Rücken zum Liegen zu kommen, was jedoch wegen der gefesselten Hände alles andere als bequem war. Vorsichtig bäumte er den Oberkörper langsam auf, stieß nach kurzer Zeit mit der Stirn gegen eine Begrenzung und ließ sich wieder zurückfallen. Der 62-jährige Architekt schluckte, drehte sich zurück auf die Seite und stemmte die Beine mit aller Kraft gegen die Wände seines Gefängnisses, ohne Erfolg.

Ein Irrtum, dachte er resigniert, als ihm immer klarer wurde, dass er das Opfer einer Entführung sein musste. Es konnte sich nur um einen Irrtum handeln, dessen war er sich hundertprozentig sicher.

Dann bremste das Fahrzeug, wurde langsamer und kam schließlich zum Stillstand. Das Brummen des Motors erstarb. Er hörte dumpf das Schlagen einer Tür, danach war für einen Moment Ruhe. Gespenstische Ruhe. Sekunden, vielleicht auch Minuten später, ihm fehlte jegliches Zeitgefühl, wieder das Geräusch einer Tür. Einer Schiebetür. Und Schritte. Lappert versuchte, möglichst flach zu atmen, um hören zu können, was um ihn herum vorging. Dann die Stimme eines Mannes. Der Architekt bemühte sich vergeblich zu verstehen, was er sagte. Eine weitere Stimme. Wieder ein Mann. Sie sprachen miteinander, doch Lappert konnte nicht hören, welcher Sprache sie sich bedienten. Die beiden lachten, danach gab es eine weitere Pause. Nach einer für den Architekten enervierend langen Zeit wieder Gesprächsfetzen und sein verzweifelter, erfolgloser Versuch, dem Gespräch zu folgen. Unmöglich. Dann näherten sich Schritte.

*

Er schmeckte frische Luft, sog gierig die Lungen voll, presste und atmete erneut. Eine Hand griff nach seiner Schulter und ließ ihn zusammenzucken. Der Unbekannte fasste in die hellgrauen Haare des Architekten und zog langsam daran. Lappert gab dem Druck nach und kniete sich unbeholfen hin.

»Herr Lappert, hören Sie mich?«, fragte eine dunkle Stimme links hinter ihm mit rollendem R. Wieder zuckte der Architekt zusammen. Kein Irrtum, dachte er. Die meinen wirklich mich.

»Ja, ich höre Sie«, antwortete er leise und mit ängstlicher Stimme.

»Dann werde ich Ihnen jetzt erklären, wie der Tag weitergeht. Einverstanden?«

Lappert nickte devot. In seinem Kopf lief eine Sequenz aus einem Mafiafilm ab, in dem der Todgeweihte in dem Glauben gelassen wird zu überleben, um ihn nach einem längeren, quälenden Gespräch brutal zu töten.

Der Mann, der mit ihm sprach, trat dicht hinter ihn.

»Uns gefällt nicht, dass Sie sich nicht an Abmachungen halten, Herr Lappert. Sie machen dumme Dinge, die dumme Folgen nach sich ziehen könnten. Gehen zu Anwälten, reichen Klagen bei Gericht ein gegen frühere Geschäftspartner. Das müssen Sie unterlassen. Haben Sie mich verstanden?«

Wieder nickte der Architekt. »Natürlich. Ich werde alle Klagen zurückziehen. Alle, versprochen.«

»Das habe ich nicht anders erwartet, Herr Lappert«, fuhr der Mann ungerührt fort. »Wir müssen trotzdem darüber sprechen, was geschieht, wenn Sie sich nicht an unsere heutige Vereinbarung halten sollten.« Er atmete tief ein. »Was, meinen Sie, wird mit Ihnen geschehen, wenn Sie uns enttäuschen?«

Lappert presste die Augen hinter dem Stoff, mit dem sie verbunden waren, zusammen und biss sich auf die Lippe. »Das wird nicht geschehen, ich schwöre es Ihnen. Ich werde gleich morgen früh zum Anwalt gehen und alles in die Wege leiten.«

»Auch das habe ich nicht anders erwartet, Herr Lappert. Sollten Sie es sich jedoch anders überlegen, aus welchem Grund auch immer, werden wir einen weiteren Termin mit Ihnen vereinbaren, allerdings unangemeldet. Ihre Frau, Ihre Tochter und Ihr Enkelkind werden wir dazubitten müssen, fürchte ich. Dieses Gespräch, von dem wir beide hoffen sollten, dass es nie zustande kommen möge, wird gravierende körperliche Folgen für Sie, aber auch für Ihre Familie nach sich ziehen.«

Lappert fing an zu schluchzen. Als er zu sprechen begann, tropfte ein wenig Spucke auf seine Hose.

»Nein, das wird nicht geschehen, ich versichere Ihnen, dass ich …«

»Es ist gut«, unterbrach ihn der Mann höflich, aber bestimmt. »Ich glaube Ihnen. Natürlich werden Sie auch mit niemandem über unseren heutigen Termin sprechen, darüber sind wir uns doch einig?«

Lappert konnte sich nicht zwischen Nicken und Kopfschütteln entscheiden, also rollte er unbeholfen den Kopf.

»Selbstverständlich.«

»Gut. Es ist mir ein Vergnügen, mit Ihnen zu verhandeln. Allerdings müssen wir uns jetzt verabschieden. Mein Kollege hilft Ihnen aus dem Wagen, bringt Sie etwa 100 Meter von hier weg und löst Ihre Hände. Dann wird er Sie bitten, einen Rucksack überzuziehen, in dem sich ein kleiner Sprengsatz befindet, der mit einem Bewegungssensor verbunden ist. Sollten Sie innerhalb der nächsten 15 Minuten nach dem Aktivieren Ihre Position um mehr als fünf Grad verändern, hat sich unsere heutige Übereinkunft erledigt. Das Gespräch mit Ihrer Familie würden wir trotzdem suchen müssen. Nach den erwähnten 15 Minuten hören Sie ein Signal, nach dessen Ende Sie sich ungefährdet von dem Rucksack trennen können. Noch Fragen?«

»Wie komme ich nach Hause?«

»Am besten kämmen Sie sich die Haare, wischen die Tränen ab, steigen in Ihren Wagen und tun so, als sei nichts Außergewöhnliches geschehen, wenn Sie zu Hause ankommen. Und nun leben Sie wohl, Herr Lappert.«

Der Architekt hörte, wie der Mann aufstand, sich umdrehte und mit einem Satz aus dem Wagen sprang. Dann griff jemand anderes nach seinem linken Arm, half ihm beim Aufstehen und löste die Fessel hinter seinem Rücken. Lappert sah für einen Moment Sterne, weil beim Hochkommen sein Kreislauf in den Keller gesackt war, kam dabei ins Ungleichgewicht, wollte sich irgendwo abstützen, fand jedoch nichts Greifbares und stürzte wieder auf die Knie. Erneut fasste der Mann unter seinen Arm und half ihm hoch. Diesmal blieb er stehen. Wortlos wurde sein Körper von einer energischen Hand um 90 Grad gedreht, ein paar Schritte nach vorne geschoben und danach wieder gestoppt. Sein Begleiter stieg eine Stufe hinab und zog Lappert hinter sich her. Der Architekt tastete mit dem Fuß nach dem Boden, geriet dabei ins Ungleichgewicht, stürzte aus etwa 40 Zentimetern Höhe auf den Waldweg und schlug hart mit dem Kopf auf. Der Mann neben ihm, der ihn gezogen hatte, stieß einen genervten Laut aus und hob ihn ein weiteres Mal auf die Füße. Dann presste er seine Hand in Lapperts Genick und schob ihn vor sich her.

*

Mehr stolpernd als laufend versuchte er, dem Druck der drängenden, wortlosen Person in seinem Rücken Folge zu leisten. Nach etwa 150 Schritten spürte er die Finger des Mannes an seiner Schulter und kam taumelnd und schwer atmend zum Stehen. Der Unbekannte nahm seinen rechten Arm, streifte etwas darüber und grunzte zufrieden, bevor er die gleiche Prozedur mit dem linken Arm wiederholte.

Der Rucksack, dachte Lappert. Der Rucksack mit der Bombe. Hinter seinem Rücken hörte er, wie ein Gurt straff gezogen wurde. Danach spürte er wieder die Hand des Mannes an seiner Schulter, die ihn nach unten drückte. Vorsichtig, jede schnelle Bewegung vermeidend, ging der Architekt in die Knie, bis er einen Widerstand an seinem Hintern spürte und sich setzen konnte. Der Mann vor ihm nestelte an seiner Jacke, zog einen Reißverschluss auf, kramte etwas heraus und zog den Zip wieder zu. Zum ersten Mal an diesem Tag nahm Lappert das vielstimmige Zwitschern der Vögel wahr. Dann bekam er einen Klaps auf die Schulter, gefolgt von einem hohen, kurzen Ton in seinem Rücken.

Jetzt ist das Ding im Rucksack scharf, fuhr es ihm durch den Kopf. Fünf Grad. Wie weit darf sich ein Mensch bewegen, der einen Radius von fünf Grad nicht überschreiten darf?

Er hörte an den Schritten, dass sich sein Begleiter entfernte und nach wenigen Sekunden verschwunden war.

11

Lenz stellte einen Ordner, in dem er geblättert hatte, zurück auf den Tisch und warf einen Blick auf das ordentlich gemachte Bett, neben dem sie standen.

»Ich kann mir schlecht vorstellen, dass die beiden ihren persönlichen Kram in der Eisdiele aufbewahrt haben, dazu waren sie viel zu vorsichtig. Denk nur an die vielen Schlösser an der Eingangstür. Nein, wir müssen jeden Raum noch einmal genau durchsuchen.«

Hain verzog das Gesicht. »Aber wir haben in jeden Schrank und in jede Schublade gesehen. Was erwartest du denn noch, eine Schatztruhe?«

»Vielleicht. Mit Jammern allerdings kommen wir nicht weiter. Also los, alles auf Anfang.«

Weitere 20 Minuten später hatten die beiden in jeden Ritz gesehen, jedes Bild von der Wand genommen, und den Parkettboden ausgiebig untersucht. Ohne Ergebnis.

»Hier ist nichts zu finden, Paul«, nörgelte Hain, der ganz offensichtlich keine Lust mehr hatte, aus der Küche.

Lenz tat, als würde er ihn nicht hören, und zog das alte, braune Ledersofa ein Stück von der Wand weg.

»Doch!«, erwiderte er knapp.

*

»Keine Schatztruhe, aber ein Wandsafe«, erklärte der Hauptkommissar seinem herbeigeeilten Kollegen und deutete auf den kleinen Tresor, der, geschickt hinter dem Sitzmöbel versteckt, in der Wand eingelassen war.

»Meine Fresse. Wenn ich alles geglaubt hätte, aber das nicht«, versuchte Hain sich in einer nicht ausgesprochenen Entschuldigung.

»Lass stecken. Sag mir lieber, ob du das Ding aufkriegst.«

Der Oberkommissar zog die Couch ein weiteres Stück in den Raum, ließ sich auf die Knie fallen und betrachtete die Tür des Stahlschrankes. »Mal schauen«, murmelte er. »Das kann ich dir nicht versprechen, aber versuchen können wir es mal. Auf jeden Fall ist es eine komische Konstruktion, wie ich sie noch nie gesehen habe. Der Schließmechanismus sieht aus wie der eines besseren Sicherheitsschlosses.« Er wischte mit dem Zeigefinger der rechten Hand den Staub von einer Druckprägung. ›Borletti & Falcone‹, las er halblaut vor. »Das ist bestimmt ein italienisches Modell.« Dann legte er den Kopf zur Seite und grinste Lenz an. »Gib mir mal den Schlüsselbund.«

Der sechste Schlüssel passte. Hain zog die Tür auf, sah in den Tresor und pfiff erstaunt durch die Zähne. »Wow.

Das ist doch mal ein echt schöner Anblick«, verkündete er geheimnisvoll.

»Nun lass dich nicht so feiern. Zeig schon, was ist drin?«, erwiderte Lenz gespannt.

Der Oberkommissar griff in seine Jackentasche, zog ein Paar Einweghandschuhe heraus und streifte sie über. Dann verschwanden seine Hände im Tresor und kamen mit mehreren Bündeln Geldscheinen wieder zum Vorschein.

»Das sind ja D-Mark!«, stelle Lenz beim näheren Betrachten überrascht fest.

»Nicht nur«, widersprach Hain, legte die Scheine neben sich ab und griff erneut in den Tresor. »Hier sind auch noch jede Menge Euronen.«

»Sonst noch was?«

Hain bückte sich, legte den Kopf schief und blickte noch einmal in den Stahlschrank. »Das Ding ist ganz schön tief. Da liegen noch ein paar Schnellhefter …«, er steckte den Arm nach vorne, »… und zwei Kontoauszugsordner drin.« Er zog die Papiere heraus und legte sie auf die Geldstapel. »Das wars.«

*

»94.000 D-Mark und knapp 61.000 Euro«, fasste Hain das Ergebnis seines Geldzählens kurz darauf zusammen. »Was ich nicht verstehe, ist, dass die hier noch D-Mark gehortet haben. Die hätten sie doch längst umtauschen können, noch dazu völlig legal.«

»Mag sein. Allerdings mussten sie damit auch keine Eile haben, weil es für den Umtausch von D-Mark in Euro keine Frist gibt. Das geht in 100 oder 1.000 Jahren noch genauso wie heute. In der Theorie zumindest.«

»Ich weiß«, bestätigte der junge Oberkommissar. »Es erscheint mir trotzdem komisch.«

»Nicht, wenn es Schwarzgeld ist, das sie hier gebunkert hatten. Du kennst doch den alten Grundsatz der Gastwirte: eine Hälfte fürs Finanzamt, die andere für mich.«

»Nein, den kenne ich nicht. Aber ich weiß natürlich, dass auch in der Gastronomie steuerfreies Geld gemacht wird. Und ich weiß, dass Iannone gestern angeblich eine größere Summe in bar erhalten haben soll.«

»Was durch diesen Stapel Kohle noch längst nicht bewiesen ist«, entgegnete der Hauptkommissar.

Er deutete auf die Papiere und die Ordner mit den Kontoauszügen.

»Aber bevor wir uns in eine zunächst uninteressante Grundsatzdiskussion darüber versteigen, warum hier D-Mark im Tresor liegen, sollten wir uns lieber die Auszüge und die Papiere zu Gemüte führen. Also, her mit dem Zeugs.« Er streifte ebenfalls ein Paar Handschuhe über und griff nach dem oberen Ordner.

Aus den Kontoauszügen ging hervor, dass die Iannones vor drei Tagen zuletzt Bargeld auf ihr Geschäftskonto einbezahlt hatten, nämlich 4.500 Euro. Das Privatkonto war mit 18 Euro im Soll und wurde von den beiden eher selten benutzt. Einen Einzahlungsbeleg über eine größere Summe vom Vortag gab es nicht.

»Das heißt, sie haben das Geld entweder nicht bekommen oder nicht einbezahlt«, fasste Hain das Ergebnis zusammen.

»Durchaus nicht«, widersprach Lenz. »Es ist denkbar, dass einer der beiden gestern noch auf der Bank war und nicht mehr dazu gekommen ist, den Beleg abzuheften. Oder das Geld wurde auf ein anderes Konto einbezahlt, von dem hier nichts zu sehen ist. Eine andere Möglichkeit ist, dass sie irgendwo ein Bankschließfach benutzen und es dort deponiert haben.«

»Dann wäre der Tresor hier aber völlig überflüssig«, gab Hain zu bedenken.

»Auch wieder wahr. Lass uns auf jeden Fall die Scheine zu Heini bringen, damit er sie auf Fingerabdrücke untersuchen kann. Wenn es tatsächlich das Geld ist, das Iannone von Molina Mälzer übergeben wurde, müssen sich ihre Fingerabdrücke darauf finden lassen, weil sie es bestimmt gezählt oder ihm vorgezählt hat.«

»Aber nur die Euros. Ich glaube nämlich nicht, dass sie die Eisdiele, wenn überhaupt, mit alten D-Mark-Scheinen bezahlt hat.«

»Natürlich nicht.«

Lenz' Telefon klingelte.

»Ja«, meldete er sich knapp.

»Winterschied hier. Ich habe Waldemar gefunden, aber er will nicht mit Ihnen sprechen. Können Sie zur Markthalle kommen?«

»Wir sind in einer Viertelstunde da.«

Sie packten die Papiere und das Geld in zwei Plastiktüten, verließen die Wohnung und sprangen in Hains Wagen.

*

»Was heißt das, er will nicht mit uns sprechen?«, fragte Lenz den Zeitungsverkäufer eine Spur zu laut.

»Na ja, was soll das schon heißen. Dass er keine Lust hat, sich mit Ihnen zu unterhalten. Allerdings kann ich Ihnen versichern, dass er die Hosen gestrichen voll hat. Als ich mit ihm gesprochen habe, hat er am ganzen Leib gezittert.«

»Wo ist er?«

»Das darf ich Ihnen nicht sagen. Waldemar hat mit der Polizei nicht die besten Erfahrungen gemacht, deswegen ist er, was den Kontakt mit Ihnen und Ihren uniformierten Kollegen angeht, ziemlich scheu.«

Lenz atmete tief durch und trat einen Schritt näher an Winterschied heran, sodass ihre Nasen sich fast berührten.

»Es ist mir scheißegal, was für Erfahrungen Ihr Kumpel mit der Polizei gemacht hat. Er war in der Nähe des Tatorts und ist zumindest ein potenzieller Zeuge in einem Mordfall, auf den außerdem geschossen wurde. Und wenn ich nicht innerhalb der nächsten Stunde mit ihm gesprochen habe, trommle ich jeden Mann zusammen, der laufen kann, und lasse nach ihm suchen. Als Tatverdächtigem, wohlgemerkt. Ob ihm das dann gefallen wird, stelle ich mal infrage. Also, wo steckt der Kerl?«

Winterschied hatte seine coole Attitüde schlagartig verloren und trippelte unsicher von einem Bein aufs andere.

»Das kann ich nicht machen, Herr Kommissar. Ich hab ihm versprochen, dass ich Ihnen nur ausrichte, dass er nichts zu sagen hat und nicht mit Ihnen sprechen will.«

Lenz rührte sich nicht. Winterschied warf einen flehenden Blick in Hains Richtung, doch der Oberkommissar zuckte nur gelangweilt mit den Schultern.

»Also gut. Ich mache Ihnen einen Vorschlag. Sie geben mir Ihr Mobiltelefon mit und eine Nummer, unter der ich Sie erreichen kann. Wenn ich ihn gefunden habe, versuche ich, ihn davon zu überzeugen, sich mit Ihnen zu unterhalten. Aber versprechen kann ich Ihnen gar nichts.«

Der Hauptkommissar verzog noch immer keine Miene.

»Sie haben eine Stunde. Wenn ich bis dahin nichts von Ihnen gehört habe, greift Plan B.« Er wandte sich zu Hain. »Gib ihm dein Telefon, Thilo.«

Hain sah ihn mit weit aufgerissenen Augen an und schüttelte dabei entgeistert den Kopf. »Ich glaub, du spinnst! Das Ding hab ich mir erst vor drei Wochen gekauft. Wer garantiert mir denn, dass ich es jemals wiedersehe?«

»Ich«, mischte Winterschied sich ein. »Ich garantiere Ihnen, dass Sie Ihr schönes Telefon zurückbekommen, weil ich mir aus diesem Schnickschnack rein gar nichts mache. Außerdem kenne ich niemanden, den ich anrufen könnte. Also, her mit dem Ding, meine Zeit läuft.«

Der Oberkommissar griff zögernd in die Jacke, zog das Gerät heraus, tippte auf ein paar Tasten und hielt es dem Mann hin. »Wenn Sie jetzt zweimal die grüne Taste drücken, meldet sich mein Kollege. Und spätestens heute Abend will ich wieder damit telefonieren, ja?«

Winterschied schnappte danach und steckte das Telefon in seine Hosentasche.

»Schon klar, Herr Kommissar. Wir hören voneinander.«

12

Lapperts Kopf pochte. Sein Atem ging hektisch und immer wieder hatte er Angst, ohnmächtig zu werden und dabei seine Position zu verändern. Um mehr als fünf Grad.

Nachdem von seinen Entführern nichts mehr zu hören gewesen war, hatte er versucht, die Sekunden zu zählen. 15 Minuten mal 60 Sekunden, das machte 900 Sekunden. Bei 300 angekommen, fragte er sich zum ersten Mal, ob er nicht viel zu schnell zählte. 400. In diesem Moment knackte hinter ihm ein Ast und schreckte ihn auf. Instinktiv wollte er sich die Augenbinde herunterreißen, doch noch, bevor er den Arm bewegt hatte, fielen ihm die fünf Grad ein. Nein, die Arme nach oben, zum Kopf zu nehmen, wäre sicher eine zu ausladende Bewegung.

»Hallo!«, rief er laut. »Hallo, ist da jemand? Bitte sagen Sie etwas, wenn Sie mich sehen oder hören können.«

Bis auf das Konzert der Vögel um ihn herum drang kein Laut an sein Ohr. Jedoch kam schlagartig die Angst wieder in ihm hoch, seine Entführer könnten es sich anders überlegt haben und würden zurückkehren. Er konzentrierte sich, doch es blieb beim Zwitschern der Vögel. Trotzdem lief ihm ein Schauer über den Rücken.

Wie lange noch?, fragte er sich. In seiner Panik hatte er jegliches Zeitgefühl verloren. Waren fünf Minuten vergangen? Zehn?

Wieder lauschte er. Nichts. Nur das Rauschen in seinem Kopf wurde lauter. Und er bemerkte, dass seine Beine taub wurden. Seine verkrampfte Haltung führte dazu, dass das Blut nicht ausreichend zirkulieren konnte. Vorsichtig brachte er zuerst das linke, dann das rechte Bein in eine bequemere Position, immer darauf bedacht, keine Pendelbewegung im Oberkörper auszulösen. Nun konnte er spüren, wie das Blut zurückkehrte. Und, dass es ein wohliges Kribbeln auslöste. Behutsam fasste er mit beiden Händen an seine Oberschenkel und knetete leicht die Muskeln, stoppte jedoch, als seine Beine anfingen zu zittern. Zuerst kaum spürbar, verstärkten sich die Bewegungen mehr und mehr. Das Kribbeln wich dem Gefühl, als würde Strom durch seine Unterschenkel geleitet, das Zittern wurde stärker. Er legte die Hände auf seine Oberschenkel, drückte, strich beruhigend darüber, doch die Bewegungen waren unkontrollierbar und verstärkten sich mit einer Eigendynamik, die ihn aufschreien ließ. Dann hörte er in seinem Rücken ein Piepen. Kurz, leise, aber deutlich vernehmbar. Schlagartig wurden seine Beine ruhig, sein Oberkörper entspannte sich und er musste schlucken.

War das Geräusch, das er gehört hatte, das, worauf er wartete? Tränen schossen ihm in die Augen, und als er an seinen Kopf griff, um die Augenbinde wegzuziehen, war es ihm völlig gleichgültig, ob der Sprengsatz in seinem Rücken explodieren würde. Der Tod erschien ihm leichter zu ertragen als das, was er bis hierhin durchgemacht hatte. Die Helligkeit blendete seine feuchten Augen, doch er ließ sie geöffnet und sah sich blinzelnd um. Laubwald. Hellgrüner, wohlriechender Laubwald, durchzogen von dem einen oder anderen Blick zum blauen Himmel.

Die Augenbinde entpuppte sich als anthrazitfarbener Kaschmirschal, den er achtlos auf den Waldboden vor seinen Füßen fallen ließ. Dann schaute er an sich herunter, öffnete den Verschluss des Gurtes, der die beiden Träger des Rucksacks vor seiner Brust miteinander verband, streifte ihn ab, stand zitternd auf und fing an zu schluchzen.

*

Als er sich ein paar Minuten später so weit unter Kontrolle hatte, dass er wieder etwas klarer denken konnte, griff er vorsichtig nach dem dunkelblauen Bündel auf dem Baumstumpf, nahm es vorsichtig hoch, öffnete den Reißverschluss und sah hinein. Der einzige Gegenstand, der sich im Rucksack befand, war ein Funkwecker. Und ein kleiner bedruckter Zettel. Er nahm beides heraus, stellte den kleinen Wecker neben sich ab, faltete das Papier auseinander und las.

›Dies ist der einzige Scherz, den wir uns mit Ihnen erlauben. Denken Sie bitte an unsere Abmachung!‹

Der Architekt ließ die Notiz mit geschlossenen Augen aus der Hand gleiten, fiel auf die Knie und übergab sich.

Ohne sich noch einmal um die Utensilien, die auf und um den Baumstumpf verstreut lagen, zu kümmern, ging er ein paar Minuten später auf dem schmalen Waldweg in die gleiche Richtung, die sein Begleiter nach seiner Wahrnehmung eingeschlagen haben musste. Über eine Kuppe führte der Weg direkt zu einer Lichtung, auf der sein Wagen stand.

*

»Heinrich?«, rief seine Frau aus der Küche, als er die Tür des Hauses aufschloss. »Wo bleibst du denn, ich habe mir schon Sorgen gemacht. Dein Telefon ist ausgeschaltet.«

Er stellte seine Tasche in den Flur, ging ins Wohnzimmer und goss sich ein großes Glas halb voll mit Cognac.

»Sprichst du nicht mehr mit mir?«, hörte er sie vom Flur her fragen. »So kenne ich dich …«

Sie verstummte, als sie ihren Mann mit dem Glas in der Hand vor dem Sideboard stehen sah.

»Mein Gott, Heinrich, was ist denn passiert?«

Der Architekt leerte das Glas und stellte es ab. »Nichts. Mach dir keine Sorgen, ich hatte einen kleinen Unfall. Aber es ist nicht so schlimm, wie es ausschaut.«

Veronika Lappert hielt mit der Rechten ihren Mund umklammert und ging langsam auf ihren Mann zu.

»Du siehst ja furchtbar aus. Wir müssen einen Arzt rufen.«

»Nein, keinen Arzt!« Er hatte auf der Fahrt nach Hause im Rückspiegel des Mercedes sein Gesicht begutachtet und war ebenso erschrocken darüber gewesen wie seine Frau jetzt. Der Schlag auf den Kopf hatte neben einer bösen Schwellung eine hässliche, blutende Wunde verursacht. Das Blut hatte sich in seinen Haaren und im Gesicht verteilt. Nur die Stelle, an der die Augenbinde gesessen hatte, war sauber geblieben.

»Du säuberst die Wunde, dann machen wir einen Verband drauf. So schlimm, dass ich einen Arzt bräuchte, ist es wirklich nicht.«

Sie trat näher an ihn heran und betrachtete sein Gesicht und seinen Hinterkopf.

»Was redest du da, Heinrich. Das muss genäht werden, das ist eine klaffende, offene Wunde.«

Er winkte energisch ab. »Lass mir bitte ein Bad ein, Veronika. Ich muss den Kopf nicht genäht bekommen, ich muss ihn einfach nur freikriegen. Dann erzähle ich dir alles.«

Mit einer unbeholfenen Bewegung schälte er sich aus seinem blutbeschmierten Jackett, warf es zu Boden und stieg aus den Schuhen. Alles war dreckig und er hatte das Gefühl zu stinken.

*

»Du weißt genauso gut wie ich, wer hinter dieser feigen Attacke steckt.« Veronika Lappert saß auf dem Klodeckel und schaute ihrem Mann ebenso besorgt wie wütend dabei zu, wie er sich das Gesicht schrubbte.

»Reich mir bitte mal das Handtuch. Und hör auf mit deinen Verdächtigungen.«

Er trocknete sein Gesicht ab und ließ sich langsam und vorsichtig mit dem Hinterkopf ins Wasser gleiten. Als die Wunde benetzt wurde, stöhnte er leise auf. Dann kam er mit geschlossenen Augen wieder hoch.

»Jetzt bist du dran. Aber bitte ganz zärtlich«, versuchte er einen Scherz. Veronika Lappert war nicht nach Scherzen. Sie ließ etwas von der Kamillenlösung, die sie vorbereitet hatte, in die hohle Hand laufen und bestrich damit die Verletzung.

»Das sieht furchtbar aus, Heinrich. Du hast ganz sicher eine Gehirnerschütterung, wenn nicht was Schlimmeres.«

»Gott sei Dank heilt alles auf der Kopfschwarte ziemlich schnell«, erwiderte er mit aufgesetzter Fröhlichkeit. »Kannst du dich erinnern, wie ich mir damals beim Nägelklopfen mit dem Zimmermannshammer die ganze Kopfhaut aufgerissen habe? Das hat geblutet wie ein Wasserfall und eine Woche später war nichts mehr davon zu sehen. Glaub mir, das wird hier genauso sein.«

»Und deswegen willst du dir diesen Angriff, diese schwere Körperverletzung gefallen lassen? Was kommt als Nächstes, ein Schuss ins Knie, wie im Krimi?«

Er stöhnte wieder leise auf, weil sie etwas zu fest auf die Wunde gedrückt hatte.

»Hör auf damit, Veronika. Ich werde das machen, was der Mann von mir verlangt hat. Ich gehe morgen zum Anwalt und bitte ihn, alle Klagen fallen zu lassen, damit das nicht noch mal passiert.«

»Und verzichtest damit auf das ganze Geld, für das du gearbeitet hast und das dir noch zusteht. Wäre es nicht sinnvoller, zur Polizei zu gehen und diesem Pack damit ein für alle Mal die Stirn zu bieten?«

»Nein. Und es ist überhaupt nicht gesagt, dass wir auch nur einen müden Cent zu sehen kriegen würden, selbst wenn wir vor Gericht gewinnen sollten. Du weißt, wie diese Leute das machen. Also hören wir auf, dem schlechten Geld gutes hinterherzuwerfen.«

»So kannst du dir diese Verletzung und diese Bedrohung schönreden, sicher. Aber nüchtern betrachtet ist das, was du heute erlebt hast, schweres kriminelles Handeln gewesen. Und wer sagt uns, dass es mit der heutigen Einschüchterung zu Ende ist?«

»Ich.«

»Aber das, was du machst, ist auch ein bisschen feige, das weißt du.«

Er schluckte. »Ja, gewiss. Aber ich werde es trotzdem so machen.«

»Marie von Ebner-Eschenbach sagt dazu: ›Das Recht des Stärkeren ist das stärkste Unrecht.‹ Und diesem Unrecht willst du dich beugen?«

Lappert war kurz davor, seine Frau zum ersten Mal seit vielen Jahren anzuschreien. Er wollte nichts mehr davon hören, wie sie mit dieser Sache umgehen würde, wie feige er sei, und was eine Frau vor mehr als 100 Jahren gesagt hatte.

»Ja, das will ich. Ich will es, weil ich erkannt habe, dass Mälzer gewinnt. Er gewinnt einfach immer.«

13

Lenz klopfte kurz an, trat ein und knallte die Plastiktüte mit den Geldscheinen auf Heini Kostkamps überfüllten Schreibtisch. Der Spurensicherer griff nach einem Kuli, hob die Oberseite an und warf einen Blick ins Innere des Beutels. »Aus einem Bankraub stammt das nicht, so viel ist klar«, stellte er lakonisch fest.

»Wir haben es aus einem Tresor in der Wohnung der Iannones. Schau, ob du andere Fingerabdrücke als die des Ehepaares findest. In der Hauptsache geht es um die Euroscheine.«

»Das kann ich mir vorstellen. Die D-Mark dürften ein Schwarzgeldüberbleibsel aus alten Tagen sein, was meinst du?«

»Sehe ich genauso. Hast du sonst schon was für mich?«

»Nein. Wenn du was über das Projektil aus der Wand wissen willst, musst du dich an die Kriminaltechnik wenden. Aber das ist erst interessant, wenn Doktor Franz die Projektile geliefert hat, mit denen die beiden getötet wurden. Ansonsten gab es am Tatort erschreckend wenig Spuren zu sichern, was auf Profis hinweist. Die sind gekommen, haben ihren Job gemacht und sind wieder verduftet.«

»Gut. Sag mir Bescheid, wenn sich irgendwas ergeben sollte.«

Der Hauptkommissar wollte das Büro verlassen, doch Kostkamp gab ihm mit einer Handbewegung zu verstehen, dass er noch einen Moment warten solle.

»Was ist denn mit deinem Urlaub, Herr Kollege? So tief, wie du dich in den Fall kniest, kannst du doch unmöglich wie geplant verduften.«

Lenz machte ein zerknautschtes Gesicht.

»Das weiß ich offen gestanden noch nicht so genau. Eigentlich sollte ich mich zurückziehen und Thilo die Ermittlungen überlassen, aber es will mir nicht gelingen. Wahrscheinlich, weil ich Iannones Befürchtungen nicht die Bedeutung beigemessen habe, die es gebraucht hätte, um sein Leben und das seiner Frau zu retten.«

»Das habe ich mir gedacht. RW hat mir von dem Besuch des Italieners bei dir und seiner Angst vor Mälzer erzählt.

Aber sich schuldig zu fühlen, hat bei der Bewältigung von Polizeiarbeit noch nie ernsthaft weitergeholfen, Paul.«

Lenz nickte. »Stimmt.«

»Lass Thilo die Sache übernehmen und fahr in Urlaub. Der Junge ist ein Guter, der kommt auch ohne dich klar.«

»Mälzer und seine Frau sind harte Brocken. Ob Thilo damit umgehen kann, weiß ich nicht«, erwiderte der Hauptkommissar und griff zur Türklinke. »Aber danke für deinen Rat, Heini.«

»Gerne. Obwohl ich glaube, ich hätte das auch der Tapete erzählen können. Du kannst nun mal nicht aus deiner Haut raus.«

Wieder ein bestätigendes Kopfnicken von Lenz. »Machs gut.«

*

»Wir haben keine Fingerabdrücke von Molina Mälzer in der Kartei«, erklärte Thilo Hain ihm ein paar Minuten später. Der junge Oberkommissar saß hinter seinem Schreibtisch und fuhr mit der Computermaus hin und her.

»Was nicht anders zu erwarten war. Also können wir sie zur erkennungsdienstlichen Behandlung herbestellen oder uns was anderes überlegen.«

»Das mit dem Herbestellen überlasse ich dir. Außerdem sollten wir abwarten, ob Heini und seine Jungs überhaupt Fingerabdrücke finden, die zugeordnet werden müssen.«

»Auch wieder …« Weiter kam Lenz nicht, weil sein Mobiltelefon ihn unterbrach. Er sah auf die Uhr, während er das Gespräch annahm.

»Lenz.«

»Winterschied hier, hallo, Herr Lenz.«

»Und, was gibts, Herr Winterschied?«

»Waldemar hat es sich durch den Kopf gehen lassen. Er ist jetzt bereit, eine Aussage zu machen.«

»Wo steckt er denn?«

»Holen Sie mich an der Weserspitze ab, dann bringe ich Sie zu ihm. In Ordnung?«

»Natürlich. Wir sind in einer Viertelstunde da.«

»Herr Lenz?«

»Ja.«

»Da wär noch was.«

»Was denn, Herr Winterschied?«

»Der Waldemar ist ziemlich durch den Wind. Die ganze Sache hat ihn mächtig mitgenommen. Also wundern Sie sich bitte nicht, wenn er ein bisschen angetütert sein sollte.«

»Nein, Herr Winterschied, das ist schon in Ordnung.«

*

Hain ließ den Vectra langsam ausrollen und blickte hinüber zu dem kleinen Park, wo Winterschied mit seinem Telefon am Ohr auf einer Bank saß.

»Von wegen, ›ich habe niemanden, mit dem ich telefonieren könnte‹«, echauffierte er sich. »Wahrscheinlich ruft der gerade seine Obdachlosenkumpels in Japan an.«

»Du kannst es auf die Spesenrechnung setzen, ich zeichne es ab«, versuchte Lenz ihn zu beruhigen und stieg aus. Winterschied gab ihnen mit einer Geste zu verstehen, dass sie näher kommen sollten.

»Ich hatte doch jemand, den ich anrufen konnte«, begrüßte er Hain grinsend. »War aber nur ein Ortsgespräch.«

»Geschenkt«, erwiderte der Oberkommissar brummig und griff sich sein Mobiltelefon.

»Was ist mit Waldemar?«, mischte Lenz sich ein.

»Der liegt hoffentlich im Holzklotz und wartet auf uns.«

Der Polizist verstand nur Bahnhof. Winterschied stand auf und ging auf den zivilen Polizeiwagen zu.

»Sie werden es gleich verstehen, es ist fast um die Ecke.«

Damit öffnete er die Beifahrertür und ließ sich in den Sitz fallen. Er dirigierte Hain an den Straßenbahnschienen entlang, dann bogen sie rechts ab, ließen einen großen Einkaufsmarkt links liegen und stoppten kurze Zeit später am Ende einer Sackgasse.

»Aussteigen, meine Herren, der Rest geht nur zu Fuß«, erklärte Winterschied und sprang aus dem Auto. Über einen schmalen, baumgesäumten Weg erreichten sie die Fuldawiesen, überquerten den Fahrradweg und standen schließlich vor einer hölzernen Skulptur, wie Lenz sie noch nie gesehen hatte. Der Handwerker hatte aus einem vollen Baumstamm eine Liege geschaffen, die sich dem menschlichen Körper anschmiegte. Der Kommissar fuhr bewundernd mit der Hand über das polierte, warme Holz.

»Schön hier«, meinte er anerkennend. »Aber ich kann niemanden entdecken, der auf uns wartet.«

Winterschied sah sich suchend um. »Wahrscheinlich hockt er irgendwo im Gebüsch und wartet ab, wer hier so alles auftaucht. Geben wir ihm ein paar Minuten.«

Aus den paar Minuten wurde eine Viertelstunde. Die beiden Polizisten saßen auf der Bank und blickten zum Fluss, ihr Begleiter war auf der Suche nach seinem Kollegen.

»Wusstest du, dass es hier in Kassel so eine schöne Situation mit einem solchen Kunstwerk gibt?«, wollte Hain wissen.

Lenz schüttelte stumm den Kopf.

»Hier fahre ich auf jeden Fall mal mit meiner Freundin hin zum Picknicken.« Er sah dem Fluss hinterher, der etwa

300 Meter weiter in einer Rechtsbiegung verschwand. »Das ist doch echt geil, oder?«

Nun nickte sein Chef. »Ja, schön hier. Leider sind wir aber nicht hier, um die schönsten Ecken Kassels zu entdecken, sondern weil wir uns mit dem Zeugen eines Mordfalles treffen wollten. Und wie es aussieht, geht das prächtig in die Hose.«

»Nun warte doch mal und sei nicht so pessimistisch. Vielleicht kommt er ja noch.«

Lenz griff nach seiner Jacke und stand auf. »Am Arsch hängt der Hammer. Mir reichts.« Er sah in die Richtung, in der Winterschied verschwunden war. »Lass uns …«, wollte er Hain etwas mitteilen, wurde jedoch vom Klingeln seines Mobiltelefons unterbrochen.

»Ich bins, RW«, meldete sich der Anrufer. »Habt ihr schon mit dem Berber gesprochen?«

»Vergiss es«, brummte Lenz. »Hast du wenigstens was erreicht?«

»Nur inoffiziell, aber das ist immerhin etwas. Molina Mälzer hat gestern Morgen 50.000 Euro von einem der Geschäftskonten abgehoben.« Er machte eine Pause. »Soweit ich es in der Kürze der Zeit abklären konnte, gab es allerdings auf den Konten, die unter Iannones Namen geführt werden, keine Einzahlung in ähnlichen Dimensionen. Eigentlich gab es gar keine.«

»Hm«, machte Lenz und sah im Augenwinkel, dass in einiger Entfernung Winterschied mit einem Mann im Schlepptau auftauchte. »Ich muss Schluss machen, wir sehen uns im Präsidium. Bis später.«

*

Winterschied und sein Begleiter blickten sich immer wieder suchend um, während sie sich langsam den Polizisten näherten. Der Zeitungsverkäufer zog den rothaarigen, hellhäutigen Mann mit dem Strohhut auf dem Kopf hinter sich her und redete beruhigend auf ihn ein. In etwa 40 Metern Entfernung blieben sie stehen. Ihr von wilden Gesten begleitetes Gespräch wurde zwar lauter, doch Lenz konnte trotzdem keine Einzelheiten verstehen. Winterschied setzte sich wieder in Bewegung, doch der andere verharrte. Wieder ein kurzes Palaver.

Dann krachte ein Schuss.

Hain warf sich hinter die massive hölzerne Liege und riss seine Waffe aus dem Holster. Lenz brauchte ein paar Sekundenbruchteile länger, bis er sich zu Boden geworfen hatte und hinter einen dünnen Baum kroch. Irgendwo wurde die Schiebetür eines Autos zugeworfen und ein großvolumiger Dieselmotor heulte auf.

Der Zeitungsverkäufer kniete mit weit aufgerissenen Augen über dem Mann, den er eben noch hinter sich hergezogen hatte. Offenbar war es ihm völlig egal, möglicherweise selbst getroffen zu werden.

»Runter«, schrie Hain in seine Richtung. »Runter auf den Boden, bis ich was anderes sage.« Keine Reaktion.

»Bei dir alles in Ordnung, Paul?«

Lenz sah hinüber zu Winterschied, dann zu Hain und wieder zurück.

»Ja, alles klar.«

Noch bevor der Hauptkommissar den kurzen Satz beendet hatte, federte Hain nach vorne, hetzte geduckt zu einem dicken Baum und von dort aus weiter auf den Weg zu, über den sie gekommen waren. Lenz fixierte noch immer Winterschied, der sich keinen Millimeter bewegt hatte und auf den Mann im Gras starrte. Dann kam er hoch, sprang mit ein paar schnellen Schritten hinter die Holzliege, rannte auf die beiden zu und stieß Winterschied zu Boden. »Unten bleiben.«

Mit einem Auge beobachtete er das Gelände in der Richtung, aus der der Schuss gekommen war, mit dem anderen warf er einen Blick auf den Fremden neben sich, der auf dem Rücken lag und ihn mit glasigem Blick anstarrte. Instinktiv legte der Hauptkommissar Zeige- und Mittelfinger der rechten Hand an den Hals des Mannes, doch da war nichts. Lenz beugte sich nach vorne, und jetzt erkannte er den roten, rasch größer werdenden Fleck auf dessen Brust. »Scheiße«, murmelte er, zog sein Telefon aus der Sakkotasche und wählte. Hinter seinem Rücken hörte er den Zeitungsverkäufer schluchzen. Er gab den Notruf durch, orderte einen Notarztwagen, obwohl er wusste, dass der Arzt nur noch den Tod des Mannes neben ihm würde feststellen können, und ließ das Telefon zurückgleiten.

*

»Sie sind weg«, keuchte Hain atemlos ein paar Sekunden später, nachdem er zurückgekehrt und neben Lenz zum Stehen gekommen war. »Ein weißer Lieferwagen mit Hamburger Kennzeichen, sagt zumindest eine Frau, die gerade auf dem Weg zum Altglascontainer war. Die Fahndung läuft schon.«

In der Ferne hörten sie die ersten Sirenen. Lenz stand auf, drehte sich um und blickte zu Winterschied. »Kommen Sie, ich helfe Ihnen hoch.«

Der Zeitungsverkäufer antwortete nicht.

»Herr Winterschied?«

Winterschied schaute den Kommissar zitternd an. Offenbar wollte er etwas sagen, brachte jedoch nichts heraus.

Lenz griff nach seiner Hand, zog ihn nach oben und ein paar Meter zur Seite.

»Ist er … tot?«

»Ich befürchte es, ja«, antwortete der Polizist.

»Aber das ist doch … Warum denn er?«
»Wie, warum denn er? Ist das nicht Waldemar?«
Winterschied schüttelte heftig den Kopf.
»Nein.«

14

Veronika Lappert fegte mit einem kleinen Besen die feuchten Haare, die sie um die Wunde ihres Mannes herum abgeschnitten hatte, auf ein Kehrblech, hob den Toilettendeckel an und kippte die Überreste der Wundversorgung in das weiße Becken. Danach entsorgte sie die übrig gebliebene Kamillenlösung, wischte mit einem Lappen Badewanne und Waschbecken aus und wusch zum Schluss ihre Hände.

Die 58-jährige Frau atmete schwer, doch das war nicht der Reinigung des Badezimmers geschuldet. Sie atmete schwer, weil sie Jochen Mälzer und seine Frau nicht aus ihren Gedanken bekam. Immer und immer wieder musste sie an die Ungerechtigkeit denken, der ihr Mann sich beugen wollte. Und an die Verletzungen, die ihm im Auftrag dieser Leute zugefügt worden waren.

*

Seit 34 Jahren waren sie verheiratet. Sie hatte mit ihm die schlechten Zeiten zu Beginn seines Berufslebens durchgestanden und sich dann mit ihm darüber gefreut, als das kleine

Architekturbüro besser und besser lief. Zwei Kinder hatten sie miteinander, eine Tochter, die in Kassel lebte, und einen Sohn in Berlin, beide ebenfalls Architekten. Vor zwei Jahren hatte ihre Tochter sie zu stolzen Großeltern eines süßen Mädchens gemacht, und wann immer es sich einrichten ließ, verbrachten sie ihre Zeit mit dem Enkelkind.

Und nun saß sie auf dem Badewannenrand und zitterte bei dem Gedanken, dass sich die Prophezeiung ihres Mannes erfüllen würde.

›Mälzer gewinnt immer.‹

So sehr sie sich auch anstrengte, sie bekam diesen Satz nicht aus dem Hirn. Und sie wollte nicht, dass die Mälzers in diesem Fall gewinnen würden.

Vor etwa acht Jahren hatte ihr Mann zum ersten Mal einen kleinen Auftrag für Mälzer erledigt. Danach wurde die Zusammenarbeit enger und schon damals war abzusehen, dass mit dem Baulöwen nur dann ein gutes Einvernehmen herzustellen war, wenn er seine Forderungen durchsetzen konnte. Immer wieder hatte sie ihren Mann darum gebeten, nicht mehr für die Mälzer-Firmen zu arbeiten, ohne Erfolg.

›Er ist, wie er ist, und solange er pünktlich bezahlt, kann er sein, wie er will‹, hatte er einmal zu ihr gesagt.

Vor drei Jahren hatte es eine erste temporäre Unterbrechung der Zusammenarbeit gegeben, nachdem eine Schlussrechnung des Architekten von Mälzer gnadenlos zusammengestrichen worden war. Nach einem Vierteljahr der Funkstille einigten sich die beiden und die Geschäftsbeziehung wurde fortgesetzt.

Dann, vor etwa zwei Jahren, kam ihr Mann mit der Neuigkeit nach Hause, dass Mälzer ein, für Kasseler Verhältnisse riesiges, Outlet-Center bauen wollte. 75 Geschäfte, 850 Parkplätze auf vier Ebenen unter dem sechs Stockwerke hohen, architektonisch extravaganten Gebäude.

›Das kriegt der doch nie durch, an der Stelle, mitten auf der Wilhelmshöher Allee‹, hatte sie gemutmaßt, doch Mälzer hatte es natürlich geschafft. Nur ein knappes halbes Jahr später hatte er den Bauvorbescheid in der Tasche und Lappert begann mit der Detailplanung. Sein ganzes Büro, in dem mittlerweile neun Menschen arbeiteten, war mit diesem Auftrag beschäftigt, dessen Volumen alle bisherigen Aufträge in den Schatten stellte.

In den ersten Monaten zahlte Mälzer pünktlich die vereinbarten Abschläge, doch vor etwa einem dreiviertel Jahr begann der Geldfluss zu stocken. Der Baulöwe erklärte Lappert, dass er im Zuge der Finanzmarktkrise mit Liquiditätsproblemen zu kämpfen hätte. ›Nichts Ungewöhnliches in diesen turbulenten Zeiten, in drei Monaten sind wir wieder flott‹, hatte er dem Architekten erklärt. Und so hatte Lappert weiter geplant, gewartet und gehofft, bis vor zwei Monaten ein Brief von Mälzer eingetroffen war, in dem er formlos und ohne Angabe von Gründen die Zusammenarbeit beendete. Jeder Versuch eines Gespräches endete fruchtlos, woraufhin Lappert vor einem Monat einen Mahnbescheid bei Gericht erwirkt hatte.

*

Und nun saß Veronika Lappert auf dem Badewannenrand im Erdgeschoss ihres Hauses und dachte darüber nach, dass sich mit dem angekündigten Verzicht ihres Mannes etwa 1.600.000 Euro in Luft auflösen würden. 1,6 Millionen.

›Nach diesem Auftrag höre ich auf‹, hatte er vor zwei Jahren gesagt. Oft hatten sie seitdem davon gesprochen, das Haus in Kassel zu verkaufen und irgendwo hinzugehen, wo immer die Sonne scheint. Teneriffa vielleicht, wo sie im Orotava-Tal eine kleine Wohnung besaßen.

Ohne das Geld für das Projekt Outlet-Center, um das Mälzer sie bis jetzt erfolgreich betrogen hatte, würde aus all diesen Plänen nichts werden, ganz im Gegenteil. Sie hatten ein Jahr lang ein komplettes Büro unterhalten, hatten Menschen beschäftigt und bezahlt, was weit mehr als eine Million ihres Privatvermögens verschlungen hatte.

Mit einem Stück Toilettenpapier wischte sie sich eine Träne aus dem Gesicht, griff zu einem Tablettenröhrchen, das hinter ihren diversen Kosmetikbehältern versteckt war, nahm zwei Pillen heraus und schluckte sie mit etwas Wasser hinunter. Dann betrachtete sie ihr verheultes Gesicht im Spiegel über dem Waschbecken und fasste dabei einen Entschluss.

*

Nachdem sie kurz ins Schlafzimmer gespäht hatte und registrierte, dass ihr Mann eingeschlafen war, wie er es angekündigt hatte, bestellte sie bei der Funkzentrale ein Taxi, schlüpfte in einen knielangen Rock, zog ein Paar flache Schuhe an, nahm ihre Tasche von der Kommode im Flur und verließ das Haus.

»Guten Tag«, sagte sie zu dem Taxifahrer, nannte die Adresse und stellte die Handtasche zwischen ihre Beine in den Fußraum.

Während der kurzen Fahrt im sommerlichen Feierabendverkehr schaute sie schweigend aus dem Fenster. Die Stadt kam ihr größer, bedrohlicher vor als früher. Als die Mercedes-Limousine an ihrem Fahrziel angekommen war, bezahlte sie, gab dem Fahrer ein kleines Trinkgeld und stieg aus. Ihre Schritte waren etwas unsicher, als sie die Straße überquerte und auf die Gründerzeitvilla mit den vielen glänzenden Firmenschildern am Eingang zusteuerte.

»Ja, bitte«, hörte sie als Reaktion auf ihr Klingeln aus der Sprechanlage.

»Ich möchte bitte zu Herrn Mälzer«, sprach sie in das Aluminiumgewebe vor ihrer Nase.

»Herr Mälzer ist leider nicht im Haus. Er wird erst nächste Woche zurückerwartet.«

Veronika Lappert trat unsicher von einem Bein aufs andere und hatte sichtbar Mühe, mit der Situation umzugehen.

»Dann möchte ich mit Frau Mälzer sprechen.«

Ein kurzes Knacken in der Leitung.

»Wen darf ich melden?«

»Veronika Lappert. Frau Mälzer kennt mich.«

»Einen kleinen Moment, bitte. Ich will sehen, was ich für Sie tun kann.«

»Danke«, schickte die Frau des Architekten leise hinterher, doch die Dame am Empfang hatte die Verbindung schon unterbrochen.

Dann ertönte der Summer und das schwere Tor fuhr nach innen. Die Frau trat ein und ging mit kurzen, knirschenden Schritten auf dem gekiesten Weg zum Haus, wo sie von einer etwa 25-jährigen Frau in Empfang genommen wurde.

»Frau Mälzer hat leider nicht viel Zeit, weil sie in zehn Minuten einen Termin hat. Bis dahin steht sie Ihnen allerdings zur Verfügung.«

Damit drehte sie sich um und ging voraus. Vor Molina Mälzers Bürotür blieb sie kurz stehen, nickte ihrer Begleiterin lächelnd zu und klopfte.

»Herein«, kam es gedämpft zurück.

Sie trat ein und ging ein paar Schritte auf die Frau hinter dem Schreibtisch zu. »Ihr Besuch, Frau Mälzer.«

»Danke, Franziska«, erwiderte die Unternehmerin, ohne

den Hauch einer Regung zu zeigen, und sah an ihr vorbei zu Veronika Lappert.

»Und Sie können gerne näher kommen und sich setzen. Hier beißt Sie niemand, Frau Lappert.«

Die Rezeptionistin entfernte sich lautlos und zog die Tür hinter sich ins Schloss. Veronika Lappert ging auf Molina Mälzer zu, bis sie an den beiden Stühlen vor dem Schreibtisch angekommen war, und stützte sich darauf ab.

»Ich weiß«, begann sie mit zitternder Stimme, »dass Sie für das verantwortlich sind, was meinem Mann heute widerfahren ist. Ich weiß es und ich werde Sie dafür zur Rechenschaft ziehen.«

Molina Mälzer blieb völlig gelassen. Sie griff nach einem Wasserglas, trank einen Schluck und stellte es zurück.

»Ich habe keine Ahnung, wovon Sie sprechen, Frau Lappert, und offen gesagt interessiert es mich auch nicht. Ich dachte, Sie seien zu mir gekommen, um mir einen annehmbaren Vergleichsvorschlag zu machen, damit wir diesen lästigen Rechtsstreit endlich vergessen können. Aber anscheinend habe ich mich getäuscht.«

Veronika Lappert kämpfte mit den Tränen, aber so leicht wollte sie es ihrer Gesprächspartnerin nicht machen.

»Wir werden diesen, wie Sie es nennen, ›lästigen Rechtsstreit‹ bis zur letzten Instanz vorantreiben. Irgendjemand muss Ihnen und Ihrem Mann einmal zeigen, dass mit Beziehungen und Lug und Trug nicht alles auf der Welt zu gewinnen ist. Und ich bin mir sicher, dass Ihr Arm nicht bis in die Gerichte hineinreicht. Also sollten Sie uns besser das Geld überweisen, für das unser Büro mehr als ein Jahr gearbeitet hat.«

Molina Mälzer verengte die Augen zu Schlitzen, erhob sich langsam von ihrem Sitzball und fixierte die Frau des Architekten.

»Hören Sie auf, mir die Ohren vollzuheulen. Sie wissen genauso gut wie ich, dass das, was Ihr Büro abgeliefert hat, ein Haufen Bullshit gewesen ist. Wir mussten, nachdem das offenbar wurde, mit der Planung komplett von vorne anfangen. Und dafür gibt es natürlich kein Geld, das sollte Ihnen klar sein. Und wenn Sie noch so wild klagen, wir haben die Zeit und das Geld, mit Ihnen fertig zu werden.«

Veronika Lappert kämpfte noch immer mit den Tränen, und wie es aussah, würde sie diesen Kampf innerhalb der nächsten Sekunden verlieren. Deshalb biss sie die Zähne zusammen, bevor sie antwortete.

»Und wenn Sie noch so oft behaupten, dass mein Mann schlechte Arbeit abgeliefert hätte, so gewinnt es dadurch nicht mehr an Wahrheit. Schon allein die Tatsache, dass der Bau jetzt genau so realisiert werden soll, wie unser Büro ihn geplant hat, widerlegt Ihre infame Behauptung.«

Sie richtete sich auf und ging langsam rückwärts Richtung Tür. »Also: Pfeifen Sie Ihre Schlägerbanden zurück. Mein Mann wird wegen der Sache heute Anzeige bei der Polizei erstatten und er wird explizit darauf hinweisen, dass er Sie und Ihren Mann als Auftraggeber hinter diesem feigen Anschlag vermutet. Wir werden sehen, inwieweit Sie sich diese schlechte Presse leisten können und ob nicht dadurch Ihr schönes Prestigeobjekt Outlet-Center endgültig platzen wird wie eine Seifenblase.«

Ohne eine Antwort abzuwarten, drehte sie sich um, ging schnell die letzten beiden Schritte zur Tür und verließ das Büro. Und noch bevor sie ins Freie getreten war, schossen ihr die ersten Tränen aus den Augen.

15

Lenz hockte sich neben den noch immer zitternden Winterschied auf die Holzliege. Mittlerweile waren die Besatzungen mehrerer Streifenwagen eingetroffen und damit beschäftigt, den Tatort abzusperren. Neben dem Toten, der unverändert auf dem Rücken lag, kniete ein Notarzt, flankiert von zwei Sanitätern.

»Also, wer ist das da drüben?«, wollte Lenz wissen. Winterschied senkte den Kopf und betrachtete das Gras vor seinen Schuhen.

»Das ist Hugo Pallhuber. Wir nennen ihn alle nur den Österreicher, weil er ursprünglich aus Tirol stammt.«

»Und warum haben Sie ihn im Schlepptau gehabt? Hat er etwas mit diesem Waldemar zu tun?«

Wieder ließ sich der Zeitungsverkäufer Zeit, bevor er antwortete.

»Nicht direkt. Ich habe ihn drüben vor der Laubenkolonie getroffen. Dabei hat er mir erzählt, dass Waldemar ein paar Minuten vorher ziemlich hysterisch an ihm vorbeigerannt ist. Warum, wusste er natürlich nicht, aber das können Sie an fünf Fingern abzählen.«

Lenz sah hinüber zu dem kleinen Waldstück, das den Weg umsäumte, über den sie gekommen waren. Dort war Hain mit ein paar uniformierten Kollegen dabei, den Boden abzusuchen.

»Kannten Waldemar und er sich?«

»Klar. Man trifft sich zwangsläufig immer mal wieder. Ich kenne ihn schon mindestens 20 Jahre.« Er musterte den Leichnam. »Oder besser, ich kannte ihn.«

»Meinen Sie, er wurde erschossen, weil er Waldemar gesehen hat?«

»Keine Ahnung. Aber wenn ich so drüber nachdenke, könnte es ihn erwischt haben, weil er mit Waldemar verwechselt worden ist. Die beiden haben gerne einen Strohhut getragen und von der Statur her sind sie sich auch ziemlich ähnlich. Außerdem sehen Männer mit Vollbart immer ein bisschen gleich aus.«

Das sah Lenz grundlegend anders, doch er verzichtete auf einen Kommentar.

»Könnte es auch sein, dass Pallhuber und dieser Waldemar gestern Nacht gemeinsam unterwegs gewesen sind? Dass sie sich ihr Nachtlager geteilt haben?«

Der Zeitungsverkäufer sah Lenz an, als hätte der den Untergang der Welt angekündigt.

»Nun werden Sie mal nicht albern, Herr Kommissar. Wir sind ja manchmal komische Gestalten, aber jeder von uns besteht schon auf seinem eigenen Schlafplatz, da sind wir eigen. Arschficken ist in unseren Kreisen nicht so angesagt, verstehen Sie?«

Lenz schluckte.

»So hab ich das auch gar nicht gemeint, Herr Winterschied. Es könnte nur sein, dass …«

»Vergessen Sie es«, wurde er von seinem Gegenüber barsch unterbrochen. »Vergessen Sie es einfach.«

»Gut«, erwiderte der Polizist nach einer kurzen Pause. »Dann gehen wir von einer Verwechslung aus; ein anderes Motiv erschließt sich mir im Moment nämlich auch nicht.«

*

Dr. Franz, der Rechtsmediziner, bahnte sich mit seiner großen Tasche in der Hand den Weg durch die Reporter, Fotografen und Kameraleute, die sich mittlerweile eingefunden hatten, begrüßte Hain im Vorübergehen, nahm Kurs auf die Leiche und drückte dem Notarzt die Hand. Die beiden unterhielten sich einen Moment, dann bückte Franz sich und nahm etwas aus seiner Tasche.

»Also, Herr Kommissar«, setzte Winterschied das Gespräch fort. Er zitterte noch immer leicht. »Worüber ich ziemlich intensiv nachdenke, ist die Tatsache, dass Waldemar spätestens in einer oder zwei Stunden mitgekriegt haben dürfte, dass der Österreicher hier tot im Gras liegt. Das wird ihn ermuntern, die Beine in die Hand zu nehmen und zu verduften.«

»Können wir irgendetwas tun, um ihn aufzuhalten oder zu beruhigen?«

Wieder starrte Winterschied dem Kommissar ungläubig in die Augen. »Woran dachten Sie denn da so? Immerhin konnten Sie und Ihr Kollege nicht verhindern, dass der Österreicher da drüben vor unseren Augen erschossen wurde. Das kann man nur mit größter Mühe als vertrauensbildende Maßnahme betrachten, oder?«

Lenz kam nicht dazu, sich eine Antwort zu überlegen, weil Hain auf sie zukam.

»Kommst du kurz mit?«, fragte er seinen Chef und ging Richtung Fluss.

Der Hauptkommissar stand auf und folgte ihm.

»Vermutlich wurde aus dem Lieferwagen geschossen«, erklärte er, als sie außer Hörweite des Zeitungsverkäufers waren. »Wir haben da oben alles abgesucht, aber keine Hülse gefunden. Entweder hat der Schütze die Muße gehabt, sie aufzusammeln, oder er hat in der offenen Tür gesessen und gefeuert, was ich mir eher vorstellen kann. Dann die Tür zugeschmissen und ab dafür.«

Lenz nickte. »So könnte es gewesen sein.«

Hain machte eine Kopfbewegung in Winterschieds Richtung. »Hat er dir erzählt, wer der Tote ist?«

»Nun ja«, meinte Lenz. »Sie nennen ihn den Österreicher, weil er vermutlich aus Tirol stammt. Sein bürgerlicher Name ist angeblich Hugo Pallhuber, aber das müssen wir verifizieren. Winterschied meint, dass es sich um eine Verwechslung handeln könnte, weil dieser Waldemar und der tote Österreicher sich ähneln würden. Angeblich tragen beide gerne Strohhüte und einen Vollbart, so sein Argument.«

Hain dachte einen Augenblick nach. »So ganz dumm ist das nicht. Die Jungs mit der Knarre wussten vermutlich, dass wir, genau wie sie, nach diesem Waldemar suchen, und genau wie wir haben die keine Ahnung, wie der Typ genau aussieht. Also haben sie sich einfach davon täuschen lassen, dass Winterschied ihn angeschleppt hat und wir auf ihn gewartet haben.«

»Wenn du recht hast, müssen wir seine Identität auf jeden Fall unter Verschluss halten. Vielleicht bemerken die Killer nicht, dass sie den Falschen erschossen haben, und hören auf, weiter nach diesem Phantom Waldemar zu suchen.«

»Also willst du der Öffentlichkeit erklären, dass der Tote dort drüben ein gewisser Waldemar ist?« Er verzog skeptisch das Gesicht. »Könnte hinhauen, muss aber nicht. Auf jeden Fall sollten wir jetzt ohne Rücksicht auf irgendwas oder irgendwen nach dem echten Waldemar suchen, um ihn aus der Schusslinie zu holen. Und vielleicht wäre eine Informationssperre angebracht, damit nicht am Ende doch durchsickert, wer das da drüben wirklich ist.«

»Das machen wir auf jeden Fall«, bestätigte Lenz. »Hast du ein paar Uniformierte in die umliegenden Häuser geschickt, um die Bewohner zu befragen?«

Hain nickte.

»Insgesamt sind vier Kollegen unterwegs. Ich glaube zwar nicht, dass es was bringt, weil hier wenig Wohnbebauung ist, aber was solls. Vielleicht haben wir Glück.«

Lenz wollte etwas erwidern, wurde jedoch von Dr. Franz unterbrochen, der auf sie zukam.

»Wenn es bei Ihnen in Kassel mal losgeht, dann gibts immer gleich einen Haufen Tote. An ein einzelnes Tötungsdelikt kann ich mich gar nicht mehr erinnern, Herr Lenz.«

Der Hauptkommissar kratzte sich am Kinn und atmete dabei schwer.

»Da muss ich Ihnen recht geben, aber es hilft ja nichts. Was gibts denn zu dem armen Schwein da drüben zu sagen?«

»So arm war er gar nicht dran. Der Schuss hat ihn getötet, noch bevor er richtig zu Boden gesackt war. Volltreffer ins Herz; ich bin sicher, dass er nicht einmal mehr den Knall gehört hat.«

»Wie tröstlich«, entgegnete Lenz ironisch.

»Nun werden Sie mal nicht kiebig, Herr Kommissar. Wenn man schon das Zeitliche segnen muss, dann doch bitte ohne großes Leiden. Außerdem ist die Verletzung so eindeutig, dass ich mir guten Gewissens die Sektion sparen könnte, was jedoch der Staatsanwalt nicht goutieren dürfte.«

»Hm«, machte Lenz, weil er nicht wusste, was er sonst sagen sollte.

»Soweit ich es bis jetzt sehen konnte, war es eine großkalibrige Waffe, mit der geschossen wurde, darauf deutet jedenfalls der Einschusskanal hin. Das Projektil ist im Rücken ausgetreten und wahrscheinlich irgendwo in den Wiesen zwischen hier und Sandershausen gelandet. Ich lasse ihn jetzt abtransportieren, weil ich vor Ort ohnehin nichts mehr tun kann.« Er drehte sich um und ging langsam davon. »Auf Wiedersehen, meine Herren«, murmelte er dabei.

»Wiedersehen«, murmelte Lenz ebenso leise.

»Brauchen Sie mich noch?«, wollte Winterschied wissen, der noch immer auf der Holzskulptur saß.

Der Hauptkommissar schüttelte den Kopf. »Im Moment nicht. Aber wenn Sie etwas von Waldemar hören, lassen Sie es uns wissen.«

Winterschied stand auf und stapfte davon, ohne die Polizisten noch einmal eines Blickes zu würdigen.

*

Eine halbe Stunde später hatten die beiden mit allen Uniformierten gesprochen, die auf der Suche nach Zeugen gewesen waren, ebenso mit der älteren Dame, die den Lieferwagen davonfahren gesehen hatte. Bis auf die Frau gab es offensichtlich keine weiteren Beobachter oder Zeugen, und ihre Aussage war eher dürftig. Ein weißer Lieferwagen angeblich, mit Scheiben oder ohne, der eine rote Aufschrift trug und in dem nur der Fahrer gesessen hatte. Aus dem Hamburger Kennzeichen war mittlerweile eines aus Hannover geworden und Lenz hatte zum Ende der Befragung den Eindruck, dass den Ausführungen der Frau nicht die letzte Beweiskraft anhaftete. Als die beiden Kommissare auf dem Weg zu ihrem Dienstwagen waren, kam ihnen ein Mann in kurzen Hosen, halb geöffnetem Hemd und Sandalen entgegen.

»Dieter Schweizer«, stellte er sich vor und drückte den Polizisten die Hand. »Die Jungs in Blau haben mich zu Ihnen geschickt.«

»Aha«, machte Hain. »Und was können wir für Sie tun?«

»Vielleicht ist es interessant für Sie, was ich vorhin hier beobachtet habe. Ich war nämlich ungefähr zu der Zeit drüben am Altglascontainer, als der Typ abgeknipst worden ist.«

Hain zog die Stirn in Falten. Offenbar schaute Herr Schweizer zu viele Krimis im Fernsehen.

»Und? Ist Ihnen was Besonderes aufgefallen?«

Der Mann nickte aufgeregt. »Deswegen bin ich ja hier. Als ich …« Er machte eine kurze Pause. »Am besten erzähle ich Ihnen alles, was ich so gesehen hab, von Anfang an. O. K.?«

Hain machte eine einladende Geste. »Bitte, bitte, machen Sie nur.«

»Also, ich bin hier angekommen, das war so um halb drei. Kann auch ein paar Minuten früher oder später gewesen sein, aber das ist wahrscheinlich für Sie nicht so brutal wichtig, oder?«

Der Oberkommissar schüttelte generös den Kopf. »Nein, nein.«

»Also.« Schweizer deutete auf das linke Ende der Straße. »Ich bin drüben im Supermarkt gewesen, weil ich was einzukaufen hatte. Dann bin ich von dort gekommen und hab mein Auto direkt vor die Altglascontainer gestellt.«

Er hob entschuldigend die Arme. »Ich weiß, ist nicht so richtig in Ordnung, in der falschen Fahrtrichtung zu parken, aber es war nur für eine gute Minute. Ich steige also aus dem Wagen, gehe nach hinten und will gerade die Heckklappe aufmachen, als der Lieferwagen hier vorbeirollt.« Seine rechte Hand wies auf die gegenüberliegende Straßenseite.

»Zuerst dachte ich, die wollten mich anscheißen, wegen meiner Parkerei. Aber die hatten nur Augen für die Büsche da drüben, hinter der Halle. Beide stierten so angestrengt nach rechts, dass der Fahrer gar nicht auf die Straße geachtet hat und beinahe meine Karre gerammt hätte. Da war höchstens ein Viertelmeter Platz, als er auf mich zurollte. Ganz langsam, aber genau in die falsche Richtung.«

Er zuckte mit den Schultern. »Was hätte ich denn machen

sollen? Also hab ich losgebrüllt. Die beiden haben sich wohl mächtig erschrocken und der Fahrer hat auch gleich die Richtung gewechselt, sodass es noch gereicht hat. Dann sind sie nach hier eingebogen.«

Nun waren die beiden Polizisten doch sehr interessiert an den Ausführungen des Mannes.

»Wie ging es weiter?«, wollte Lenz wissen.

»Na, wie schon? Ich hab mein Leergut hier entsorgt, mich ins Auto gesetzt und wollte heimfahren. Als ich da vorne vorbeigefahren bin, gab es den Knall. Zuerst dachte ich, einer meiner Reifen sei wegen der Hitze geplatzt, das hatte ich nämlich schon mal, aber mein Auto ist normal gefahren. Also hab ich mir nichts weiter dabei gedacht.«

Er deutete in Richtung Weserspitze.

»Als ich ungefähr dort oben war, hab ich im Rückspiegel den Lieferwagen hier aus der Straße rausschießen gesehen. Dann ist er links abgebogen und war weg.«

»Und Sie haben sich keine Gedanken darüber gemacht, dass es zuerst knallt und danach der Lieferwagen davonrast?«

Wieder schüttelte Schweizer den Kopf.

»Ach, i wo! Wir leben in Kassel, und nicht in New York oder Rio. Konnte ich denn ahnen, dass die beiden einen erschossen haben?«

»Und wie kommt es, dass Sie zurückgekommen sind?«

»Eigentlich wollte ich mit meinen Kindern ins Schwimmbad, aber zu Hause hab ich im Radio gehört, dass hier so eine Schweinerei stattgefunden hat. Und dass nach einem hellen Lieferwagen gesucht wird. Da dachte ich, jetzt aber …«

»Ja, schon gut«, wurde er von Lenz unterbrochen. »Das haben Sie erstklassig gemacht. Und Sie sind sich sicher, dass in dem Lieferwagen zwei Männer saßen?«

»Ja, klar. Zwei Männer. Ich konnte ihnen ja direkt ins Gesicht sehen.«

»Das heißt, sie können uns eine genaue Beschreibung der beiden geben?«

Schweizer wirkte nun fast ein wenig beleidigt.

»Logo. Zwei südländische Typen waren das. Beide dunkle, lockige Haare, der eine schulterlang, der andere etwas kürzer.«

»Ausländer?«

»So sahen sie aus. Wie Italiener vielleicht, oder Griechen. Es könnten aber auch Spanier gewesen sein.«

»Keine Türken also?«, hakte Hain vorsichtig nach.

»Nein, keine Türken. Mit Türken habe ich viel an der Arbeit zu tun, aber das hier waren sicher keine Türken.«

Er trat einen Schritt näher an die Polizisten heran.

»Ich muss doch jetzt bestimmt mit Ihnen aufs Revier kommen, wegen der Phantombilder, oder?«

Hain nickte. »Ja, das wäre gut. Haben Sie vielleicht auf das Kennzeichen des Transporters geachtet?«

»Nein, beim besten Willen, dafür hatte ich keine Nerven. Auf jeden Fall war es ein Fiat Ducato, späte zweite Baureihe, also ein 244er-Kasten, ohne Fenster, cremefarben.«

»Irgendwelche Beschriftungen?«

»Nein, keine Kriegsbemalung. Nur um die hinteren Kotflügel herum war er schwarz angepinselt, vielleicht, weil dort mal Bleche eingeschweißt worden sind.«

»Sie scheinen sich gut auszukennen. Sind Sie vom Fach?«

»Sozusagen, ja. Ich arbeite in einer großen freien Werkstatt als Kfz-Meister.«

»Schön«, erwiderte Lenz, während Hain zum Telefon griff und die neuen Erkenntnisse zum Fluchtfahrzeug und den vermeintlichen Tätern an die Zentrale weitergab.

»Gibt es sonst noch etwas, das Ihnen aufgefallen ist?«

Schweizer dachte einen Moment nach.

»Nein, sonst kann ich mich nicht an irgendwas Besonderes erinnern.«

»Gut«, erklärte der Hauptkommissar dem Mann, »dann fahren wir jetzt am besten zusammen ins Präsidium und schauen, dass wir möglichst schnell die Phantombilder erstellen. Ich hoffe, Sie haben ein bisschen Zeit mit…«

Weiter kam er nicht, weil er vom Klingeln seines Telefons unterbrochen wurde. Der Anrufer war Rolf-Werner Gecks.

»Hallo, RW, was gibts?«

»Die Kollegen haben den Transporter gefunden. Dürfte eine Minute vom Tatort entfernt sein. Fahrt einfach auf die Ysenburgstraße stadteinwärts, dort seht ihr schon die Streifenwagen in der Parkreihe an der Sporthalle stehen.«

»Gut, RW, wir sind unterwegs. Ich schicke derweil einen Herrn Schweizer zu dir ins Präsidium, der die Fahrer des Transporters gesehen hat. Kannst du dich um ihn und die Phantombilder kümmern?«

»Mach ich. Wir sehen uns später.«

*

»Ich muss Sie bitten, mit Ihrem eigenen Auto zum Präsidium zu fahren«, eröffnete Lenz dem Zeugen und erklärte ihm, wie er zu Gecks kommen würde. Ein paar Augenblicke später saßen sie im Wagen und bogen in die total gesperrte Ysenburgstraße ein.

»Das wird ein mächtiges Verkehrschaos geben«, orakelte Lenz mit Blick auf die Blechlawinen, die am oberen und unteren Ende der Straße zu erkennen waren, und öffnete die Tür des Vectras. Zwei Uniformierte nahmen die beiden Kommissare in Empfang und führten sie zu dem mit rot-weißem

Trassierband eingerahmten Ducato mit HR-Kennzeichen, also aus dem nahen Schwalm-Eder-Kreis.

»Die Kennzeichen wurden vor drei Tagen in Treysa gestohlen, von einem Ford Transit«, erklärte der eine. »Die Anfrage zum Fahrzeug selbst läuft noch.«

»Vermutlich sind sie hier in ein anderes Auto umgestiegen«, bemerkte der andere Uniformierte.

»Ja, vermutlich«, paraphrasierte Lenz und sah durch die offen stehende Schiebetür ins Innere des Lieferwagens. Dort fiel ihm sofort die Kiste auf. Eine Kiste von der Größe eines Sarges, aus Holz grob zurechtgezimmert. Der Deckel lag lose daneben.

»Was macht man mit so was?«, fragte Lenz mehr sich selbst als den neben ihm stehenden Thilo Hain, der ebenfalls erstaunt auf den mit rosafarbenem Schaumstoff ausgekleideten Kasten starrte.

»Keine Ahnung. Aber grundsätzlich würde ich sagen, dass man in diesem Ding bequem einen Menschen transportieren kann. Liegendtransport, sozusagen.«

»So sieht es aus. Meinst du, die wollten den Berber entführen?«

»Hmm«, machte Hain. »Wenn ja, warum? Warum würde er ihnen entführt mehr als tot nützen? Und was hat sie dann veranlasst, ihn einfach zu erschießen?«

»Viele Fragen und keine Antworten. Die Sache wird auf jeden Fall immer mysteriöser. Ist die Spurensicherung unterwegs?«, wandte der Hauptkommissar sich an die Uniformierten.

»Müsste gleich hier sein.«

»Hoffentlich.«

16

Molina Mälzer ließ ihr Aston-Martin-Cabriolet auf dem Parkplatz ausrollen, schloss mit einem Knopfdruck das Dach, stieg aus, zog einen Parkschein und legte ihn auf der rechten Seite des Armaturenbrettes ab. Dann sah sie sich um, verschloss den Wagen per Fernbedienung und ging auf das helle große Gebäude zu.

Von irgendwoher hörte sie Gejohle und Geschrei, hatte jedoch kein Ohr dafür. Vermutlich waren es Kinder, die an einem der nahen Badestrände ihren sommerlichen Spaß hatten. Sie überquerte die Straße und reihte sich kurze Zeit später in die Schlange der Wartenden ein, die ein Ticket für die Fahrt mit der kleinen Kabinenbahn vom Edersee zur Burg Waldeck kaufen wollten.

»Darf ich Sie einladen?«, fragte eine Stimme mit rollendem R hinter ihr. Sie erschrak, drehte sich ruckartig um und schaute in das braun gebrannte Gesicht eines etwa 35-jährigen Mannes.

»Gerne.«

Er hielt zwei Fahrscheine hoch und schob sie vorsichtig in Richtung des Einstiegs. Als beide in der kleinen, engen Zweierkabine Platz genommen hatten, entspannten sich die Züge der Frau ein wenig. Dann setzte sich die Gondel mit einem mächtigen Schaukeln in Bewegung.

»Wenn Sie wieder einmal einen Treffpunkt aussuchen, verschonen Sie mich bitte mit diesem prähistorischen Fahrgeschäft«, erklärte sie mit einem verstörten Blick nach unten. Sie überquerten in etwa acht Meter Höhe die Straße, die vom See hinauf nach Waldeck führt.

»Fürchten Sie sich nicht, Señora. Ich bin bei Ihnen, und solange ich bei Ihnen bin, wird Ihnen nichts passieren.«

»Ich bin beruhigt, das zu hören.«

»Außerdem waren Sie es, die auf dieses Treffen gedrängt hat.«

»Aus gutem Grund«, erwiderte sie erbost. »Was haben Sie denn mit diesem Lappert veranstaltet?«

Der Mann sah teilnahmslos aus dem Fenster, wo unter ihnen der Edersee in der Sonne glitzerte.

»Es ist offensichtlich, dass Sie und Ihr Mann die Sache mit dem Architekten nicht in den Griff bekommen werden. Also haben wir eine kleine Regelkunde mit ihm veranstaltet.«

»Wie sah die aus?«

»Das muss Sie nicht interessieren. Ich bin sicher, dass er verstanden hat, worum es geht.«

»Da bin ich mir ganz und gar nicht so sicher.«

»Warum?«

»Weil seine Frau mich heute Mittag aufgesucht und mir ganz unverhohlen gedroht hat, mich anzuzeigen. Ich weiß nicht, was Sie mit ihm angestellt haben, aber anscheinend hat es ihn nicht so sehr beeindruckt, dass er klein beigeben würde. Vielleicht sitzen er und seine holde Gattin just in diesem Moment bei der Polizei und stricken an einer Anzeige gegen meinen Mann und mich.«

Er legte den Kopf schief, blickte wieder aus dem Fenster und ließ sich mit seiner Erwiderung ein wenig Zeit.

»Das hätte ich nicht erwartet. Aber es zeigt einmal mehr, dass den Menschen nicht zu trauen ist. Sie sollten sich allerdings keine Gedanken machen, wir haben die Situation im Griff. Unsere nächste Regelkunde wird jegliche Zweifel an unserer Ernsthaftigkeit beseitigen, glauben Sie mir.«

»Hoffentlich. Hatten Sie wenigstens Erfolg bei Ihrem Besuch in der Eisdiele? Haben Sie das gefunden, wonach wir so dringend suchen?«

»Es gab ein kleines Problem. Allerdings nichts, was uns ernsthaft Sorgen machen würde. Die Dinge laufen gut.«

»Also haben Sie die Unterlagen nicht gefunden?«

»Ich bin, wie ich Ihnen schon vor ein paar Tagen erklärt habe, sicher, dass der Italiener damit nichts zu tun hat. Wie sollte der Mann an solche Informationen gekommen sein? Noch einmal: Die Dinge laufen gut.«

»Das klingt nicht sehr vertrauenerweckend. Offen gestanden wäre es mir viel lieber, Sie würden die Dinge so laufen lassen, wie wir es vereinbart hatten. Dazu gehört nach meiner Erinnerung auch ganz sicher kein toter Penner am Fulda-Ufer, oder irre ich mich?«

»Ein Kollateralschaden, nicht mehr«, gab er mit einer abfälligen Geste zurück.

»Und Sie meinen nicht, dass die Polizei zwei und zwei zusammenzählen kann?«

Sein Gesicht hellte sich wieder auf.

»Señora Mälzer, da, wo ich herkomme, sagt man: ›In den Geschichtsbüchern steht nicht, wie du gewonnen hast, sondern nur, dass du gewonnen hast.‹ Denken Sie daran, wenn Sie übernächstes Jahr unser gemeinsames Projekt einweihen. Denn dann wird Sie niemand mehr fragen, wie Sie gewonnen haben.«

»Das wünsche ich uns. Aber bis dahin sollten Sie Ihre Cowboyspiele auf das begrenzen, was zwischen uns vereinbart war. Und Lappert stand, wie gesagt, auf keinem unserer Lastenzettel.«

Er nahm den Blick vom Seepanorama, fixierte sie einige Sekunden lang und antwortete ihr dann völlig emotionslos.

»Frau Mälzer, Sie sollten nicht vergessen, dass meine Auftraggeber, die Ihre Geldgeber sind, an einer möglichst reibungslosen Abwicklung Ihres Engagements interessiert sind, nicht mehr und nicht weniger. Sie benutzen Bagger, um hinderliche Steine aus dem Weg zu räumen, meine Männer und ich machen nichts anderes. Ich gebe Ihnen keine Tipps, wie und wo Ihre Bagger am besten einzusetzen sind, und Sie halten sich aus unseren Aktivitäten heraus. Entendido?«

In diesem Augenblick stoppte die Gondelbahn ruckartig, die Kabine schaukelte nach vorne und Molina Mälzer wurde auf den Schoß des Mannes katapultiert. Sie wurde kreidebleich, murmelte einen obszönen Fluch, stieß sich mit einer kraftvollen Bewegung von seinen Schultern ab, ließ sich auf ihren Sitz zurückfallen und krampfte ihre rechte Hand um den Griff der Tür. Ihr Gegenüber sah ihr völlig ungerührt zu, und in diesem Moment wurde der Unternehmerin schlagartig klar, dass sie diesen Mann in den Wochen, seit er zum ersten Mal in Kassel aufgetaucht war, hoffnungslos unterschätzt hatte.

»Glotzen Sie nicht so!«, herrschte sie ihn an, doch sein Ausdruck blieb unverändert.

»Señora Mälzer, bitte. Ich bin nicht einer Ihrer Lakaien, mit dem Sie wie la Jefa reden können. Sie sind nicht meine Chefin und je schneller Sie das akzeptieren, desto weniger Probleme werden wir haben.«

Sie zog mit der freien linken Hand ihren Rock Richtung Knie, strich ihn gerade und presste die Zähne mit solchem Druck aufeinander, dass das Spiel ihrer Backenmuskeln sichtbar wurde. Dann drehte sie sich um und wollte nach unten sehen, doch nun setzte sich die kleine Kabine wieder in Bewegung.

»Endlich!«, stöhnte sie.

*

Ein paar Minuten später hatten sie die obere Station erreicht. Während der restlichen Fahrt hatte keiner der beiden ein Wort gesprochen. Molina Mälzer blickte auf der linken Seite aus dem Fenster, der Mann auf der rechten. Er stieg als Erster aus und wollte ihr danach beim Aussteigen helfen, doch sie wies seinen ausgesteckten Arm brüsk zurück.

»Kein Grund, so unfreundlich zu sein«, bemerkte er mit hochgezogenen Augenbrauen.

»Ich verfluche den Tag, an dem Ihre Auftraggeber Sie nach Kassel geschickt haben. Und ich freue mich auf den Tag, an dem Sie wieder unter dem Stein verschwunden sein werden, unter dem Sie hervorgekrochen sind. Bis es so weit ist, hoffe ich, möglichst wenig mit Ihnen zu tun haben zu müssen.« Sie drehte sich grußlos um und wollte ihn stehen lassen, doch er griff mit einer schnellen Bewegung nach ihrem Arm, drückte seine rechte Hand so kräftig in ihr Fleisch, dass sie leise aufschrie, und sah sie übertrieben freundlich an.

»Was ich Ihnen jetzt sage, Frau Mälzer, werde ich nicht wiederholen, passen Sie deshalb gut auf.«

Hinter ihnen hatte die nächste Kabine die Bergstation erreicht und zwei Frauen in Wanderschuhen stiegen aus. Deshalb schob er sie ein Stück zur Seite, ohne jedoch den Druck von ihrem Arm zu nehmen.

»Wir, das heißt, meine Auftraggeber und ich sind in einer sehr komfortablen Situation. Wir haben Geld, das wir investieren möchten. Ihr Mann und Sie allerdings sind in einer sehr viel weniger komfortablen Situation.« Seine Aussprache von ›Situation‹ klang wie ›Situacion‹.

»Sie brauchen das Geld sehr dringend. Ohne unsere Investition können Sie Ihr Projekt und damit Ihre gesamte geschäftliche Zukunft vergessen. Sie sind am Ende Ihres Liquiditätsspielraumes, und wenn wir aussteigen, bricht Ihr schönes kleines Imperium zusammen.«

Er erhöhte den Druck auf ihren Arm ein weiteres Mal, ohne die geringste Anstrengung zu zeigen. Molina Mälzer riss die Augen auf und stieß einen kleinen Schrei aus.

»Und, wo wir uns gerade so angeregt unterhalten«, fuhr er ungerührt fort, »kann ich Ihnen die Lektüre von El Pais vom 13. Juni letzten Jahres empfehlen. Dort können Sie auf Seite vier über den Tod eines großen mallorquinischen Bauunternehmers lesen. Er ist, zusammen mit seiner Frau und seinen beiden Kindern, mit seinem Privatflugzeug auf dem Weg von Valencia nach Palma abgestürzt. Ein ganz schrecklicher Unfall, so stand in den Zeitungen, natürlich auch in El Pais, zu lesen. Die tragischen Hintergründe sind leider nicht zu klären gewesen, auch hat man die Familie nie aus dem Mittelmeer gefischt.« Er schenkte ihr ein herzliches Lächeln. »Um Ihnen und Ihrem Mann ein ähnliches Schicksal zu ersparen, bitte ich Sie, sich ganz genau an unsere Anweisungen zu halten und sich nicht in Dinge einzumischen, die Sie nichts angehen und die Sie ohnehin nicht beeinflussen können. Wir treffen Entscheidungen, Sie leben damit, etwas anderes kommt nicht infrage.«

Damit gab er ihren Arm frei, nickte ihr kurz zu und schlenderte langsam davon. Molina Mälzer holte erleichtert Luft, rieb sich die Stelle, an der seine Hand ihren Oberarm umklammert gehalten hatte, schloss für einen Moment die Augen und starrte mit zitternden Lippen in den Himmel.

Als sie etwa 20 Minuten später vor ihrem Wagen stand, griff sie zum Telefon und wählte. Es dauerte einige Sekunden, bis die Verbindung aufgebaut war und der Anruf entgegengenommen wurde. »Du musst sofort zurückkommen, Jochen. Mit der nächsten Maschine.«

17

Heini Kostkamp packte seine Utensilien zusammen, stieg aus der Seitentür des Transporters, öffnete den Reißverschluss seines Tyvek-Overalls und zwängte sich umständlich aus dem Schutzanzug.

»Schon komisch, dieser Sarg da drin«, erklärte er dem Leiter der Mordkommission. »Da hat auf jeden Fall einer drin gelegen, aus welchem Grund auch immer. Wir haben am oberen Ende menschliche Haare gefunden und am unteren Schmutz von Schuhen. Außerdem vermutlich einen Popel, der dem Benutzer der Kiste aus der Nase gefallen sein dürfte.«

Lenz rümpfte angewidert die Nase.

»Hör auf, dich zu mokieren, Paul. Auch du verlierst gerne mal einen Popel, wie jeder Mensch übrigens. Für uns ist das wie ein Sechser im Lotto, wegen der DNA-Spuren.«

»Schon gut, Heini. Ist dir sonst noch was aufgefallen?«

»Ja, es gibt keine Fingerabdrücke. Die komplette Fahrerkabine ist gewischt worden, und zwar sehr gründlich. Nicht mal an Lenkrad oder Schalthebel finden sich irgendwelche Bruchstücke. Deshalb gehe ich davon aus, dass die ganze Sauerei hier richtig durchgeplant gewesen ist.«

Lenz nickte zustimmend. »Ja, das können wir annehmen. Hast du vielleicht im Fahrerhaus was anderes gefunden? Haare vielleicht?«

Kostkamp machte eine entschuldigende Geste. »So leid es mir tut, aber es gab wirklich nichts.«

»Wir haben einen Zeugen, der behauptet, dass zwei Männer mit dunklen Haaren und südländischem Äußeren im Wagen saßen, kurz bevor der Berber erschossen wurde.«

»Noch mal: Ich habe nichts gefunden, was euch weiterhelfen würde. Keine schwarzen Haare, keine blonden Haare und auch keine roten. Aber wir nehmen das Auto sowieso mit und machen noch einen zweiten Suchlauf. Vielleicht kommt ja dabei etwas raus, ich glaube es allerdings nicht.«

»Irgendwelche Hinweise, dass aus der offenen Tür geschossen wurde?«

»Auch negativ.«

»Das heißt also, dass uns die Karre bis jetzt nicht weiterbringt.«

»Bis jetzt nicht, exakt. Aber wie gesagt, wir machen noch einen zweiten Durchlauf bei uns in der Halle.«

Hain näherte sich den beiden mit einem Block in der Hand.

»Hast du wenigstens was rausgefunden, das uns weiterhilft?«, wurde er unwirsch von Lenz empfangen. Der junge Oberkommissar sah irritiert seinen Chef und danach den Mann von der Spurensicherung an.

»Was hast du denn mit dem gemacht, Heini?«

»Gar nichts. Der Herr Hauptkommissar ist unzufrieden mit der Spurenausbeute im Wagen. Er hätte es gerne gehabt, wenn ich ein paar dunkle Männerhaare auf den Vordersitzen gefunden hätte.«

Lenz wollte eine bissige Bemerkung zurückgeben, doch in diesem Moment tauchte ein Reporter der Lokalzeitung in der Parkreihe auf und hielt direkt auf ihn zu.

»Hallo, Herr Hauptkommissar«, begann er und sein massiger Körper bebte dabei.

»Tag, Herr Peters«, erwiderte Lenz frostig.

»Können Sie schon was zu dem Toten von der Fulda sagen? Ist das hier der Wagen, aus dem geschossen wurde?«

Der Polizist wandte sich Hilfe suchend in Hains Richtung, doch der war zusammen mit Heini Kostkamp schon ein paar Meter zur Seite gegangen.

»Tja, Herr Peters, da muss ich Sie wahrscheinlich enttäuschen. Ob das hier das Fahrzeug ist, aus dem geschossen wurde, können wir leider noch nicht mit Bestimmtheit sagen. Und zu dem Toten von vorhin gibt es zwar schon ein paar Erkenntnisse, aber mit Hinblick auf die ermittlungstaktischen Umstände möchte ich lieber nichts dazu sagen.«

»Ach nein, Herr Lenz, tun Sie mir das nicht an«, drückte der Journalist auf die Tränendrüse. »Sie wissen doch, dass Sie mir alles erzählen können, ich aber nur das ins Blatt bringe, was Sie freigegeben haben. Also, was gibt es zu dem Mann zu sagen? Stimmt es, dass er ein Penner gewesen ist?«

»Das kann ich Ihnen bestätigen, ja. Es handelt sich um einen Nichtsesshaften.«

»Die Gerüchteküche besagt, dass er kein Deutscher war.«

Lenz machte ein unglückliches Gesicht.

»Das wiederum kann ich Ihnen nicht bestätigen. Wie gesagt, aus ermittlungstaktischen Gründen.«

»Aber wenn Sie das so sagen, drücken Sie doch damit aus, dass ich recht habe mit meiner Vermutung.«

»Herr Peters«, begann Lenz, stoppte dann jedoch und schob den Reporter ein paar Meter in Richtung der Sporthalle. Dann sprach er mit gesenkter Stimme weiter. »Ich würde Ihnen doch am liebsten alles sagen, was ich weiß, aber dann komme ich in Teufels Küche. Ich bin doch auch vom Wohlwollen meiner Vorgesetzten abhängig, genau wie Sie. Und wenn die eine Informationssperre verhängen, was soll ich da machen?«

Peters nickte und bedachte ihn mit einem verschwörerischen Blick der Marke: Wir armen Schweine müssen doch zusammenhalten. »Aber, Herr Lenz. Alles, was wir besprechen, bleibt unter uns, versprochen. Also: War der Ermordete Ausländer?«

Lenz zog tief Luft durch die Nase, seufzte und nickte kaum wahrnehmbar. »Aber ich muss mich darauf verlassen, dass es nicht morgen in der Zeitung steht.«

»Das können Sie, Herr Lenz, das können Sie garantiert.«

»Gut«, erwiderte der Polizist erleichtert. »Er war zwar vermutlich Deutscher, aber mit russischem Hintergrund. Sein Name ist Waldemar, mehr kann ich Ihnen dazu aber wirklich nicht sagen.«

»Und warum ist er erschossen worden? Gibt es dazu schon Erkenntnisse?«

»Das ist leider völlig unklar. Da tappen wir, ganz ehrlich, im Dunkeln.«

»Na ja, warum sollte schon jemand einen Penner erschießen? Vermutlich ein Streit unter Kollegen.«

Lenz fragte sich, ob der Journalist nicht zwei und zwei zusammenzählen konnte oder ob er wirklich vermutete, dass jeder Nichtsesshafte mit einem großkalibrigen Gewehr unter dem Arm herumlaufen würde. Für die Regelungen der Streitigkeiten unter Kollegen.

»Wie auch immer, Herr Peters, ich muss mich darauf verlassen, dass alles, bis auf die Tatsache, dass er ein Berber war, unter uns bleiben muss. Den Rest dürfen Sie wirklich nicht drucken.«

Peters griff nach der Hand des Polizisten, drückte sie kräftig und nickte devot. »Wie ich gesagt habe, Herr Kommissar. Ich verspreche es Ihnen.« Er streckte die Linke ebenfalls nach vorne und legte sie über seine und die Hand des Kommissars. »Ach was, ich gebe Ihnen mein Ehrenwort.«

Das habe ich irgendwo schon einmal gehört, dachte

Lenz und erwiderte das Nicken. »Schon in Ordnung, Herr Peters. Ich weiß, dass ich mich voll und ganz auf Sie verlassen kann.«

*

»Alles klar?«, wollte Hain wissen, nachdem der Journalist um die Ecke verschwunden war.

»Das will ich doch schwer hoffen«, erwiderte Lenz grinsend. »Ich habe ihm alles erzählt, was ich gerne morgen in der Zeitung lesen würde. Natürlich unter dem Siegel der Verschwiegenheit. Und er hat mir versprochen, nein, er hat mir sogar sein Ehrenwort gegeben, nur das zu schreiben, was von mir autorisiert wurde.«

»Hoffentlich können wir uns auf ihn verlassen und er hat nicht in den letzten Wochen so etwas wie Berufsethos entwickelt.«

»Vergiss es«, gab Lenz, immer noch grinsend, zurück. »Das Einzige, was ihn jetzt wahrscheinlich beschäftigt, ist die Frage, wie er es anstellt, ohne es sich mit mir zu verderben. Ich tippe darauf, dass er unter dem Namen eines Kollegen schreibt, mich dann morgen ganz zerknirscht anruft und behauptet, der Kollege hätte es von einer anderen Quelle.«

»Und du meinst nicht, dass er sich schämt, die alte Masche abzuziehen?«

»Kann ich mir nicht vorstellen. Und wenn, müssen wir uns eben was anderes einfallen lassen.«

Im Hintergrund tauchte ein riesiger, knallrot lackierter Abschleppwagen auf, der hinter dem Lieferwagen hielt, vor dem sie standen. Der Fahrer stieg aus und ging auf die beiden Beamten zu.

»Ist das der Ducato, den ich abholen soll?«

»Ja, das ist er«, rief Kostkamp über ein paar geparkte Autos hinweg.

*

Eine knappe halbe Stunde später kamen die beiden Kommissare im Präsidium an. Auf Hains Schreibtisch lagen zwei Ausdrucke der Phantombilder, die nach Schweizers Angaben erstellt worden waren. Daneben eine Notiz, dass die beiden europaweit zur Fahndung ausgeschrieben waren. Lenz betrachtete die wie immer seltsam ausdruckslos anmutenden Computerdarstellungen.

»Das sollten tatsächlich Südländer sein, die uns der Herr Schweizer hier präsentiert, was meinst du?«

Hain nahm die Bilder in die Hand und nickte.

»Stimmt. Aber ob das nun Griechen, Spanier oder am Ende gar Portugiesen oder Italiener sind, will ich nicht entscheiden müssen. Vielleicht kommen sie ja aus Nordafrika.«

»Wie auch immer, wenn …«

Weiter kam der Hauptkommissar nicht, weil Rolf-Werner Gecks das Büro betrat.

»Hallo, Männer.«

»Hallo, RW, gibts was Neues?«

»Und ob«, antwortete der altgediente Ermittler. »Der Ducato ist kein deutsches Fahrzeug, zumindest ist seine Fahrgestellnummer nie in Deutschland registriert worden.«

Lenz musterte ihn mit gerunzelter Stirn. »Und was heißt das?«

»Erst mal gar nichts. Aber vielleicht bringt es uns weiter, wenn wir herausfinden, aus welcher Ecke der Welt das Ding stammt.«

»Das könnte bedeuten, dass …«, er deutete auf die Phantombilder, »… dass diese beiden Strolche hier mit dem Ding angereist sind, wo auch immer sie herkommen?«

Gecks nickte. »Genau das.«

»Dann, RW, solltest du möglichst schnell herausfinden, woher der Lieferwagen stammt.«

»Die Anfrage läuft schon. In spätestens zwei Stunden habe ich die Information.«

»Klasse«, erwiderte Lenz. »Das sollte uns zumindest einen kleinen Schritt voranbringen, wenn die Fahndung bis dahin nichts gebracht hat.« Er gähnte, rieb sich seine müden Augen und sah auf die Uhr. »Und ich mach mich jetzt nach Hause, ich kann nämlich kaum noch stehen.«

»Soll ich dich bringen?«, fragte Hain eher unmotiviert.

»Nein, ich gehe ein paar Schritte zu Fuß und nehme dann den Bus. Du könntest noch mit den Kollegen vom KDD absprechen, was wir bis jetzt haben, dann kannst du auch Feierabend machen.«

»Mach ich.«

»Gut. Wenn irgendwas Außergewöhnliches sein sollte, rufen die Jungs sowieso an. Ansonsten treffen wir uns morgen um sieben hier.«

Damit verabschiedeten sich die Polizisten voneinander. Gecks und Hain wünschten ihrem Chef und Freund eine entspannte Nacht vor seinem letzten Arbeitstag.

Na gut, dachte Lenz.

*

Er verließ das Polizeipräsidium am oberen Ausgang und wollte gerade den neu gestalteten, grün gestrichenen Bahnhofsvorplatz betreten, als sein Mobiltelefon klingelte.

»Lenz«, meldete er sich.

»Ich bins«, hörte er Maria Zeislingers fröhliche Stimme. »Wo steckst du? Hast du schon gepackt? Freust du dich?«

»So viele Fragen, Maria, wo ich doch so müde bin.«

»Hey, was ist passiert? Heute ist dein vorletzter Arbeitstag gewesen. Morgen noch einmal, dann hast du es geschafft und kannst dich nur noch auf den Sprung über den großen Teich und die Tage mit mir freuen.«

Lenz schluckte.

»Damit habe ich längst angefangen. Heute war zwar noch einmal richtig was los im Präsidium, doch ich bin mir fast sicher, dass es das jetzt war.«

»Du meinst bestimmt die Sache mit den beiden Italienern. Damit hast du doch so kurz vor deinem Urlaub nichts mehr zu tun, oder?«

»Na ja, Maria, immerhin bin ich der Leiter der Mordkommission. Ich war natürlich am Tatort und hab mich ein bisschen umgesehen.«

»Ein bisschen umsehen geht. Aber mehr untersage ich dir hiermit offiziell«, gab sie mit gespielter Strenge zurück.

»Mehr war in der Kürze der Zeit gar nicht möglich.«

»Wisst ihr wenigstens schon, wer die beiden armen alten Leute umgebracht hat?«

Lenz stöhnte.

»Nein, leider nicht. Es gibt ein paar Anhaltspunkte, denen wir nachgehen, aber das war es auch.« Er wollte sie fragen, ob sie auch schon von dem Mord an dem Berber gehört hatte, überlegte es sich jedoch anders. »Und du, was machst du so den ganzen Tag?«

»Ich pflege mich, damit du dich nicht mit mir schämen musst in Amerika. Eigentlich wollte ich noch ins Solarium, doch das habe ich mir nach einem Blick auf mein Dekolleté anders überlegt.«

»Warum das denn?«, tat er erstaunt.

Nun stöhnte sie laut auf. »Weil ich da oben nicht noch mehr Falten kriegen will, ganz einfach, und das weißt du auch ganz genau. Also frag nicht so scheinheilig.«

Er war froh, dass sie das Lächeln, das über sein Gesicht huschte, nicht sehen konnte.

»Und weil wir gerade dabei sind«, fuhr sie fort, »meinen Bikini lasse ich auch zu Hause. Ich hatte ihn gestern an und fand, ich sehe darin schrecklich aus. Danach hab ich noch einen Versuch mit einem älteren Badeanzug gemacht, aber das war dann das Modell Presswurst.«

»Heißt das, wir baden ausschließlich nackt?«

»Nein. Das geht leider nicht so einfach da drüben. Ich glaube eher, dass ich morgen losziehe und mir was Passendes zulege, in dem ich vorzeigbar bin.«

Er wollte das Thema nicht weiter vertiefen, weil er wusste, dass mit Maria über manche Dinge einfach nicht zu reden, geschweige denn zu verhandeln war.

»Dann würde ich sagen, wir sehen uns am Sonntag in der Abflughalle. Oder hast du sonst noch etwas auf dem Herzen?«

»Nein, das war es eigentlich schon. Aber es kann gut sein, dass ich mich morgen melde, wegen der Farbe des Badeanzuges.«

»Mach das, Maria, ich freue mich. Obwohl ich mir kaum vorstellen kann, dass ich dir durchs Telefon eine große Hilfe sein werde.«

»Stimmt«, erklärte sie nach einer kurzen Denkpause entschieden, »und das ist auch gar nicht notwendig. Ich warte einfach, bis wir drüben sind, dann kannst du mich beraten und wir suchen gemeinsam einen aus.«

Lenz bedankte sich für das Vertrauen, das sie ihm entgegenbrachte, verabschiedete sich und beendete hastig das Gespräch. Während er das Telefon in sein Sommersakko zurücksteckte, hatte er das Gefühl, er hätte seine große Liebe zum ersten Mal belogen.

18

Veronika Lappert trottete mit schweren Schritten die letzten Meter zum Gartentor, schob es nach innen und betrat den Plattenweg zur Haustür.

Nachdem sie das Gebäude der Mälzer-Bau-Consulting verlassen hatte, war sie zunächst weinend und ohne Ziel in Richtung Innenstadt unterwegs gewesen. Immer und immer wieder hatte sie versucht, ihre Gedanken zu ordnen, doch es war ihr nicht gelungen. Sie hatte sich leer, müde und kraftlos gefühlt. Und zutiefst verletzt. *Bullshit*, dieses Wort war ihr pausenlos und peinigend durch den Kopf gefahren. *Bullshit,* so wie Molina Mälzer die Arbeit ihres Mannes und seiner Mitarbeiter genannt hatte.

Auf einer Parkbank in der Nähe der Friedrich-Ebert-Straße hatte sie etwas Ruhe gefunden und sich schließlich auf den Heimweg gemacht. Weil sie möglichst niemandem begegnen wollte, war sie auf Nebenstraßen und durch Grünanlagen gelaufen, bis sie schließlich mit hängendem Kopf in ihrer Straße angekommen war. Nun stand sie vor der Haustür und fummelte umständlich und unkonzentriert den Schlüssel ins Schloss.

»Veronika?«, hörte sie aus dem Innern die besorgt klingende Stimme ihres Mannes. »Veronika, bist du das?«

»Ja«, antwortete sie laut, trat ein, drückte die Tür hinter sich zu und hängte mit einer schnellen Bewegung ihre Tasche an die Garderobe. Heinrich Lappert riss die Verbindungstür zum Flur auf und stürmte mit glasigen Augen auf seine Frau zu.

»Wo warst du denn, Vroni? Ich hab mir schon Sorgen gemacht.«

»Ach, Heinrich, das ist doch nicht nötig gewesen«, erklärte sie mit fester Stimme und umarmte ihn vorsichtig. »Ich musste mir nur mal die Beine vertreten. Du hast tief und fest geschlafen, deswegen dachte ich, ich könnte ein bisschen spazieren gehen.«

»Warum hast du denn keinen Zettel geschrieben, wo du bist? Ich habe mir wirklich große Sorgen gemacht.«

Sie streichelte ihn am Hinterkopf, wo sich der Verband gelöst hatte und ein halber Meter Mullbinde hin- und herschwang.

»Komm«, schob sie ihn Richtung Wohnzimmer, »da müssen wir nachbessern.«

*

Ein paar Minuten später drückte sie einen Klebestreifen auf den runderneuerten Kopfverband und stemmte die Hände in die Hüfte. »Jetzt sollte es wirklich halten.«

»Und wo genau bist du spazieren gewesen, bei dieser Hitze?«

»Ich bin einfach durch die Felder hinten raus nach Vellmar. Es tat mir gut, einfach ein bisschen zu laufen, da konnte ich über alles nachdenken, was passiert ist.«

»Es ist nichts passiert, Veronika. Es ist nichts passiert, merk dir das bitte. Wir können nichts tun. Gar nichts.« Er betrachtete ihre Schuhe. »Ungewöhnlich, dass du mit diesen leichten Dingern losgegangen bist. Du trägst doch sonst immer die festeren, blauen.«

Zögernd sah sie nach unten und zog die Schultern hoch. »Ich wollte doch gar nicht so weit gehen. Das hat sich einfach ergeben, weil es mir gutgetan hat.«

Obwohl Lappert mit ihrer Antwort nicht restlos zufrieden war, nickte er. »Von mir aus. Aber in Zukunft schreibst du bitte eine Nachricht, damit ich mir nicht wieder solche Sorgen machen muss, ja?«

»Versprochen«, antwortete sie und streichelte sanft über seine Wange. »Ich will nicht, dass du dich sorgst, aber ich habe es hier im Haus einfach nicht mehr ausgehalten, nachdem du eingeschlafen warst. Verzeih mir, es kommt nicht wieder vor.«

Nun zog Heinrich Lappert seine Frau umständlich zu sich heran, stöhnte leise auf, als sie ihn etwas zu fest am Hals streichelte, und küsste sie dann auf den Mund.

»Schon gut. Aber nach dem, was ich heute erlebt habe …« Weiter sprach er nicht, sondern drückte seine Emotion mit einem besorgten Blick aus.

»Ich habe dich verstanden, Heinrich. Und ich habe mich nicht korrekt verhalten. Aber wie gesagt, es kommt nicht wieder vor. Und jetzt lass uns Abendbrot machen, ich komme nämlich um vor Hunger.«

»Gute Idee. Wir werfen den Grill an und genießen den Sonnenuntergang auf der Terrasse.«

»Sehr gerne.«

*

Drei Stunden später, um kurz vor zehn, standen beide im Bad und putzten sich die Zähne. Wie jeden Abend hatte

Heinrich Lappert das kleine Radio eingeschaltet, das auf dem Regal mit den Handtüchern stand. Um Punkt zehn begannen die Nachrichten. In der Übersicht vor den einzelnen Meldungen berichtete der Sprecher von den Morden in Kassel. Der Architekt spülte seinen Mund aus, stellte die Zahnbürste zurück, setzte sich auf den Badewannenrand und wartete auf Details. Veronika Lappert tat es ihm gleich.

Kassel: Der Mörder kam nach Geschäftsschluss. In der vergangenen Nacht wurden der Besitzer eines italienischen Eiscafés und seine Frau von einem Räuber erschossen. Offenbar hatten sie sich geweigert, ihm die Tageseinnahmen auszuhändigen. Im Verlauf des Nachmittages gab es einen weiteren Mord, diesmal an einem nichtsesshaften Mann. Nach Angaben der Polizei gibt es zwischen den beiden Fällen keine Verbindung. Einzelheiten dazu nun von unserem Nordhessen-Korrespondenten.

Dann folgten die unaufgeregt-souveräne Schilderung der Ereignisse um den Mord an dem italienischen Ehepaar und ein paar dürftige Informationen zu dem toten Berber. Lappert hörte dem Reporter mit versteinerter Miene zu.

Zum Schluss die Wettervorhersage bis …

Er stand auf, schaltete das Gerät aus, setzte sich wieder neben seine Frau und schloss die Augen. Veronika Lappert griff nach seiner Hand. »Sind sie das?«

Er nickte abwesend. »Natürlich sind sie das.«

»Oh Gott, diese armen Leute. Die konnten doch nun wirklich nichts dafür.«

»Das hat ihnen nichts geholfen, Veronika. Und von wegen ausgeraubt. Das wird auf das gleiche Konto wie der Überfall auf mich von heute Mittag gebucht.«

Sie presste die Zähne zusammen und holte tief Luft. »Wir

müssen zur Polizei gehen, Heinrich, bitte. Gleich morgen früh gehen wir zur Polizei.«

Er erwiderte den Druck ihrer Hand und nickte. »Du hast recht. Das ist zu viel.«

20 Minuten später lagen sie nebeneinander im Bett, hielten sich an der Hand und starrten in der Dunkelheit an die Decke.

»Die schrecken vor nichts zurück«, sagte er leise. »Wenn ich es recht überlege, hatte ich heute wahrscheinlich großes Glück.«

»Ja, wahrscheinlich schon«, bestätigte Veronika Lappert.

Er drehte sich zur Seite und legte die Hand auf den Bauch seiner Frau. »Ich habe vorhin, nachdem ich aufgewacht war und dich nicht finden konnte, ein paar dumme Gedanken gehabt, für die ich mich entschuldigen will, Vroni.«

»Was denn für Gedanken?«

»Ich dachte, du wärst vielleicht zu Mälzer gegangen, um ihm die Leviten zu lesen oder ihm zu drohen. Jetzt kommt es mir so albern vor, dass ich es gedacht habe, dass ich mich richtiggehend dafür schäme.«

Sie schluckte. »Du musst dich nicht für deine Gedanken schämen, Heinrich. Wir gehen morgen früh zur Polizei, dann wird alles gut, du wirst sehen. Und jetzt versuchen wir zu schlafen, auch wenn es schwerfällt. Ich muss immerzu an die Italiener denken, aber morgen ist der Albtraum ja vorüber.« Sie drehte sich nach rechts und gab ihm einen Kuss auf den Mund. »Schlaf gut, Heinrich.«

»Du auch, Vroni.«

19

Sie waren zu viert und kamen nach Mitternacht. Alle trugen schwarze Lederjacken, schwarze Jeans und schwarze, halbhohe Sportschuhe. Über ihre Gesichter hatten sie sich Motorradsturmhauben mit zwei kreisrunden Öffnungen für die Augen gezogen, jeder in einer anderen Farbe. Einer trug grün, einer rot, der Dritte blau und der Vierte schwarz. Zwei trugen jeweils eine Stofftasche, die sie locker über die Schulter geworfen hatten. Das lautlose Aufhebeln der Terrassentür war ein Kinderspiel. Weil sie wussten, dass es im Haus der Lapperts keine Alarmanlage gab, bewegten sie sich sofort in den ersten Stock und standen ein paar Sekunden später vor der Schlafzimmertür. Dort verharrten sie einen Augenblick, als würden sie auf etwas warten. Dann hob der Rote den Arm, legte die Hand auf die Klinke, und drückte sie langsam nach unten.

*

Heinrich Lappert schreckte hoch, als ihm klar wurde, dass eine Hand auf seinen Mund gepresst wurde. Er riss die Augen auf und wollte schreien, doch ein stechender Schmerz im Hinterkopf ließ Sterne vor seinen Augen auftanzen und ihn zusammensacken.

Seine Frau war zu diesem Zeitpunkt bereits geknebelt. Zwei der Männer hatten sich an ihre Bettseite geschlichen, ihr einen Stofffetzen in den Mund gedrückt und ein breites Stück Klebeband darübergezogen. Jetzt lag sie mit schreckensgeweiteten Augen neben ihrem wie leblos daliegenden Mann und blickte in das grelle, blendende Licht einer kleinen LED-Lampe. Dann fing die Frau laut an zu weinen.

Der Mann mit der Taschenlampe trat neben sie, riss ruckartig an ihren Haaren und zog damit ihren Kopf nach hinten. Schlagartig verstummte ihr Schluchzen.

»Bleiben Sie ruhig, Frau Lappert, dann wird Ihnen nichts geschehen.«

Die Frau, die am ganzen Körper zitterte, zog die Hände vor den Mund, als ob sie dem Eindringling zeigen wollte, dass sie ihn verstanden hatte. Dann trat hinter dem Mann mit der Lampe der Blaue hervor, fasste ihre Arme, zog sie daran hoch und drehte sie mit einer geschickten Bewegung auf den Bauch. Noch bevor sie realisierte, was passiert war, hatte er erneut nach ihren Armen gegriffen und sie mit einem Kabelbinder hinter dem Rücken zusammengebunden.

»Das ist gut«, erklärte der Rote eiskalt und schob einen Stuhl, der vor der großen Spiegelkommode stand, neben das Bett. »Und jetzt erheben Sie sich bitte, setzen sich auf diesen Stuhl, bleiben ruhig und machen keinen Unsinn.«

Sie konnte ihre Tränen auf das Kopfkissen fallen sehen, als sie sich ungelenk in die Senkrechte quälte und mit unsicherem Tritt nach dem Stuhl in ihrem Rücken tastete. Der Rote, der noch immer die Taschenlampe auf sie gerichtet hielt, zog sie nach hinten. Wieder stieß sie einen spitzen Schrei aus, doch dann hatte ihr Gesäß das Sitzkissen erreicht und sie sackte mit geschlossenen Augen zusammen, noch immer leise wimmernd.

*

»Ich werde Ihnen nun erklären, warum wir Sie um diese unchristliche Zeit besuchen müssen, Frau Lappert. Und leider kann ich Sie von einer gewissen Mitschuld an unserem Besuch nicht freisprechen, aber das wissen Sie ja sehr viel besser als ich.«

Er stellte die Taschenlampe auf die Anrichte, ging zum Fenster, um sich zu vergewissern, dass der Rollladen komplett geschlossen war, und schaltete im Anschluss die matte Deckenleuchte ein.

»Sehen Sie mich an«, forderte er leise, aber kompromisslos.

Die Frau hob den Kopf, blinzelte, schloss die Augen wieder, schluchzte, weil ihr gesamter Körper von einem Weinkrampf geschüttelt wurde, riss die Augen auf, sah nach oben und zuckte beim Anblick der roten Maske zusammen. Wieder rannen Tränen über ihr Gesicht. Der Mann zog seelenruhig eine große Pistole und einen Schalldämpfer aus der Jackentasche, schraubte ihn langsam auf den Lauf und zielte dann auf den Architekten, der zu stöhnen begann.

»Nein, bitte nicht«, wollte sie rufen, aber wegen des Knebels kam nur ein unverständlicher Wortbrei aus ihrer Nase.

»Also«, fuhr er fort, »wir sind hier, um Ihnen eine letzte Chance zu geben, sich ein Bild von unserer Konsequenz zu machen. Ihr Mann hat, wie ich vermute, unsere Warnung heute Mittag verstanden, bei Ihnen scheint ein klein wenig Nachhilfe nötig zu sein. Die werden Sie nun bekommen, und dann, so hoffe ich, müssen wir weder mit Ihnen noch mit Ihrem Mann jemals wieder in Kontakt treten. Auch nicht mit Ihrer Tochter oder Ihrem Enkelkind. Haben Sie mich verstanden?«

Bei der Erwähnung ihres Enkelkindes setzte ihr Herz für einen Schlag aus. Sie nickte schluchzend.

»Das habe ich nicht anders erwartet«, erklärte der Mann mit rollendem R.

Er gab dem Grünen mit dem Kopf ein Zeichen. Der beugte sich nach unten, griff in eine der Sporttaschen, nahm einen etwa 15 Zentimeter langen, merkwürdig geformten, metallenen Gegenstand heraus, an dessen Ende ein Kabel baumelte, das er mit einem kleinen Kasten verband. Während er nach einer Steckdose suchte, griffen der Schwarze und der Blaue nach dem noch immer stöhnenden Heinrich Lappert, rollten ihn auf den Bauch und banden auch ihm die Hände hinter dem Rücken zusammen. Der Architekt drehte den Kopf zur Seite, sah die beiden Männer an, drehte sich zur anderen Seite, blickte ins Gesicht seiner Frau und fing laut an zu schreien. Blitzschnell war der Rote über das Bett gesprungen und drückte ihm brutal die Pistole ins Genick. »Ruhig, mein Freund, sonst werde ich deine Frau vor deinen Augen erschießen.« Er verstärkte den Druck mit der Waffe. »Willst du das?« Zum ersten Mal hatte er die Stimme ein wenig erhoben.

»Nein, bitte nicht. Ich mache alles, was Sie wollen, aber tun Sie meiner Frau nichts, bitte. Bitte.«

»Gut. Dann steh jetzt auf und setz dich auf die Bettkante. Wenn du irgendetwas unternimmst, was mir nicht gefällt, werde ich auf deine Frau schießen. Vielleicht wird sie nicht gleich tot sein und leiden, aber sie wird sterben, das versichere ich dir.«

Lappert schüttelte den Kopf, riss die Beine an den Bauch, drehte seinen Körper um 90 Grad und tastete mit dem linken Bein nach dem Boden. Als er ihn erreicht hatte, richtete er sich kurz auf, drehte sich erneut und ließ sich auf die Bettkante fallen.

»Gut. Mein Kollege wird Sie jetzt für etwa 20 Minuten behandeln. Sie müssen sich nicht fürchten, was er mit Ihnen macht, ist nicht besonders schmerzvoll. Und bei allem, was geschieht, bedenken Sie bitte, dass Sie dafür verantwortlich sind, dass Ihre Frau überlebt. Sie allein.«

Lappert drehte den Kopf, warf seiner weinenden Frau einen hilflosen Blick zu und nickte dabei aufmunternd. »Es wird schon nicht so schlimm werden, Vroni.« Damit wandte er sich dem Grünen zu, in dessen rechter Hand nun das Gerät, das er vorher aus der Sporttasche geholt hatte, zu summen begann. Er näherte sich damit dem Architekten, der ängstlich zurückzuckte.

»Oh Gott. Was wollen Sie mit mir machen?«, flüsterte Lappert kaum hörbar und warf erneut seiner Frau einen Blick zu. Die schloss die Augen, wurde von einem weiteren Weinkrampf geschüttelt und sackte noch mehr in sich zusammen.

Der Grüne trat nun sehr dicht vor ihn, griff ihm in den Nacken und zog seinen Kopf nach hinten. Dann setzte er ihm das Gerät auf die Stirn.

Zunächst hatte der Architekt keine Idee, was in diesem Moment mit ihm passieren sollte. Er verspürte ein Kitzeln, als das kühle Metall des Gerätes seinen Kopf berührte, das von einem sonderbaren Geräusch und einem stechenden Schmerz abgelöst wurde. Sein Körper zuckte zurück, fiel nach hinten und blieb kraftlos auf dem Bett liegen.

»Ich glaube, wir haben ein Problem, Herr Lappert«, hörte er die Stimme des Roten, blickte auf und sah, wie der Mann den Hahn seiner Pistole langsam spannte, aufstand, auf seine Frau zuging, ihr mit einem fiesen Geräusch das Klebeband vom Mund zog, den Lappen herauszog, ihren Kopf anhob und ihr den Schalldämpfer langsam in den Mund schob. Die Frau riss die Augen auf, schluckte, fing an zu würgen und erbrach sich ein paar Augenblicke später.

Der Rote riss die Pistole zurück, konnte jedoch nicht verhindern, dass ein paar Spritzer Erbrochenes die Waffe und seinen Handschuh trafen. Er fluchte etwas in der Sprache, die Lappert kurz am Nachmittag gehört hatte, wischte sich am Bettzeug ab und gab dem Grünen mit einer herrischen Kopfbewegung zu verstehen, dass er weitermachen solle. Der trat neben das Bett, griff wieder in den Nacken des Architekten und richtete ihn auf. Dann setzte er erneut das Gerät an, und diesmal hielt Lappert still. Er hielt still, obwohl ihm schlagartig klar wurde, dass das Gerät vor seinen Augen eine Tätowiermaschine war, die der Mann dazu benutzte, sein Gesicht zu bearbeiten. Er ballte die Fäuste hinter seinem Rücken in dem Bewusstsein, dass er nichts würde dagegen tun können. Gar nichts.

*

Der Schmerz wanderte von der einen Seite seiner Stirn zur anderen. Lappert hatte mittlerweile die Augen geschlossen, betete lautlos und hoffte, dass die Prozedur möglichst schnell vorübergehen möge. Er machte sich keine Sorgen darüber, dass er womöglich für den Rest seines Lebens entstellt sein könnte, sondern dachte jeden Moment daran, seine Frau und ihr Leben nicht zu gefährden.

Das Gerät berührte langsam seine Wangen, seine Nase und sein Kinn. Dann verstummte das Geräusch schlagartig. Der Architekt öffnete verstört die Augen und erkannte, dass sein Peiniger das Verbindungskabel aus dem kleinen Kasten gerissen hatte.

Im Hintergrund hörte er das Wimmern seiner Frau, nahm den Geruch ihres Erbrochenen wahr. Dann war das Geräusch wieder da und mit ihm kamen die Schmerzen zurück.

*

Zehn Minuten später war es vorüber. Lappert hatte keine Ahnung, wie viel Zeit vergangen war, seit die Männer in das Schlafzimmer eingedrungen waren. Nachdem das Summen des Gerätes verklungen war, hatte der Grüne ihn nach hinten gestoßen. Nun lag er mit geschlossenen Augen auf dem

Rücken und hörte auf die Geräusche im Raum. Die Schritte der Männer mit den Sturmhauben, ihr Packen, das leise Schluchzen seiner Frau.

»Herkommen!«, befahl der Rote, der mit einer Rolle Packband in der Hand neben dem Bett stand, Veronika Lappert. Die Frau stand schwankend auf und ging auf ihn zu. Er gab ihr einen Stoß, sodass sie mit einem lang gezogenen Stöhnen auf ihren Mann fiel, kniete sich neben die beiden und fesselte sie an den Hälsen mit dem Paketband aneinander. Heinrich Lappert stöhnte auf, als die Hand des Mannes den Verband an seinem Hinterkopf traf und seine Frau mit ihrem Gesicht seine frischen Wunden, doch der Mann mit dem rollenden R kümmerte sich nicht darum. Er drehte das Band vier oder fünf Mal, riss es auseinander und stand auf. Dann band er den beiden auf die gleiche Weise die Füße zusammen.

»Ich bin sicher, wir werden uns niemals wiedersehen. Falls doch, ist irgendetwas nicht zu meiner Zufriedenheit verlaufen. Und dann werde ich nicht so großzügig mit Ihnen umgehen wie heute Nacht. Sie wissen beide, was ich will, also tun Sie es für mich. Und nun leben Sie wohl.«

Damit verließen die Männer den Raum. Der letzte schaltete das Licht aus und überließ die beiden der Dunkelheit.

20

Waldemar Sjomin betrachtete den sternenklaren Himmel, schloss die Augen und zog an seiner Zigarette. Der Schein des fast vollen Mondes erhellte die Landschaft um ihn herum, selbst hier draußen im Wald. Die Bäume hatten etwas Gespenstisches in diesem fahlen Licht.

*

1991 war er in die Bundesrepublik gekommen, als Aussiedler aus der ehemaligen Sowjetunion. Mit seinen damals 34 Jahren würde ihm eine glänzende Zukunft offenstehen, so dachte er zumindest. Als perfekt ausgebildeter Ingenieur mit Schwerpunkt Materialwissenschaft und einigen Jahren Erfahrung in der Werkstoffprüfung war er geradezu euphorisiert von dem Gedanken, nach Deutschland auszuwandern und dort zu arbeiten.

Möglich wurde das für ihn, weil sein Urgroßvater Wolgadeutscher war und er sich auf dessen Wurzeln berufen konnte.

1957 in einem kleinen Dorf 20 Kilometer östlich von Irkutsk geboren, wo sein Vater in einem der größten sowjetischen Wasserkraftwerke arbeitete, wurde seine überragende Intelligenz schon früh bemerkt. Allerdings war es zur damaligen Zeit für einen Russen mit deutschen Vorfahren, die 1942 von der Stalin-Administration nach Sibirien deportiert worden waren, alles andere als einfach, überhaupt den Zugang zu einer weiterführenden Schulausbildung zu erhalten. Der kleine Waldemar jedoch qualifizierte sich mit den besten Leistungen aller Schüler in jeder Jahrgangsklasse. Nach dem Abitur, 1975, nahm er als Stipendiat das Studium an der Staatlichen Technischen Universität in Moskau auf. Auch hier glänzte er mit erstklassigen Leistungen und schloss 1980 als Drittbester seines Jahrgangs ab. Daraufhin bekam er eine gut dotierte Anstellung in einem großen Stahlwerk am Rande Moskaus, das Teile für das sowjetische Raumfahrtprogramm entwickelte und produzierte.

1985 verliebte er sich im Sommerurlaub in Olga, eine gleichaltrige lettische Ärztin aus dem damaligen Leningrad, ersuchte um die Versetzung dorthin und wurde einem großen Betrieb für Glas- und Kunststoffbeschichtungen zugeteilt. Anfang 1986 heirateten die beiden, im August gebar Olga den ersten Sohn, Igor. Dann kam der 13. März 1991. Die kleine Familie hatte sich um zwei weitere Kinder vergrößert, mit dem vierten war Olga schwanger. Waldemar war spät von der Arbeit nach Hause gekommen, wo seine Frau mit einem Schreiben des Rates der Stadt auf ihn wartete: Ihr vor mehr als vier Jahren gestellter Ausreiseantrag war bewilligt worden.

*

Am 20. April betraten die Sjomins erstmals deutschen Boden. Weder Waldemar noch ein anderes Familienmitglied sprach auch nur ein einziges Wort Deutsch, jedoch waren ihnen vonseiten des deutschen Konsulats Sprachkurse und weitere Integrationsmaßnahmen zugesichert worden. Nach einem kurzen Aufenthalt in Frankfurt wurde der Familie eine einfache Wohnung in Frankenberg zugewiesen, einer Kleinstadt nördlich von Marburg. Dort lebten sie zwei Jahre, danach zog man um in die benachbarte Kreisstadt Korbach, weil Olga am dortigen Krankenhaus eine Anstellung als Ärztin gefunden hatte. Sie arbeitete viel, während Waldemar sich notgedrungen um den Haushalt und die mittlerweile fünf Kinder kümmerte.

Mehr als 140 Bewerbungen hatte er geschrieben, drei Sprachkurse und vier Eingliederungsmaßnahmen des Arbeitsamtes besucht. Und er hatte schmerzlich feststellen müssen, dass er zwar ein guter Ingenieur war, aber kein Mann, dem das Lernen einer fremden Sprache in den Schoß fiel. So quälte er sich auch nach vier Jahren in Deutschland noch immer mit rudimentären Sprachkenntnissen seiner neuen Heimat durchs Leben. Während Olga und die Kinder sich mehr und mehr an ihre neue Umgebung gewöhnten und sie genossen, wuchs in ihm die Überzeugung, einen fatalen Fehler begangen zu haben. Oft lag er nachts wach, wenn seine Frau Dienst im Krankenhaus hatte, und dachte an die unbeschwerten Zeiten in Moskau oder Sankt Petersburg, wie Leningrad heute hieß. Er dachte daran, dass ihm während seiner Kindheit oft von Mitschülern oder Lehrern vorgeworfen worden war, kein richtiger Russe zu sein, sondern ein Deutscher, ein Nazi, ein Hitlerfreund. Und nun saß er hier in Deutschland und musste sich an der Supermarktkasse, wenn er wegen der quengelnden Kinder nicht schnell genug seinen Einkauf in den Wagen laden konnte, anhören, dass er doch besser wieder nach Russland gehen solle, wo er hingehören würde.

*

Zwei weitere Jahre vergingen, in denen nichts passierte. Keine Arbeit, kein Verdienst, keine Anerkennung. Die Kinder wuchsen, verbrachten die meiste Zeit des Tages in der Schule oder im Kindergarten. Der Vormittag war die schlimmste Zeit des Tages für ihn und doppelt schwer zu ertragen, wenn Olga dienstfrei hatte. Dann musste er sich auf Deutsch mit ihr unterhalten, was sich meist darauf beschränkte, dass sie ihn wegen seiner Situation mit Vorwürfen überschüttete.

Meist verbrachte er deshalb diese Zeit mit Einkaufen. Dabei musste er nicht sprechen, und wenn doch, tat er so, als sei er taubstumm. Irgendwann in dieser Zeit entdeckte er die beruhigende und entspannende Wirkung des Alkohols.

*

Zwei Tage vor Weihnachten 1999 kam Olga nach Hause, packte ein paar Sachen zusammen und eröffnete ihm lapidar, dass sie sich in einen Kollegen verliebt habe und ihn und die Kinder verlassen würde. Er war 42 Jahre alt, hatte als alleinerziehender Vater fünf Kinder zu versorgen und trank.

Anfang 2001 wurde die Ehe ohne großes Tamtam geschieden. Olga zahlte pünktlich Alimente, Waldemar versank in Kummer und Alkohol. Im darauffolgenden Sommer überschlugen sich dann die Ereignisse. Igor, der Älteste, verübte als Mitglied einer Jugendbande dutzendweise Einbrüche, klaute Autos und Motorräder und prügelte sich. Irgendwann im Juni stand die Polizei mit einem Durchsuchungsbeschluss in der Hand und dem Jugendamt im Schlepptau vor der Tür. Während der nächsten Wochen wurde deutlich, dass ein Verbleiben in der Obhut des Vaters dem Wohl der Kinder nicht dienlich sein würde. Die jüngsten zwei landeten bei der Mutter, die mittlerweile wieder allein lebte, die anderen wurden in einem Heim untergebracht. Waldemar Sjomin zog in eine kleine Wohnung, versank in noch mehr Kummer und einer noch größeren täglichen Ration Alkohol. Ein Jahr später erklärte ihm der zuständige Gerichtsvollzieher, mit dem ihn ein herzliches Verhältnis verband, dass er seine Wohnung räumen müsse. In jener Nacht schlief Waldemar zum ersten Mal unter freiem Himmel.

*

Er drückte den Stummel der Zigarette aus, zog die Nase hoch und kroch ein wenig tiefer in den Schlafsack. Irgendwo knackte ein Ast, aber er wusste, dass er sicher war. Hier würde niemand nach ihm suchen. Niemand, nicht die Polizei, und auch nicht die merkwürdigen Typen, die hinter ihm her waren. Den einen hätte er genau beschreiben können, wenn er gewollt hätte. Ein großer, braun gebrannter Kerl mit stechenden Augen. Er war hinter dem Eisdielenbesitzer hergerannt, der kurz danach zusammen mit seiner Frau erschossen worden war.

Er hatte, wie schon des Öfteren in diesem Sommer, gegen Mitternacht seinen Schlafplatz neben der Parkfläche hinter der Eisdiele bezogen. Wegen des noch brennenden Lichtes bei den Italienern war er sehr vorsichtig gewesen und hatte seine Kerze nicht angezündet. Ein paar Minuten, nachdem er sich hingelegt hatte, war die Hintertür aufgeflogen und der Besitzer des Eiscafés schreiend ins Freie gestürzt. In der Hand hatte er einen Umschlag gehalten, den er in seine Richtung schleuderte. Dann war der Typ aufgetaucht, hatte ihn etwa vier Meter vor dem Schlafplatz des Obdachlosen eingeholt und mit vorgehaltener Pistole zurückgebracht. Waldemar hatte sich während der ganzen Aktion mit angehaltenem Atem an die Wand der Aussparung gepresst, in der er mit dem Umschlag zu seinen Füßen lag. Zunächst wollte er sofort packen und verschwinden, doch er hatte Angst, dass die Hintertür erneut auffliegen und ihn jemand entdecken würde. Also blieb er liegen, tastete nach dem Papier, steckte es in die Hose, zog das Hemd darüber und wartete ab. Ein paar Sekunden später ging die Tür tatsächlich auf und der braun gebrannte Kerl trat heraus. Mit einer Taschenlampe leuchtete er nach links und nach rechts. Waldemars Herz schlug bis zum Hals, als die Schritte des Mannes näher kamen. Doch dann blieb der Fremde stehen, verharrte kurz, bog nach links ab und ging schließlich wieder ins Haus. Mit dem Zuschlagen der Tür blickte der Obdachlose vorsichtig über den Rand der Betoneinfriedung. Der Hof lag wieder verlassen im fahlen Mondlicht. Er wischte sich den Schweiß von der Stirn, stand vorsichtig auf und bewegte sich langsam auf die Ausfahrt zu, um für eine Stunde oder vielleicht auch zwei spazieren zu gehen. Dann jedoch siegte die Neugier über seine Angewohnheit, die Nase nicht in Angelegenheiten anderer Menschen zu stecken. Nicht, dass er den italienischen Eisdielenbesitzer gekannt hätte, nein, aber er hatte sowohl ihn als auch seine Frau des Öfteren gesehen, wenn einer der beiden zum Mülleimer neben der Einfahrt gegangen war oder einen Wassereimer im Hof ausgeleert hatte. Ältere Leute, die viel arbeiteten und sich für ihre Gäste einen Teil der Nacht um die Ohren schlugen.

Mit tastenden Schritten ging er auf das Haus zu. Die alten, abgelatschten Sportschuhe, die er seit mehr als zwei Jahren trug, machten beim Auftreten ein leises, zischendes Geräusch, das ihm jetzt wie die Entladung eines Überdruckventils vorkam. Dann hatte er die Hauswand erreicht, näherte sich auf Zehenspitzen der Tür und legte sein linkes Ohr an das kühle Aluminium. Gemurmel. Stimmen. Was sie sprachen, war jedoch nicht zu verstehen. Und wenn, was hätte er, der seit Monaten nicht mehr Deutsch gesprochen hatte, damit anfangen können? Sein Hals schraubte sich dennoch nach oben, um besser hören zu können. Das jedoch bewirkte augenblicklich ein Kratzen in seiner Kehle, und aus dem Kratzen wurde ein Hustenreiz. Waldemar Sjomin wusste sofort, dass er das Husten nicht würde unterdrücken können. Mit Tränen in den Augen presste er die Hand vor den Mund, schluckte mehrmals und gab dann ein ächzendes Geräusch von sich, das ihm schreiend in den Ohren klang. Erneut legte er das Ohr an die Tür und horchte. Schritte! Noch immer den Hustenreiz unterdrückend, sah er sich um. Keine Chance. Mit einem beherzten Sprung federte er auf die rechte Seite der Tür, die genau in dem Moment aufflog, als er dahinter zum Stehen gekommen war. Die Klinke traf seinen Rücken mit voller Wucht, doch die Tür schwang nicht zurück und verbarg so seinen Körper, zumindest für den Moment. Kaum atmend presste er sich an die Wand, roch ein herbes Aftershave. Dann wieder Schritte, die sich von ihm entfernten. Vorsichtig fasste er hinter seinen Rücken, griff nach der Türklinke, zog sie zu sich heran und drehte sich dabei langsam um. Mit schief gelegtem Kopf beäugte er den Mann, der mit einer Waffe in der einen und einer Taschenlampe in der anderen Hand auf seinen Schlafplatz zusteuerte. Sobald er das Lager entdeckt hatte, würde er Alarm schlagen, das war Sjomin klar. Damit wäre er geliefert.

*

Der Impuls loszulaufen kam ohne Vorwarnung. Er wusste, dass die Geschichte ein böses Ende nehmen würde, wenn die Männer ihn auf dem Hof erwischen sollten. Also rannte er. Ohne nach rechts oder links zu sehen und mit wild schleudernden Armen katapultierte er sich aus seinem Versteck hinter der Tür und war schon vier oder fünf Meter weit gekommen, bevor der Mann ihn wahrgenommen hatte. Dann jedoch hob er ohne zu zögern die Waffe und feuerte. Es machte leise Plop, ein kurzer Blitz erhellte die Szenerie und im gleichen Moment gab es ein hässliches Klatschen direkt über Sjomins Kopf. Der rannte weiter, rannte so schnell er konnte und war währenddessen überrascht, dass seine Beine überhaupt so gut funktionierten. Dann war er an der Schranke, lief links daran vorbei um die Hausecke herum, Richtung Wilhelmshöher Allee, hinein ins Licht.

150 Meter weiter stadtauswärts gab es einen kleinen Park mit ein paar Bäumen und einer Bank in der Mitte. Er rannte über das feuchte Gras, sprang hinter eine der Kastanien und

blickte sich keuchend um, doch da war niemand. Er sah auf der anderen Seite des Baumes vorbei, aber es war ihm tatsächlich niemand gefolgt. Hastig wischte er sich den Schweiß von der Stirn, schnaufte ein paar Mal durch und fing an zu husten. Er hustete und starrte gleichzeitig mit weit aufgerissenen Augen in die Richtung, aus der er gekommen war.

*

Eine Stunde danach war er über Schleichwege und kleine Seitenstraßen am Fluss angekommen. Dort ging er Richtung Sandershausen, ließ den Ort jedoch rechts liegen und marschierte, noch immer zitternd, weiter. Zwischen Sandershausen und Spiekershausen bog er auf einen Waldweg, lief noch etwa einen Kilometer bergauf und stoppte kurze Zeit später. Im fahlen Mondschein und unter dem leisen Rascheln der Blätter blickte er sich um, stapfte ein paar Meter ins Unterholz, kniete sich hin und schob ein vermodertes Stück Holz zur Seite. Mit den blanken Händen wühlte er den Boden auf, bis er auf einen großen, schwarzen Abfallbeutel stieß. Mit fliegenden Fingern riss er daran, zog ihn aus dem Versteck und knotete ihn auf. In dem Beutel steckte ein weiterer Beutel, den er ebenfalls öffnete, einen alten Schlafsack und eine Decke hervorkramte und neben sich legte. Dann streckte er sich, griff unter sein Hemd und zog den Umschlag heraus, den der Italiener ihm, ohne es zu ahnen, vor die Füße geschleudert hatte. Als die Papiere verstaut waren, knotete er die beiden Säcke wieder ineinander, schob sie in das Loch und bedeckte das Ganze mit Erde sowie dem vermoderten Holzstück.

21

Heinrich Lappert stöhnte leise auf. Die Schmerzen in seinem Gesicht wurden unerträglich. Seit mehr als einer halben Stunde versuchte seine Frau, sich von dem Kabelbinder an ihren Handgelenken im Rücken zu befreien, aber bis auf eine schmerzende Fleischwunde hatte sie bisher keinen Erfolg gehabt. Anfangs hatten die beiden versucht, sich gemeinsam zu erheben, doch das scheiterte an seiner Schwäche und den Schmerzen in seinem Gesicht. So lagen sie noch immer nebeneinander auf dem Bett, gefesselt mit Paketband am Hals und an den Füßen. Wieder unternahm Veronika Lappert einen Versuch, das Plastikband um ihre Handgelenke zu dehnen und wieder schob sie nur ein paar Hautfetzen vom Fleisch. Entkräftet sackte sie zusammen.

»So schwer es dir auch fällt, Heinrich, wir haben nur eine Möglichkeit. Wir müssen uns gemeinsam vom Bett fallen lassen und zur Kommode krabbeln. Da liegt meine Nagelschere in der Schublade, mit der können wir uns befreien.«

Er machte die Andeutung eines Kopfschüttelns. »Das geht nicht, Veronika. Ich kann mich wirklich nicht bewegen.«

»Du musst es versuchen. Wir müssen ins Krankenhaus, du brauchst einen Arzt. Bestimmt kann man etwas machen, aber es muss bald geschehen. Bitte, hilf mit, sonst geht es nicht.«

»Hör auf, solchen Unsinn zu reden. Dieses Schwein hat mein Gesicht tätowiert, das hast du doch gesehen. Tätowiert, verstehst du!«

»Und wenn du noch so laut brüllst, hier auf dem Bett können wir gar nichts tun. Also bitte, hilf mit.«

Er seufzte resignierend. »Also, gut. Aber nicht vorwärts,

da fallen wir nur und tun uns noch mehr weh. Lass uns nach hinten rutschen und versuchen, auf die Füße zu kommen.«

»Das machen wir. Los!«

Mit den Beinen strampelnd, kämpften sie sich Zentimeter um Zentimeter zum Rand des Bettes, doch ihre Bewegungen waren nicht koordiniert genug.

»Warte, warte«, forderte er mit schmerzverzerrtem Gesicht. »So kommen wir nicht weiter. Wir müssen besser zusammenarbeiten.«

»Das haben wir doch immer gut gekonnt. Also, sag mir, was ich tun soll«, erwiderte sie.

Er erklärte ihr, wie es nach seiner Meinung am besten gehen würde, und sie starteten einen weiteren Versuch, diesmal mit größerem Erfolg. Langsam, aber stetig kamen sie der Bettkante näher, bis beide mit den Füßen den Boden berührten.

»Und jetzt?«, wollte sie wissen.

»Jetzt müssen wir irgendwie aufstehen. Wir können unmöglich zusammen bis zur Kommode robben.« Er tastete erneut nach dem Boden. »Dieser fiese Kerl hat uns mit den Füßen zueinander zusammengebunden. Ich habe keine Ahnung, wie wir jetzt aufstehen sollen.«

»Warte. Wenn wir zusammen in die Knie gehen und unsere Knie sich dabei kreuzen, könnte es klappen.«

Sie spannte den Körper, bugsierte ihr rechtes Knie zwischen seine und sank langsam nach unten. »Stimmt, das ist gut«, gab er zu. »Wenn wir unten sind, versuchen wir aufzustehen.«

Ein paar Augenblicke später standen sie aufrecht im dunklen Zimmer. »Und jetzt?«, fragte sie.

»Jetzt müssen wir tanzen«, ächzte er. »Wir machen ganz langsame Bewegungen.«

Vorsichtig, mit trippelnden Schritten und endlos langsam kämpften sie sich Millimeter um Millimeter vorwärts. Etwa in der Mitte des Doppelbettes kamen sie für einen Augenblick aus dem Gleichgewicht und drohten zu stürzen, fingen sich jedoch im letzten Moment.

»Oh Gott«, flüsterte sie.

»Lass den aus dem Spiel. Der hat uns in dieser Nacht verlassen.«

*

Es dauerte fast 15 Minuten, dann waren sie schweißgebadet an der Spiegelkommode angekommen. Veronika Lappert zog an der oberen Schublade, die sich quietschend öffnete. Ihr Mann stöhnte vor Schmerzen.

»Einen Moment noch, Heinrich, dann haben wir es.«

Mit zitternden Fingern tastete sie nach der kleinen Schere, bekam sie zu fassen, nahm sie aus der Lade und verlor sie im gleichen Augenblick aus den feuchten Fingern. Mit einem lauten Poltern schlug sie auf dem Boden auf.

»Sag mir, dass das nicht wahr ist«, stöhnte Heinrich Lappert, dessen Gesicht mittlerweile blutüberströmt war.

»Kein Problem. Wir gehen wieder in die Knie, suchen nach der Schere und legen uns hin. Im Liegen kann ich sowieso besser versuchen, die Fessel zu zerschneiden.«

»Langsam müssen wir es schaffen, sonst habe ich Angst, dass mir schwarz vor Augen wird. Mach schnell, wenns geht.«

»Ich tue mein Bestes«, erwiderte sie und schob sich wie eine Twisttänzerin in die Knie, immer darauf bedacht, ihn mitzuziehen und trotzdem nicht aus dem Gleichgewicht zu bringen. Dann lagen sie auf dem Boden und sie versuchte, die Schere in eine Position zu bringen, in der es ihr möglich war, den Kabelbinder zu zerschneiden. Ein ums andere Mal rutschte sie ab und einmal glitt ihr die Schere wieder aus den

Fingern. Dann jedoch hatte sie eine Stellung gefunden, die Erfolg versprechend schien, und nach ein paar weiteren Versuchen sprang die Fessel auf. Sie atmete tief ein, stieß einen Freudenschrei aus und zog die Arme vor die Brust.

»Ich habs geschafft, Heinrich.«

Heinrich Lappert wusste nicht, ob er sich darüber freuen sollte.

»Mach mich bitte los, Vroni.«

*

Kurze Zeit später beugte Veronika Lappert sich mit einem alkoholgetränkten Wattepad in der Hand über das Gesicht ihres Mannes.

»Wie sieht es aus?«, wollte er wissen.

»Ich kann es dir nicht sagen, da ist so viel Blut. Aber ich weiß nicht, ob ich was falsch mache, wenn ich da jetzt mit Alkohol drangehe. Vielleicht ist das ja völlig verkehrt?«

»Ich glaube nicht, dass du etwas falsch machen kannst. Lass uns sehen, was diese Schweine mir angetan haben. Also fang einfach an.«

Mit einer zaghaften Bewegung näherte sich ihre Hand seinem Gesicht, tupfte vorsichtig mit der Watte über die linke Wange und stockte. »Warte, ich kann nicht genug sehen.«

Damit stand sie auf, ging zu ihrem Nachtschränkchen, zog die darauf stehende Lampe aus der Steckdose, steckte sie in einen Anschluss neben ihrem Mann, drückte auf den Schalter und wich erschrocken zurück. Ihr Mann sah sie mit leeren Augen an. »So schlimm?«

Sie kniff die Augen zusammen, fing an zu schluchzen, nickte und sank auf seine Brust. »Wir müssen zu einem Arzt, Heinrich, und da lasse ich jetzt nicht mit mir reden. Steh auf, zieh dir was an, dann fahren wir los. Und wenn das nicht geht, holen wir den Notarzt. Dein Gesicht ist völlig geschwollen und ganz blau.«

Sie löste sich von ihm, streichelte sanft über seinen Arm, erhob sich und hielt ihm die Hand hin. »Ich bitte dich, mit mir ins Krankenhaus zu gehen, wie ich dich noch nie um etwas gebeten habe.«

22

FREITAG, 10. JULI 2009 ODER 52 STUNDEN BIS ZUM ABFLUG

Der Freitagmorgen, sein letzter Arbeitstag vor dem Urlaub, begann für Lenz mit dem Kauf einer lokalen Tageszeitung. Werner Peters, der Reporter mit dem Ehrenwort, hatte ganze Arbeit geleistet und alles, was Lenz ihm im Vertrauen und unautorisiert erzählt hatte, zu einer schönen Mordgeschichte verarbeitet. Inklusive des Hinweises, dass es sich bei dem Toten um einen Russlanddeutschen handelte. Der Hauptkommissar grinste innerlich, steckte die Zeitung unter den Arm und stieg in den bereitstehenden Bus. Um zehn nach acht trat er durch die offen stehende Tür von Uwe Wagners Büro und sah sich irritiert um, weil sein Freund und Kollege nicht hinter seinem Schreibtisch saß. Das Glucksen der Kaffeemaschine erinnerte ihn an einen der Gründe seines Besuchs. Er nahm sich eine Tasse, befüllte sie mit der braunen Brühe und setzte sich vor den Schreibtisch. Keine Minute später stand Wagner in der Tür, warf sie hinter sich ins Schloss, kam auf ihn zu und umarmte ihn kurz.

»Hier gehts ja ab«, begann der Pressemann.

»Also hast du schon von dem Berber gehört?«

»Na klar. Zuerst in Wiesbaden. Natürlich hat jeder der Kollegen gefragt, ob die Bronx nach Kassel verlegt worden sei. Dann auf der Rückfahrt im Autoradio und natürlich abends in den Nachrichten. Die Lektüre der Presse von heute Morgen drehte sich in der Hauptsache um dieses Thema und gerade eben komme ich von Waldmann, der mir den Rest gegeben hat.«

»Was in der Zeitung steht, ist Quatsch. Ich habe Peters mit dem versorgt, was ich gerne in der Zeitung lesen wollte. Er hat mir sogar sein Ehrenwort gegeben, dass er es nicht bringen würde.« Der Hauptkommissar schilderte seinem Freund ausführlich die Ereignisse um den Mord an dem Obdachlosen.

»Mein lieber Mann. Dann schwebt dieser Waldemar ja mit ausgebreiteten Armen über der Himmelspforte. Was meinst du, wie lange deine Story hält?«

»Ich weiß es nicht. Hoffentlich so lange, bis wir ihn gefunden haben. Immerhin wissen mehr Leute davon, als mir lieb ist.«

»Irgendwas wegen der Iannones rausgekriegt?«, wollte Wagner wissen.

Lenz atmete langsam durch die Nase aus und informierte ihn über den angeblichen Verkauf des Eiscafés an die Mälzers.

»Das ist doch der totale Blödsinn. Salvatore hätte nie und nimmer seine Eisdiele verkauft und schon gar nicht an Mälzer. Hast du dir die Verträge genau angesehen?«

»Noch nicht, aber ich kann mir nicht vorstellen, dass Molina Mälzer da einen Fehler macht. Sie hat Geld auf der Bank abgehoben und sie hat einen Vertrag mit Iannone. Allerdings will sie uns den nicht zeigen.«

»Na bitte, was sag ich dir? Die Geschichte kannst du total vergessen.«

»Nicht ganz«, bremste Lenz seinen Kollegen. »Die Kanzlei Braun, Engelhardt, Koch und Partner steckt in der Sache mit drin. Und wenn der Name fällt, kann ich mir beim besten Willen nicht vorstellen, dass irgendetwas an den Verträgen nicht koscher ist.«

Wagner rümpfte die Nase. »Juristen! Denen traust du über den Weg?«

Lenz stand auf, stellte seine Tasse auf den kleinen Tisch neben der Kaffeemaschine und ging Richtung Tür.

»Irgendwie schon. Ich kenne den alten Braun seit über 20 Jahren.« Er dachte nach. »Ja, dem Mann vertraue ich. Und jetzt gehe ich los und bringe ein paar Mörder zur Strecke, damit ich beruhigt in den Urlaub gehen kann.«

»Stimmt ja, das hatte ich gar nicht mehr auf dem Schirm. Der letzte Arbeitstag bricht mit unerbittlicher Härte über dich herein. Wie fühlst du dich?«

»Als ob ich wirklich dringend Urlaub bräuchte. Nur leider nicht dort, wo ich hin will.«

Wagner stutzte. »Ach. Und wo willst du hin? Ich dachte, du hättest bis jetzt noch kein Ziel?«

Lenz sah ihn zerknirscht an. Obwohl sein Freund einer der wenigen Menschen war, die von seiner Liaison mit Maria Zeislinger wussten, hatte er ihm bis zu diesem Moment noch nichts von seinen Urlaubsplänen mit der Frau des Oberbürgermeisters erzählt. Das holte er nun verschämt nach.

»Soso, Amerika. Mit Maria Zeislinger. Irgendwann wird dich Schoppen-Erich richtig an den Eiern kriegen. Wie blöd ist der eigentlich, wenn er nicht mal merkt, dass seine Frau mit einem anderen Mann nach Amerika in Urlaub fliegt?«

»Keine Ahnung. Allerdings muss ich gestehen, dass Maria

die Sache perfekt eingetütet hat. Damit würde ich ihr genauso auf den Leim gehen wie ihr Mann.«

»Und was ist mit deiner nahezu legendären Flugangst? Wie oft wollte ich schon mit dir irgendwo hinfliegen und musste mir immer die gleiche Leier anhören: ›Lass mich mit Flugzeugen in Ruhe, da bringt mich kein Mensch rein.‹«

Nun musste Lenz grinsen. »Wenns mir da oben dreckig geht, lege ich mich auf Marias Schoß und hoffe, dass es hilft. Diese Therapie will ich auf keinen Fall mit dir ausprobieren. Das ist der kleine, aber feine Unterschied.«

»Und du Chaot hast es tatsächlich geschafft, die ganzen Papiere zu beschaffen? Und diese saublöde Onlineregistrierung?«

»Liegt alles auf dem Küchentisch. Aber ohne Maria hätte ich es nicht hingebracht, da gebe ich dir recht.«

»Na dann, guten Flug. Und lasst euch nicht erwischen.«

»Vielleicht sehen wir uns morgen noch mal. Ich bin auf jeden Fall hier«, erwiderte Lenz, hob die Hand zum Abschied und verließ das Büro.

*

Hain saß an seinem Schreibtisch, hatte die Beine hochgelegt und starrte auf den Computermonitor.

»Der Ducato war nie in irgendeinem Land in Europa zugelassen«, erklärte er zur Begrüßung, ohne den Kopf zu bewegen.

»Morgen, Thilo. Auch ich freue mich, dich zu sehen.«

Nun drehte der Oberkommissar sich um und bedachte Lenz mit einem feisten Grinsen.

»Hallo, Herr Hauptkommissar Lenz. Wie ist das werte Befinden, so kurz vor dem bevorstehenden Ferienbeginn?«

»Bestens«, erwiderte Lenz gereizt und warf ihm die Zeitung auf den Tisch. »Peters hat ganze Arbeit geleistet. Er hat es genau so gemacht, wie wir es vermutet haben.«

»Ich weiß. Der Artikel ist auch online. Außerdem klingelt dein Telefon seit sieben Uhr alle fünf Minuten. Ich vermute, das wird er sein. Lass ihn bis heute Mittag schmoren, vielleicht nimmt er dabei ein paar Kilo ab.«

»Kaum anzunehmen. Was war das eben mit dem Ducato?«

»Die Karre ist nie irgendwo in Europa zugelassen gewesen. Die Info kam heute Nacht.«

»Und was heißt das? Kommen die Jungs mit dem Gewehr aus Asien oder Afrika?«

»Keine Ahnung, aber das kann ich mir nicht vorstellen. Ich habe schon mit Turin telefoniert, mit Fiat direkt. Die wollen sich spätestens in einer Stunde melden.«

»Aber du sprichst doch kein Wort Italienisch? Wie hast du denen denn verklickert, was du willst?«

Hain zuckte mit den Schultern. »Ich habs einfach versucht. Nach zwei netten Italienerinnen, die mit mir leider gar nichts anfangen konnten, wurde ich mit einem Mann verbunden, der ein paar Jahre in Deutschland gelebt hat. In München. Der sitzt zwar in der falschen Abteilung und spricht einen grauenhaften Bayerisch-Deutsch-Mix, aber er hat mir versprochen, sich darum zu kümmern. Ich musste ihm nur die Fahrgestellnummer faxen.«

»Alle Achtung, das hätte ich mich nicht getraut. Gut gemacht, Thilo. Sonst noch was passiert?«

»Nein, leider nicht. Die Fahndung nach den beiden war bis jetzt ergebnislos, auch dieser Waldemar ist nicht aufgetaucht.«

Im Nachbarbüro klingelte das Telefon. »Dein Freund, der Journalist«, grinste Hain.

»Ich befolge deinen Rat und lasse ihn schmoren. Außerdem will ich jetzt zu Braun, Engelhardt, Koch und Partner. Kommst du mit?«

»Lass mal. Mit Anwälten habe ich nicht so viel am Hut, außerdem ist das eher deine Liga, so rein altersmäßig.«

Lenz wollte etwas antworten, doch das Klingeln seines Mobiltelefons unterbrach ihn.

»Lenz.«

»Morgen, Herr Lenz. Hier spricht Oberkommissar Lars Gruber von den Wirtschaftssachen. Haben Sie einen Moment Zeit für mich?«

»Worum geht es denn, Herr Gruber?«

Stille.

»Herr Gruber?«

»Ja, ja, ich bin noch dran. Es geht um …« Wieder eine kurze Pause. »Eigentlich möchte ich darüber am Telefon nicht sprechen. Aber …«

»Schon gut. Ich bin in meinem Büro, am besten kommen Sie gleich vorbei. Klappt das?«

Lenz hörte einen Seufzer der Erleichterung.

»Bin schon unterwegs.«

*

»Kennst du einen Lars Gruber von den Wirtschaftssachen?«

Hain dachte kurz nach. »Nee, nie gehört. Was will er denn?«

»Das wollte er mir am Telefon nicht erzählen. Aber er ist schon hierher unterwegs.«

Ein paar Augenblicke später hörten sie schnelle Schritte auf dem Flur. Lenz ging zur Tür und fing einen etwa 27-jährigen, blonden Mann mit kariertem Sakko ab.

»Herr Gruber?«

»Sind Sie Hauptkommissar Lenz?«

»Ja. Kommen Sie, wir gehen in mein Büro.«

»Sind Sie neu in der ZK20? Ich kann mich nicht erinnern, dass wir uns schon einmal gesehen haben«, begann Lenz, nachdem sie sich gesetzt hatten.

»Seit einem Dreivierteljahr. Ich komme aus der Nähe von Darmstadt, wollte aber lieber in Kassel arbeiten. Der Liebe wegen.«

»Schön. Was kann ich für Sie tun, Herr Gruber?«

Der junge Kommissar sah Lenz mit großen Augen an, holte tief Luft und rieb dabei die Hände aneinander.

»Zunächst muss ich Sie inständig darum bitten, dass alles, was wir beide besprechen, unter uns bleibt. Das ist ganz wichtig.«

»Natürlich, Sie können sich darauf verlassen.«

Wieder holte Gruber tief Luft. Dann nickte er erleichtert.

»Also. Es geht um Jochen Mälzer. Ich weiß, dass Sie den Fall des italienischen Ehepaares bearbeiten, das gestern erschossen wurde. Und ich weiß, dass Herr Mälzer der Eigentümer der Immobilie ist, in der die beiden ihre Eisdiele hatten.«

»Und?«, fragte Lenz interessiert. »Das ist kein Geheimnis, wir haben gestern schon mit Frau Mälzer gesprochen. Ihr Mann ist derzeit in Asien und kommt erst am Sonntag zurück.«

»Ich weiß.«

»Jetzt erstaunen Sie mich ein wenig. Woher wissen Sie das?«

»Das genau kann ich Ihnen eben nicht erzählen. Es geht einfach nicht. Aber vielleicht kann ich Ihnen etwas erzählen, das Sie noch nicht wissen.«

Lenz lehnte sich in seinem Stuhl zurück. »Sie verstehen es, mich neugierig zu machen. Schießen Sie los.«

»Aber bitte, ich muss noch einmal darauf hinweisen, dass alles, was wir hier besprechen, mit absoluter Diskretion ...«

»Das hatten wir schon, Herr Gruber«, unterbrach Lenz ihn. »Wovor fürchten Sie sich eigentlich so?«

Wieder rieb der Oberkommissar seine Handflächen aneinander.

»In unserer Abteilung gibt es ein paar Kollegen, die Herrn Mälzer kennen. Ich weiß nicht, wie gut sie ihn kennen, aber ich vermute, schon ziemlich gut. Damit will ich nicht ausdrücken, dass ...« Er stockte.

»Ich weiß, was Sie sagen wollen, Herr Gruber. Aber noch einmal: Alles, was wir besprechen, bleibt unter uns. Natürlich werde ich meinem Kollegen nebenan das eine oder andere von dem berichten, was Sie mir erzählen, aber für den lege ich meine Hand ins Feuer.«

Nun entspannten sich Grubers Züge und er schlug die Beine übereinander.

»Mälzer ist pleite.«

Der Satz stand für ein paar Sekunden wie ein Pistolenknall im Raum. Dann beugte Lenz sich nach vorne und glotzte den jungen Mann ungläubig an.

»Wie, pleite?«

»Seine Barmittel sind nahezu erschöpft, seine Kreditlinien ausgereizt. Eigentlich müsste er schon seit ein paar Wochen in der Insolvenz sein, aber er kämpft. Und er verschleppt.«

»Und da sind Sie sicher?«

»Ganz sicher.«

»Was macht er dann in Asien? Im Moment treibt er sich in Singapur herum.«

»Wie gesagt, das weiß ich. Und ich weiß, dass er dort versucht, Investoren zu gewinnen, unter anderem für das Projekt an der Wilhelmshöher Allee. Das Outlet-Center.«

»Aber die Mälzers haben doch Werte. Denen gehören mehr als ein gutes Dutzend erstklassige Immobilien in der Stadt, außerdem die Villa, ihr Firmensitz. Und vergessen Sie nicht die Herzogsgalerie. Ich möchte nicht wissen, was die wert ist.«

»Alles Fassade. Ich bin zwar sicher, dass die beiden nie mehr in ihrem Leben arbeiten müssten, wenn ihr Imperium zusammenbrechen würde, aber darum geht es hier gar nicht. Hier geht es um Firmenwerte in dreistelliger Millionenhöhe, die auf dem Spiel stehen. Und die sich im Moment gerade in Luft auflösen, wenn nicht ein Wunder geschieht.«

Lenz lehnte sich wieder zurück und dachte an eine Zigarette.

Gruber schien jetzt Vertrauen gefasst zu haben.

»Mälzer war immer ein Spekulant. Allerdings hat er nicht nur mit Immobilien spekuliert, sondern auch mit Aktien und Derivaten, also hochspekulativen Anlagen. Das hat ihn zwar in den letzten Monaten unheimlich viel Geld gekostet, aber es hätte ihm vermutlich nicht das Genick gebrochen. Was ihn wirklich in die Bredouille gebracht hat, war ein Kontakt nach Amerika. Er hatte eine größere Summe bei einem Amerikaner angelegt, der sich als der größte Betrüger aller Zeiten entpuppt hat. Allerdings sind von dem noch viel größere Fische ausgenommen worden. Vielleicht haben Sie sogar davon gehört, es stand zumindest in allen Zeitungen. Der Mann heißt Madoff. Zurzeit wartet er auf seinen Prozess, und wenn alles normal läuft, geht er für 150 Jahre ins Gefängnis.«

Lenz betrachtete sein Gegenüber mit immer größerem Interesse. »So langsam bekomme ich den Eindruck, dass ich doch gerne wüsste, woher Sie diese ganzen Informationen haben.«

Über Grubers Gesicht huschte die Andeutung eines Lächelns. »Denken Sie sich einfach, ich würde einen Mann kennen, der wiederum Mälzer kennt. So kommt eins zum anderen.«

»Gut«, brummelte Lenz.

»Aber«, fuhr der junge Oberkommissar fort, »davon, dass dieser Anlagebetrüger ins Gefängnis wandert, hat Mälzer nichts. Er muss sein Geld zurückbekommen, was definitiv ausgeschlossen ist.«

»Können Sie mir kurz erklären, wie der Typ in Amerika das gemacht hat? Immerhin ist Mälzer ein, wie ich denke, ziemlich ausgeschlafener Geschäftsmann, den man vermutlich nicht wie einen blutigen Anfänger ausnehmen kann.«

»Da haben Sie recht, aber wie ich schon gesagt habe, es hat noch ganz andere mit anderen Summen getroffen. Kennen Sie Steven Spielberg, den amerikanischen Filmregisseur?«

Lenz nickte. »Wer kennt den nicht?«

»Er ist einer derjenigen, die bei Madoff viel Geld verloren haben, man spricht von etlichen Millionen. Also, wir haben es hier nicht mit einem billigen Taschendieb, sondern mit einem der gerissensten Betrüger der Geschichte zu tun, der mithilfe eines Schneeballsystems die Anleger geprellt hat. Das heißt, dass die neu hinzugekommenen Investoren mit ihren Einlagen die Zinsen der Altanleger bezahlt haben, und dieses Konstrukt muss irgendwann zusammenbrechen. Insgesamt, sagt man, gehe es um 50 Milliarden Dollar Schadenssumme. Nur zu Ihrer Information, das sind 50.000 Millionen.«

So hatte Lenz das noch nie gesehen.

»Schön. Mälzer hat also seine Kohle in den Sand gesetzt. Von wie viel reden wir hier denn?«

»Viel. Den genauen Betrag kann ich Ihnen nicht nennen, aber der ist auch gar nicht so wichtig. Viel wichtiger ist, dass es der Betrag war, den er dort parken wollte, bis die Sache mit dem Outlet-Center unter Dach und Fach war. Das ist jetzt der Fall, aber Mälzer hat einfach kein Geld mehr.«

»Wollen Sie mir erklären, dass er das Geld, das dieses Center kostet, hatte? In bar?«

»Nein, natürlich nicht. Das Geld, das er verzockt hat, war, sagen wir mal, sein Eigenkapital. Keine Bank geht bei so einem Objekt mit dem vollen Betrag ins Obligo, die wollen immer, dass der Investor einen Teil des Risikos mitträgt. Und genau diesen Teil hat Mälzer eben jetzt nicht mehr und deshalb bekommt er auch keine Finanzierung hin. Und weil die Banken im Zuge der Finanzkrise sowieso schon eine Neubewertung seiner Immobilienobjekte vorgenommen haben, mit niederschmetterndem Ergebnis übrigens, kann er auch nichts anderes mehr verpfänden. Basta, der Mann ist fertig.«

Lenz fuhr sich durch die Haare, legte die Stirn in Falten und kniff die Augen zusammen.

»Ich habe in diesen paar Minuten den Eindruck von Ihnen gewonnen, Herr Gruber, dass Sie ein cleverer Kerl sind, und es fällt mir auch deswegen schwer, Ihnen zu widersprechen, weil ich von Wirtschaft und dem ganzen Zeugs so gut wie keine Ahnung habe. Aber irgendwo liegt in Ihren Informationen der Hund begraben.«

Gruber schluckte. »Warum? Was meinen Sie damit?«

»Ganz einfach. Ungefähr in diesen Minuten rollen in der Wilhelmshöher Allee die Bagger an, um das bestehende Gebäude einzureißen. Das würden die Mälzers doch sicher nicht machen, wenn sie kein Geld für den Neubau hätten, was meinen Sie?«

Nun war Gruber sprachlos.

»Schneeballsystem hin oder her«, fuhr Lenz deshalb fort, »irgendwo scheint Mälzer noch Geld aufgetrieben zu haben.«

»Das … das glaube ich nicht«, stammelte Gruber.

»Doch, seien Sie sicher. Ich hatte gestern das Vergnügen mit zwei Anwälten, die mir die Abrissgenehmigung unter die Nase gehalten haben. Außerdem hatte Molina Mälzer am Tag vor dem Tod der Italiener die Eisdiele gekauft. Nach unseren Erkenntnissen mit 50.000 Euro in bar.« Er schnaufte. »Wie eine Pleite klingt das nicht.«

»Das sind in diesen Dimensionen zwar Peanuts, aber ich gebe Ihnen recht.«

»Sie sollten noch einmal mit Ihrem Informanten sprechen, Herr Gruber. Vielleicht sind Sie ja einem Schwätzer auf den Leim gegangen.«

»Ja, vielleicht. Ich werde es auf jeden Fall überprüfen.«

»Natürlich werden auch wir versuchen, Ihre Informationen zu verifizieren, aber viel Hoffnung, dass sich das bestätigt, habe ich ehrlich gesagt nicht.«

Gruber stand langsam auf. Sein Gesicht war kreidebleich.

»Ich danke Ihnen trotzdem, dass Sie sich die Zeit genommen haben. Vielleicht kann ich herausbekommen, ob ich tatsächlich einer Fehlinformation aufgesessen bin, obwohl ich mir das beim besten Willen nicht vorstellen kann.« Er reichte Lenz die Hand.

»Machen Sie das«, erwiderte der Hauptkommissar und streckte ebenfalls die Hand aus. »Wenn Sie etwas Neues wissen, können Sie sich gerne wieder melden. Auf Wiedersehen.«

»Auf Wiedersehen, Herr Hauptkommissar.«

Bevor der junge Mann die Tür erreicht hatte, rief Lenz ihn noch einmal zurück.

»Ist eigentlich die Abteilung Wirtschaft an Mälzer dran? Immerhin haben Sie vorhin von Insolvenzverschleppung gesprochen und das ist immerhin ein Straftatbestand.«

»Ich weiß. Allerdings kann ich mit meinen Informationen in meiner Abteilung nicht viel anfangen, ohne meinen Informanten zu kompromittieren. Und nach den Informationen, die ich gerade von Ihnen bekommen habe, ist an meiner Version vielleicht gar nichts dran. Aber, wie gesagt, das werde ich gewissenhaft überprüfen.«

»Gut. Wir werden auf jeden Fall im Gespräch bleiben, wie gesagt. Ich bin wirklich gespannt, wie Ihr Informant reagiert, wenn er erfährt, dass mit dem Bau des Outlet-Centers begonnen wird.«

»Ich auch.« Gruber legte die Hand auf die Klinke, drückte sie jedoch nicht nach unten. »Ach, und bevor ich es vergesse: Haben Sie in der Eisdiele irgendwelche Indizien gefunden, die darauf hinweisen, dass Mälzer mit der Sache etwas zu tun haben könnte?«

»Nein, nichts Belastbares. Haben Sie eine Idee, wonach wir suchen sollten?«

Gruber lachte laut auf. »Nein, leider nicht. Ich dachte nur so«, antwortete er, verabschiedete sich endgültig und verließ das Büro.

*

Thilo Hain deutete seinem Chef einen Vogel an, nachdem der ihm Grubers Ausführungen geschildert hatte.

»Mit dem scheint die Fantasie total durchzugehen. Wenn ich viel glaube, aber dass die Mälzers pleite sind, das glaube ich nicht. Ganz bestimmt nicht.«

»Ich auch nicht, deswegen habe ich ihm ja von den Abrissarbeiten erzählt. Allerdings ist mir schon der Gedanke gekommen, dass diese Ansicht auch nur auf dem Getrommel der Anwälte beruht und von Molina Mälzers hohlen

Phrasen genährt wird. Also denke ich mir, dass ich jetzt wie geplant zur Kanzlei Braun gehe, und du dich in der Zeit auf dem Gelände an der Wilhelmshöher Allee umsiehst.«

»Gerne. Was soll ich denn machen, wenn dort schon die Abrissbirne wütet?«

»Zurückfahren. Die haben eine ordentliche Genehmigung und in diese Suppe können wir ihnen leider nicht spucken.«

»Gut. Soll ich dich mitnehmen und in der Stadt absetzen?«

»Nein, lass mal. Ich gehe die paar Schritte zu Fuß.«

Lenz drehte sich zur Tür und erwartete, dass sein Mitarbeiter sich erheben würde. Hain blieb jedoch sitzen und sah ihn ein wenig verkniffen an.

»Sonst noch was, Thilo?«

»Nein. Ja«, druckste der Oberkommissar herum.

»Was nein, ja? Ist was oder ist nichts?«

»Ich wollte dich halt fragen, wie du dir die weiteren Ermittlungen vorstellst. Du hast heute deinen letzten Tag und spätestens am Montag hängen wir alle hier so ein bisschen in der Luft.«

»Meinst du, es geht nicht ohne mich?«

»Nein, das meine ich ganz und gar nicht. Aber du hast dich bis jetzt nicht dazu geäußert, wer wie was weitermachen soll.«

»Und das treibt dich jetzt fast in den Wahnsinn oder was?«

»So würde ich es nicht nennen, aber ich hab mich schon gefragt, ob du mir zutraust, den Fall federführend zu übernehmen, solange du weg bist.«

»Weil du noch nie einen Mordfall ›federführend‹ geleitet hast?«

Hain hüstelte. »Na ja, schon.«

»Dann will ich dich mal beruhigen. Spätestens ab Montagmorgen ist es dein Fall und ich bin sicher, du machst das ganz prima. Wenn du wirklich nicht mehr weiterkommst, fragst du RW oder Uwe, außerdem bin ich immer für dich erreichbar, egal, wo ich bin. Und solltest du die Geschichte tatsächlich verkacken, ziehe ich dir die Haut in Streifen vom Rücken, wenn ich zurück bin. Ohne Narkose. Alles klar?«

Hain fing feist an zu grinsen. »Bis du zurück bist, hocken die bösen Buben und Mädels alle schon im Knast.«

»Das hoffe ich.«

*

Die Kanzlei Braun, Engelhardt, Koch und Partner residierte seit ein paar Jahren im vierten Stock eines modernen Bürogebäudes neben der Herzogsgalerie, einer Liegenschaft der Mälzers.

Lenz betrat das Haus, warf einen Blick auf die offen stehenden Edelstahltüren des Fahrstuhles, ging daran vorbei und nahm Kurs auf das Treppenhaus. Dann jedoch überlegte er es sich anders, ging die paar Schritte zurück, stellte sich in die Kabine und legte den Finger auf den Taster mit der Vier. Wenn ich übermorgen in zwölf Kilometern Höhe unterwegs sein will, dachte er, sollten mir heute die paar Meter im Fahrstuhl besser nichts ausmachen.

Als der Lift sich in Bewegung setzte, durchzuckte ihn ein extrem kurzer, intensiver Gedanke an eine womöglich einsetzende Panik, doch es geschah nichts. Oben angekommen verließ er die Kabine, drehte sich noch einmal um und betrachtete sein Gesicht im Spiegel.

»Geht doch«, murmelte er lächelnd.

*

»Zu Herrn Braun, bitte«, erklärte er der grell geschminkten Dame mit den hochtoupierten Haaren und der strengen Brille an der Rezeption, die ihn hereingelassen hatte.

»Haben Sie einen Termin?«

»Nein.« Er zog seinen Dienstausweis aus der Jacke und hielt ihn hoch. »Mein Name ist Lenz, Kriminalpolizei Kassel. Ich hätte ein paar Fragen an Herrn Braun zu einem Fall, den ich bearbeite.«

Sie griff zu einem Terminplaner, der vor ihr auf dem Tisch lag. »Da muss ich erst schauen, ob Herr Braun überhaupt im Haus ist. Und wenn, ob er Sie empfangen will.«

»Es geht ganz schnell. Zehn Minuten, länger brauche ich nicht.«

»Ja, das mag sein, aber wenn er nicht da ist, nützt uns das gar nichts.«

Ohne ein weiteres Wort stand sie mit dem Kalender in der Hand auf, ließ den Polizisten wie einen Schuljungen vor der Theke stehen und verschwand durch eine Tür in ihrem Rücken.

Lenz musste etwa fünf Minuten warten, bis sie sich wieder hinter dem Tresen aufbaute.

»Ein paar Minuten kann Herr Braun für Sie erübrigen, aber bitte nicht länger.«

»Ich werde mir alle Mühe geben«, versprach er.

»Davon gehe ich aus. Den Flur entlang, die letzte Tür auf der linken Seite.«

Während er auf dem Weg zu Brauns Büro war, dachte Lenz über Empfangsdamen nach. Es gab, da war er sich sicher, nur zwei Sorten davon auf der Welt. Diejenige, wie er sie eben erlebt hatte, und die andere, die immer freundlich, hilfsbereit und kundenorientiert war. Dazwischen war ein Vakuum.

*

Robert Braun empfing ihn an der offen stehenden Tür, streckte ihm die Hand entgegen, stellte sich vor und ging voraus in das modern eingerichtete, riesige Zimmer.

»Was führt Sie zu mir, Herr Kommissar?«, fragte er, als beide am seltsam geformten Schreibtisch des Juristen Platz genommen hatten.

»Wir ermitteln in einer Mordsache von gestern Morgen. Die Besitzer einer Eisdiele in der Wilhelmshöher Allee, ein älteres italienisches Ehepaar, wurden erschossen. Vielleicht haben Sie davon gehört?«

Braun schüttelte den Kopf.

»Nein, tut mir leid. Ich bereite mich gerade sehr intensiv auf einen großen Wirtschaftsprozess vor, der meine ganze Aufmerksamkeit in Anspruch nimmt. Ich komme morgens recht früh ins Büro und verlasse es erst sehr spät am Abend oder in der Nacht.«

»Kein Problem«, erwiderte Lenz freundlich. »Die Eisdiele befindet sich in dem Gebäude der Mälzer-Bau-Consulting, das abgerissen und mit einem Outlet-Center bebaut werden soll.«

Die Züge des Anwalts wurden starr. »Die Liegenschaft ist mir bekannt. Allerdings wusste ich nicht, dass dort ein Eiscafé angesiedelt ist.«

»Das erstaunt mich jetzt, Herr Braun, weil schon ein paar Stunden nach der Tat zwei Anwälte Ihrer Kanzlei vor Ort erschienen sind, um Erkundigungen zu einem möglichen Beginn der Abrissarbeiten einzuholen.«

»Mein lieber Herr Lenz, in unserer Sozietät sind 14 Volljuristen beschäftigt. Da erwarten Sie doch sicher nicht, dass ich mit jedem Vorgang vertraut bin. Natürlich versuche ich, den Überblick zu bewahren, doch ich bitte um Nachsicht, weil das zur Gänze überhaupt nicht möglich sein kann.«

»Das heißt, Sie sind mit der Mandantschaft Mälzer gar nicht beschäftigt?«

»Doch, natürlich. Die Mälzer-Bau-Consulting sowie die anderen Unternehmungen von Jochen und Molina Mälzer sind Schlüsselmandanten für uns. Selbstverständlich bin ich mit vielen Details der juristischen Belange dieser Mandanten vertraut. Allerdings kann ich Ihnen, und da bitte ich um Ihr Verständnis, keine Einzelheiten preisgeben, das gebietet meine standesrechtliche Verschwiegenheitspflicht. Im Übrigen erschließt sich mir nicht, was die Familie Mälzer mit einem Mord zu tun haben sollte.«

»Oh«, erklärte Lenz beschwichtigend, »zunächst müssen wir uns ein allgemeines Bild der Lage machen. Dazu gehört, dass die Mälzers Nutznießer der Morde sein könnten, weil die Besitzer des Eiscafés einen Pachtvertrag hatten, der den Interessen der Mälzers entgegenstand.«

»Ich bin nicht sicher, ob ich Sie richtig verstehe«, gab der Jurist mit schneidender Stimme zurück.

»Nun, so schwer ist das nicht. Die Iannones, so hießen die Mordopfer, wollten sich nicht dem Diktat der Mälzers beugen und bestanden auf ihrem gültigen Pachtvertrag. Das hätte den Bau des Outlet-Centers zumindest verschoben, wenn nicht gänzlich unrentabel gemacht.«

»So leid es mir tut, aber davon weiß ich nichts. Ich bin sicher, dass hier im Haus jemand mit diesen Vorgängen vertraut ist, aber ich kann Ihnen dazu leider keine Auskunft geben.«

»Dann wissen Sie auch nichts davon, dass Herr Iannone am Tag vor seinem Tod die Eisdiele an Frau Mälzer verkauft haben soll?«

Nun zeigte Brauns kühle Fassade zum ersten Mal eine Regung. Er hüstelte gekünstelt und schluckte deutlich hörbar. »Nein. Ich habe irgendwo auf dem Flur etwas von einem aktuellen Vertrag zwischen den Mälzers und einem Mieter gehört, aber mit Einzelheiten bin ich, wie schon gesagt, nicht vertraut.«

»Welcher Ihrer Kollegen ist denn mit den Einzelheiten vertraut?«

»Da müsste ich mich erkundigen. Allerdings befinden wir uns in der Ferienzeit, was bedeutet, dass viele Kollegen im Urlaub sind. Wenn Sie Mitte nächster Woche noch einmal vorbeikommen, kann ich Ihnen sicher mehr sagen.«

Lenz lächelte ihn freundlich an. »Aber mit der Finanzierung des Outlet-Centers gibt es keine Probleme?«

»Wie meinen Sie das?«

»Nun, das ist ein Riesending, das da entstehen soll. Und die Zeiten werden nicht besser, ganz im Gegenteil. Überall liest man von einer Kreditklemme, die den Investoren und Unternehmen das Leben schwer macht.«

Braun lief schlagartig feuerrot an. »Das ist empörend, was Sie hier machen, Herr Kommissar. Sie kommen in mein Büro und wagen es, die Liquidität der Mälzer-Gruppe in Zweifel zu ziehen? Was bilden Sie sich eigentlich ein?«

»Kein Grund, sich aufzuregen, Herr Braun. Ich habe mit keiner Silbe angedeutet, dass es mit der Liquidität der Mälzer-Gruppe nicht zum Besten steht, sondern lediglich nachgefragt.«

»Das, Herr Lenz, ist eine Sache der Interpretation.«

Er schaute hektisch auf die Uhr, stand auf und streckte dem Kommissar die Hand hin. »Und nun muss ich Sie bitten, mich zu entschuldigen, ich habe in ein paar Minuten einen wichtigen Termin.«

»Macht nichts. Ich werde einfach demnächst noch einmal nachfragen, wer mit der Angelegenheit vertraut ist. Zunächst vielen Dank, dass Sie sich die Zeit für mich genommen haben. Auf Wiedersehen und ein schönes Wochenende, Herr Braun.«

Lenz zog die Tür hinter sich ins Schloss, ging über den Flur und überlegte dabei, ob er die Dame an der Rezeption noch ein wenig ärgern sollte, doch hinter dem Tresen saß eine andere Frau. Sie war deutlich jünger, trug ein dunkelblaues Kostüm und lächelte ihn freundlich an. »Auf Wiedersehen.«

Der Kommissar wollte ihren Gruß erwidern, dann jedoch blieb er stehen und lächelte, so freundlich er konnte, zurück.

»Lenz, Kripo Kassel, guten Tag«, begann er und zückte seinen Dienstausweis. »Ich komme gerade von Herrn Braun, der Sie bitten lässt, kurz nachzusehen, wer mit der Vertragssache Mälzer/Iannone betraut ist.«

»Da muss ich gar nicht nachschauen, das weiß ich auswendig, weil ich gestern in dieser Sache einen Schriftsatz getippt habe. Herr Dr. Engelhardt ist der bearbeitende Anwalt. Wollen Sie ihn sprechen?«

Lenz riss charmant die Augen auf und versuchte eine Zehn auf der Grinsskala. »Wenn das möglich wäre, natürlich, gerne.«

»Im Haus ist er auf jeden Fall, ich frage mal, ob er Zeit für Sie hat. Sekunde, bitte.«

Damit sprang sie von ihrem Stuhl hoch, lief mit schnellen Schritten den Flur entlang, aus dem Lenz gekommen war, blieb vor einer Tür auf der rechten Seite stehen, klopfte vorsichtig und steckte den Kopf ins Zimmer. Kurze Zeit später tauchte sie wieder auf und kam zurück.

»Das geht. Wenn Sie bitte mitkommen wollen.«

23

Die Morgensonne stach Veronika Lappert ins Gesicht, als sie den Taxifahrer bezahlte. Sie öffnete die Tür, ging um den Wagen und half ihrem Mann beim Aussteigen. Er hakte sich bei ihr unter und setzte sich unsicher in Bewegung. Seinen Kopf hatte sie mit ein paar Mullbinden umwickelt, sonst wäre er nicht aus dem Haus gegangen. Ihren Vorschlag, den Rettungswagen zu rufen und sich bringen zu lassen, hatte er kategorisch abgelehnt. Und er hatte darauf bestanden, die Welt über die wahre Herkunft seiner Verletzungen zu belügen.

»Denk bitte daran, was wir besprochen haben, Veronika«, flüsterte er, als ihnen die automatische Doppeltür am Eingang der Notfallambulanz entgegenschwang. »Denk an uns, unsere Kinder und unser Enkelkind.«

Sie blieb stehen, sah ihn mit funkelnden Augen an und ging, ohne zu antworten, weiter. Die beiden folgten den Hinweisschildern zur chirurgischen Notfallambulanz. Dort klopfte Veronika Lappert an eine Tür. Es dauerte einen Moment, bis geöffnet wurde, dann tauchte eine gähnende Krankenschwester auf.

»Ja, bitte?«

»Mein Mann ist im Gesicht verletzt. Könnte bitte ein Arzt nach ihm sehen?«

»Waren sie schon am Annahmeschalter?«

»Nein. Meinem Mann geht es sehr schlecht. Könnten Sie vielleicht zuerst einem Arzt Bescheid sagen, den Rest können wir doch sicher später auch noch erledigen.«

Die Schwester betrachtete Lappert und seinen Verband.

»Was ist denn passiert? Ist es eine Verbrennung?«

Lappert schüttelte vorsichtig den Kopf.

»Nein, keine Verbrennung«, erklärte seine Frau. »Es ist …, wir sind …« Sie stockte.

»So einfach geht das leider nicht«, wurde sie von der Frau in Weiß belehrt. »Wenn es sich nicht um einen ganz akuten Notfall handelt, müssen Sie zuerst …«

Weiter kam sie nicht, weil in diesem Moment ein Arzt neben ihr auftauchte. »Lass gut sein, Petra, ich kümmere mich kurz darum.« Dann wandte er sich an Lappert, drückte ihm die Hand und bat ihn ins Behandlungszimmer.

»Doktor Rainer, guten Tag. Setzen Sie sich doch bitte. Was ist denn passiert?«

»Wenn Sie den Verband abnehmen würden, Herr Doktor, dann sehen Sie schon«, versuchte Veronika Lappert eine Erklärung. Der Mediziner bat ihren Mann, auf der Liege Platz zu nehmen, öffnete die erste Binde und wurde blass. Mit fliegenden Fingern legte er Lapperts Kopf frei, sah von ihm zu seiner Frau und wieder zurück.

»Was ist denn mit Ihnen passiert? Das ist doch … Nein, das kann unmöglich sein.«

»Doch, genau das ist es. Wir sind heute Nacht überfallen worden. Das, was Sie hier sehen, haben mir zwei Männer angetan, die mich und meine Frau überfallen und ausgeraubt haben.«

Der Arzt schaute ungläubig zu Veronika Lappert. »Warum haben die das gemacht? Das ist doch un…« Er beendete den Satz nicht.

»Ich muss einen Dermatologen hinzuziehen. Bitte legen Sie sich hin, ich bin in ein paar Minuten zurück. Petra, du versuchst, das getrocknete Blut runterzukriegen, aber sei bitte ganz vorsichtig«, trug er der Krankenschwester auf. »Am besten nimmst du Kamillenlösung, auf keinen

Fall Alkohol«, setzte er hinzu und war auch schon aus der Tür.

*

Heinrich Lappert stöhnte jedes Mal auf, wenn die Schwester mit dem Tupfer sein Gesicht berührte. Die junge Frau gab sich alle Mühe, ihn so schonend wie möglich zu behandeln, doch die Schmerzen konnte sie ihm nicht nehmen. Sie hatte seine Stirn gesäubert und war mit der rechten Gesichtshälfte beschäftigt, als der Arzt wieder ins Zimmer stürmte, begleitet von einer Frau und einem Mann, ebenfalls in Weiß. Die Frau beugte sich sofort über Lappert und sah ihn dabei aufmunternd an. »Anne Schwaiger, guten Tag, Herr …?

»Lappert. Heinrich Lappert.«

»Herr Lappert, ich bin Dermatologin. Hautärztin. Wir wollen Ihnen helfen, so gut Ihre Verletzungen das zu diesem Zeitpunkt zulassen. Dazu muss ich ein paar Untersuchungen durchführen und kann Ihnen nicht versprechen, dass das schmerzfrei über die Bühne geht. Möchten Sie, dass wir Sie unter Narkose setzen, damit Sie die Schmerzen nicht spüren?«

»Nein«, erwiderte er mit fester Stimme. »Machen Sie, was nötig ist. Wenn es wirklich zu schmerzhaft werden sollte, gebe ich Bescheid.«

»Gut. Ich greife jetzt hinter Ihr linkes Ohr, um die Haut in Ihrem Gesicht ein wenig unter Spannung zu setzen. Sie sagen bitte wirklich Bescheid, wenn die Schmerzen zu stark werden.«

Er nickte. Die Frau bewegte ihre rechte Hand hinter seinen Kopf und umschloss den Hals oberhalb des Haaransatzes. Dann beugte sie Daumen und Zeigefinger und spannte so seine Gesichtshaut. Lappert zuckte zusammen. Die Ärztin griff mit der linken Hand in ihre Brusttasche, zog eine kleine LED-Taschenlampe heraus und richtete sie auf seine Verletzungen.

»Wie lange ist es her, dass Ihrem Mann dies beigebracht wurde?«, wollte sie von Veronika Lappert wissen, ohne ihren Blick vom Gesicht des Mannes zu nehmen.

»Etwa vier Stunden.«

Ohne auf die Antwort zu reagieren, setzte die Ärztin ihre Untersuchung fort. Ein paar Augenblicke später richtete sie sich auf, atmete tief durch, steckte die Lampe zurück in den Kittel und griff nach Lapperts Hand.

»Wir reinigen jetzt noch einmal ganz gründlich Ihr Gesicht, danach tragen wir eine Creme auf und legen einen Verband an. Den werden wir alle sechs Stunden wechseln. Natürlich müssen Sie hierbleiben.«

Der Architekt nickte dankbar. »Aber das geht doch sicher alles wieder weg, oder?«

»Darüber reden wir, wenn die Wunden, die Sie haben, abgeheilt sind. Ich will Ihnen aber ehrlicherweise keine allzu großen Hoffnungen machen, dass die Farbe von allein verschwindet. Es gibt seit ein paar Jahren gute und erprobte Methoden, um Tätowierungen zu entfernen, allerdings nicht in diesem frischen Stadium.«

Sie gab der Krankenschwester einen Wink. »Noch einmal richtig säubern. Danach dünn Hametum auftragen und verbinden. Wenn er was gegen die Schmerzen braucht, geben Sie ihm bitte Dipidolor. Ich gehe rüber und rufe oben an, damit sie ein Bett herrichten.«

Damit nahm sie die verdutzte Veronika Lappert am Arm und schob sie ins Nachbarzimmer.

»Und Sie erzählen mir jetzt, was sich da heute Nacht bei Ihnen abgespielt hat.«

Die Frau des Architekten kämpfte mit den Tränen, doch dieser Kampf war für sie nicht zu gewinnen. Schluchzend schlug sie die Hände vor das Gesicht und ließ sich auf einen Hocker fallen. Die Ärztin griff in die rechte Tasche ihres Kittels, zog ein Päckchen Zigaretten heraus und steckte sich eine in den Mund. Mit zitternden Fingern angelte sie nach dem Feuerzeug und erst jetzt wurde ihr scheinbar klar, dass sie in dem Behandlungszimmer nicht rauchen konnte. Missmutig warf sie die Zigarette in einen großen Mülleimer in der Ecke, trat neben die leise wimmernde Veronika Lappert und legte ihr einen Arm um die Schulter.

»Beruhigen Sie sich, bitte. Ich muss wissen, was da bei Ihnen passiert ist.«

»Es waren zwei Männer. Sie … kamen nach Mitternacht, als wir … schon schliefen, sind in unser Haus eingebrochen … und haben uns überfallen.«

»Einfach so?«, fragte die Ärztin nach. »Die sind einfach so bei Ihnen eingebrochen, haben Sie überfallen, ausgeraubt und Ihren Mann so übel zugerichtet?«

Frau Lappert nickte.

»Haben Sie schon die Polizei verständigt?«

»Nein. Wir mussten uns erst von den Fesseln befreien, die sie uns angelegt hatten. Danach sind wir hierher gefahren.«

»Was ist mit Ihnen? Hat man Ihnen auch Gewalt angetan?«, wollte die Medizinerin wissen.

»Nein, nein. Es ging nur um meinen Mann.«

»Aber Sie wissen bestimmt, dass wir in so einem Fall die Polizei verständigen müssen, dazu sind wir verpflichtet. Mein Kollege Dr. Rainer hat es vermutlich schon veranlasst.«

»Nein, das wusste ich nicht.«

»Das macht nichts. Sie wollen doch sicher auch, dass die Täter gefasst werden, oder?«

Veronika Lappert nickte schwach. »Ja, natürlich.«

»Und dann sehen wir zu, dass wir das Gesicht Ihres Mannes wieder …«

Sie wurde vom Klopfen an der Tür unterbrochen. Das Gesicht von Dr. Rainer wurde sichtbar. »Die Herren von der Polizei sind da und würden gerne mit Ihnen sprechen, Frau Lappert. Sie warten im Aufenthaltsraum.«

*

Die Frau des Architekten wurde von Dr. Rainer ans Ende des Flurs gebracht. Dort öffnete er eine Tür, trat zur Seite und machte eine einladende Geste. »Bitte sehr.«

Im Innern lehnten ein Polizist und eine Polizistin mit dem Rücken an einer Anrichte. Offenbar wurde der Raum von den Bediensteten des Krankenhauses als Teeküche benutzt. Die Beamtin kam auf die Frau zu, hielt ihr die rechte Hand entgegen und lächelte.

»Mein Name ist Ritter, guten Morgen. Das ist mein Kollege Berger«, erklärte sie mit einem Blick in Richtung des Beamten. Veronika Lappert drückte ihre Hand und stellte sich ebenfalls vor. Die Polizistin zog einen kleinen Notizblock aus der Brusttasche ihrer Uniformjacke und klappte ihn auf.

»Das Krankenhaus hat uns informiert, dass Sie und speziell Ihr Mann die Opfer eines Verbrechens geworden sind. Können Sie mir Einzelheiten dazu erzählen?«

»Würde es Ihnen etwas ausmachen, wenn ich mich hinsetze?«, fragte Veronika Lappert vorsichtig. »Ich kann kaum noch stehen.«

»Natürlich, gar kein Problem«, antwortete die Polizistin sofort und schob einen abgewetzten Sessel in ihre Richtung. »Tut mir leid, dass ich nicht selbst darauf gekommen bin. Bitte sehr.«

»Vielen Dank«, erwiderte die Frau des Architekten und ließ sich kraftlos nieder. »So ist es besser. Jetzt kann ich Ihnen erzählen, was sich heute Nacht in unserem Haus abgespielt hat, wenn Sie möchten.«

»Nur zu.«

»Wir wohnen am Brasselsberg, im Pangesweg. Mein Mann ist Architekt, wir haben ein Architekturbüro.«

»Welche Nummer im Pangesweg?«, fragte die Polizistin dazwischen.

»Nummer sieben.«

»Und das Büro befindet sich bei Ihnen im Haus?«

»Nein, wir haben irgendwann das Nachbarhaus gekauft und dort das Büro untergebracht, Nummer neun.«

Die Polizistin notierte sich die Informationen.

»Wir sind ganz normal so gegen halb elf, elf ins Bett gegangen und kurze Zeit später eingeschlafen. Dann bin ich wach geworden, weil jemand mir etwas in den Mund gedrückt hat, einen Lappen. Darüber hat er einen Klebestreifen befestigt, hier.« Sie deutete auf ihren Mund.

»Kannten Sie den Mann?«

»Nein, wo denken Sie hin. Natürlich kannte ich ihn nicht. Außerdem war er vermummt.«

»Wie sah diese Vermummung denn aus?«, wollte der Polizist aus dem Hintergrund wissen.

»Eine Maske hat er getragen, eine schwarze Maske mit zwei Löchern für die Augen. Der andere auch.«

»Und sonst waren sie normal gekleidet?«

»Ja. Jeans und braune Jacke, beide.«

»Beide trugen jeweils blaue Jeans und eine braune Jacke?«

»Ja.«

»Waren es Lederjacken oder Stoffjacken?«

Die Frau des Architekten zuckte mit den Schultern. »Das kann ich Ihnen nicht sagen. Wirklich nicht.«

»Wie ging es dann weiter? Haben die mit Ihnen gesprochen?«

»Ja, sie haben mit uns geredet. Mit starkem Akzent. Untereinander haben sie in einer anderen Sprache gesprochen. Rumänisch.«

»Da sind Sie sicher? Verstehen Sie Rumänisch?«

»Nein … Ja. Mein Mann hat auf der Fahrt hierher gesagt, dass es Rumänisch gewesen sein muss.«

»Gut«, übernahm die Beamtin wieder die Befragung. »Ist Ihnen sonst noch etwas Besonderes an den beiden aufgefallen? Schuhe, Handschuhe, irgendetwas anderes vielleicht?«

Veronika Lappert dachte einen Moment nach. »Nein. Mir ist nichts weiter aufgefallen.«

Der Polizist stieß sich von der Anrichte ab, griff zu dem Funkgerät neben sich und ging zur Tür. »Ich bin gleich zurück.«

»Was ist denn? Habe ich etwas Falsches gesagt?«

»Nein, nein, Frau Lappert. Mein Kollege will nur die Personenbeschreibungen durchgeben, damit die Fahndung nach den Männern eingeleitet werden kann.«

»Ach so.«

»Was haben die beiden dann gemacht?«

»Sie haben uns gefesselt und gesagt, dass wir ruhig bleiben sollen, dann würde uns nichts geschehen. Ich hatte furchtbare Angst, dass sie uns erschießen würden.«

»Hatten die denn eine Waffe?«

»Ja, beide hatten Waffen. Mit denen haben sie immer auf mich und meinen Mann gezielt.«

»Aha«, stellte die Polizistin fest. »Wenn das so ist, werde

ich jetzt die Kollegen der Kriminalpolizei verständigen. Dann müssen Sie nicht alles doppelt erzählen.«

»Warum denn die Kriminalpolizei? Ich erzähle Ihnen gerne alles, danach möchte ich mich wieder um meinen Mann kümmern.«

»Die Kriminalpolizei wird bei solchen Sachen immer mit den Ermittlungen betraut, das hat nichts mit Ihnen zu tun. Außerdem sind das ganz nette Kollegen, die sich darum kümmern.«

»Kann ich vorher noch einmal kurz nach meinem Mann sehen? Vielleicht braucht er etwas.«

»Selbstverständlich. Wenn Ihnen das lieber ist, bringen wir Sie auch nach Hause, weil wir dort sowieso hin müssen, wegen der Spurensicherung.«

»Machen Sie das?«

Nun musste die junge Polizistin lächeln. »Nein, das machen die Kollegen von der Spurensicherung. Bis die fertig sind, können Sie leider erst mal nicht in die Zimmer, in denen die Täter gewesen sind. Wahrscheinlich haben die alles durchwühlt, oder?«

Veronika Lappert schüttelte energisch den Kopf. »Nein, durchwühlt haben sie nichts.«

»Wissen Sie denn schon, was gestohlen wurde?«

»Bargeld. Ungefähr 400 Euro, die hatten mein Mann und ich im Portemonnaie.«

»Was sonst noch?«

Nun stockte die Frau des Architekten.

»Nichts, glaube ich.«

Die Polizistin musterte sie ungläubig. »Sonst haben sie nichts mitgenommen? Das ist aber schon sehr ungewöhnlich.«

»So?«, fragte Veronika Lappert leise zurück

24

»Hauptkommissar Lenz, Kripo Kassel, stellte sich der Polizist dem Anwalt vor. »Guten Tag, Herr Dr. Engelhardt.«

Der braun gebrannte Jurist mit grau meliertem Haar legte ein Diktiergerät auf den Schreibtisch, nahm seine Lesebrille ab und bedeutete dem Polizisten, Platz zu nehmen.

»Tag, Herr Kommissar. Was kann ich für Sie tun?«

»Es geht um einen Kaufvertrag zwischen der Mälzer-Bau-Consulting und dem italienischen Ehepaar Iannone. Dazu hätte ich ein paar Fragen.«

Engelhardt legte die Brille neben das Diktiergerät, lehnte sich in seinem Stuhl zurück und blickte Lenz ein paar Sekunden lang einfach nur an.

»Und was bringt Sie zu der Annahme, dass ich mit Ihnen über vertrauliche und hochsensible Interna meiner Mandanten sprechen würde?«

»Es geht nicht um den Inhalt des Vertrages, jedenfalls zu diesem Zeitpunkt noch nicht. Mich würde zunächst interessieren, wann und wie der Vertrag zu Ihnen gekommen ist.«

Nun legte der Anwalt die Stirn in Falten, verschränkte die Hände vor seinem Gesicht und holte tief Luft.

»Und Sie glauben, dass diese Informationen nicht das Verhältnis zu meiner Mandantschaft berührten? Da muss ich Sie leider …« Er wurde vom Klingeln des Telefons auf seinem Schreibtisch unterbrochen. »Einen kleinen Moment, bitte«, erklärte er dem Polizisten mit einer entschuldigenden Geste und griff zum Hörer.

»Ja, was gibts?« Er hörte ein paar Sekunden zu. »Interessant«, fuhr er fort. »Ich komme gleich rüber zu dir, dann sprechen wir über den Vorgang.«

Der Anrufer war damit offenbar nicht einverstanden.

»Nein, das geht jetzt nicht. Wie gesagt, ich bin gleich bei dir.«

Damit legte er auf und lächelte den Kommissar süffisant an.

»Herr Lenz, Herr Lenz. Wenn Sie glauben, dass Sie hier auf dem Flur Informations-Pingpong spielen können, sind Sie auf dem Holzweg. Und jetzt werde ich Sie nicht bitten zu gehen, sondern ich werde Sie einfach hinauswerfen, da ich sowieso nicht mit Ihnen über Herrn und Frau Mälzer sprechen will. Und beim nächsten Mal stellen Sie sich bitte etwas intelligenter an, wenn Sie bei uns ermitteln. Guten Tag.«

Lenz schluckte, stand langsam auf und ging Richtung Tür.

»Ich bin sicher, wir kommunizieren noch miteinander, Herr Dr. Engelhardt. Ganz sicher.«

*

Eine Minute später drängte der Kommissar ins Freie, zog sein Jackett aus und legte es über den Arm. Mit hastigen Schritten überquerte er die Straße, stürmte in eine Kaffeebar und bestellte einen doppelten Espresso. Mit dem letzten Schluck bestellte er einen weiteren und war froh darüber, dass in dem Laden kein Zigarettenautomat angebracht war. Eine Viertelstunde später hatte er sich so weit unter Kontrolle, dass er sich auf den Rückweg machen konnte. Am oberen Ende der Treppenstraße klingelte sein Telefon. Jetzt nicht, dachte er und ging weiter. Nach dem siebten Läuten verstummte das Gerät, um keine zehn Sekunden später erneut zu klingeln.

»Ja«, meldete er sich knapp.

»Paul, bist du das?«

Wer sonst? Der Papst vielleicht?, wollte er ins Mikrofon brüllen.

»Ja, natürlich. Wer ist denn da?«

»Ich bins, Ludger. Wo steckst du denn?«

»Kurz vor dem Bahnhof. In ein paar Minuten bin ich im Präsidium.«

»Kannst du gleich mal bei mir vorbeikommen?«

»Was gibts denn?«

»Darüber will ich am Telefon nicht reden. Komm einfach gleich bei mir vorbei, wenn du hier bist.«

»Mach ich«, bestätigte Lenz und beendete das Gespräch, um im nächsten Moment eine Nummer zu wählen.

»Thilo, ich bins. Gerade hat Ludger mich angerufen und zu sich bestellt. Gibt es irgendetwas, das ich wissen sollte?«

»Nein«, antwortete der total verdutzte Hain. Wahrscheinlich will er dir nur einen schönen Urlaub wünschen. Wie klang er denn?«

»Keine Ahnung, ich hab ihm eigentlich gar nicht zugehört.«

»Soso. Wie wars beim Juristen?«

»Erzähl ich dir später, jetzt gehe ich zu Ludger. Machs gut.«

*

Kriminalrat Ludger Brandt, Lenz' disziplinarischer Vorgesetzter, erwartete ihn in der Sitzecke seines geräumigen Büros. Und er war nicht allein. Ihm gegenüber saß der Präsident des Polizeipräsidiums Nordhessen, Lothar Bartholdy. Brandt stand auf, reichte ihm die Hand und bot ihm einen Platz an. »Herrn Bartholdy brauche ich dir ja nicht vorzustellen.«

Lenz schüttelte den Kopf und reichte dem Kriminaldirektor die Hand. »Tag, Herr Polizeipräsident.«

Der weit über 60 Jahre alte Bartholdy, der kurz vor der Pensionierung stand, erwiderte seinen Gruß.

»Guten Tag, Herr Lenz.«

»Ich will gar nicht lange um den heißen Brei rumreden, Paul«, begann Ludger Brandt, nachdem alle saßen. »Gerade hat der Innenminister bei Herrn Dr. Bartholdy angerufen und sich bitterlich über dich und deine Verhaltensweisen beklagt. Was hast du denn mit dem armen Robert Braun angestellt?«

»Das ist …«, wollte Lenz ansetzen, wurde jedoch barsch von Bartholdy unterbrochen.

»So geht das nicht, Brandt. Wenn das stimmt, was Herr Braun vorgebracht hat, und daran hege ich nicht den geringsten Zweifel, dann reden wir hier nicht von einer Petitesse, sondern von grob disziplinlosem Verhalten. Da kommt man doch mit der verharmlosenden Frage ›Was hast du mit dem armen Robert Braun angestellt‹ nicht weiter.«

Der Polizeipräsident war sichtlich erregt. »Da müssen Fakten auf den Tisch, sonst nichts.«

»Selbstverständlich, Herr Bartholdy«, erwiderte Brandt. »Allerdings möchte ich Hauptkommissar Lenz schon die Chance geben, uns seine Sicht der Dinge zu erläutern.«

»Nun ja, wenn Sie meinen.«

»Wovon reden Sie beide eigentlich?«, wollte Lenz nun wissen. »Was soll ich denn mit Herrn Braun veranstaltet haben?«

»Er hat sich darüber beschwert, dass du ihm gedroht und ihn genötigt haben sollst. Es geht um den Fall der toten Italiener. Du warst doch heute bei ihm, oder?«

»Natürlich war ich bei ihm. Aber ich habe ihm weder gedroht, noch habe ich ihn in irgendeiner Weise genötigt.«

»Aber Herr Braun saugt sich doch so etwas nicht aus den Fingern«, mischte Bartholdy sich erneut ein. »Irgendetwas ist doch garantiert dran an der Geschichte. Außerdem sollen Sie sich in herabwürdigender Weise über die Mälzer-Gruppe geäußert und deren Solvenz und Liquidität in Zweifel gezogen haben. Und dafür kann ich nun überhaupt kein Verständnis aufbringen, Herr Lenz. Nicht bei einem solch seriös arbeitenden Unternehmen wie der Mälzer-Gruppe.«

»Auch das stimmt so nicht, Herr Polizeipräsident. Ich habe ihn lediglich gefragt, wie es um die Möglichkeiten der Mälzer-Bau-Consulting bestellt ist, nicht mehr.«

»Und Sie erwarten im Ernst, dass der Justiziar der Mälzers Ihnen darauf eine Antwort gibt? Das ist doch absurd.«

»Also habt ihr tatsächlich über die Mälzers gesprochen, Paul«, versuchte Brandt, das Gespräch wieder in sachliche Bahnen zu lenken.

»Ja, das haben wir. Aber ich habe nicht die Liquidität der beiden infrage gestellt. Ich habe einfach nachgefragt, ob die derzeitige Finanzkrise und die damit verbundene Kreditklemme Auswirkungen auf das Projekt an der Wilhelmshöher Allee haben könnte.«

»Da sehen Sie«, echauffierte Bartholdy sich in Brandts Richtung. »Braun hat recht, wenn er sich über solch unseriöse Fragen beschwert.«

»Bei allem gebotenen Respekt, Herr Polizeipräsident, aber ich habe drei Morde aufzuklären. Da die Mälzers indirekt involviert sind, ermittle ich natürlich auch in diese Richtung. Und ich gebe zu bedenken, dass die Mälzers einen handfesten Vorteil davon haben, dass die Iannones tot sind.«

»Das mag ja sein, Herr Lenz, aber Jochen und Molina Mälzer mit diesen Todesfällen in Verbindung zu bringen, entbehrt doch jeder Grundlage. Da könnten Sie auch gleich den Oberbürgermeister oder den Regierungspräsidenten verdächtigen, das käme aufs Gleiche raus.«

Klasse. Auf die Idee bin ich noch gar nicht gekommen, dachte Lenz.

»Die Mälzers«, fuhr Bartholdy fort, »genießen in unserer Stadt ein solches Renommee, dass es sich von selbst verbietet, über eine Tatbeteiligung der beiden zu spekulieren.« Er machte eine Kunstpause. »Natürlich weiß ich, dass Herr Mälzer ein harter Geschäftsmann ist und man das eine oder andere über ihn redet, aber glauben Sie mir, ich kenne den Mann und kann Ihnen versichern, dass er ganz anders ist, als die Öffentlichkeit ihn gerne darzustellen versucht.«

»Das mag ja alles sein, Herr …« Weiter kam Lenz nicht, denn er wurde erneut von Bartholdy unterbrochen.

»Um die Sache kurz zu machen: Ich möchte, dass Sie den Fall abgeben. Es finden sich in diesem Kommissariat sicher fähige Polizisten, die es verstehen, mit dem gebotenen Fingerspitzengefühl vorzugehen.«

Lenz holte tief Luft und wollte gerade ansetzen, doch Brandt gab ihm mit einer Geste zu verstehen, dass er besser den Mund halten sollte.

»Wir hatten noch gar keine Zeit, darüber zu sprechen, Herr Bartholdy, aber Hauptkommissar Lenz ist ab Montag für drei Wochen in Urlaub. Von daher sehe ich überhaupt keine Schwierigkeiten. Sein Mitarbeiter, Oberkommissar Hain, ist mit dem Sachverhalt vertraut und genießt mein vollstes Vertrauen.«

Der Polizeipräsident stand auf. »Gut, so machen wir es. Und Sie, Herr Lenz, werden in Zukunft bei Ihren Ermittlungen die nötige Sensibilität an den Tag legen. Es gibt nun einmal verschiedene Gesellschaftsschichten, dem muss auch ein Hauptkommissar der Kriminalpolizei Rechnung tragen.

Denken Sie während Ihres Urlaubs einmal darüber nach. Auf Wiedersehen.«

*

»Du hast doch einen Knall«, begann Brandt, nachdem der Kriminaldirektor die Tür hinter sich ins Schloss gezogen hatte. »Erstens ist es total panne, allein zu einem Fuchs wie Braun zu marschieren. Warum hast du denn den Thilo nicht mitgenommen? Sonst seid ihr doch auch wie siamesische Zwillinge. Und dann ist es wirklich mehr als ungeschickt, Braun mit Fragen nach dem finanziellen Zustand der Mälzers zu kommen.«

»Das hab ich nicht gefragt, zumindest nicht so.«

»Offen gestanden ist es mir herzlich egal, wer von euch was gesagt hat. Er behauptet, dass du unflätig gewesen seist, das reicht. Wenn es hart auf hart kommt, kann er es wahrscheinlich nicht beweisen, und darum geht es ihm jetzt auch gar nicht. Irgendwie bist du ihm auf den Schlips getreten, das hat ihm wohl missfallen. Und er hat die direkte Durchwahl unseres obersten Dienstherrn. Du weißt es bestimmt nicht, aber die beiden haben zusammen studiert und gehörten der gleichen Verbindung an. Ich zumindest habe es bis vor einer Viertelstunde nicht gewusst. Und so ruft Braun beim Innenminister an, der ruft mal eben bei Bartholdy an, und der ruft natürlich mich an.« Er machte ein verkniffenes Gesicht. »Du weißt, dass ich immer hinter dir gestanden hab, auch wenn du mal richtig danebengelegen oder dich danebenbenommen hast. Aber wenn die Politik im Spiel ist, ist auch für mich Ende der Fahnenstange. Du fährst jetzt in Urlaub und wir hoffen, dass diese dumme Geschichte aufgeklärt ist, wenn du zurück bist.«

»Wenn du meinst.«

»Ja, das meine ich, und zwar genau so, wie ich es gesagt habe. Im Übrigen teile ich wirklich die Auffassung, dass der Thilo das hinkriegt.«

»Daran habe ich nicht den geringsten Zweifel, wenn du das denken solltest.«

»Nein, dafür kenne ich dich zu gut. Du begibst dich aus der Schusslinie, verbringst einen schönen Urlaub, und wenn du zurück bist, ist Gras über die Sache gewachsen. Alles klar?«

Lenz nickte. »Alles klar.«

»Weißt du schon, wo du hin willst?«

»Nein, ich habe keine Pläne gemacht. Aber irgendwohin, wo Meer ist.«

»Dann viel Spaß.«

»Danke, Ludger.«

*

»Mannomann, das ist ja richtig scheiße gelaufen«, war Hains Kommentar ein paar Minuten später. »Und Ludger hat recht, wir hätten doch besser zusammen hingehen sollen.«

»Wer ahnt denn, dass dieser feine Herr Anwalt mit dem Innenminister zusammen studiert hat? Er lügt, zumindest in der Hauptsache.«

»Das glaube ich dir sogar. Aber der alte Braun ist einfach gerissen und weiß, wie er sich Scherereien vom Hals halten kann. Der hat schon so viele Schlachten vor Gericht geschlagen, den kann nichts mehr erschüttern.«

»Das klingt, als würdest du ihn kennen?«

»Hm«, machte Hain.

»Also was, kennst du ihn?«

»Er war der Anwalt der Gegenseite, damals in der Sache mit Mälzer.«

Nun ging Lenz ein Licht auf.

»Ach so, jetzt verstehe ich. Deswegen wolltest du auch lieber hierbleiben. Hast du Ärger gehabt mit ihm?«

»Nein, das nicht. Aber auch keine große Lust, ihn zu sehen.«

Hains Telefon auf dem Schreibtisch klingelte.

»Das ist Ludger«, orakelte Lenz. »Der will dir erzählen, dass der Iannone-Fall jetzt deiner ist.«

Während er zum Hörer griff, lächelte Hain verkniffen.

»Ein bisschen scheiß ich mir schon in die Schuhe bei dem Gedanken.«

»Ich weiß. Deswegen kriegst du den Fall ja.«

*

Der Anrufer war nicht Ludger Brandt, sondern Horst Lehmann, von allen nur ›Lemmi‹ genannt, und Hauptkommissar von K31, des Kriminaldauerdienstes.

»Er will irgendwas mit uns besprechen«, klärte Hain seinen Kollegen und Vorgesetzten nach dem kurzen Telefonat auf.

»Was denn? Ich bin offiziell in den Urlaub entlassen.«

»Dann hau halt ab«, maulte Hain. »Oder bleib hier und hör auf, davon zu faseln.«

»Schon gut«, gab Lenz kleinlaut zurück.

Ein paar Minuten später wurde Hains Bürotür von Lehmann aufgerissen. Der ehemalige Fußballprofi des Kasseler Sportvereins aus den 80er-Jahren, mittlerweile 30 Kilo zu schwer geworden, stürmte mit hochrotem Kopf ins Zimmer und grinste feist wie immer. Der allseits beliebte Kollege unterhielt noch immer gute Verbindungen zu seinem alten Verein und war ein zuverlässiger Lieferant von Freikarten für die nicht immer attraktiven Spiele des Vereins.

»Hallo, Jungs vom Mord und Totschlag«, begrüßte er die beiden. »Wie ist es immer so?«

Hain deutete auf Lenz. »Mein Boss fährt heute seine letzte Schicht, bevor er für drei Wochen in Urlaub geht und mich mit den Strolchen dieser Welt allein lässt.«

Lehmann reichte dem Kollegen die Hand. »Glückwunsch, Paul. Ich hatte meinen Jahresurlaub schon im Februar. Dafür war ich fünf Wochen in Australien. Ohne Ende geil, sage ich euch. Wo willst du denn hin?«

»Keine Ahnung. Irgendwo ans Meer. Ich bin da nicht so wählerisch.«

»Schön. Aber fahr nicht ans Mittelmeer, das hat keinen Saft. Lieber an den Atlantik, da bewegt sich wenigstens was.«

Lenz zog seine Hand zurück und machte eine zustimmende Geste. »Gute Idee, ich werde darüber nachdenken.«

»Und bevor du mich auch noch über meine Urlaubspläne ausfragst«, mischte Hain sich ein, »erzähl uns lieber, was dich in unsere heiligen Hallen geführt hat.«

Lehmann deutete auf einen Stuhl. »Kann ich mich setzen? Es dauert vielleicht einen Moment und meine Knie sind mal wieder völlig entzündet.«

Lenz schob ihm den Stuhl unter den Hintern und setzte sich ebenfalls.

»Also. Die Geschichte, wegen der ich hier bin, ist ziemlich mysteriös. Heute Morgen um Viertel vor sieben sind wir von den uniformierten Kollegen ins Krankenhaus gerufen worden. Dort haben wir eine Frau Lappert kennengelernt, Veronika Lappert, die in der vergangenen Nacht zusammen mit ihrem Mann überfallen wurde. Die Täter, angeblich zwei, kamen um Mitternacht, haben die beiden gefesselt, geknebelt und angeblich ausgeraubt.«

»Was meinst du mit angeblich?«, wollte Hain wissen.

Lehmann verzog das Gesicht. »Angeblich heißt, dass sich die Täter nach Angaben der Frau mit einer Bargeldsumme von 400 Euro zufriedengegeben haben. Wir sind mit der Spurensicherung im Haus gewesen und haben nichts entdeckt, was auf eine Durchsuchung schließen ließe.«

»Vielleicht wollen die beiden ihre Versicherung übers Ohr hauen?«, gab Lenz zu bedenken.

»Nein, das ist es ja. Angeblich sind sie gar nicht versichert. Und bevor ich zur eigentlichen Merkwürdigkeit komme, gibt es noch eine weitere Ungereimtheit: Die Spurensicherung ist nämlich davon überzeugt, dass es mindestens drei Täter gewesen sein müssen, sehr wahrscheinlich sogar vier. Die Abdrücke im Schlafzimmer sind ziemlich eindeutig.«

Lenz dachte einen Moment nach. »Und was meinst du, wie sich die Geschichte wirklich abgespielt hat?«

»Das weiß ich nicht. Was ich aber sicher weiß, ist die Tatsache, dass dieser Lappert von den Tätern tätowiert wurde.«

»Wie jetzt, tätowiert?«, fragte Hain irritiert.

»Wie ich es sage. Die haben ihn tätowiert, und zwar nicht an den Armen oder den Beinen, sondern mitten im Gesicht.«

Er deutete auf seine Stirn und fuhr mit dem Zeigefinger in Richtung seines Kinns. »Ungefähr von hier bis hier.«

Lenz und Hain sahen sich angewidert an. »Wer macht denn so was?«

»Tja«, gab Lehmann zurück, »angeblich, so sagt es zumindest die Frau, seien es Rumänen gewesen.«

»Was sind denn das für Leute? Das klingt ja wie ein Kapitel aus einem ganz schlechten Mafiafilm.«

»Siehst du, das hab ich mich auch gefragt. Und die Antwort passt gar nicht zu dem, was man so vermuten könnte. Heinrich Lappert ist ein angesehener Architekt um die 60, seine Frau macht die Buchhaltung. Die beiden betreiben ein

Büro am Brasselsberg, direkt neben dem Wohnhaus, in dem dieser dubiose Überfall stattgefunden haben soll.«

»Und wenn das alles nur ein peinliches Missverständnis ist?«, gab Hain zu bedenken, »und die beiden in irgendwas reingeraten sind, mit dem sie eigentlich gar nichts zu tun haben?«

»Warum sollten sie dann lügen? Nein, das glaube ich nicht. Und dann gibt es noch einen Grund, warum ich ausgerechnet zu euch komme.«

»Nun lass dich nicht so feiern, Lemmi. Die Zeiten sind lange vorbei.«

Lehmann sah an sich herunter, wo der Bauch aus der Hose quoll. »Das wird mir jeden Tag schmerzlicher bewusst, Jungs. Und zu Hause ist das auch immer öfter ein Thema. Irgendwie schafft es meine Helga, nie zuzunehmen. Und ich hab schon ein Kilo mehr, wenn ich eine Pizza nur anschaue.« Er machte eine Kunstpause, bevor er weitersprach. »Aber ich will euch nicht die Ohren mit meinen Gewichtsproblemen vollheulen. Also, der Fall wäre ohnehin bei euch gelandet, weil die bösen Buben, egal wie viele es nun gewesen sind, nach Aussage der Frau mit Pistolen bewaffnet waren und auch damit gedroht haben. Aber es gibt noch einen anderen Grund, und der ist viel interessanter. Wir sind nämlich, nachdem wir uns im Haus umgesehen hatten, nach nebenan und haben uns mit den Mitarbeitern unterhalten. Denen geht ganz schön der Arsch, dass sie demnächst alle auf der Straße sitzen, weil dem Büro ein großer Auftrag weggebrochen ist. Nach Aussage einer Bauzeichnerin haben die Lapperts im letzten Monat schon drei Mitarbeiter entlassen, und das soll erst der Anfang gewesen sein.«

»Hmm«, machte Hain. »Und was ist daran so sensationell?«

Lehmann bedachte ihn mit einem bösen Blick. »Die wirklich interessante Nachricht ist, dass Lappert für die Mälzer-Bau-Consulting gearbeitet hat. Das war der große Auftrag. Das Büro hat dieses neue Outlet-Center der Mälzers in der Wilhelmshöher Allee geplant. Und weil auf dem Gelände das italienische Ehepaar ermordet wurde, dachte ich, dass euch das interessieren könnte.«

Lenz nickte beeindruckt. »Und ob, mein Lieber. Und ob. Ich fasse also zusammen: Dieser Architekt und seine Frau wurden letzte Nacht überfallen. Er liegt mit Tätowierungen im Gesicht, die er nicht bestellt hat, im Krankenhaus. Die Geschichte, die die beiden erzählen, ist von vorne bis hinten faul, und irgendwie sind sie geschäftlich mit den Mälzers verbandelt gewesen.« Er kratzte sich am Kinn. »Das ist wirklich interessant.«

»Ist die Frau wieder zu Hause?«, fragte Hain den Mann vom KDD.

»Als wir weg sind, war sie es. Sie hat auch ein paar Kleinigkeiten abbekommen und wirkt psychisch angeschlagen, aber wer wollte ihr das verdenken?«

Hain warf Lenz einen fragenden Blick zu. »Kommst du noch mit oder bist du schon im Urlaub?«

»Was ist denn mit dir los?«, erwiderte der Hauptkommissar. »Natürlich fahren wir da zusammen hin.«

*

Das Anwesen der Lapperts machte einen gepflegten und seriösen Eindruck. Hain parkte den Mazda etwa 20 Meter neben dem Eingang, stellte den Motor ab und schaute in den Himmel.

»Irgendwie beneide ich dich schon um die freie Zeit, die du vor dir hast. Ein paar Wochen Urlaub würden mir jetzt auch guttun.«

Lenz folgte seinem Blick und blieb an einem Flugzeug

hängen, das mit dickem Kondensstreifen hoch über ihnen unterwegs war.

»Noch acht Wochen, wenn ich richtig rechne, bis du dran bist. Dann sitze ich hier und beneide dich. Irgendwie scheint die Welt doch gerecht zu sein, was meinst du?«

»Im Leben nicht«, erwiderte Hain kopfschüttelnd und stieg aus.

Vor der Eingangstür stand ein gelangweilt aussehender, uniformierter Polizist. »'n Abend, die Herren«, begrüßte er die Kripobeamten. Die nickten zurück.

»Hauptkommissar Lehmann hat sich überlegt, dass bis morgen Abend jemand auf die Frau aufpassen sollte.« Er blickte auf seine Armbanduhr. »Ich bin bis sechs hier, dann werde ich abgelöst.«

»Schön, gute Idee«, gab Lenz zurück. »Ist die Frau drin?«

»Ja. Sie ist vor etwa zwei Stunden zurückgekommen, seitdem habe ich nichts mehr von ihr gehört. Aber sie hat mir erklärt, dass sie sich ein paar Stunden hinlegen will, weil sie ja die ganze Nacht kein Auge zugemacht hat.«

Hain zuckte mit den Schultern und legte den Finger auf den silbernen Knopf.

»Na, ja, vielleicht ist sie schon wieder auf den Beinen.«

Im Innern ertönte ein schrilles, enervierendes Klingeln, dann geschah eine halbe Minute nichts. Hain läutete erneut. Wieder nichts.

»Die Frau hat ganz schön was mitgemacht«, meinte der Uniformierte. »So, wie die aussah, schläft sie bestimmt durch bis übermorgen.«

»Wissen Sie, auf welcher Seite des Hauses das Schlafzimmer ist?«, wollte Lenz von ihm wissen.

»Nein, keine Ahnung.«

Hain ging um die Hausecke herum in den Garten, Lenz folgte

ihm. Auf der Terrasse stand ein großer schwarzer Grill mit abgebrannter Holzkohle, auf dem Rost lag etwas Verkohltes, das entfernt an ein Stück Fleisch erinnerte. Der Oberkommissar legte die Hand zwischen die Scheibe der notdürftig reparierten Terrassentür und seinen Kopf und versuchte, etwas zu erkennen.

»Ich sehe nichts, die Vorhänge sind zu dick. Aber ist schon komisch, dass diese Monsterklingel sie nicht weckt.«

»Ja, finde ich auch.«

»Wollen wir es noch einmal probieren?«

»Hmm«, machte Lenz, ging zur Haustür zurück und legte den Finger für fünf Sekunden auf den Knopf. Der Krach im Flur war spektakulär, doch es tat sich nichts im Haus. Er wiederholte seinen Versuch. Keine Reaktion.

»Vielleicht versuchen Sie es morgen noch einmal«, schlug der Uniformierte vor. »Sie wirkte sichtlich mitgenommen.«

»Und deshalb wollen wir auch unbedingt noch heute mit ihr sprechen. Morgen hat sie vielleicht schon die Hälfte von dem vergessen, was sie uns heute erzählt hätte.«

Der Beamte in Blau sonderte eine Geste der Anerkennung ab.

»Wow, so habe ich das noch gar nicht gesehen.«

»Er hat recht, Paul«, bestätigte Hain die Meinung des Mannes in Blau. »Ich fahre entweder heute Abend oder morgen früh wieder hier vorbei, bis dahin hat sie wahrscheinlich ausgeschlafen.« Er bedankte sich bei dem Wachmann und schob seinen Chef Richtung Gartentor. »Ich weiß, dass du das gerne selbst machen würdest, aber du kannst nicht auf der einen Seite sagen, dass du mir den Fall zutraust, und auf der anderen Angst haben, dass ich es verkacke. Also, ich bringe dich jetzt nach Hause, womit praktisch in dieser Minute dein Urlaub beginnt.«

Lenz war nicht restlos überzeugt, doch die Argumentationskette seines Kollegen war wasserdicht.

»Gut, wie du meinst. Dann ist es ab jetzt dein Fall.« Er folgte Hain zum Wagen und stieg ein. »Aber ruf mich bloß nicht an, wenn du mit dem Arsch an der Wand stehst«, schickte er grinsend hinterher.

*

Es war noch früh am Nachmittag, deshalb war der Verkehr erträglich. Die beiden Kommissare saßen stumm nebeneinander und hingen ihren Gedanken nach. Als Hain in die Wilhelmshöher Allee einbog, blickte er zum wiederholten Mal in Lenz unzufriedenes Gesicht.

»Irgendwas stört dich doch, mein Freund. Willst du es ausspucken oder lieber drei Wochen lang mit dieser fiesen Maske deine armen Mitmenschen nerven?«

Lenz presste die Lippen aufeinander. »Wenn ich sage, was ich denke, hab ich die nächste Diskussion mit dir am Hals, und die brauche ich nicht. Also verkneife ich es mir und sitze meine Gedanken aus. Weit ist es ja nicht mehr.«

Hain lenkte nach rechts, ließ das Cabrio auf dem Seitenstreifen ausrollen und schnaufte durch.

»Du verdammte Mimose. Entweder kotzt du dich jetzt aus oder du gehst den Rest zu Fuß. Verstanden?«

Lenz kratzte sich am Kinn und drückte auf den Knopf der Zentralverriegelung in der Mittelkonsole. Mit einem lauten Klacken sprangen die Verschlussriegel in den Türen nach vorne. »Bei dieser Hitze gehe ich keinen Meter zu Fuß.«

Hain ließ den Kopf sinken und griff sich an die Stirn. »Wie ein kleines Kind ...«

»Also«, begann der Hauptkommissar, »mir geht es darum, vielleicht noch etwas aus der Frau herauszubekommen. Du bist ein Guter, davon bin ich überzeugt, und das weißt du auch, aber ich hab nun mal ein paar Jahre mehr an Erfahrung auf dem Buckel. Also fährst du mich jetzt nach Hause und hörst auf, in mich hineinzuhorchen und meine Befindlichkeit zu interpretieren, oder du fährst zurück und wir holen sie aus dem Bett.«

Es gab eine Pause von ein paar Sekunden, in denen keiner etwas sagte. Dann griff Hain zum Zündschlüssel, startete den Motor und fuhr den gleichen Weg zurück, den sie gekommen waren.

*

Der Uniformierte hatte es sich auf einem Blumenkübel neben der Haustür bequem gemacht. Als die beiden Kommissare auftauchten, sprang er erschrocken auf.

»Nur keine Panik«, beruhigte Hain den Mann. »Von uns aus können Sie sich gerne wieder hinsetzen. Hat sich irgendwas getan im Haus?«

»Nein«, antwortete der Beamte. »Niemand rein, niemand raus. Wahrscheinlich schläft sie noch.«

»Wir werden jetzt durch die defekte Terrassentür reingehen, wenn sie nicht aufmacht, und sie wecken.«

»Na ja, wenn Sie meinen. Ich würde …« Er sprach nicht weiter, weil die beiden Kripobeamten sich umdrehten und demonstrativ der Tür zuwandten. Hain legte den Finger auf die Klingel und wartete. Nach 15 Sekunden wiederholte er den Versuch, doch es gab keine Reaktion aus dem Haus.

»Dann los.«

Die beiden gingen ums Haus, betraten die Terrasse und ein paar Augenblicke später rollte die defekte Terrassentür zur Seite.

»Frau Lappert?«, rief Lenz laut ins Innere. »Hallo, Frau Lappert! Hier ist noch einmal die Polizei.«

Vorsichtig betrat Hain das ausladende Zimmer mit dem riesigen Aquarium an der rechten Wand. Lenz folgte ihm.

»Frau Lappert, hier ist noch einmal die Polizei!«, rief er laut.

Sie sahen sich das untere Stockwerk an. Überall waren Überreste der Arbeit der Spurensicherung zu erkennen. Dann stiegen sie die Treppe ins Obergeschoss hinauf und riefen wieder nach der Frau, doch die Reaktion blieb die gleiche. Es gab keine. Ein Zimmer diente offensichtlich als Gästezimmer, das andere auf dem kleinen Flur war das Nähzimmer der Frau. Auch im Badezimmer, das sie als Nächstes betraten, hatte die Spurensicherung gewirbelt. Überall waren Fingerabdrücke sichtbar gemacht worden. Dann blieb noch eine weitere Tür. Hain klopfte laut und rief den Namen der Frau. »Hier ist noch einmal die Polizei. Bitte erschrecken Sie nicht, wir haben noch ein paar Fragen an Sie.«

»Und wenn sie ein starkes Schlafmittel genommen hat?«, gab Lenz leise zu bedenken.

»Das müsste eine ausgewachsene Narkose sein, so wie wir hier rumbrüllen. Also mach die Tür auf.«

Der Hauptkommissar drückte vorsichtig die Klinke herunter, schob die Tür langsam ins Zimmer und spähte hinein.

25

Waldemar Sjomin kauerte sich noch ein wenig tiefer unter die Kellertreppe in dem modrig riechenden Haus. Die Haustür war, wie wohl immer, nur angelehnt, was ihn dazu bewogen hatte, im Hausflur zu warten. Er war sich nicht sicher gewesen, ob er das richtige Haus gefunden hatte, bis er den Namen am Klingelbrett gelesen hatte, den er suchte.

Seit vier Stunden verkroch er sich nun in seinem engen Versteck und wartete. Wartete darauf, dass der Mann, dem er vertrauen wollte, heimkommen würde. Eine Dreiviertelstunde später war es so weit. Heinz Winterschied betrat mit einer Ladung Zeitungen auf dem Arm den dunklen Flur, kontrollierte seinen Briefkasten und ging zur Treppe, unter der Sjomin saß. Der Russe zischte leise, doch Winterschied hörte ihn nicht. Ruckartig sprang der Ingenieur vergangener Tage auf und kippte dabei zur Seite, weil sein eingeschlafenes rechtes Bein sein Gewicht nicht tragen konnte. Winterschied stieß einen lauten Schrei aus, ließ den Stapel Zeitungen fallen und riss die Arme vors Gesicht.

»Bitte, bitte tun Sie mir nichts!«

Sjomin rappelte sich hoch, ging humpelnd auf den Zeitungsverkäufer zu und hielt ihm die Hand vor den Mund.

»Pssst«, machte er beruhigend. »Pssst, Ruhe!«

Winterschied nahm die Arme herunter und sah dem Russen mit aufgerissenen Augen ins Gesicht.

»Waldemar, bist du wahnsinnig? Ich dachte, die Typen, die hinter dir her sind, lauern mir auf.«

»Nein. Nur ich.« Er bückte sich, sammelte die Zeitungen vom Boden auf und drängte Winterschied die Treppe hinauf. »Los, in Wohnung.«

Wohnung war eine schmeichelhafte Bezeichnung für den Raum mit Kochnische, den der Zeitungsverkäufer bewohnte. Aber er konnte sich durch seinen Job die Miete leisten und hatte immer ein mehr oder minder warmes Dach über dem Kopf. Nun schob er den Russen durch die Feuerschutztür direkt ins Zimmer.

»Rein mit dir. Das hätte ich ja nicht erwartet, dass du mir deine Aufwartung machst.«

Er schloss die Tür sorgfältig ab, schaltete das Licht ein, weil trotz des Sommertages wenig Helligkeit ins Innere fiel, und lächelte den Russen an, der ihn offenbar nicht verstanden hatte.

»Ich dachte, du wärst schon auf dem Weg nach Jena oder Leipzig, mein Freund.« Dem konnte der Russe folgen.

»Nein, jetzt hier. Muss dir sprechen.«

»Nun, das haste ja geschafft, ohne mir zu einem Herzinfarkt zu verhelfen, auch wenns knapp war. Jetzt setz dich erst mal. Willste was trinken?«

»Wasser«, erwiderte Sjomin.

»Ich hätte auch was mit Geschmack«, bot Winterschied ihm an und griff nach einer Flasche billigen Wodkas, doch der Russe schüttelte den Kopf. »Wasser.«

»Wie du willst. Ist wahrscheinlich auch besser für dich, wenn du einen klaren Kopf behältst, sonst geht es dir wie dem Österreicher.«

»Was mit Österreicher?«

Winterschied wurde traurig.

»Ach so, das weißt du noch gar nicht. Der Österreicher ist tot. Kaputt, verstehst du?«

»Warum kaputt?«, fragte der Russe zurück.

Winterschied strich sich mit der Hand durch die fettigen Haare. »Das willst du wahrscheinlich gar nicht wissen. Und ich werde es dir bestimmt nicht erzählen«, murmelte er.

»Was passiert mit Österreicher?«

Winterschied griff sich ans Herz und verdrehte dabei das Gesicht. »Schwache Pumpe. Pumpe kaputt.«

»Pumpe kaputt?«

»Ja, Pumpe kaputt.«

Irgendwie, dachte Winterschied, ist das ja nicht mal gelogen.

»Aber jetzt müssen wir sehen, wie wir dich aus der Schusslinie kriegen. Warum bist du nicht längst abgehauen?« Der Russe griff sich in die Hose, zog den Umschlag heraus, den der Italiener ihm zugeworfen hatte, und warf ihn auf den abgegriffenen Tisch. »Hier. Das Grund.«

Der Zeitungsverkäufer nahm das Papier hoch, betrachtete das braune Papier und zuckte mit den Schultern.

»Was ist das?«

»Weiß nichts. Hat tote Italiener gegeben zu mir.«

»Ich werd wahnsinnig. Du hast mit dem Italiener gesprochen, bevor er ermordet worden ist?«

»Nix sprechen. Kam aus Haus, hat geworfen. Nix wissen.«

»Wie? Dann hat der Italiener gar nicht mitgekriegt, dass du da warst? Du hast das Zeug zufällig in die Hände gekriegt?«

»Da«, machte der Russe. »Ich zufällig.«

Winterschied riss den Umschlag auf, stellte ihn auf den Kopf, fing mit der Hand den Inhalt auf und legte alles auf den Tisch. »Jetzt hol ich dir erst mal dein Wasser. Und ich brauche was mit Geschmack, so viel ist sicher.«

*

»Weißt du, was das ist?«, fragte Winterschied den Russen, nachdem er die Papiere kurz durchgesehen hatte. Sjomin schüttelte den Kopf.

»Ich auch noch nicht. Aber irgendwie glaube ich, dass man damit was anfangen könnte, wenn man es denn verstehen würde.« Er drehte ein paar Blätter um, betrachtete die Rückseiten, und sein Gesicht hellte sich auf.

»Das hier sind Kontoauszüge«, gab der Mann, der in besseren Zeiten sein Geld als Fernfahrer verdient hatte, dem Russen zu verstehen. »Kennst du das?«

Nun nickte der Mann aus Sibirien. »Ich kenne.«

»Hier geht es um richtig viel Geld, Waldemar. Um Millionen von Euro.« Er blätterte ein paar andere Papiere durch. »Und hier, das sind Verträge. Also, Kopien davon.« Dann zuckte er zusammen, schluckte, und deutete auf ein Blatt.

»Den Namen hier, kennst du den?«

Sjomin beugte sich nach vorne und versuchte, etwas zu erkennen, was ihm nicht leichtfiel, weil seine Augen in den letzten Jahren schlechter geworden waren.

»Nix kennen.«

»Und das hat der Italiener dir zugeworfen. Einfach so?«

»Werfen, da«, bestätigte sein Besucher. »Aber nix wissen, dass ich da.«

»Ja, das hab ich verstanden. Was ich nicht verstehe, ist, wie er an das Zeug hier gekommen ist.«

Sjomin zuckte mit den Schultern, weil er den Inhalt von Winterschieds Worten nicht verstanden hatte.

»Was willst du damit machen, Waldemar?«

»Du behalten. Geben den Mann, der geschossen auf mich.«

Winterschied lachte laut auf. »Na, du bist lustig. Soll ich mich vielleicht auf die Königsstraße stellen und laut nach den Jungs rufen, die auf dich geballert haben und den Italienern das Licht ausgeblasen haben?«

»Nix verstehen.«

»Mensch, Waldemar, das ist nicht so einfach, wie du es dir vielleicht vorstellst. Problema«, fügte er laut hinzu.

»Da, Problema. Ich nix wollen Papier. Geben zurück.«

Der Zeitungsverkäufer überlegte. »Das ist wahrscheinlich die beste Idee. Aber die Jungs, die die Itaker und den Mann aus Tirol kaltgemacht haben, verstehen keinen Spaß, so viel ist klar. Und ich habe keine Ahnung, wie ich an sie rankommen soll. Außerdem denken die vielleicht, ich hätte mir Kopien der Unterlagen gemacht, und dann lande ich am Ende auch noch auf deren Abschussliste.«

Er packte die Papiere zurück in den Umschlag und steckte ihn hinter eines der Kissen des alten Cordsofas aus den Siebzigern.

»Ich kümmere mich darum, Waldemar. Aber für dich ist der Boden trotzdem hier ganz schön heiß. Was machst du denn jetzt?«

»Gehen weg. Rossija. Ukrajina. Weiß nix. Nix mehr Deutschland. Deutschland scheiße.«

»Das ist doch mal 'ne richtig gute Idee«, erwiderte Winterschied, griff in seine Tasche, zog eine dünne Rolle Geldscheine heraus und zählte dem Russen 65 Euro in die Hand. »Mehr kann ich dir nicht geben, Kumpel. Aber ich bin sicher, das hilft dir schon ein gutes Stück weiter. Alles klar?«

Sjomin nickte, steckte das Geld in seine Hosentasche und stand auf.

»Ich weg. Wiedersehen.«

Ohne ein weiteres Wort oder einen Dank verließ er die Wohnung.

»Viel Glück, alter Russe!«, rief Winterschied ihm hinterher, doch da war der Mann aus Sibirien längst verschwunden.

26

Etwa zur gleichen Zeit setzte die Boeing 747 der Singapore Airlines auf dem Frankfurter Flughafen auf. Jochen Mälzer hatte bis zuletzt geschlafen und war erst 15 Minuten vor dem Aufsetzen der Maschine von der Stewardess geweckt worden, so, wie er es gewünscht hatte. Nachdem er sich kurz frisch gemacht hatte, packte er seine Sachen zusammen, schnallte sich an und betrachtete die Stadt von oben. Nachdem der Flieger seine Parkposition erreicht und der Kapitän sich in holprigem Englisch von den Passagieren verabschiedet hatte, strebte Mälzer dem Ausgang zu. Mit schnellen Schritten verließ er das Flugzeug, betrat das Terminal und nahm eine halbe Stunde später seine Frau in die Arme.

»Mein Gott, Jochen, bin ich froh, dass du noch einen Platz in der Maschine gekriegt hast. Du kannst dir gar nicht vorstellen, was in Kassel alles los gewesen ist. Die Sache mit den Italienern …« Er legte einen Zeigefinger auf ihren Mund und lächelte sie an.

»Nicht hier, Molina. Lass uns woanders reden, bitte.«

Sie wirkte verwirrt, schaute von links nach rechts. »Aber hier sind wir doch …«

Wieder unterbrach er sie. »Nirgendwo sind wir irgendwas. Und nun lass uns gehen, ich brauche etwas zu essen.«

*

Molina Mälzer zog angewidert den Strafzettel hinter dem Scheibenwischer des englischen Luxuscabriolets heraus und warf ihn achtlos zu Boden. »Jedes Mal das Gleiche«, zischte sie. »Ich möchte einmal von hier wegfahren, ohne ein Ticket kassiert zu haben.«

Ihr Mann lud seine beiden Lederkoffer in den Fond, streckte sich und stieg auf der Beifahrerseite ein. Sie nahm hinter dem Lenkrad Platz, fädelte sich in den Verkehr ein, der auf Frankfurt zurollte, und sah ihn an.

»Also, wo fahren wir hin?«

»Kannst du dich erinnern, wo wir letztes Jahr nach dem unglaublich langweiligen Empfang beim Ministerpräsidenten gelandet sind? Dort haben wir erstklassig gegessen.«

»Das ist nicht dein Ernst? In diese …«

»Wenn du weißt, was ich meine, reicht das«, unterbrach er sie erneut. »Und ich glaube, du hast mich ganz genau verstanden.«

Molina Mälzer nickte, schnaufte durch und gab Gas.

*

Eine knappe halbe Stunde später hatten sie Gießen erreicht. Sie parkten an der Post, gingen ein paar Meter stadtauswärts und betraten dann einen griechischen Imbiss. Dort war um diese Zeit wenig los. Zwei Griechen standen hinter der Theke, an einem Tisch saß ein Studentenpaar, hielt Händchen und schaute dem einen Griechen beim Zubereiten ihrer Mahlzeit zu. Die anderen Plätze waren leer. Jochen Mälzer steuerte einen Tisch in der Ecke, weit weg von der Theke, an, half seiner Frau aus der Jacke und setzte sich. Nach kurzem Studium der Speisenkarte bestellten sie einen Salat, eine Fleischplatte und zwei Bitter Lemon.

»Schön, dass du dich an dieses Etablissement erinnert hast«, giftete sie. »Dadurch bleibt mir wenigstens ein gutes Essen bei Emilio in Kassel erspart.«

Mälzer sah seine Frau freundlich an. »Jetzt krieg dich wieder ein, Molina. Es ist mir wichtig gewesen, zuerst in einer absolut sicheren Umgebung mit dir zu sprechen. Nach dem, was in Kassel alles passiert ist, werden wir in der nächsten Zeit weder zu Hause noch im Büro oder in einem der Wagen miteinander Dinge besprechen, die nicht für andere Ohren bestimmt sind.«

»Du bist doch paranoid.«

»Vielleicht. Aber lieber paranoid als im Gefängnis. Ich habe alles im Internet verfolgt, was seit meinem Abflug passiert ist, und das war nicht wenig. Wir sitzen, um es drastisch auszudrücken, ziemlich in der Scheiße. Und wir wollen der Polizei nicht noch die Arbeit erleichtern.«

Der Kellner brachte die Getränke, legte zwei Bestecke auf dem Tisch ab und zog sich zurück.

»Es kann gut sein«, fuhr Mälzer fort, »dass wir abgehört werden, der Gedanke ist in der heutigen Zeit nicht abwegig. Deshalb sind wir in Zukunft vorsichtiger, bis sich der Pulverdampf gelegt hat. Wenn das Center erst einmal steht, kräht kein Hahn mehr nach diesen Italienern.«

»Oder diesem Penner. Oder den Lapperts.« Sie griff nach seiner Hand und legte ihre hinein. »Ich weiß nicht, ob mir das nicht alles über den Kopf wächst, Jochen.«

Dann erzählte sie ihm von der Seilbahnfahrt mit dem Mann am Edersee und seiner unverhohlenen Drohung.

»Was bildet sich dieses Arschloch ein, mir so etwas zu erzählen? Am liebsten hätte ich ihm sonst wohin getreten.«

»Es tut mir leid, dass das so gelaufen ist. Sobald wir in Kassel sind, rede ich mit ihm und pfeife ihn zurück.«

Sie schluckte. »Und wenn er sich nicht zurückpfeifen lässt?«

»Glaub mir, das wird er. Seine Auftraggeber haben mittlerweile so viel Kapital in unser Projekt gesteckt, dass sie unmöglich aussteigen können. Und ohne uns ist ihr Geld nichts wert, weil das Investment nur über uns laufen kann. Deshalb werden sie diesen Scheißkerl und seine Freunde an die Kette legen, glaub mir.«

»Hoffentlich. Ich treffe mich nämlich nicht mehr mit ihm. Aber auch das löst unser Problem mit Robert nicht.«

»Welches Problem meinst du?«

Sie erzählte ihm von ihrem Gespräch mit Robert Braun, dem Anwalt der Firma.

»Ach, Robert. Der und seine Jungs sind so geldgeil, dass ich mir ihretwegen überhaupt keine Sorgen mache. Die spielen so lange ohne Probleme mit, wie die Kohle stimmt, und davon können sie ausgehen. Aber trotzdem gehe ich bei ihm vorbei, am besten gleich morgen früh.«

»Gut«, bestätigte sie, nicht wirklich erleichtert.

»Das hört sich alles ein wenig so an«, fuhr er fort, »als hätten die Mäuse auf den Tischen getanzt, weil der Kater in Asien zu tun hatte. Das müssen wir zukünftig ändern. Ich will, dass jeder unserer Geschäftspartner weiß, dass er mit dir nicht machen kann, was er will, und dass dein Wort genauso viel Bedeutung hat wie meins.«

»Das wäre schön. Ich habe nämlich seit dem Treffen mit diesem Typen eine Scheißangst.«

Sie zog leicht an den Ärmeln ihrer Bluse und ließ ihn einen Blick auf die blauen Flecken werfen, die sich seit der verstörenden Begegnung am Edersee eingestellt hatten. Er nickte und zog die Ärmel schnell wieder herunter. »Ich kümmere mich darum, versprochen.«

Die Tür ging auf, und zwei Männer betraten den Imbiss. Sie blieben an der Theke stehen und bestellten jeder eine

Kleinigkeit zum Mitnehmen. Mälzer gab seiner Frau durch einen Blick zu verstehen, dass sie den Mund halten sollte. Nachdem die beiden mit Pitta-Gyros in der Hand gegangen waren, nahm er das Gespräch wieder auf.

»Das alles ist zu regeln, glaub mir. Was mir richtig Sorgen macht, ist die andere Sache. Gibt es da eine Veränderung?«

Sie schüttelte den Kopf. »Nein, leider nicht. Weder einen Anruf, noch irgendwelche Post. So langsam bereitet es mir Sorgen, nichts zu hören.«

»Hat diese dämliche Detektei sich gemeldet?«

»Ja, einmal kurz, aber nur, um mir mitzuteilen, dass es noch keine neuen Hinweise gibt.«

»Mist! Wir müssen schnellstens herausfinden, wo bei uns das Leck ist. Allerdings müssen wir trotzdem die Ruhe bewahren. Es bringt uns nichts, jetzt deswegen den Kopf zu verlieren. Entweder es gibt eine Verständigung oder wir sind sowieso geliefert.«

Er legte die Stirn in Falten. »Aber ich gebe dir recht. Gar nichts zu hören ist schlimmer als das, was wir bis jetzt aushalten mussten.«

Der Kellner näherte sich mit zwei Tellern, stellte sie vor den beiden ab und wünschte ihnen einen guten Appetit. Sie bedankten sich mit einem kurzen Lächeln und griffen zum Besteck.

»Und jetzt lass es dir schmecken. Wir kriegen das alles in den Griff, Molina, ganz bestimmt. Im Moment geht es zwar drunter und drüber, aber bis jetzt haben wir doch immer alles gepackt, oder?«

»Bis jetzt ja, das stimmt. Aber so schlimm ist es auch noch nie gewesen. Wenn du wenigstens nicht das viele Geld …«

Sie brach ab und stach mit der Gabel in den Salat.

Mälzer schloss die Augen, presste die Lippen zusammen und mahlte mit den Zähnen.

»Halts Maul!«, zischte er mit vorgehaltener Hand. »Halt dein verdammtes Maul, Molina. Ich hab dir gesagt, wenn du noch einmal davon anfängst, garantiere ich für nichts. Also reiß dich am Riemen, friss dein verdammtes Hasenfutter und lass mich in Ruhe.« Innerhalb von Sekundenbruchteilen hatten sich Schweißperlen auf seiner Stirn gebildet.

27

Das Schlafzimmer der Lapperts war wegen der heruntergelassenen Rollläden völlig dunkel. Lenz tastete nach links, fand den Lichtschalter und knipste die diffuse Deckenbeleuchtung an. Hain, der direkt neben ihm stand, schob die Tür nach innen. Auch hier gab es jede Menge Überbleibsel der Spurensicherung, doch Veronika Lappert lag nicht in ihrem Bett. Sie checkten die Rückseite der Tür, doch es war niemand im Zimmer.

»Scheiße«, murmelte Lenz.

»Stimmt«, bestätigte Hain. »Aber jetzt können wir sicher sein, dass sie nicht zu Hause ist. Und den Knilch vor der Tür nehme ich mir persönlich zur Brust, darauf kannst du Gift nehmen. Wahrscheinlich hat er gepennt, als sie abgehauen ist.«

Lenz sah sich um. Der Raum wirkte wie Kraut und Rüben.

»Hoffentlich hast du recht und es gibt nicht noch eine Alternative, an die wir bis jetzt nicht gedacht haben.«

»Was meinst du?«

Der Hauptkommissar drehte sich um, ging zurück in den Flur und schaute nach oben. Dort gab es eine verschließbare Bodentreppe.

»Da oben ist sie nicht. Komm, Thilo, wir müssen in den Keller.«

Damit hastete er die Treppe hinunter, sah sich im Hausflur um und entdeckte die Kellertür. Mit ein paar Sätzen war er dort, schlug auf die Klinke und hetzte die Stufen hinab. Im Keller roch es nach einer Mischung aus Weichspüler und gelagertem Holz. Hain öffnete eine Milchglastür. Der Vorratsraum. Jede Menge Dosen, aufgehängte Würste und bunte Einkochgläser. Hinter der nächsten Tür verbarg sich die Waschküche. Eine Waschmaschine, ein Trockner und ein Waschbecken, aber keine Spur von Veronika Lappert. In einem weiteren Raum fanden die Beamten zwei Fahrräder, diverse Gartengeräte und eine kleine Werkbank mit allerlei Utensilien darauf. Dann standen sie vor einer Feuerschutztür. Hain drückte die Klinke herunter und zog daran, doch es war abgeschlossen. Er drehte sich suchend um seine eigene Achse, aber nirgendwo lag oder hing ein Schlüssel.

»Komm, Paul, sie ist nicht hier. Lass uns hochgehen und dem Uniformierten die Leviten lesen.«

Lenz deutete auf die Tür. »Kriegst du die auf?«

Sein Kollege sah ihn entgeistert an. »Ist Paris 'ne Stadt? Ist der Papst katholisch? Klar krieg ich die auf, aber muss das wirklich sein?«

»Es muss.«

Hain zog sein kleines braunes Etui aus der Sakkotasche, nahm einen Drahthaken heraus und wollte ihn ins Schloss einfügen.

»Da steckt was drin«, erklärte er seinem Chef verwirrt, bückte sich und lugte ins Schlüsselloch.

»Mist, der Schlüssel steckt von innen.«

Lenz hob die Arme und schlug so kräftig gegen die Metalltür, dass Hain erschreckt zurückwich.

»Frau Lappert, wir sind von der Polizei!«, schrie er, so laut er konnte. Bitte machen Sie keinen Unsinn, Ihr Mann braucht Sie dringender denn je. Bitte öffnen Sie die Tür.« Sie warteten, aber es kam keine Reaktion.

»Mach sie auf, sofort!«, forderte Lenz seinen Kollegen etwas zu forsch auf.

Hain rannte zu dem Raum, in dem die Werkbank stand, und fing an, nach etwas zu suchen. »Ich brauche eine Spitzzange. Los, hilf mir suchen.«

»Was ist eine …?«, wollte Lenz zurückfragen, doch Thilo Hain rannte schon mit etwas in der Hand an ihm vorbei, bückte sich vor der Tür zum Heizungskeller und begann zu arbeiten. Ein paar Augenblicke später hörte man im Innern einen Schlüssel zu Boden fallen.

»Das wars«, schnaubte Hain, stand auf und griff wieder zu seinem gebogenen Draht. Mit fliegenden Fingern führte er ihn ins Schloss ein, drehte ein paar Mal hin und her, zog ihn heraus, schlug auf die Klinke und stürmte in den dunklen Raum.

*

Veronika Lappert hing an einem silbern schimmernden Heizungsrohr neben einem umgeworfenen Korbstuhl. Ihr schlaffer, aufgedunsener Körper schwang ganz leicht hin und her, aus dem dunkelblau angelaufenen Kopf glotzten zwei riesige, weit aufgerissene Augen die Kommissare teilnahmslos an.

»Meine Fresse«, stöhnte Hain, sprang auf die Frau zu und hob sie ein wenig in die Höhe.

»Vergiss es, Thilo«, bremste Lenz seinen Kollegen. »Sie ist tot.«

»Dann schneid wenigstens das Seil durch«, keuchte der Oberkommissar.

Lenz entdeckte eine Gartenschere und durchtrennte damit das gelbe Kunststoffseil. Sofort knickte der Oberkörper der Frau ein und ihr Busen schlug dem schwankenden Hain ins Gesicht. Gemeinsam griffen die Beamten sich den Leichnam und legten ihn auf dem Boden ab.

Der Hauptkommissar schluckte, griff nach der rechten Hand der Toten und nahm sie hoch.

»Wahrscheinlich ist sie ohne Umweg in den Keller, nachdem sie hier ankam. Der Körper ist schon abgekühlt.«

Hain griff zu seinem Mobiltelefon, wählte und veranlasste das Notwendige.

»Und was machen wir mit dir?«, wollte er im Anschluss von seinem Kollegen wissen.

»Was wollen wir schon mit mir machen?«, fragte Lenz zurück.

»Na, ja, immerhin hat der Chef persönlich dich von dem Fall abgezogen. Das sieht schon ein bisschen komisch aus, wenn wir beide die Leiche jetzt hier finden.«

»Von welchem Fall sprichst du?«

Hain überlegte. »Mein lieber Mann, das gibt garantiert fetten Ärger, aber du hast recht. Die Sache hier hat bis jetzt überhaupt nichts mit den Italienern und dem Berber zu tun gehabt.«

»Das wird aber vermutlich nicht so bleiben, Thilo.«

*

Lenz betrachtete den Leichnam der Frau und hätte seinen Körper für eine Zigarette verkauft.

»Ich denke immer wieder das Gleiche, wenn ich auf eine Leiche schaue«, murmelte er kaum verständlich.

»Was sagst du?«, fragte Hain aus dem Flur und trat wieder in den Heizungsraum.

»Ich muss immer das Gleiche denken, wenn ich auf eine Leiche schaue.«

»Und was ist das?«

»Ich denke, dass so ein Leben keine große Sache ist. Schwupps, ein altes Abschleppseil um den Hals, rauf auf den Stuhl und ab dafür.«

»Du hast es geahnt, oder?«

»Geahnt wäre zu viel gesagt. Ich habe es eher befürchtet. Aber bevor du mir jetzt mit einem sechsten Sinn oder Ähnlichem kommst, das ist es nicht. Es war mehr eine Intuition.«

»Also Lebenserfahrung«, knurrte Hain.

»Wie, Lebenserfahrung?«

»Das ist so. Alle Menschen denken immer, Intuition sei so etwas wie ein besonderes Gefühl, das stimmt aber gar nicht. Intuition ist nichts anderes als der Abgleich unserer Erfahrungen, mit dem wir dann Situationen beurteilen. Hab ich neulich gelesen.«

Lenz zog die Augenbrauen hoch. »Vielleicht hätte ich mich doch von dir nach Hause bringen lassen sollen. Was du so für Bücher liest …«

»Meine Freundin hat es gekauft. Ich hab angefangen, darin zu blättern, und fand es interessant. Ziemlich viel Psychokram zwar, aber interessant.«

Er drehte sich um und warf einen langen Blick auf die tote Frau.

»Du denkst darüber nach, dass das Leben keine große Sache ist, wenn du einen Toten siehst. Und ich hab gerade da draußen gestanden und mir überlegt, was gewesen wäre, wenn ich dich wirklich einfach so nach Hause gebracht hätte. Irgendwann wäre ihr Mann wieder hier angekommen, mit Farbe oder Narben im Gesicht, was weiß ich, und der Gestank hätte ihn fast umgebracht, nachdem er sich schon wochenlang gefragt hätte, wo seine Veronika abgeblieben ist.«

»Ja«, nickte Lenz, »so wäre es vermutlich gekommen. Und jetzt lass uns nach oben gehen und uns ein bisschen umsehen, vielleicht hat sie ja etwas zu Papier gebracht, bevor sie zum Seil gegriffen hat.«

*

Während sie noch nach einem Abschiedsbrief suchten, kam der Notarzt an. Hain brachte ihn nach unten, Lenz blieb oben. Als er sich in der Küche des Hauses umsah, beanspruchte ein unangenehmer Gedanke Raum in seinem Kopf: Wer würde dem verletzten Heinrich Lappert die Nachricht vom Tod seiner Frau überbringen? Und wann?

Er blickte in jeden Brotkorb und in jede Zuckerdose, weil er schon auf der Polizeischule gelernt hatte, dass Selbstmörder auf die aberwitzigsten Ideen kamen, wenn es um ihre Abschiedsbriefe ging. Hier aber fand er nichts.

»Ich hab gehört, dass du hier rumschleichst und meine dienstlichen Befehle ganz nonchalant ignorierst«, hörte er die sonore Stimme von Ludger Brandt hinter sich, als er im Wohnzimmer der Lapperts vor der Schrankwand stand. »Und dass du es vorziehst, dem Kleinen zu helfen, statt wie verabredet in den Urlaub abzuhauen.«

Lenz sah, ohne sich umzudrehen, auf seine Armbanduhr.

»Und ich hab gehört, dass du freitags um diese Zeit gerne zu Hause bist und dich um deine Enkel kümmerst.«

»Da wäre ich wirklich gerne«, seufzte Brandt, »aber mein bester Mann hat irgendwie im Moment eine Schraube locker. Vielleicht die Midlife-Crisis, was meinst du?«

Nun drehte der Hauptkommissar sich um und blickte seinem Vorgesetzten lange in die Augen.

»Es tut mir leid, Ludger, aber ich stecke zu tief in der Sache drin, um jetzt einfach in Urlaub zu fahren. Das …«

»Weil du zu tief in der Sache drinsteckst, Paul«, unterbrach Brandt ihn, »weil du zu tief drinsteckst, sollst du ja verduften.«

»Ich kann nicht. Zumindest nicht heute und morgen.«

»Und was willst du während der beiden Tage noch erledigen? Den Mörderfangturbo einschalten?«

Lenz ging auf ihn zu und schob ihn Richtung Terrassentür.

»Komm, wir setzen uns, dann erkläre ich es dir.«

Brandt ging folgsam vor ihm her, und als sie saßen, fing er an.

»Du musst mir gar nichts erklären, Paul. Ich kenne dich lang genug, um zu wissen, was mit dir los ist. Du fühlst dich schuldig am Tod der Iannones, weil du es verpennt hast, seiner Bitte nachzukommen und mit Mälzer zu reden. Aber das ist Quatsch. Keiner von uns konnte ahnen, dass es so ausgehen würde, auch du nicht. Und einen Polizisten, der aus persönlichen Motiven handelt, würde ich jederzeit und ohne Befehl von oben abziehen, auch dich.«

»Das weiß ich. Aber ich bin nun mal von oben abgezogen worden, weil der eine mit dem anderen studiert hat und jeder einen kennt, der einen kennt. So beschissen das auch sein mag.«

»Dass Bartholdy dir den Fall entzogen hat, ist nicht in Ordnung, das wissen wir beide. Aber was sollte ich machen? Ihm widersprechen?«

»Wäre schön gewesen.«

»Du bist nicht ganz dicht! Wir können auf dem kleinen Dienstweg das eine oder andere möglich machen, haben wir ja auch immer, aber wegen solch einer Geschichte den großen Ärger riskieren, das kannst du dir aus dem Kopf schlagen.«

Lenz zuckte mit den Schultern.

»Schon gut, Ludger. Die paar Jahre, die du noch abreißen musst ... Da würde ich auch kein Risiko mehr eingehen.«

»Du solltest anerkennen, dass allein die Tatsache, dass wir zwei hier so vertraut miteinander plaudern, in den Augen von Kriminaldirektor Bartholdy eine grobe Pflichtverletzung darstellt. Also hör auf mit diesem Unsinn von wegen der paar Jahre, die ich noch vor mir habe.«

Dem konnte Lenz nicht widersprechen.

»Und jetzt erklär mir bitte, was hier passiert ist.«

Der Hauptkommissar berichtete von der Suche nach der Frau und davon, wie sie sie vorgefunden hatten.

»Du bist sicher, dass da niemand dran gedreht hat?«

»Absolut«, erwiderte Lenz. »Sie hat sich im Heizungskeller eingeschlossen und aufgehängt. Es gibt keine Spuren, die auf weitere Beteiligte hindeuten.«

»Und wie geht es weiter?«

»Ich lass mich von Thilo nach Hause fahren und starte meinen Urlaub. Zumindest offiziell und für Kriminaldirektor Bartholdy.«

»Und Thilo soll zu Lappert fahren, um ihm die Nachricht vom Tod seiner Frau zu überbringen?«

Lenz antwortete nicht.

»Ich bin heute, glaube ich, schwerhörig«, feixte der Kriminalrat.

»Nein, das übernehme ich«, antwortete Lenz.

Brandt stand auf und reichte Lenz die Hand.

»Wir treffen jetzt eine Vereinbarung, deren Existenz ich immer abstreiten würde, wenn ich es denn müsste: Du kannst, wenn du dich von Leuten wie Molina Mälzer und Robert Braun fernhältst, ermitteln. Mach es aber bitte wirklich so, dass du niemandem von den oberen Zehntausend auf die Füße steigst. Und ab Montag will ich für drei Wochen keinen Ton mehr von dir hören. Verstanden?«

»Verstanden«, erwiderte Lenz lächelnd.

*

»Und du willst wirklich allein zu ihm gehen?«, fragte Hain, als er auf die Schranke vor dem Klinikum Kassel zurollte.

»Ja«, brummte Lenz. »Ich komm schon zurecht. Mach Feierabend, und wenn du Lust hast, telefonieren wir morgen früh, ob es was zu tun gibt. O. K.?«

»Eigentlich gehört das Wochenende meiner Freundin, aber für dich mache ich eine Ausnahme. Das versteht sie zwar sicher nicht, weil ich zu Hause immer so schlecht über dich rede, aber was solls. Ruf mich einfach an.«

»Mach ich«, erwiderte Lenz, sprang aus dem Wagen und ging langsam auf den Eingang zu.

*

»Zu Heinrich Lappert, bitte«, erklärte er der Dame an der Rezeption. Sie tippte den Namen in den Computer ein und schaute auf den Monitor.

»Liegt in der Hautklinik. Wissen Sie, wo das ist?«

Nachdem Lenz ihre Frage verneint hatte, erklärte sie ihm ausführlich den Weg.

Nach einem anstrengenden Marsch in der Nachmittagshitze über das weitläufige Klinikgelände, während dem der Kommissar seine Jacke auszog und über den Arm hängte, kam er an dem weiß angestrichenen, kubischen Gebäude der Hautklinik an.

»Zu Herrn Lappert bitte. Heinrich Lappert«, wiederholte er sein Anliegen auch an der Pforte der Hautklinik.

»Zimmer 312, im dritten Stock.«

Aus purer Gewohnheit hielt er auf das Treppenhaus zu, überlegte es sich jedoch anders und betrat den offen stehenden Fahrstuhl, drückte auf den Knopf mit der Drei und lehnte sich zurück. Das versuche ich jetzt immer, dachte er, während die große Kabine sich ruckelnd in Bewegung setzte.

Im dritten Stock roch es nach Desinfektionsmittel und Essen. Er ging nach rechts um eine Ecke und stand schon vor dem Zimmer mit der Nummer 312. Sein Herz pochte im Hals und er hatte das Gefühl, sich erst einmal setzen zu müssen.

»Kann ich Ihnen helfen«, hörte er eine weibliche Stimme hinter sich. Er drehte sich um und sah in das Gesicht einer Frau im weißen, langen Kittel. Das Schild an ihrem Revers wies sie als Frau Dr. A. Schwaiger aus.

»Ja, nein. Äh, vielleicht«, stotterte Lenz.

Die Frau blickte ihn mit hochgezogenen Augenbrauen an.

»Da war ja alles dabei. Vielleicht wollen Sie noch einmal darüber nachdenken?«

»Ich wollte zu Herrn Lappert«, erklärte er, nun wieder etwas sicherer. »Heinrich Lappert.«

»Sind Sie ein Verwandter?«

»Nein, nein«, erwiderte Lenz und fummelte nach seinem Dienstausweis in der Jacke, die noch immer über seinem Arm baumelte.

»Das ist schwierig. Wenn Sie Fragen haben, wenden Sie sich besser an seine Frau, das haben Ihre Kollegen auch schon gemacht.«

Der Polizist schluckte. »Darum geht es eben. Kann ich Sie einen Moment sprechen, bitte?«

Die Ärztin nickte freundlich. »Aber ich kann Ihnen nicht weiterhelfen, wenn Sie das erwarten sollten«, gab sie ihm zu verstehen und bedeutete ihm, ihr zu folgen.

»Setzen Sie sich, Herr …?«

»Lenz. Hauptkommissar Paul Lenz.«

»Und Sie haben also Fragen an den armen Herrn Lappert, die Ihren Kollegen bei der Vernehmung seiner Frau nicht eingefallen sind?«

»Nein, das nicht«, erklärte er mit Falten auf der Stirn.

»Sie wirken auf mich, als würden Sie sich in Ihrer Haut nicht wohlfühlen. Geht es Ihnen nicht gut?«

»Nicht wirklich, nein, und das ist der Grund, warum ich Sie gerne sprechen wollte.«

Er massierte seine Fingerknochen. »Herrn Lapperts Frau hat sich heute Nachmittag das Leben genommen.«

Die Ärztin zeigte keine Reaktion. Es kam Lenz für einen Moment so vor, als hätte sie ihn nicht verstanden. Dann legte sie die rechte Hand vor den Mund. »Mein Gott!«

»Ich bin bis jetzt nicht mit dem Verbrechen an den Lapperts beschäftigt gewesen und nur über eine Querverbindung auf die beiden gestoßen. Jetzt aber muss ich erstens

Heinrich Lappert die traurige Nachricht überbringen und ihn zweitens vernehmen.«

»In dieser Reihenfolge?«

»Was meinen Sie?«

»Das können Sie vergessen. Ich sage Ihnen jetzt ein paar Dinge zu dem armen Mann, obwohl ich das gar nicht dürfte, aber das ist mir egal. Irgendjemand hat ihm das Gesicht tätowiert, und wie es, wird ihm das bis ans Ende seiner Tage erhalten bleiben, was nichts anderes heißt, als dass er entstellt ist. Außerdem hat er eine recht schwere Verletzung am Hinterkopf, über die er nicht mit uns sprechen will, die aber etwas älter sein muss als die Verletzungen im Gesicht. Meine Vermutung ist, dass ihn ein ziemlich heftiger Schlag getroffen hat, aber, wie gesagt, er will nicht darüber sprechen. Unter uns gesagt, sieht er schrecklich aus. Er ist psychisch labil, seit er ernsthaft realisiert hat, was mit ihm passiert ist. Wir überwachen ihn und hätten ihn ganz sicher schon in die Psychiatrie überwiesen, wenn seine Verletzungen das zuließen, was jedoch leider nicht der Fall ist. Und da kommen Sie daher und wollen ihm erklären, dass er seine Frau durch Suizid verloren hat? Das ist absurd.«

»Was schlagen Sie vor?«

Sie überlegte einen Moment. »Zu verheimlichen ist es nicht, da gebe ich Ihnen recht. Aber wenn Sie jetzt rübergehen und diesem Mann erzählen, dass seine Frau tot ist … Zumal er leicht sediert ist und die Erkenntnis vermutlich erst mit ein paar Tagen Verzögerung voll durchschlägt.«

»Sie meinen, es wäre besser, damit zu warten?«

»Auch das geht schlecht, weil er darauf wartet, dass sie ihn besucht. Wenn ich es richtig einschätze, verbindet die beiden eine wirklich tief gehende, innige Liebe. Zumindest hatte ich den Eindruck.«

»Also wählen zwischen erhängen und erschießen, wenn ich Sie richtig verstehe.«

»So ähnlich, ja.« Wieder dachte sie einen Moment nach. »Vielleicht sollten wir einen Psychologen hinzuziehen. Ich persönlich bin mit der Situation hoffnungslos überfordert.«

Lenz nickte und sie griff zum Telefonhörer. Ein paar Minuten später betrat ein junger, dunkelhaariger Mann den Raum, stellte sich als Max Hauptmann vor und setzte sich zu den beiden.

»Ich bin Diplom-Psychologe«, klärte er Lenz auf und wandte sich dann an die Frau im weißen Kittel. »Was kann ich für Sie tun, Frau Kollegin?« Sie schilderte ihm die Ereignisse um die Lapperts der letzten zwölf Stunden und endete mit dem Suizid von Veronika Lappert. Hauptmann hörte aufmerksam zu, nickte hier und da und zog dann die Augenbrauen hoch.

»Das ist die Wahl zwischen erhängen und erschießen.«

Er nahm seine Brille ab, zog ein Putztuch aus der Hose und polierte die Gläser.

»Leider habe ich noch keinen Kontakt mit Herrn Lappert aufgenommen, das steht für morgen früh in meinem Kalender. Allerdings verändert der Suizid seiner Frau die Sachlage selbstverständlich enorm. Ich halte es für unabdingbar, ihn über das Ereignis möglichst zeitnah zu informieren, bin jedoch nicht sicher, ob es noch heute sein muss. Hat er Radio oder Fernsehen im Zimmer?«

»Nein, er liegt in einem Einzelzimmer ohne Radio und Fernsehen und ist außerdem sediert.«

»Aha«, machte der Psychologe.

»Was meinen Sie, wann man es ihm beibringen sollte?«, wandte Lenz sich direkt an Hauptmann.

»Das Wann ist nur eine der Fragen, die es zu klären gilt. Eine weitere betrifft das Wer. Hat er Familie?«

»Seine Frau hat uns erzählt, dass die Tochter in der Stadt wohnt. Sie wollte sie im Laufe des Nachmittags anrufen und mit ihr sprechen.«

»Nur wissen wir leider nicht, ob sie das vor ihrem Tod noch gemacht hat«, warf Lenz ein.

»Vermutlich nicht«, erwiderte Hauptmann spontan. »Die Erfahrung zeigt immer wieder, dass Menschen in vergleichbaren Situationen vor der Umsetzung ihres Planes keinen Kontakt mehr mit nahestehenden Personen suchen.«

»Wissen Sie, wie die Tochter heißt?«, wollte Lenz von Dr. Schwaiger wissen.

»Nein, tut mir leid. Darüber haben wir nicht gesprochen.«

»Dann ist es vielleicht die beste Option, zuerst mit der Tochter zu reden. Es sollte mir nicht schwerfallen, ihren Namen und ihre Adresse herauszufinden.«

»Das«, bestätigte Hauptmann, »ist eine gute Idee, wenn die Bezeichnung ›gut‹ in diesem tragischen Fall überhaupt angebracht ist. Und spätestens morgen früh muss der Mann informiert werden. Es wäre sicher das Beste, wenn die Tochter es machen würde, ansonsten werde ich es übernehmen.«

»Schön«, erklärte Lenz und stand auf. »Dann mache ich mich jetzt auf die Suche nach der Frau. Wir bleiben in Kontakt.«

Dr. Schwaiger griff in die Brusttasche ihres Kittels und reichte Lenz eine Visitenkarte. »Ich habe diese Nacht noch Bereitschaft und bin sowieso hier. Wenn Sie etwas wissen, rufen Sie mich bitte an.«

»Natürlich«, erwiderte Lenz, gab ihr im Gegenzug eine von seinen Karten, reichte beiden die Hand und verabschiedete sich.

*

»Kann ich bitte ein Telefonbuch von Kassel haben?«, bat er die junge Frau an der Rezeption. Sie griff unter den Tisch und schob das Buch über die Theke. Lenz ging zur Seite, legte seine Jacke ab und fing an zu suchen. Unter Lappert gab es acht Einträge. Sechs davon waren Männer. Dann gab es eine Eleonore Lappert, die Lenz wegen des antiquierten Vornamens ausschloss. Und es gab eine Anita Lappert. Er kramte sein Mobiltelefon aus der Jacke und wollte die Nummer eingeben, als er eine strenge Stimme hörte.

»Das ist leider hier im Haus verboten«, rief die Frau hinter der Theke. »Wenn Sie telefonieren wollen, müssen Sie nach draußen gehen.«

Lenz machte eine entschuldigende Geste, griff nach dem Telefonbuch und der Jacke und ging vor die Tür. Die Hitze traf ihn wie ein Keulenschlag. Er gab die Nummer ein und drückte die grüne Taste.

»Lena Lappert«, meldete sich ein junges Mädchen.

»Guten Tag, kann ich bitte Anita Lappert sprechen?«

»Moment, bitte, meine Mutter ist im Garten.«

Obwohl sie mit der Hand die Muschel zuhielt, konnte er hören, dass sie laut *Mutti* rief. Eine knappe halbe Minute später rauschte es in der Leitung, dann meldete sich eine Frau.

»Lappert.«

»Hallo, Frau Lappert, hier spricht Hauptkommissar Paul Lenz von der Kripo in Kassel. Ich bin auf der Suche nach der Tochter des Ehepaares Heinrich und Veronika Lappert. Sind Sie das?«

»Nein«, gab sie freundlich zurück. »Aber Sie sind nicht der Erste, der es bei mir probiert. Sie müssen im Telefonbuch unter Witte-Lappert nachsehen, das weiß ich mittlerweile. Aber mehr kann ich Ihnen leider nicht sagen.«

»Oh, das hilft mir schon viel weiter. Dann danke ich Ihnen herzlich und bitte um Entschuldigung für die Störung.«

»Macht nichts, hab ich gerne gemacht. Und wenn die Polizei einen nicht wirklich sprechen will, ist es umso schöner. Wiederhören.«

Er drückte die rote Taste und suchte im Telefonbuch nach ›Witte-Lappert‹. Es gab zwei Einträge: ein Architekturbüro und eine Privatnummer unter der gleichen Adresse im Stadtteil Oberzwehren. Für einen Moment war er unsicher, ob es besser wäre, einfach dorthin zu fahren, entschied sich jedoch für den Anruf.

»Beate Witte-Lappert«, meldete sich eine Frau. Lenz wollte reagieren, brachte aber keinen Ton heraus.

»Hallo«, rief sie nach einer Sekunde des Wartens fröhlich. »Bitte sprechen Sie jetzt oder schweigen Sie für immer.« Im Hintergrund hörte Lenz das Gebrabbel eines Kindes.

»Dann nicht«, sagte sie laut. Kurz darauf hörte der Kommissar ein Knacken in der Leitung. Die Verbindung war beendet.

Er steckte das Telefon in die Jacke, brachte das Telefonbuch zurück und machte sich auf den Weg zum Taxihalteplatz vor der Klinik.

Die Fahrt dauerte wegen des Feierabendverkehrs an diesem Freitag fast eine halbe Stunde. Dann hielt der elfenbeinfarbene Passat vor einem kleinen Fachwerkhaus. Der Polizist bezahlte, ließ sich eine Quittung ausstellen, stieg aus und trat an das Gartentor.

›Wolfgang Witte und Beate Witte-Lappert

Dipl.-Ingenieure für Architektur‹

stand auf einem Holzschild. Daneben hing das gleiche Schild noch einmal, darauf stand

›Beate, Wolfgang und Paula‹.

Lenz schob die Holztür auf, stieg die vier Stufen nach oben zur Haustür und legte den Finger auf die Klingel. Ein Hund bellte und keine zehn Sekunden später öffnete eine etwa 30-jährige Frau mit einem kleinen Mädchen auf dem Arm die Tür.

»Ja, bitte?«, fragte sie freundlich und wippte dabei das giggelnde Kind. Der Hund, ein wuscheliger Mischling, schnupperte an den Hosenbeinen des Kommissars.

Lenz stellte sich vor.

»Die Polizei? Hoffentlich haben wir nichts verbrochen, Paula«, meinte sie zu ihrer Tochter gewandt. Das Kind griff ihr in die Haare, sah dann den Polizisten an und giggelte weiter.

»Was können wir für Sie tun, Herr Lenz?«, fragte Beate Witte-Lappert, nun ein klein wenig ernster.

»Wenn Sie die Tochter von Heinrich und Veronika Lappert sind, würde ich Sie gern sprechen. Es ist sehr wichtig.«

Lenz hatte das schon öfter erlebt. Allein der Tonfall, mit der er um einen Moment ihrer Zeit bat, vertrieb bei den meisten Menschen jeglichen Humor. Hier war es genauso.

»Die beiden sind meine Eltern, ja. Kommen Sie bitte herein.«

Sie stellte das Mädchen auf seine Füße, das sofort ins Haus flitzte. »Können wir in die Küche gehen? Die Kleine hat morgen Geburtstag und ich habe einen Kuchen im Ofen.

»Natürlich, gerne.«

Sie ging voraus und führte ihn in eine mit viel Liebe zum Detail eingerichtete, große, sonnendurchflutete Wohnküche mit integriertem Esszimmer.

»Bitte setzen Sie sich. Möchten Sie etwas trinken?«

»Nein, vielen Dank«, antwortete Lenz, obwohl er eine trockene Kehle hatte, und blieb stehen. Der Hund war ihm gefolgt und sah ihn an, als ob er auf eine Hand warten würde, die ihn streichelte.

»Also, was kann ich für Sie tun? Ich habe es eben richtig mit der Angst zu tun bekommen, weil Sie so ernst gewesen sind.«

Lenz schluckte.

»Der Grund meines Besuches ist auch ernst, Frau Witte-Lappert. Sehr ernst. Es geht um Ihre Eltern.«

Sie musterte ihn schweigend.

»Ich muss Ihnen leider die traurige Nachricht überbringen, dass Ihre Mutter heute Nachmittag verstorben ist.«

In diesem Augenblick stürmte das kleine Mädchen mit einem riesigen Teddybär auf dem Arm in die Küche und klammerte sich an den Oberschenkel ihrer Mutter. Die Frau griff sanft nach ihr, löste sich und schob sie sanft von sich weg.

»Schatz, die Mami und der Onkel müssen mal was besprechen.« Sie deutete auf den Teddy. »Willst du so lange mit Bobo in den Garten gehen und spielen, ja?«

Das Kind nickte, gab einen erfreuten Laut von sich und rannte aus dem Raum. Über Beate Witte-Lapperts Gesicht lief eine Träne, als sie zum Herd ging und die Regler des Backofens auf null stellte. Dann kam sie zurück zum Tisch, zog sich einen Stuhl zurecht und setzte sich.

»Was ist passiert?«

»Ihre Eltern sind in der vergangenen Nacht Opfer eines Überfalls geworden«, begann Lenz. »Die Details dazu möchte ich Ihnen gerne später erklären. Ihr Vater liegt im Krankenhaus. Es geht ihm den Umständen entsprechend gut und er ist nicht in Lebensgefahr.«

Sie zog eine Packung Papiertaschentücher aus der hinteren Tasche ihrer Jeans, nahm eins heraus, schloss die Augen und fing hemmungslos an zu weinen.

»Ihre Mutter hat Ihren Vater heute Morgen ins Krankenhaus gebracht und ist auch noch eine Weile dort geblieben. Irgendwann zwischen 13 und 14 Uhr ist sie zu Hause angekommen. Danach ist sie, wie es aussieht, in den Keller des Hauses gegangen und hat sich das Leben genommen.«

Die Frau nahm das Taschentuch von ihrem Gesicht, das die gleiche Farbe wie der Zellstofflappen angenommen hatte, und begann zu stammeln.

»Meine … Mutter … hat sich … umgebracht? Das ist unmöglich. Das … will ich nicht glauben.«

Lenz versuchte, so sachlich wie möglich zu bleiben, und gleichzeitig so emotional, wie er es aushalten konnte. Am liebsten hätte er mit der Frau zusammen losgeweint.

»So leid es mir tut, Frau Witte-Lappert, aber es besteht kein Zweifel. Jegliche Beteiligung Dritter ist ausgeschlossen.«

Sie legte die Arme auf den Tisch, ließ den Kopf darauf fallen und fing erneut an zu schluchzen. Lenz schaute aus dem Fenster; draußen versuchte das kleine Mädchen, den Hund mit Sandkuchen zu füttern.

»Was … ist mit meinem Vater?«

»Er ist, wie gesagt, verletzt. Im Gesicht. Es ist nicht auszuschließen, dass etwas zurückbleibt.«

Sie beugte sich hoch. »Wie meinen Sie das?«

»Was mit Ihrem Vater passiert ist, ist sehr ungewöhnlich. Sein …« Der Kommissar stockte. »Sein Gesicht wurde … tätowiert.«

Nun geschah etwas Merkwürdiges. Die Frau setzte sich aufrecht, holte tief Luft und spannte ihre Züge.

»Was hat man mit ihm gemacht?«

»Die Täter, die in der vergangenen Nacht ins Haus Ihrer Eltern eingedrungen sind, haben das Gesicht Ihres Vaters tätowiert. Ich kann Ihnen leider nicht mehr dazu sagen, weil ich nicht mehr weiß. Noch nicht.«

»Sie wollen mir also erzählen, dass meine Mutter tot ist und mein Vater für den Rest seines Lebens entstellt?«

»Das muss ich leider, ja.«

Sie fing an zu zittern, unterdrückte einen Weinkrampf, stand auf und lief hektisch hin und her. »Und ich kann Ihnen sagen, wer dafür verantwortlich ist«, sagte sie dann ganz ruhig.

*

Paula, das kleine Mädchen, und der Hund waren von einer Nachbarin abgeholt worden. Lenz und die Frau, die nun äußerlich gefasst wirkte, saßen in der Küche.

»Meine Eltern hatten in den letzten Wochen und Monaten großen Ärger. Es ging um einen Planungsauftrag, einen großen Planungsauftrag.«

»Den für das Outlet-Center?«

Sie nickte. »Genau den. Das Büro meiner Eltern hat Tausende von Stunden daran gearbeitet und ist von den Mälzers gnadenlos ausgebootet worden. Die haben einfach nicht bezahlt.«

»Um welche Summe geht es dabei?«

»So genau weiß ich es nicht, weil die beiden mit mir nicht gerne darüber gesprochen haben. Ich glaube, mein Vater hat sich dafür geschämt, dass er so betrogen wurde, und meine Mutter hat respektiert, dass er das Ganze möglichst geheim halten wollte. Aber ich vermute, dass es um eine siebenstellige Summe geht.«

Lenz dachte kurz über den Wert einer siebenstelligen Summe nach und zog dann die Augenbrauen hoch. »Das ist eine Menge Geld.«

»Für meine Eltern sollte es der letzte große Auftrag sein. Danach wollten sie sich irgendwo niederlassen, wo öfter die Sonne scheint als hier in Deutschland.«

»Schöne Vorstellung.«

»Dazu wäre es sowieso nicht mehr gekommen«, erklärte sie ihm kühl.

»Wieso? Das verstehe ich nicht«, erwiderte der Kommissar erstaunt.

»Meine Mutter hätte höchstens noch ein halbes Jahr zu leben gehabt.«

Lenz starrte sie an. »Warum?«

»Sie wusste seit knapp zwei Monaten, dass sie an einem inoperablen Gehirntumor leidet. Sie wollte meinem Vater erst davon erzählen, wenn es nicht mehr zu verheimlichen gewesen wäre. Wir haben in den letzten Wochen öfter darüber gesprochen und ich war bei allen Untersuchungen dabei. Sie wollte diese, wie sie es nannte, unbeschwerten Tage bis zum Moment X unbelastet von der Diagnose mit meinem Vater verbringen. Dieser Moment X war allerdings nicht mehr weit entfernt, weil die Schmerzmedikamente, die sie nehmen musste, immer stärker dosiert werden mussten und sie auch schon mit starken Sehstörungen zu kämpfen hatte.«

»Und Ihr Vater hat nichts davon bemerkt?«

»Nein. Meine Mutter war ihr ganzes Leben lang kränklich. Sie litt seit ihrer Kindheit an Asthma, dazu kam vor einigen Jahren ein Lungenemphysem. Sie können sich also vorstellen, dass mein Vater damit vertraut war, dass es meiner Mutter öfter einmal nicht gut ging. Das hat sie in den letzten Wochen für ihre Zwecke genutzt.«

»Und es gab keine Chance? Keine Operation, keine Chemotherapie?«

»Chemo hat sie kategorisch abgelehnt. Sie hat ihre Schwester vor ein paar Jahren verloren, ebenfalls wegen eines Hirntumors, und hat sie gepflegt in den letzten Wochen ihres Lebens. Seitdem war sie der Meinung, dass mehr Menschen an der Chemotherapie sterben als an Krebs.«

Sie atmete tief durch.

»Die Ärzte haben ihr erklärt, dass es die Möglichkeit der Bestrahlung geben würde, allerdings nur als mögliche Lebensverlängerung, nicht, um zu heilen. Auch das hat sie abgelehnt, nachdem sie mit Patienten gesprochen hatte, die bestrahlt worden sind.«

»Erstaunlich.«

»Ich kann Ihnen sagen, dass sie damit vollkommen glücklich und zufrieden war. Sie hätte gekämpft bis zu dem Tag, an dem es nicht mehr möglich gewesen wäre.«

Die Frau goss Wasser in die beiden Gläser auf dem Tisch und lehnte sich zurück.

»Wie hat sie es gemacht?«

»Sie hat sich erhängt.«

»Das war klar. Sie hat immer gesagt, wenn es einmal sein müsste, dann nur mit dem Strick. Keine Tabletten und kein Blut.«

»Meinen Sie, dass ihr Selbstmord auch mit ihrer Erkrankung zu tun haben könnte?«

»Was meinen Sie, Herr Lenz? Wenn Sie wüssten, dass in Ihrem Kopf ein tennisballgroßer Tumor haust, der von Tag zu Tag größer wird, weil er von einer ziemlich aggressiven Sorte ist, würden Sie da nicht auch über Selbstmord nachdenken?«

»Sicher«, erwiderte er leise. »Aber Sie wollten mir noch mehr über die Beziehung Ihrer Eltern zu der Mälzer-Bau-Consulting erzählen.«

»Ja, das will ich gerne. Vor etwa drei Wochen haben meine Eltern den Mälzers einen Mahnbescheid geschickt, gegen den sie fristgerecht Widerspruch eingelegt haben. Das heißt, dass es in den nächsten Monaten zu einem Prozesstermin gekommen wäre, bei dem meine Eltern ihre Forderungen hätten begründen müssen und die Mälzers im Gegenzug ihre Sicht der Dinge. Das ist eigentlich ein Hammer, denn es gibt eindeutige Verträge, in denen die zu erbringenden Architektenleistungen und die Gegenleistungen in Form von Geld klar geregelt sind. Aus der Nummer wären die Mälzers nicht rausgekommen und obendrein hätten sie vielleicht noch einen Gesichtsverlust hinnehmen müssen.« Sie winkte ab. »Obwohl, die beiden haben kein Gesicht mehr, das sie verlieren könnten, wenn Sie mich fragen.«

»Es ist also ein Rechtsstreit anhängig zwischen Ihren Eltern und den Mälzers?«

»Ja, klar. Und den hätten meine Eltern mit Donner und Doria gewonnen.«

»Meinen Sie, dass Ihr Vater nun zurücksteckt?«

»Nach dem, was ihm augenscheinlich zugestoßen ist, könnte ich es verstehen. Weiß er eigentlich schon, dass meine Mutter tot ist?«

Lenz schüttelte den Kopf. »Er ist ruhiggestellt. Ich hatte vorhin ein Gespräch mit einer Ärztin und einem Psychologen und wir haben uns darauf geeinigt, dass ich zuerst mit Ihnen rede und wir gemeinsam die weiteren Schritte besprechen.«

»Aber Sie glauben doch nicht, dass die Mälzers bei meinen Eltern eingebrochen haben? Solche Menschen machen sich doch die Hände nicht selbst schmutzig.«

»Nein, das ist ausgeschlossen. Herr Mälzer ist im Moment nachweislich nicht in Europa. Kennen Sie die beiden eigentlich persönlich?«

»Kennen wäre zu viel gesagt. Vor ein paar Jahren, als ich noch im Büro meines Vaters gejobbt habe, sind sie einmal dort gewesen, ganz zu Anfang der unglücklichen Geschäftsbeziehung zwischen meinem Vater und Mälzer. Ich mochte speziell Molina Mälzer nicht leiden, deshalb habe ich nie den Kontakt gesucht.«

Sie strich sich ihre langen dunklen Haare aus dem Gesicht und griff erneut zu dem Päckchen mit den Papiertaschentüchern.

»Wie geht es jetzt weiter, Herr Kommissar?«

»Zunächst wäre es das Beste, sie würden Ihren Vater im Krankenhaus besuchen. Die Ärztin und der Psychologe sind sich nicht sicher, wann der geeignete Zeitpunkt wäre, ihn vom Tod seiner Frau zu unterrichten.«

»Das wird ihn umbringen, egal, wann die Ärzte es ihm beibringen«, vermutete sie mit belegter Stimme.

»Es wäre nicht fair ihm gegenüber, daraus ein Geheimnis zu machen.«

»Wäre es Ihnen recht, wenn ich es ihm sage?«

Lenz fiel ein Stein vom Herzen.

»Sind Sie dazu in der Lage?«

Sie strich sich erneut die Haare aus dem Gesicht und holte tief Luft.

»Mein Vater und ich sind uns nie so ganz herzlich verbunden gewesen. Ich habe noch einen Bruder, der war immer der Star in seinem Kinderensemble. Ich war die Zweitgeborene, das Mädchen; er konnte einfach nicht so viel mit mir anfangen. Ganz im Gegensatz zu meiner Mutter, mit der hatte ich immer ein tolles Verhältnis. In den letzten Jahren war es zunehmend so, dass wir wie die kleine und die große Schwester miteinander geredet haben. Innig und schön. Und es ist merkwürdig, aber die Nachricht von ihrem Tod hat mich nur ein paar Augenblicke lang tieftraurig gemacht, dann kam die Erkenntnis durch, dass ich mich schon seit Wochen damit auseinandergesetzt habe, sie zu verlieren. Schon komisch, oder?«

»Ich weiß nicht«, antwortete er unsicher.

*

Zwei Stunden danach saß Lenz in der Küche seiner Wohnung und starrte auf den gepackten Koffer, der im Flur stand. Dann griff er zum Telefon und wählte Marias Nummer, erreichte jedoch nur ihren Anrufbeantworter. Er hinterließ die Bitte um Rückruf. Kurze Zeit später klingelte sein Telefon.

»Hallo«, meldete er sich.

»Hallo, Paul«, gab sie kühl zurück.

Lenz merkte sofort, dass irgendetwas mit ihr nicht stimmte.

»Was ist passiert, Maria?«

»Nichts. Was soll schon passiert sein?«

»Hör auf mit dem Scheiß. Ich kenne dich lang genug, um deiner Stimme anzuhören, wenn irgendwas mit dir ist. Hast du Ärger mit deinem Mann?«

»Ganz und gar nicht. Alles in Butter. Ich hatte heute seit langer Zeit mal wieder ein anregendes Gespräch mit ihm.«

Der Polizist nahm nervös das Telefon ans andere Ohr.

»Mach mir bitte keine Angst. Was hast du mit deinem Mann zu besprechen gehabt? Ging es um uns?«

»Mein lieber Paul, manchmal nimmst du dich einfach ein bisschen zu wichtig. Um es klar auszudrücken, es ging nicht um dich und mich. Es ging darum, dass du unbescholtene Kasseler Bürger zu Mordverdächtigen machst.«

Lenz war völlig irritiert.

»Was meinst du damit?«

»Nun tu doch nicht so scheinheilig. Der Herr Kommissar muss sich unbedingt mit jedem anlegen, sonst ist er es doch nicht.«

»Du bist ungerecht, Maria. Ich habe einen schweren Tag hinter mir und keine Lust, mit dir zu streiten. Wenn ich irgendwas falsch gemacht hab, dann sag es mir oder behalt es für dich, in der Mitte gibt es nichts.«

Es dauerte einen Moment, bis sie antwortete.

»Stimmt es nicht, dass du gegen Molina Mälzer wegen des Mordes an den Italienern ermittelst? Hast du sie nicht in ihrem Büro ziemlich unhöflich und grob behandelt?«

»Nein … doch …«

Lenz fühlte sich, als wäre er inmitten eines Tsunami gelandet. »… das ist doch Quatsch, dass ich sie unhöflich oder grob behandelt hätte. Ich bin Polizist und muss jeder Spur nachgehen, ohne Ansehen der Person.« Er schnappte nach Luft. »Und überhaupt, woher weißt du eigentlich davon?«

»Erich hat es mir erzählt.«

»Und woher hat er es?«

»Von Robert Braun, dem Anwalt. Dem hast du ja auch ziemlich zugesetzt, wie man hört. Aber den kenne ich nicht so gut, ganz im Gegensatz zu Molina Mälzer. Die ist eine gute Bekannte von mir und ganz gewiss keine Mörderin.«

»Aber Maria, ich hab sie auch nicht des Mordes verdächtigt. Die Mälzer-Bau-Consulting ist der Vermieter der Eisdiele, und die Mälzers sind die Einzigen, die aus dem Tod des Ehepaares einen Vorteil ziehen. Das macht sie jetzt nicht dringend tatverdächtig, zumal Jochen Mälzer gar nicht in Kassel ist, aber ich muss doch wenigstens nachfragen, zumal es definitiv einige Ungereimtheiten an der Geschichte gibt.«

»Ungereimtheiten nennst du das, wenn die beiden sich dafür starkmachen, Kassel attraktiver zu machen? Das kannst du deiner Großmutter erzählen!«

Lenz kannte Maria Zeislinger gut genug, um zu wissen, dass er jetzt nichts tun konnte. Sie war wütend und in diesem Zustand war jede Möglichkeit zur Reflexion bei ihr ausgeschaltet.

»Maria, ich leg jetzt auf, weil ich keine Lust auf dieses Theater mit dir hab. Du kannst mir glauben oder du kannst es lassen, es ist mir egal. Ich mache meinen Job, das ist alles. Und wenn es dir nicht passt, dass ich dabei manchmal Leuten auf die Füße treten muss, auch prominenten oder semiprominenten Mitbürgern der Kasseler Gesellschaft, dann kann ich dir nicht helfen.«

Er hörte ein Klacken im Ohr. Sie hatte das Gespräch beendet.

Was für ein Albtraum, dachte er, ging zum Kühlschrank und nahm eine Dose Bier heraus.

*

In der Nacht schlief er höchstens zwei Stunden. Immer wieder wachte er aus kurzen Schlafphasen auf, wälzte sich im Bett herum und kämpfte mit den Filmen in seinem Kopf. Gegen 6 Uhr stand er gerädert auf, duschte eine Viertelstunde heiß und kalt und machte sich einen starken Kaffee. Danach war der seifige Geschmack aus seinem Mund verschwunden.

28

SAMSTAG, 11. JULI 2009
ODER 30 STUNDEN BIS ZUM ABFLUG

Heinz Winterschied war etwa zur gleichen Zeit aufgewacht wie der Kommissar, hatte dann aber noch fast zwei Stunden im Bett gelegen. Auch er hatte die meiste Zeit der Nacht mit offenen Augen verbracht und über die Dinge nachgedacht, die er in den letzten Tagen erlebt hatte. Speziell über die Papiere, die er von Waldemar Sjomin bekommen hatte und die nun zwischen seiner Matratze und dem Lattenrost versteckt lagen. Zuerst hatte er mit diesen verdammten Zahlen auf den Papieren gar nichts anfangen können und gedacht, es handele sich dabei um eine Steuererklärung oder so etwas. Heinz Winterschied hatte in seinem ganzen Leben noch keine Steuererklärung gesehen, vielleicht deshalb. Einmal hatte er sie durchgesehen, dann noch ein Mal und immer wieder, bis er so etwas wie eine Ahnung davon hatte, worum es bei den Zahlen und Verträgen ging. Geholfen hatten ihm die grünen und roten Markierungen an manchen Stellen. Dort hatte er genauer hingesehen, verglichen, wieder hingesehen und noch einmal verglichen. Nun war er sich sicher, dass es nur noch ein paar Tage dauern würde, bis er diesem Loch, das er bewohnte, für immer Lebewohl sagen und in ein neues Leben aufbrechen würde.

Waldemar würde er suchen und ihm einen Teil des Geldes abgeben. Immerhin hatte der verrückte Russe mit seinem Besuch dafür gesorgt, dass er überhaupt in diese komfortable Situation gelangen konnte. Ein Anruf. Ein Anruf würde genügen, dann war all das um ihn herum, worauf er jetzt mit Verachtung blickte, vergessen.

*

Nun stand er vor dem kleinen, blinden Spiegel in seinem heruntergekommenen Bad und betrachtete sein Gesicht. Ganz schön alt geworden, mein Lieber, dachte er, beugte sich nach vorne und riss sich ein paar der wild wuchernden, immer farbloser schimmernden Augenbrauen aus. Dann drehte er sich um, wischte sich mit ein paar Blatt Toilettenpapier noch einmal den Schweiß von der Stirn, holte die Papiere aus dem Versteck und verließ die Wohnung. Unten im Hausflur knickte er den Umschlag und steckte ihn in einen Briefkasten, von dem er wusste, dass er zu einer leer stehenden Wohnung im vierten Stock gehörte, nie benutzt wurde und nur er einen Schlüssel dafür hatte. Später würde er die Papiere wieder herausholen, doch am Tag waren sie in diesem Versteck am sichersten untergebracht für den Fall, dass jemand seine Wohnung filzen würde.

Es war noch nicht einmal halb neun, und schon zeigte das Thermometer im Schaufenster der Apotheke neben seinem Hauseingang 26 Grad an. Wieder tupfte er sich die Stirn und nahm dann Kurs auf die Straßenbahnhaltestelle etwa 300 Meter stadteinwärts. Wenn er gewusst hätte, wer in dem englischen Nobelcabriolet saß, das an der Ampel hielt, als er die Straße überquerte, hätte er dem elegant gekleideten Mann am Steuer und der braun gebrannten, aschblonden Frau auf dem Beifahrersitz vermutlich mehr Beachtung geschenkt. So jedoch kam er ein paar Augenblicke später an der Straßenbahnhaltestelle an, sprang in die nächste Tram und ließ sich Richtung Innenstadt befördern. Am Königsplatz verließ er die Bahn, lief Richtung Markthalle und betrat fünf Minuten später die Telefon- und Internetboutique von Sergej Kowaljow. Der Russe lehnte wie immer rauchend an der Theke, sah gebannt auf den Monitor, der vor ihm aufgebaut war, und machte vermutlich gerade wieder ein wenig koscheres Internetgeschäft.

»Morgen, Sergej«, begrüßte Winterschied ihn. Der Russe blickte auf, fing breit an zu grinsen und streckte seine rechte Pranke nach vorn.

»Guten Morgen, Heinz, mein alter Freund. Ist der Monat schon wieder um? Gibt es eine neue Zeitung?«

»Nee, Sergej«, winkte Winterschied ab. »Heute muss ich nur mal schnell telefonieren und hab keine Lust, mich in den Krach am Königsplatz zu stellen.«

»Inland oder Ausland?«, fragte Kowaljow und fing im gleichen Moment an, laut zu lachen. »O. K., war ein Scheißwitz, Heinz. Nimm die Zwei, da bist du ganz für dich.«

Der Zeitungsverkäufer ging ein paar Schritte nach vorn, öffnete die schalldichte, aber improvisiert wirkende Tür der Telefonkabine Nummer zwei und wollte hineingehen, drehte sich jedoch noch einmal zu dem Russen um.

»Kannst du eigentlich mithören, wenn jemand bei dir telefoniert, Sergej?«

»Klar, mache ich auch immer, aber nur bei den Russen. Die rufen nämlich ihre Weiber an und reden ganz schmutzige Sachen in meiner Muttersprache, und das klingt einfach geiler, als wenn du einer Frau erzählst, dass sie schöne, große Titten hat.«

Wieder lachte er schallend.

»Das war ein Scherz, Heinz. Kein Schwein würde mehr zu mir kommen, wenn irgendjemand herausbekommen würde, dass ich Gespräche belausche. Also. Du kannst ganz beruhigt deine schmutzigen Telefonate führen, bei Sergej wird der Datenschutz großgeschrieben.«

Winterschied zuckte mit den Schultern, betrat die Kabine und zog die Tür hinter sich fest zu. Dann griff er in die Hosentasche, zog einen Zettel heraus mit einer Telefonnummer darauf, die er von einem der Verträge abgeschrieben hatte, legte ihn neben sich und nahm den Hörer von dem Apparat an der Wand. Während er wählte, bemerkte er, dass ihm der Schweiß den Rücken hinablief. Seine Hände waren feucht, sein Mund dafür knochentrocken und er zitterte leicht.

»Mälzer-Bau-Consulting Kassel, guten Tag. Sie rufen leider außerhalb unserer Geschäftszeiten an.«

Ein verdammter Anrufbeantworter! Winterschied hörte dem Text nur mit halbem Ohr zu, denn die Situation überforderte seine kognitiven Fähigkeiten eindeutig.

Scheiße, dachte er, kann doch nicht auf den Anrufbeantworter quatschen.

Dann knackte es kurz in der Leitung und er hörte ein Schnauben.

»Jochen Mälzer«, dröhnte es in seinem Ohr.

29

Lenz stieg in seine Schuhe, warf sich das Sakko über die Schulter und wollte zur Tür gehen, als sein Mobiltelefon klingelte. Zuerst wollte er das Gespräch nicht annehmen, weil es eine unbekannte Nummer war, drückte dann aber doch die grüne Taste. Es war Beate Witte-Lappert.

»Guten Morgen, Herr Lenz. Ich hoffe, ich störe Sie nicht zu früh?«

»Nein, auf keinen Fall. Ich bin gerade auf dem Weg ins Büro. Was kann ich für Sie tun?«

»Ich wollte Ihnen nur kurz sagen, dass mein Vater Bescheid weiß. Ich habe es ihm heute Morgen gesagt.«

»Und, wie geht es ihm damit?«

»Wie erwartet. Ich habe die Nacht hier im Krankenhaus verbracht. Die Ärztin hat dafür gesorgt, dass ich ein Bett in sein Zimmer gestellt bekommen habe, und so sind wir heute zusammen aufgewacht. Ich bleibe das Wochenende über hier bei ihm.« Sie stockte.

»Er hat nicht einmal geweint, aber ich glaube, das kommt noch.«

»Vermutlich, ja.«

»Haben Sie schon etwas erreicht?«

»Nein, leider nicht.«

»Dann drücke ich Ihnen die Daumen, dass Sie erfolgreich sind.«

»Manchmal brauchen die Dinge, auch wenn sie relativ klar erscheinen, einfach ihre Zeit. Wir werden sehen, wie es weitergeht. Ich melde mich auf jeden Fall bei Ihnen, wenn es etwas Neues gibt.«

»Das ist nett, vielen Dank. Und ein schönes Wochenende für Sie.«

»Auch für Sie, Frau Witte-Lappert.«

*

Er verließ seine Wohnung, nahm den nächsten Bus, betrat eine halbe Stunde später das Polizeipräsidium und machte sich auf direktem Weg zu Uwe Wagners Büro. Der Pressesprecher saß hinter seinem Schreibtisch, las in der Lokalzeitung und futterte ein Croissant.

»Moin«, begrüßte er seinen Freund.

»Hallo, Uwe. Ich brauche einen Kaffee.«

Wagner deutete auf die Maschine.

»Gerade durchgelaufen. Bedien dich.«

Lenz befüllte einen Becher und setzte sich vor den Schreibtisch.

»Du siehst scheiße aus«, bemerkte sein Freund und legte die Zeitung zur Seite.

»Danke, deine aufbauende Art hilft mir immer.«

»Was ist los?«

»Ärger im Präsidium, Ärger mit Maria und ein Fall, der zum Kotzen ist.« Damit begann er, Wagner von seinem gestrigen Tag zu berichten.

»Junge, Junge, wenn ich so viel Mist an der Hüfte hätte, würde ich auch so aussehen wie du«, resümierte Wagner mit ernstem Gesicht, als Lenz fertig war. »Was willst du jetzt machen? Mit ihr nach Amerika fliegen?«

»Wie es aussieht, stehe ich morgen allein am Flughafen. Darauf hab ich zwar keine Lust, aber wegfliegen werde ich trotzdem. Schau ich mir halt New York an.«

»Und wenn Bartholdy dich in den nächsten drei Wochen hier erwischt, kannst du dich sowieso aufhängen.«

»Das ist mir auch klar. Ich mache ja Urlaub, nur vielleicht nicht den geplanten.«

»Das wäre aber echt schade. Ich hatte mir schon vorgestellt, wie du da oben hockst, runterguckst und eine Kotztüte nach der anderen vollmachst.«

»Ich sag ja, wenn man einen braucht, der ...«

Das Klingeln seines Telefons unterbrach Lenz, der das Gespräch annahm und nur kurz ›ich komme runter‹ sagte.

»Thilo hat Neuigkeiten und Sehnsucht nach mir«, erklärte

er Wagner, stand auf und verabschiedete sich von seinem Freund.

*

»Das Ergebnis der DNA-Analyse aus dem Transporter ist da«, wurde er von Hain empfangen. »Heini hatte recht, und das sogar in mehrfacher Hinsicht.«

»Nun mach mal langsam, Thilo. Erstens hab ich Urlaub, zweitens ziemlich wenig geschlafen und drittens üble Laune.«

»Ist mir egal. Ab heute bin ich der Boss. Und wenn du miese Laune hast, kannst du gleich wieder abhauen.«

»Na ja, so mies ist sie eigentlich gar nicht«, versuchte Lenz ihn zu beruhigen. »Was hat denn der gute Heini für uns?«

»Er hat drei verschiedene DNA-Materialien in der Kiste gefunden. Den Popel, zu dem es eigentlich nichts mehr zu sagen gibt. Dann hat er noch Haare gefunden und Blut und alles von der gleichen Person. Er ist sich sicher, dass jemand in der Kiste transportiert worden ist, der verletzt war. Vermutlich am Kopf.«

»Warum legt man so jemanden in …?«, wollte Lenz seinen Kollegen fragen, doch dann stockte er plötzlich.

»In der Kiste lag jemand mit einer Kopfverletzung?«

»Ja, meint zumindest Heini.«

»Damit hat er wohl recht. Und wir wissen auch schon, wer es war.«

Hain bedachte ihn mit einem Blick der Marke ›Balla-Balla‹.

»Vermutlich weißt du wie immer mehr als ich, aber ich hab definitiv keine Ahnung, wer in der Kiste gelegen haben könnte.«

»Lappert hat in der Kiste gelegen, da bin ich mir sicher.«

Er berichtete seinem Kollegen von dem Gespräch mit der Ärztin des Architekten am Vorabend.

»Und die hat mir erzählt, dass Lappert eine schwere Verletzung am Hinterkopf hat, die er sich aber nicht bei dem Überfall und der Tätowierungsaktion geholt hat, sondern früher. Und er wollte ihr ums Verrecken nicht erzählen, wo er sie sich geholt hat.«

Hain kratzte sich am Kinn. »Sinn würde das machen, ohne Frage, aber es gibt ein paar Fakten, die dagegen sprechen.«

»Zum Beispiel?«

»Na ja, überleg doch mal: Wenn ich den Mann hab und ihn in einer Kiste spazieren fahren kann, warum sollte ich ihn laufen lassen, um ihn dann später zu Hause zu überfallen?«

Das war ein gutes Argument.

»Wie auch immer«, widersprach Lenz trotzdem. »Wir müssen zu Lappert und uns irgendwas von ihm besorgen, was für eine DNA-Analyse taugt.«

»Vielleicht hilft es, ihn einfach zu fragen. Außerdem ist die DNA-Auswertung nicht das Einzige, was uns vielleicht weiterhilft. Es gibt nämlich auch Neuigkeiten zu dem Ducato.«

»Und? Lass dir doch nicht alles aus der Nase ziehen, Thilo.«

»Dass das Ding noch nie in der EU zugelassen war, daran erinnerst du dich vielleicht. Jetzt weiß ich aber, wie das alles zusammenhängt.« Er machte eine kurze Kunstpause. »Also, der Ducato wurde von Fiat Spanien an einen Händler in Tolosa geliefert, das ist in der Nähe von San Sebastian im Norden von Spanien. Dort stand er als Ladenhüter bei dem Händler länger auf dem Hof, bevor er als geklaut gemeldet wurde, und zwar schon vor über zwei Jahren. Und deshalb war er nie irgendwo zugelassen.«

»Das heißt, die Kerle mit dem Gewehr könnten Spanier sein?«

»Genau. Ich hab die Phantombilder schon an die spanischen Kollegen gemailt, vielleicht bringt das ja was.«

»Ich weiß jetzt zwar nicht so genau, ob das die entscheidende Wende in dem Fall bedeutet, aber die Information ist auf jeden Fall wertvoll, Thilo. Und jetzt lass uns zu Lappert fahren, ich will so schnell wie möglich mit ihm reden.«

»Aber du denkst dran, dass ich der Boss bin, ja?«

»In jeder Minute und jeder Sekunde, Thilo.«

30

Jochen Mälzer betrachtete für ein paar Augenblicke das schnurlose Telefon in seiner Hand, dann holte er aus und warf das Gerät mit voller Wucht an die gegenüberliegende Wand, wo es in tausend Stücke zerbrach, die wie kleine Geschosse durch den Raum surrten. Molina Mälzer zog den Kopf ein, hielt sich die Hände vors Gesicht und drehte sich in ihrem Stuhl von der Wand weg.

»Ich glaube, die drehen jetzt alle durch!«, brüllte Mälzer. »Die haben sie nicht mehr alle.«

Seine Frau sprang auf, ging auf ihn zu und legte ihm sanft die Hand auf die Schulter.

»Sag mir doch erst mal, was überhaupt los ist, Jochen.«

Mälzer stieß sie zur Seite und schlug mit der flachen Hand auf die Schreibtischplatte.

»Jetzt hat der Nächste angerufen, der uns erpressen will.«

Sein Zeigefinger deutete auf die Straße vor dem Fenster. »Scheinbar weiß jeder zweite Idiot da draußen, was es mit diesen verdammten Papieren auf sich hat.«

Er ging um den Schreibtisch herum und ließ sich in seinen Bürostuhl fallen. »Und du glaubst nicht, wie viel der jetzt verlangt. Das glaubst du nicht!«

»Noch mehr?«

»Mehr?«, schrie der Baulöwe hysterisch. »Mehr? Dieser Idiot verlangt jetzt nicht mehr zwei Millionen, sondern nur noch 100.000 Euro. Ist denn die Welt jetzt total verblödet?«

»Das verstehe ich nicht. Der eine verlangt zwei Millionen und der eben 100.000 Euro? Hat er was zu dem anderen gesagt?«

»Angeblich ist er jetzt unser Verhandlungspartner. Und er hat die Unterlagen, sagt er.«

»Was willst du machen?«

»Am liebsten würde ich ihm so lange in die Eier treten, bis er auskotzt, wo die Papiere sind. Und ihn dann in die Fulda werfen, als Fischfutter.«

»Sollten das nicht lieber unsere neuen Freunde und Helfer machen?«

»Natürlich müssen die das tun. Wofür kriegen sie sonst ihr Geld? Aber zuerst müssen wir wissen, woher er die Informationen überhaupt hat. Und wenn diese verschissene Detektei nicht bald zu Potte kommt, entziehe ich ihr den Auftrag. Es gibt nur fünf Menschen, die infrage kommen, und diese Amateure sind wohl trotzdem nicht in der Lage herauszufinden, wer es ist.«

»Vergiss nicht, dass sie extrem diskret vorgehen müssen, um zu einem Ergebnis zu kommen. Außerdem sagt Robert Braun, dass sie die Besten seien. Und die Skrupellosesten.«

»Die Besten! Die Skrupellosesten! Robert hat leicht reden, der kann sich immer hinter seinen Paragrafen verstecken. Das sind alles Phrasen, die uns einen Haufen Geld kosten, das wir nicht haben, und die bis jetzt überhaupt nicht verifiziert sind.«

»Wie bist du mit dem Anrufer verblieben?«

»Er meldet sich. Einen Übergabetermin wollte er komischerweise noch nicht machen. Aber der klang überhaupt nicht wie der andere. Nicht so professionell, eher wie eine aufgeregte Dumpfbacke.«

»Das kann ja nur von Vorteil für uns sein, oder?«

Er überlegte einen Moment.

»Nein, ganz und gar nicht. Mit einem Profi macht man ein Geschäft, dann hat es sich. Dieser Typ, mit dem ich eben telefoniert habe, ist kein Profi, deshalb ist er unberechenbar. Also ist er eher gefährlicher als der andere. Und wenn …«

Er wurde vom Klingeln des Telefons auf seinem Schreibtisch unterbrochen, nahm den Hörer ab und meldete sich. Während des kurzen Gespräches sagte er nur einmal kurz ›das wurde aber auch Zeit‹. Dann legte er auf.

»Wer war das?«

»Diese Detektei. Angeblich haben sie etwas, worüber sie mit uns reden wollen. Dieser Vogel ist in 20 Minuten hier.«

*

»Ich grüße Sie, Frau Mälzer«, sülzte der klein gewachsene Besucher etwa eine halbe Stunde später und deutete einen Handkuss bei Molina Mälzer an. Ihrem Mann reichte er die Hand und machte eine tiefe Verbeugung.

»Setzen Sie sich«, forderte Mälzer ihn auf.

»Danke. Und danke, dass Sie so kurzfristig an einem Samstag Zeit für mich gefunden haben.«

»Das ist doch selbstverständlich«, erwiderte Molina Mälzer charmant.

»Wobei Sie uns schon ziemlich lange warten ließen«, relativierte Mälzer die Bemerkung seiner Frau.

Der Mann räusperte sich und holte tief Luft.

»Natürlich sind unsere Informationen vorläufig und der komplette Bericht über unsere Arbeit dauert noch ein paar Tage. Die Sache ist jedoch so eindeutig, dass ich es für nötig befunden habe, Sie umgehend in Kenntnis zu setzen und …«

»Schön, das wissen wir jetzt«, unterbrach Mälzer ihn ungeduldig, »aber nun lassen Sie hören, was Ihre Leute herausgefunden haben.«

»Sie hatten uns insgesamt fünf Zielpersonen genannt, bei denen Ihrerseits Zweifel an deren Loyalität bestehen. Nach Auswertung aller Erkenntnisse, einer vierwöchigen Rund-um-die-Uhr-Observation, der Ausspähung ihrer Wohnungen sowie der permanenten Telefonüberwachung dieser Personen sind wir zu dem Schluss gekommen, dass nur Ihre Angestellte, Franziska Faust, die gesuchte Person sein kann.« Er griff zu einer braunen Ledertasche, nahm einen Schnellhefter heraus und klappte ihn auf.

»Zunächst: Die anderen Zielpersonen sind völlig unauffällig. Keine der übrigen Personen hatten irgendeinen Kontakt, der uns irritiert hätte, noch wurden verdächtige Telefonate geführt. Ganz anders bei besagter Franziska Faust. Die Dame hatte sowohl Kontakte, die wir als eindeutig bewerten, als auch Telefonate, die auf sie als undichte Stelle in ihrem Unternehmen hinweisen, und zwar ziemlich massiv.«

»Franziska?«, warf Molina Mälzer ungläubig ein. »Das glaube ich nicht. Sie hat bei uns gelernt, also ihre Ausbildung gemacht. Wir kennen sie seit mehr als …«

»Würdest du dich bitte mit deinen unqualifizierten, emotionalen Einwürfen ein wenig gedulden, Molina?«, pfiff ihr

Mann sie zurück, »und Herrn Vogel das tun lassen, wofür wir ihn bezahlen.«

Sie schwieg.

»Also, dann fahre ich mal fort«, machte Vogel auf Schönwetter. »Frau Faust hat in den letzten Wochen etwa ein Dutzend Telefonate mit einem Anschluss in Kassel geführt. Während dieser Gespräche ging es immer wieder um ›diese große Sache‹ und darum, dass er bitte keinen Fehler machen solle. Pass auf dich auf, sagte sie beispielsweise während eines Telefonats am Mittwoch vor zwei Wochen. Auch in der Zeit, in der sich der Kontakt in ihrem Haus aufgehalten hat, wurde öfter über ›diese große Sache‹ gesprochen, allerdings haben die beiden die Angewohnheit, immer Musik im Hintergrund laufen zu lassen, was das Abhören im Regelfall unmöglich gemacht hat.«

Er blätterte um. »Erstaunlicherweise hat sich der Inhalt der Gespräche seit vergangenem Mittwoch völlig verändert. Hatten die beiden bisher immer voller Optimismus in die Zukunft geblickt, so hat sich das zu hundert Prozent gewandelt. Nun wirken beide ebenso resigniert wie hoffnungslos.«

Die Mälzers warfen sich einen kurzen Blick zu.

»Was uns allerdings ganz sicher macht, ist die Tatsache, dass sie, speziell die Faust, öfter von *›diesen verdammten Papieren‹* gesprochen haben. ›Wie‹, fragte die Frau einmal, ›konnten wir uns nur auf so einen Unsinn einlassen und glauben, dass wir damit durchkommen?‹«

Wieder warf er einen Blick in seine Unterlagen.

»Die detaillierten Abschriften der Gespräche bekommen Sie mit unserem Abschlussbericht. Allerdings gibt es ein paar Fragen, die wir nicht klären konnten. So sagte die Frau vorgestern zu dem Kontakt, dass ihr ›diese armen alten Leute so furchtbar leidtun und die so etwas nicht verdient gehabt hätten‹. Haben Sie eine Erklärung dafür?«

»Warum sollen wir Ihnen und Ihren Leuten Erklärungen liefern? Wir bezahlen Sie dafür, uns Dinge zu erklären. Was wissen wir, wovon diese kleine Schlampe gesprochen hat? Was glauben Sie denn?«

»Wir haben keine Ahnung. Leider.«

»Und wenn Sie uns als Auftraggeber behalten wollen, sollte das auch so bleiben!«, blaffte Mälzer ihn an.

Der Mann klappte seine Mappe zu und stand auf. »Kann ich sonst noch etwas für Sie tun?«

Mälzer winkte ab. »Schicken Sie uns Ihre Schlussrechnung, vernichten Sie alles Material, das mit uns zu tun hat, und vergessen Sie, dass es den Auftrag in dieser Form je gegeben hat. Verstanden?«

»Natürlich«, gab er beleidigt zurück. »Wenn Sie damit zum Ausdruck bringen wollen, dass es uns an Diskretion mangelt, muss ich …«

»Wir vertrauen Ihnen und Ihren Leuten«, unterbrach Mälzer ihn erneut. »Ich wollte Sie nur noch einmal an unseren Vertrag erinnern.«

»Das wäre nicht nötig gewesen. Mein Unternehmen …«

»Schenken Sie sich Ihre salbungsvollen Worte. Mich würde vielmehr interessieren, ob Sie herausgefunden haben, mit wem die Faust telefoniert hat.«

Vogel klappte seine Mappe wieder auf und blätterte darin.

»Das«, antwortete der Detektiv, »war extrem schwierig, weil der Teilnehmer einen Geheimanschluss besitzt. Aber wir haben die Information heute Morgen bekommen. Es handelt sich um einen gewissen Lars Gruber. Er ist ihr Lebensgefährte.«

»Lars Gruber? Nie gehört«, erwiderte Mälzer und warf seiner Frau einen fragenden Blick zu. Die zuckte nur mit den Schultern.

»Soweit wir es in der Kürze der Zeit recherchieren konnten, ist der Mann 28 Jahre alt, stammt aus Bensheim in Südhessen und ist bei der Kriminalpolizei hier in Kassel beschäftigt. Abteilung Wirtschaftsstraftaten.«

Jochen Mälzer schluckte, seine Frau lief kreidebleich an.

»Ein Polizist?«, wiederholte der Baulöwe ungläubig.

»Ja, ein Polizist.«

*

»Was machen wir jetzt?«, fragte Molina Mälzer ihren Mann vorsichtig, nachdem der Detektiv gegangen war.

Mälzer griff in seine Schreibtischschublade, nahm eine große Zigarre heraus, bereitete sie zum Rauchen vor und zündete sie genüsslich an.

»Was sollen wir schon machen? Hast du eine Idee?«

»Na ja, ich könnte mit Franziska reden. Sie vertraut mir und ich bin sicher, dass sie mich nicht anlügen wird.«

Mälzer lachte hämisch auf.

»›Sie vertraut mir und ich bin sicher, dass sie mich nicht anlügen wird‹«, äffte er den Tonfall seiner Frau nach. »Das sagst du blöde Kuh über das Weib, das uns an einen Polizisten verkauft hat?«

»Noch ist nicht bewiesen, dass sie es war. Und bis dahin will ich nicht, dass irgendetwas mit ihr passiert.« Ihr Ton hatte etwas Schneidendes angenommen. »Hast du mich verstanden?«

Wieder lachte er schallend und nahm einen langen, tiefen Zug an der Partagás Lusitanias.

»Wenn du meinst, dass du mich mit diesem Theater beeindrucken kannst, bist du auf dem Holzweg. Ich werde Vogels Erkenntnisse an die Spanier weiterreichen und bin davon überzeugt, dass sie wissen, wie mit der Faust und dem Bullen zu verfahren ist.«

Sie stand auf, trat vor ihn und verengte die Augen zu Schlitzen, bevor sie weitersprach.

»Ich sage das nicht noch einmal, Jochen: Ich will nicht, dass Franziska etwas geschieht. Selbst wenn sie es war, die die Papiere kopiert und aus dem Haus geschafft hat, will ich vor allen anderen mit ihr reden. Ist das klar?«

Mälzers hämischer Gesichtsausdruck gefror zu einer Maske. Er legte behutsam die Zigarre in den Aschenbecher auf dem Schreibtisch und stand auf.

»Willst du mir drohen, Molina? Irgendwie klingt es danach, wenn ich ehrlich bin.«

Sie wich einen halben Meter zurück.

»Ich will dir nicht drohen, ganz bestimmt nicht. Aber irgendwann muss Schluss sein mit dieser ganzen Geschichte. Dann lassen wir lieber die Bau-Consulting pleitegehen, als in dieser Form weiterzumachen. Ich schaffe das nicht mehr. Und seit meinem Treffen mit diesem Gonzales am Edersee habe ich Angst, nur noch Angst.«

Er setzte sich wieder, griff zur Zigarre und zog daran.

»Gut. Lassen wir die Consulting in die Pleite schlittern«, erwiderte er ruhig. »Wie du willst. Aber dann«, fuhr er deutlich lauter fort, »dann ist es aus mit Schuhen für 1.000 Euro. Dann kannst du bei Aldi einkaufen gehen, nicht mehr im Feinkostladen.« Sein Gesicht lief dunkelrot an. »Und wenn du ein neues Kleid brauchst, kaufst du es bei H&M und nicht mehr in irgendeinem Designerladen in Düsseldorf oder München.« Den letzten Satz hatte er dröhnend geschrien.

»Und wenn du meinst, dass nach einer Pleite für uns noch irgendjemand auch nur einen Finger ausstreckt, dann bist du ziemlich schief gewickelt, meine Liebe.«

Sie war bei jedem seiner Worte ein paar Zentimeter mehr zurückgewichen.

»Willst du das?«, brüllte er.

Über Molina Mälzers Gesicht liefen dicke Tränen.

»Nein«, stammelte sie. »Das will ich nicht. Aber es muss doch zwischen dem einen und dem anderen noch eine weitere Lösung geben?«

»Molina, es gibt keine«, antwortete er, wieder mit normaler Lautstärke, fast beschwörend. »Wir stecken bis zum Hals in der Scheiße. Unsere Immobilienwerte sind dermaßen abgeschmiert, dass wir froh sein können, dass die Banken uns noch nicht den Stecker gezogen haben. Wir haben in bar, abgesehen unserer eisernen Reserve, nicht einmal mehr 500.000 Euro. Was willst du also?«

Er trat auf sie zu und nahm die zitternde Frau in den Arm.

»Die Sache mit den Spaniern ist unsere letzte Rettung, wie oft muss ich dir das noch erklären? Dass wir uns damit an den Teufel verkauft haben, wussten wir von Anfang an, aber es gibt keine Alternative. Es gab keine und es gibt keine, wenn wir eine Chance haben wollen.«

»Aber Franziska? Wir kennen sie seit so vielen Jahren.«

»Wohl nicht lange und gut genug. Sie hat uns an einen Erpresser verkauft, wie auch immer es dazu gekommen ist. Und wenn du in Ruhe überlegst, stimmst du mir zu, dass wir uns das nicht gefallen lassen können.«

»Ich will trotzdem nicht, dass ihr etwas passiert. Ich will es einfach nicht.«

»Das liegt jetzt nicht mehr in unseren Händen, Molina. Wenn wir den Spaniern davon nichts erzählen, sind wir am Ende die Dummen, die deswegen den Kopf hinhalten müssen. Willst du das wegen dieser dummen, kleinen Fotze riskieren?«

»Nein … Aber vielleicht ist das alles nur ein Missverständnis?«

»Das werden die Spanier schon herausfinden. Immerhin haben sie bis jetzt alles aus dem Weg geräumt, was uns gefährlich hätte werden können, vergiss das nicht.«

»Du hast recht«, antwortete sie kraftlos, »das vergesse ich ganz bestimmt nicht.«

»Gut. Dann kann ich jetzt in Ruhe ein paar Löcher Golf spielen gehen.«

31

Lenz und Hain betraten das Gebäude der Hautklinik, fuhren mit dem Lift in den dritten Stock und fragten sich nach Dr. Schwaiger durch. Kurze Zeit später fanden sie die Ärztin in einem Raucherzimmer.

»Morgen, Herr Lenz.«

»Morgen, Frau Dr. Schwaiger.«

Der Hauptkommissar stellte seinen Kollegen vor und kam sofort zur Sache.

»Wir müssen unbedingt mit Herrn Lappert sprechen. Es ist überaus wichtig.«

Sie zog an ihrer Zigarette, drückte sie aus und nickte.

»Seine Tochter ist bei ihm. Wir haben ihr ein Bett in sein Zimmer gestellt in der Hoffnung, dass es ihm hilft. Gehen

Sie rüber, aber machen Sie nicht so lang, der Mann ist wirklich fertig.«

»Versprochen«, erwiderte Lenz.

*

Hain klopfte leise. Von innen kam das gedämpfte ›Herein‹ einer Frau. Die beiden Polizisten traten ein. Beate Witte-Lappert saß am Fenster und hielt ein aufgeklapptes Buch in der Hand. Ihr Vater lag mit dick verbundenem Kopf und Gesicht im Bett und schlief offenbar. Außer seinen geschlossenen Augen und der Öffnung für den Mund konnte man nichts von ihm erkennen.

»Hallo, Herr Lenz«, begrüßte sie ihn freundlich. »Ich dachte nicht, Sie so schnell wiederzusehen.«

»Ich auch nicht, aber wir müssten Ihrem Vater ein paar Fragen stellen, wenn es irgend möglich ist.« Er deutete auf seinen Begleiter. »Das ist übrigens mein Kollege, Thilo Hain.«

Die Frau warf dem Oberkommissar ein Lächeln zu und wandte sich dann wieder an Lenz.

»Er ist vor ein paar Minuten eingeschlafen, aber ich bin sicher, dass er bald wieder aufwacht. Im Moment …«

»Er schläft nicht«, unterbrach Lapperts knarzige Stimme sie.

»Du bist wach?«

Der Architekt drehte sich vorsichtig auf den Rücken und sah seine Besucher an.

»Sie sind von der Polizei?«, fragte er nuschelnd.

»Ja, wir sind von der Mordkommission.«

Beim letzten Wort von Lenz' Antwort riss der Mann die Augen auf.

»Soll das heißen, meine Frau wurde …?«

»Nein, nein«, beeilte Lenz sich zu antworten.

»Zunächst möchten wir Ihnen unser tief empfundenes Beileid aussprechen, Herr Lappert. Und wir können Ihnen versichern, dass kein Dritter am Tod Ihrer Frau beteiligt war, auch wenn das für Sie ganz sicher keinen Trost darstellt.«

»Nein«, erwiderte er und schloss wieder die Augen. »Das ist wirklich kein Trost für mich.«

»Trotzdem gibt es ein paar Dinge, über die wir gerne mit Ihnen sprechen würden. Fühlen Sie sich dazu in der Lage?«

Lappert warf seiner Tochter einen ratlosen Blick zu, die aufmunternd mit dem Kopf nickte.

»Warum erzählst du den Kommissaren nicht das, was du mir vorhin erzählt hast? Das würde ihnen bestimmt weiterhelfen. Und dir auch.«

»Wie du meinst. Irgendwann muss es ja sowieso raus. Kommen Sie näher, meine Herren, damit ich mich nicht so sehr anstrengen muss. Das Sprechen fällt mir wegen des Verbandes ziemlich schwer.«

Die Polizisten griffen sich jeder einen Stuhl, trugen ihn ans Bett und setzten sich Lappert gegenüber. Hain zog seinen Notizblock aus der Innentasche seiner Jacke.

»Angefangen hat das alles schon vor ein paar Jahren«, begann der Architekt, um den Kommissaren in der nächsten halben Stunde die Geschichte seiner Geschäftsbeziehung zu den Mälzers detailliert darzulegen. Lenz stellte manchmal Zwischenfragen, doch in der Hauptsache sprach Lappert. Dann kam er auf den Überfall zu sprechen. Er erzählte den Polizisten von dem fingierten Treffen, der Fahrt in dem Lieferwagen, eingesperrt in die Kiste, und dem Fake mit der Bombe. Als er zu den Ereignissen der vorletzten Nacht in seinem Haus kam, stockte seine Stimme ein ums andere Mal. Trotzdem hielt er durch bis zu dem Moment, an dem seine

Tochter ihm die Nachricht vom Tod seiner Frau überbracht hatte.

»Und nun liege ich hier im Krankenhaus, bin Witwer und dieser gemeine Mensch lacht sich ins Fäustchen, weil er mal wieder gewonnen hat. Wie immer.«

»Wenn Sie uns helfen, Herr Lappert, wird er diesmal nicht davonkommen. Die Chancen dafür stehen gut.«

»Was wollen Sie denn machen, Herr Kommissar? Es gibt keine Beweise, dass er der Auftraggeber gewesen ist.«

»Bis jetzt nicht, da gebe ich Ihnen recht. Aber wir werden weiterarbeiten und irgendwann macht auch der Klügste und Gerissenste einen Fehler.«

»Der nicht. Glauben Sie mir, ich kenne den Mann. Der hat genug Geld, um sich für jedes Problem die richtige Lösung kaufen zu können.«

»Sind Sie da so sicher? Es gibt Gerüchte, dass die Mälzer-Bau-Consulting vor der Pleite stehen soll.«

Der Architekt deutete eine Geste der Verwunderung an.

»Wer sagt das?«

»Es gibt, wie gesagt, Gerüchte. Wir gehen dem nach, aber das ist, wie Sie sich denken können, nicht einfach.«

»Mälzer ist nicht pleite, glauben Sie mir das. Der Mann hat Geld, viel Geld. Wie, glauben Sie, sollte er sonst das Outlet-Center hochziehen. Dafür braucht er mindestens 60 Millionen Euro, eher 80 bis 100.«

»Ich weiß es nicht, Herr Lappert. Und ich kann Ihnen nicht mehr bieten als Gerüchte. Immerhin steht er auch bei Ihnen in der Kreide.«

»Aber nicht, weil er kein Geld mehr hätte, sondern weil ihm solche Dinge einfach Spaß machen. Er hat mich ausgenutzt, und als er mich nicht mehr brauchte, hat er mich gnadenlos fallen gelassen.«

»Haben die Männer, die Sie entführt haben«, mischte Hain sich ein, »irgendwann Mälzers Namen erwähnt?«

»Nein«, erwiderte Lappert. »Gesprochen hat mit mir sowieso nur einer, sowohl im Wald als auch zu Hause.«

»Meinen Sie, die anderen konnten kein Deutsch?«

»Das kann ich Ihnen nicht sagen.«

»Und wie haben die Männer sich untereinander verständigt?«

»Sie haben eine Sprache gesprochen, die ich noch nie gehört habe. Es klang merkwürdig.«

»Aber Spanisch war es nicht?«

»Nein, kein Spanisch. Wir sind …« Er stockte. »Meine Frau und ich haben eine kleine Immobilie auf Teneriffa und waren öfter dort. Wir sprechen zwar nicht perfekt Spanisch, aber verstehen kann ich es schon. Und das, was die gesprochen heben, war eine andere Sprache.«

»Vielleicht irgendein spanischer Akzent oder Dialekt?«, gab Hain zu bedenken.

»Nein, glauben Sie mir. Das war eine andere Sprache. Aber ich habe sie noch nie gehört.«

»Gut. Und gesehen haben Sie auch niemanden?«

»Genauer nur den einen, der dann mit mir im Auto gefahren ist. Danach hatten sie mir immer die Augen verbunden. Und bei uns im Schlafzimmer trugen sie diese Masken.«

»Wir verständigen einen Kollegen, der mit Ihnen zusammen ein Phantombild erstellt. Können wir das hier im Zimmer machen?«

Er nickte.

»Und wir würden gerne die Spurensicherung in den Wald schicken. Können Sie sich an die Stelle erinnern, an der es passiert ist?«

Lappert gab ihnen eine erstaunlich genaue Beschreibung.

»Ich gehe gerne mit meiner Frau spazieren. Manchmal haben wir auf dem Parkplatz gehalten, an dem sie mein Auto abgestellt hatten, und sind von dort aus losgelaufen.«

Der Architekt sah seine Tochter lange an.

»Meine Familie muss beschützt werden. Diesen Leuten ist alles zuzutrauen und sie haben mir mehr als einmal damit gedroht, sich an meiner Familie zu vergreifen.«

»Darum kümmere ich mich, sobald wir hier fertig sind. Sowohl die Familie Ihrer Tochter hier in Kassel als auch die Ihres Sohnes in Berlin erhält Polizeischutz«, beruhigte Lenz den Mann.

»Ich fasse also zusammen, Herr Lappert«, erklärte Hain mit einem Blick auf seinen Notizblock: »An dem Überfall auf Sie und Ihre Frau waren vier Männer beteiligt, die sich untereinander in einer Sprache verständigt haben, die Sie nicht kennen. Einer davon ist definitiv der Anführer und gibt die Befehle. Sie trugen schwarze Klamotten und Sturmhauben.« Er blätterte zurück. »Die Dinge wie Rucksack und Wecker haben Sie im Wald liegen gelassen. Und der Kontakt mit diesen Leuten wegen des Treffpunktes kam über Telefon zustande. Ist das alles richtig so?«

Der Architekt nickte. Hain klappte den Notizblock zu und steckte ihn zurück.

»Und wir hoffen natürlich, dass mit Ihnen alles wieder auf die Reihe kommt.«

Lappert winkte ab. »Wenn Sie mich ansehen müssten, würden Sie davonrennen, so schlimm …«

Er wurde von einem Klopfen an der Tür unterbrochen. Wieder rief seine Tochter: »Herein.« In der Tür tauchten Dr. Schwaiger und ein weiterer Arzt auf.

»Das ist mein Kollege Rainer Wolf aus Berlin, Herr Lappert«, stellte sie den Mann vor. »Doktor Wolf ist ein Studienkollege von mir und einer der führenden Spezialisten in Deutschland für die Entfernung von Tätowierungen. Er würde sich gerne einmal Ihr Gesicht ansehen.«

»Wir wollten sowieso gerade los«, teilte Lenz den beiden Medizinern mit und ging Richtung Tür.

»Aufs Händeschütteln verzichten wir heute, Herr Lappert. Das holen wir nach, wenn Sie wieder gesund sind.«

»Gerne«, erwiderte der Architekt. »Aber das wird noch eine Zeit lang dauern. Auf Wiedersehen, meine Herren.«

Lenz und sein Kollege nickten den Ärzten und Lapperts Tochter zu und verließen das Krankenzimmer.

»Na bitte, manchmal geht es auch ohne DNA-Test«, meinte Hain, während sie auf den Fahrstuhl zugingen.

*

Im Polizeipräsidium riefen sie als Erstes den Kollegen der Bereitschaft an, der für die Erstellung der Phantombilder zuständig war. Er wollte sich sofort auf den Weg zum Krankenhaus machen.

»Ich mache mal eine kurze Pause, Thilo. In zehn Minuten bin ich wieder da. Du kümmerst dich in der Zeit um die Sachen, die noch angeleiert werden müssen.« Damit schloss der Hauptkommissar die Tür seines Büros hinter sich, drehte den Schlüssel um und ließ sich in seinen Stuhl fallen.

»Stopp!«, hörte er Hain ein paar Sekunden später aus dessen Büro nebenan hysterisch schreien. »Stopp, Paul!«

Lenz schlurfte müde zurück zur Tür, entriegelte das Schloss und ging nach nebenan.

»Was machst du denn für ein Geschrei, Junge?«

Hain deutete auf den Monitor und bewegte mit der Rechten die Maus auf dem Tisch hin und her.

»Die Spanier haben geantwortet.«

Er machte eine Geste, dass Lenz sich setzen sollte, und las.

»Wow!«

»Was, wow?«

»Das kommt von den Kollegen aus Bilbao. Die Jungs, die wir suchen, sind bei denen gut bekannt. Warte mal kurz.«

Wieder las er ein paar Zeilen.

»Bei dem einen der beiden soll es sich um Koldo Gorospe handeln, der Name des anderen ist Sergio Vélez. Und ...«

Seine Augen flogen über den Bildschirm.

»Und der Hammer ist, dass es Spanier sind, aber gleichzeitig doch keine Spanier.«

»Hä?«, war die kurze Reaktion seines Chefs.

»Das sind Basken!«, triumphierte der junge Oberkommissar. »Und die Sprache, die sie untereinander gesprochen haben und die Lappert nicht kannte, ist demzufolge garantiert Baskisch gewesen.«

»Macht Sinn«, stellte Lenz fest.

»Klar macht das Sinn. Zumal hier steht, dass es sich bei den beiden um Intensivtäter aus dem Umfeld der baskischen Mafia handelt, die als gewaltbereit und äußerst gefährlich eingestuft werden. Vélez, ein Capo, also ein kleiner Boss, hat sechs Jahre Knast auf dem Buckel, der andere mehr als acht.«

Er scrollte weiter nach unten.

»Körperverletzung, Körperverletzung mit Todesfolge, Schutzgelderpressung, Bedrohung, Bandendelikte und so weiter. Das sind anscheinend richtig schwere Jungs.«

»Und was machen diese ›richtig schweren Jungs‹ hier bei uns in Kassel? Hast du dafür auch eine Erklärung?«

»Na, was schon? Mälzer hat sie als Putzkolonne angeheuert, ist doch klar.«

Lenz kratzte sich nachdenklich am Kopf.

»Und du hast schon einmal von einer baskischen Mafia gehört, oder?«

»Nein«, erwiderte Hain nach einer kurzen Denkpause. »Aber eine Mafia gibt es überall, wo Menschen zusammenleben, da machen wir uns besser nichts vor. Wie diese kriminellen Vereinigungen heißen, ist mir egal, aber es gibt sie.«

»Da magst du recht haben. Erweiterst du die Fahndung nach den beiden?«

»Mach ich. Du nimmst eine Mütze voll Schlaf, und wenn du zurück bist, besprechen wir, wie es weitergeht.«

32

Franziska Faust saß im Bademantel in der Küche ihrer kleinen Wohnung, las in der Wochenendausgabe der Süddeutschen Zeitung, trank Tee und biss dann und wann in ein Marmeladenbrot. Im Hintergrund dudelte Musik aus der Stereoanlage und im Schlafzimmer machte sich ihr Freund, Lars Gruber, fertig für seine samstägliche Joggingrunde.

»Hast du mein Stirnband gesehen, Schatz?«, dröhnte es von nebenan. Die junge Frau schluckte den Brotrest herunter, den sie im Mund hatte, und verneinte. »Und wenn wir endlich eine gemeinsame Wohnung hätten, bräuchtest du nicht immer hier bei mir etwas zu suchen und es dann bei dir zu Hause zu finden.«

»Ich habs schon«, erklärte er ihr fröhlich, nachdem er in die Küche getreten war, und ließ das elastische Frotteeband um den linken Zeigefinger kreisen.

»Heute wird es wohl die große Runde, ich fühle mich nach Schwitzen. In spätestens eineinhalb Stunden bin ich zurück«, sagte er, biss herzhaft in das Brot und hauchte einen Kuss in ihre Richtung. »Bis später.«

»Nimmst du dein Telefon mit?«

»Nee, der Akku ist leer. Aber wenn du es nicht mehr ohne mich aushältst, kannst du ja zur Ablenkung schon mal duschen und dich für mich herrichten«, antwortete er mit südhessischem Akzent.

»Macho-Arsch«, gab sie zurück, ohne den Blick von der Zeitung zu heben. Das Nächste, was sie hörte, war das Schlagen der Haustür. Sie biss erneut in ihr Brot.

*

Zum ersten Mal seit mehr als vielen Wochen hatte sie gut geschlafen. Durchgeschlafen. Diese Wochen waren ein Wechselbad der Gefühle gewesen und mehr als einmal hatte Lars Gruber sie davon überzeugen müssen, dass ihnen nichts passieren würde, nichts passieren könnte. Wenn sie gefragt würde, wer zuerst auf diese verrückte Idee gekommen war, könnte sie nur mit den Schultern zucken; sie wusste es nicht mehr. Irgendwann lagen sie im Bett und träumten davon, wie es wäre, viel Geld zu haben und an jedem Morgen ohne Sorgen aufzuwachen. Nicht, dass es ihnen schlecht gegangen wäre, das sicher nicht. Aber zwischen nicht schlecht und sorgenfrei lag doch eine beträchtliche Grauzone. Er hätte sich zuerst ein Motorrad gekauft. Ein italienisches, exklusives Modell. Sie träumte von einem Mini-Cabrio in Feuerrot. Zugegeben, solche Wünsche waren nicht unerfüllbar, doch es würde eine Menge Entbehrungen bedeuten, sie zu verwirklichen.

»Ich wüsste von jetzt auf gleich, wie wir zu einem Batzen Geld kommen könnten«, hatte sie mehr im Scherz zu ihm gesagt. »Aber leider nicht ganz legal, also für einen Bullen wie dich völlig inakzeptabel.«

»Nur, weil ich Bulle bin, heißt das noch lange nicht, dass ich nicht auch nach dem perfekten Verbrechen trachte«, hatte er geantwortet. »Also erzähl.«

Zuerst hatte sie sich geziert, weil sie sich ein klein wenig wegen ihrer Gedanken und Fantasien schämte, dann jedoch offenbarte sie ihm mehr und mehr davon.

Und so erfuhr Lars Gruber an jenem Frühsommerabend davon, dass es um die Mälzer-Bau-Consulting gar nicht gut stand. Und er erfuhr, dass Jochen Mälzer und seine Frau seit Jahren Investoren sowie die Bundesrepublik Deutschland und die Europäische Union als Subventionsgeber mit gefälschten Bauplänen, aufgeblähten Rechnungen und überhöhten Provisionen für Strohmänner betrogen hatten.

Das alles hatte seine Freundin im letzten Jahr herausgefunden, nachdem sie über eine Subventionsabrechnung aus Brüssel stutzig geworden war.

Zunächst war die Geschichte damit erst einmal erledigt. Gruber dachte nicht darüber nach, ob hier der Plan für das perfekte Verbrechen auf ihn wartete, sondern eher darüber, wie er dieses Wissen über die Mälzers möglichst karrierefördernd würde einsetzen können. Ein paar Tage später, nach einem handfesten Krach mit einem seiner Vorgesetzten wegen einer Lappalie, die er vergessen hatte, ihm mitzuteilen, reifte in seinem Kopf doch so etwas wie eine Machbarkeitsstudie. Und plötzlich war auch Franziska Faust nicht mehr abgeneigt, über die Planung eines Kapitalverbrechens nachzudenken. Sie kopierte Aktenauszug um Aktenauszug, sodass die beiden etwa vier Wochen später ein lückenloses Register über die Verfehlungen der Mälzers in den Händen hielten. Gruber, der sich in Wirtschaftssachen auskannte, war über die Chuzpe erstaunt, mit denen der Baulöwe vorgegangen war. Eigentlich, sagte er einmal zu seiner Freundin, hat er gar nicht viel anders gemacht als Jürgen Schneider, der Pleitier aus Frankfurt, 15 Jahre zuvor. Und das gleiche System funktionierte noch immer, weil Mälzer sich die Schwachpunkte der Schneider'schen Betrügereien genau angeschaut und sie ausgebügelt hatte. Es funktionierte, weil immer noch eine Bank der anderen nicht das Schwarze unterm Fingernagel gönnte und Großkunden wie Mälzer nur allzu gerne mit üppigen Krediten ausgestattet und hofiert wurden. Jede Bank, jeder Immobilienfinanzierer wollte mit diesem Mann Geschäfte machen.

Bis zum Ende des Jahres 2008 und dem Beginn der internationalen Finanzkrise.

Nicht, dass dadurch Mälzers Betrügereien aufgefallen wären, nein, aber es kam mindestens genauso schlimm, als ob genau das passiert wäre: Durch Neubewertungen seiner Immobilienwerte verloren jene Sicherheiten, gegen deren Verpfändung er Kredite erhalten hatte, mehr und mehr an Wert. Im Frühjahr 2009 bekamen die ersten Banken kalte Füße und fragten vorsichtig nach, wie es denn mit weiteren Sicherheiten bestellt sei. Natürlich konnten die Mälzers keine anbieten, denn alles, was sie besaßen, war bereits belastet und verlor Tag für Tag an Wert. Aber Jochen Mälzer konnte die Banker mit seiner jovialen und charismatischen Art davon überzeugen, dass es nur eine Frage der Zeit sein würde, bis die Dinge sich wieder von den Füßen auf den Kopf gestellt hätten. Und er spielte den immer gleichen Trumpf aus: Wenn er in die Insolvenz geschickt würde, wäre der Gesamtschaden unüberschaubar und die Banken hätten ebenjene Immobilien am Hals, die zunehmend wertloser wurden. So schloss er Stillhalteabkommen mit den Geldhäusern und akzeptierte im Gegenzug eine moderate Erhöhung der Zinsen, was ihn jedoch nicht weiter belastete, da er ohnehin seit Monaten weder Zins- noch Tilgungsleistungen erbrachte.

*

Wieder und wieder hatten Lars Gruber und Franziska Faust alle Möglichkeiten durchgespielt, hatten immer wieder das größtmögliche Risiko gegen den zu erwartenden Gewinn abgewogen. Und irgendwann in dieser Zeit waren sie unbemerkt in jene Falle getappt, die auch ihrem potenziellen Erpressungsopfer zum Verhängnis geworden war: der Gier. Aus dem erträumten Motorrad wurde ein italienischer Sportwagen, das Mini-Cabriolet entwickelte sich in Franziska Fausts Fantasie zu einer schicken Nobelkarosse. Und ein Haus würden sie sich kaufen. Natürlich nicht in Deutschland und auch nicht sofort. Ein, zwei Jahre ganz normal und unverdächtig würden sie weiter ihren Jobs nachgehen, dann von einer kleinen Erbschaft erzählen und ein paar Monate später kündigen, so war ihr Plan.

Aber sie waren nicht die skrupellosen Erpresser, für die sie sich gerne hielten, und mit dem Telefonhörer in der Hand und dem Erpressungsopfer am anderen Ende der Leitung sah die Welt plötzlich ganz anders aus.

*

Das wurde Lars Gruber am 26. Juni 2009 schlagartig klar, nachdem er zum ersten Mal mit Mälzer telefoniert hatte. Der Baulöwe, in Dutzenden von Verhandlungsrunden gestählt, reagierte völlig anders, als die beiden es sich in ihren Rollenspielen im Vorfeld ausgemalt hatten. Cool, fast arrogant verlangte er Beweise für die von Gruber aufgestellte Behauptung, im Besitz belastenden Materials zu sein. Der Polizist, der einen professionellen Stimmenverzerrer benutzte, kam gehörig ins Schwitzen, bevor er Mälzer zusagen konnte, ihm Kopien an seine Privatadresse zu schicken und ihn in drei Tagen wieder anzurufen.

*

Diese Reaktion Mälzers versetzte Franziska Faust in totale Panik. Am liebsten hätte sie sich sofort krankgemeldet oder noch lieber gleich gekündigt, und es gelang ihrem Freund nur unter allergrößten Mühen, sie davon zu überzeugen, es nicht zu tun. So versuchte sie, ihren Job als Empfangsdame und Sekretärin bei der Mälzer-Bau-Consulting zu erledigen, ohne bei jedem Klingeln des Telefons zusammenzuzucken und im Gespräch mit Jochen oder Molina Mälzer möglichst unbefangen und neutral zu wirken. Das gelang ihr zwar, war jedoch unendlich anstrengend und bescherte der jungen Frau einen dauerhaft und dramatisch erhöhten Stresspegel.

Dann, drei Tage später, der nächste Anruf. Und die bittere Erkenntnis, dass sie von Mälzer niemals Geld bekommen würden. Der Baulöwe hatte Gruber mit einfachen, aber wirkungsvollen Worten klargemacht, dass er mit einem guten Anwalt, den er nur anzurufen brauchte, rein gar nichts befürchten müsse. Und dass er unter keinen Umständen die geforderten zwei Millionen Euro bezahlen sowie am nächsten Morgen die Staatsanwaltschaft über den Erpressungsversuch informieren würde. Das hatte Franziska Faust den Rest gegeben. Sie untersagte Gruber jede weitere Aktion und forderte ihn auf, ihr die belastenden Unterlagen zur Vernichtung zu übergeben. Nach einigen hitzigen Diskussionen sah der Polizist ein, dass es vorbei war und der Traum vom großen Geld ausgeträumt. Mälzer hatte ihren Erpressungsversuch kaltblütig abgeschmettert.

Das war nun zwei Wochen her.

Während dieser Zeit war Franziska Faust langsam ruhiger geworden, obwohl sie noch immer unter starken Schlafstörungen litt. Sie konnte ins Bett gehen, wann sie wollte, immer wachte sie gegen 3 Uhr am Morgen auf und lag bis zum Klingeln des Weckers grübelnd wach. Manchmal, wenn Lars Gruber bei ihr übernachtete, genoss sie seine Nähe und dachte darüber nach, mit ihm den Rest ihres Lebens zu verbringen.

*

Diese verrückte Sache, wie sie es nannte, und die damit verbunden Ängste hatte sie schon fast aus ihrem Kopf vertrieben. Dann kam der Tag, an dem sie Salvatore Iannone kennenlernte.

Sie war mit ihrer Mutter in der Stadt unterwegs gewesen, danach in einer Boutique auf der Wilhelmshöher Allee. Es war, wie die letzten Wochen immer, extrem heiß gewesen, und so landeten sie auf ein Eis im Café der Iannones. Natürlich wusste Franziska Faust um die Hintergründe des Outlet-Centers und der Schwierigkeiten, die Mälzer den Italienern machte, doch sie war nie zuvor in der Eisdiele gewesen, weil sie in einem ganz anderen Teil der Stadt wohnte. Aber sie war vom ersten Moment von der freundlichen und zuvorkommenden Art Iannones angetan, der an den Tischen vor dem Haus bediente. Und noch während sie dort saß und sich mit ihrer Mutter unterhielt, reifte in ihr der Gedanke, für diese netten Leute etwas tun zu wollen. So steckte sie die Unterlagen, die sie noch immer nicht vernichtet hatte, in einen Umschlag, legte einen kleinen Brief dazu, der den Inhalt erklärte, und adressierte das Ganze. Damit war die Sache für sie erledigt. Eigentlich.

*

Denn manchmal gibt es Zufälle, die glaubt man nicht.

Am gleichen Tag, direkt, nachdem sie den Brief abgeschickt hatte, fragte Lars Gruber während des Abendessens auf ihrem winzigen Balkon nach dem Sachstand in der Sache Aktenvernichtung. Zuerst druckste sie herum und wand sich, bis sie damit herausrückte, wo die Unterlagen waren. Oder besser, wohin sie unterwegs waren.

Gruber lief rot an, während sie ihm scheibchenweise die Wahrheit erzählte.

›Bist du von allen guten Geistern verlassen?‹, hatte er in einer Tonlage gefragt, die sie bei ihm noch nie erlebt hatte. ›Wenn die das Zeug zur Polizei bringen, weil sie damit nichts anfangen können, werden meine Kollegen Blatt für Blatt auf Spuren untersuchen. Dann finden sie meine Fingerabdrücke und ich bin geliefert!‹

Nein, hatte sie ihn beruhigt und ihm stolz davon berichtet, dass sie jedes einzelne Blatt schon vor Tagen, als sie das Material noch vernichten wollte, mit einem feinen Tuch gesäubert hatte. ›Da waren keine Fingerabdrücke mehr drauf, glaub mir.‹

Gruber hatte sich weder beruhigen können noch wollen. Eine Stunde später saß er im Auto und fuhr zu seiner Wohnung. Am nächsten Morgen war er um halb sechs aufgestanden, hatte sich für den Vormittag freigenommen und gegenüber der Eisdiele Stellung bezogen. Der Postbote kam um elf, doch der Polizist hatte keine Chance, den Brief in die Hände zu bekommen. Iannone lud den Mann auf einen Kaffee ein, nahm die Post persönlich entgegen und legte sie hinter den Tresen. Vier Tage später waren er und seine Frau tot.

*

Franziska Faust schlug die Klatschseite auf und wollte sich einen weiteren Tee eingießen, als es klingelte. Sie stellte die Teekanne auf den Tisch, zog den Bademantel übereinander, verknotete den Gürtel und trabte langsam zur Tür. Mit der rechten Hand griff sie zum Hörer der Gegensprechanlage.

»Hast du was vergessen?«, rief sie fröhlich.

»Mach auf, Franziska. Sofort.«

Der jungen Frau stockte der Atem. Schlagartig wurden ihre Hände feucht und der Mund knochentrocken.

»Was … was wollen Sie, Frau Mälzer?«

»Franziska!«, kam es gehetzt aus der Hörmuschel, »mach die verdammte Tür auf und lass mich rein. Es ist mir egal, ob du schon angezogen bist oder nicht. Mach auf!«

Die junge Frau drückte wie in Trance den kleinen weißen Knopf, hörte leise das Summen aus dem Hausflur und das metallische Klacken, als die Tür geöffnet wurde, und hängte den Hörer zurück. Dann stellte sie sich auf die Zehenspitzen und starrte durch den Spion in den Hausflur.

*

Molina Mälzer trug Sportkleidung und Laufschuhe. Ihre Haare waren hochgesteckt und sie atmete schwer, weil sie die Treppe in den dritten Stock hochgesprintet war, immer zwei Stufen auf einmal nehmend. Franziska Faust öffnete die Tür, trat zur Seite und streckte die Hand nach vorne, doch ihre Chefin lief an ihr vorbei, ohne auch nur einen Moment zu zögern. »Komm mit und zieh dir was an. Wir müssen so schnell wie möglich hier verschwinden«, hechelte sie.

Die junge Frau sah ihr kopfschüttelnd hinterher, schloss die Tür und folgte ihr in die Küche. Dort öffnete Molina Mälzer gerade den Wasserhahn.

»Was ist denn los, Frau Mälzer«, fragte sie irritiert.

Molina Mälzer öffnete nacheinander drei Schranktüren, griff in den dritten Schrank, nahm ein Glas heraus, füllte es mit Wasser und ließ es gierig die Kehle hinunterrinnen. Das Wasser ließ sie laufen. Dann trat sie näher an ihre Sekretärin heran.

»Wir haben keine Zeit, Franziska«, flüsterte sie. »Ich weiß, dass du es warst, die uns diese Erpresserbriefe geschrieben hat.«

Franziska Faust lief knallrot an.

»Besser, du sagst jetzt nichts!«, zischte Molina Mälzer, »ziehst dir schnell etwas an, packst ein paar Klamotten zusammen und kommst mit mir. Ich weiß nicht, ob wir es schaffen, aber eine zweite Chance kriegen wir ganz sicher nicht mehr.«

»Frau Mälzer, es tut mir …«, wollte die Sekretärin mit einer Entschuldigung beginnen, doch ihre Chefin hielt ihr die Hand vor den Mund.

»Hör auf! Wenn du nicht in einer Minute angezogen im Flur neben mir stehst, wird es dir mächtig leidtun. Ich will zum Teufel nicht, dass dir was passiert, also vertrau mir und zieh dich an. Die Männer, die die Italiener in der Eisdiele erschossen haben, sind vermutlich schon auf dem Weg hierher.« Damit schob sie die junge Frau aus der Küche.

Noch auf dem Flur ließ Franziska Faust den Bademantel fallen, ohne ihm weitere Beachtung zu schenken, riss im Schlafzimmer einen Schrank auf und schlüpfte in eine Unterhose. Darüber zog sie ein kurzes Sommerkleid. Dann warf sie ein paar weitere Klamotten in eine weiße Papiertüte, die noch vom letzten Einkauf herumlag. Zum Schluss stieg sie in helle Sportschuhe und rannte zurück in die Küche.

»Wollen Sie damit sagen, dass …?«

Wieder unterbrach Molina Mälzer die junge Frau mit der Hand vor dem Mund. »Komm!«, zischte sie, war schon im Flur, riss zuerst die Tür und direkt im Anschluss die Augen auf, wurde zurück in die Wohnung geschleudert, und stürzte über die Flurgarderobe. Das Letzte, was sie bewusst wahrnahm, war ein erstickter Schrei von Franziska Faust.

33

Während der kurzen Schlafphase hatte Lenz einen Traum, in dem Maria ihm in der Warteschlange zum Einchecken eine Szene machte. Er bemühte sich ihr zu erklären, dass sie sich wirklich unmöglich benommen hatte und er noch immer sauer auf sie war, bekam jedoch keinen Ton heraus. So stand er vor ihr und ließ ihre Schimpftirade über sich ergehen, bis das Wecksignal des Telefons ihn erlöste. Noch ein wenig benommen schüttelte er den Kopf, streckte sich und brachte den Schreibtischstuhl in die normale Position.

Nach einem tiefen Atemzug stand er auf, machte ein paar Dehnungsübungen und verließ sein Büro.

Thilo Hain war hinter seinem PC-Monitor kaum zu sehen, als Lenz das Zimmer betrat.

»Na, alles klar?«, empfing ihn sein Kollege.

Der Hauptkommissar gähnte herzhaft, streckte sich ein letztes Mal und setzte sich. »Ja, klar. Mir geht es wieder prima.«

»Dann kannst du probieren, Heini wegen der Sicherung der Spuren im Wald zu erreichen. Er hat zwar Bereitschaft, ist aber nicht ans Telefon gegangen. Ich konnte ihm nur eine Nachricht hinterlassen.« Er lehnte sich zurück und ließ die Fingerknochen seiner linken Hand knacken. »Dafür habe ich mit Ludger telefoniert und ihn gebeten, sich um den Personenschutz für die Familien der Lappert-Kinder zu kümmern. So freundlich und zuvorkommend habe ich den schon lange nicht mehr erlebt. Er war ziemlich angetan von meiner Arbeit, glaube ich, und will sich melden, wenn der Personenschutz eingetütet ist.«

»Hat er nach mir gefragt?«

»Das war nicht nötig, weil ich immer im Plural gesprochen hab. Und ich glaube nicht, dass er denkt, ich würde mit meiner Freundin auf Ermittlungstour gehen.«

»Bestimmt nicht. Ich vermute …«

Das Telefon auf Hains Schreibtisch unterbrach ihn.

»Geh du dran, das ist bestimmt Heini.«

Der Hauptkommissar griff zum Hörer und nahm das Gespräch an.

»Apparat Oberkommissar Hain«, meldete er sich förmlich.

»Ich bins, Lemmi. Bist du das, Paul? Ich dachte, du seist im Urlaub?«

»Noch nicht«, erwiderte Lenz. »Ich helfe, so gut ich kann, unserem Junior.«

»Das nenne ich Dienstauffassung, alle Achtung. Und dazu noch am Wochenende. Aber ich muss ja auch.«

»Was gibt es denn, Lemmi? Können wir irgendwas für dich tun?«

»Nicht direkt«, erwiderte Horst Lehmann. »Aber vielleicht kann ich ja was für euch tun.«

»Lass hören.«

»Ihr seid doch auf der Suche nach einem Penner, einem Russen oder so was.«

»Stimmt«, bestätigte Lenz.

»Die Kollegen in Hessisch Lichtenau haben einen ziemlich komischen Vogel auf dem Revier sitzen, das könnte er sein. Es ist auf jeden Fall ein Tippelbruder und er spricht nicht mit ihnen. Sitzt da rum und glotzt die Wand an. Darauf gekommen, dass er euer Mann sein könnte, sind sie wegen eines Buches, das er bei sich hat. Es ist in russischer Sprache.«

»Das ist er«, rief Lenz elektrisiert. »Das kann nur unser Mann sein. Auf der Wache in Hessisch Lichtenau, sagst du?«

»Ja. Ruf einfach da an und sprich mit den Kollegen.«

»Geil, das mache ich sofort. Und danke, Lemmi.«

Damit warf er den Hörer auf die Gabel und grinste.

»Auf dem Revier in Hessisch Lichtenau sitzt ein Tippelbruder, der nicht spricht und ein Buch auf Russisch dabeihat. Such mir bitte die Nummer von denen raus.«

Fünf Minuten später hatte Lenz seinen Besuch bei den Kollegen im Werra-Meißner-Kreis angekündigt und war mit Hain zusammen auf dem Weg zum Parkplatz.

»Kann ich fahren?«, fragte er, als sie vor dem kleinen japanischen Cabrio des Oberkommissars standen.

»Du willst mein Auto fahren? Das gab es ja noch nie.«

»Heute schon. Also lässt du mich?«

Hain warf ihm den Schlüssel zu und kam auf die Beifahrerseite. »Das erste Mal tut immer weh«, meinte er achselzuckend und stieg ein.

*

Lenz war die gesamte Fahrt über aufgeregt wie ein Schuljunge. Zum einen hatte er lange keinen solch leistungsstarken Wagen mehr bewegt, zum anderen fragte er sich ständig, ob der Mann, wegen dem sie nach Hessisch Lichtenau fuhren, tatsächlich dieser Waldemar war.

*

»Ist ja idyllisch hier«, meinte Hain etwa eine halbe Stunde später, als sie auf den Hof des Polizeireviers rollten. Die Wache lag inmitten eines Gewerbegebietes etwas außerhalb der Stadt.

»Wir sind nicht wegen der schönen Aussicht hier, Thilo«, erwiderte Lenz, sprang aus dem Auto und legte den Finger auf die Klingel.

»Ja, bitte«, kam es blechern aus der Sprechanlage.

»Wir sind die Kollegen aus Kassel.«

Ohne eine Antwort wurde der Türöffner betätigt.

»Immer rein in die gute Stube«, wurden sie von einem pausbäckigen Uniformierten empfangen. »Schöne Dienstwagen habt ihr in Kassel«, merkte er noch an. Lenz deutete auf Hain. »Ist sein privater.«

»Und Sie kommen wegen des Penners, der bei uns hockt«, wurde der Mann dienstlich.

»Genau. Wo habt ihr ihn denn her?«

»War ein Zufall. Ein Jagdpächter hat ihn heute Morgen in der Nähe von Spangenberg dabei beobachtet, wie er sein Schlafzeug zusammengeräumt hat. Normal, sagt er, hat er nichts gegen die Leute, weil er keine schlechten Erfahrungen mit ihnen gemacht hat. Allerdings kam der ihm komisch vor, weil er, als er fertig war, durchs Unterholz gestiefelt ist. Der wollte sich wohl abseits der Wege halten, und das hat den Jäger stutzig gemacht. Er hat uns angerufen und zwei Kollegen sind rausgefahren. Es war zuerst gar nicht so einfach, ihn zu finden, hat aber dann doch noch geklappt. Und weil er sich nicht ausweisen konnte oder wollte und kein Wort mit den Kollegen gesprochen hat, haben sie ihn erst mal mitgenommen. Und einer der Kollegen der Frühschicht konnte sich an die Fahndung nach einem Penner aus Kassel erinnern.«

»Klasse. Wo ist er jetzt?«

»Wir haben ihn in eine Zelle gesteckt, weil wir sonst eh nichts mit ihm anfangen können. Er redet einfach nichts.«

»Bringen Sie uns bitte zu ihm?«

Er schüttelte den Kopf, griff zum Telefonhörer und deutete auf einen Flur. »Ich kann nicht von hier weg. Gehen Sie bis zum Ende, dann die Treppe runter und immer links. Ich sage einem Kollegen Bescheid, der schließt Ihnen auf.«

Die beiden Kripoleute bedankten sich und machten sich auf den Weg. Am Ende der Treppe stieß ein Uniformierter mit einem großen, schweren Schlüsselbund in der Hand zu ihnen, brachte sie nach unten und schloss eine Stahltür auf.

»Er riecht etwas streng. Ansonsten scheint er ruhig zu sein.«

»Danke. Wir melden uns, wenn wir fertig sind.«

Damit zogen sie an der Tür, die sich quietschend öffnete.

*

Waldemar Sjomin saß mit einem Buch in der Hand auf der Pritsche und las. Er hob kurz den Kopf, als die Tür geöffnet wurde, senkte jedoch sofort wieder den Blick. Seine fettigen Haare und der dichte, grau melierte Bart ließen ihn wesentlich älter wirken, als er tatsächlich war.

»Guten Tag«, grüßte Lenz, trat auf den Mann zu und streckte ihm die rechte Hand entgegen. Sjomin sah ihn erstaunt an, bewegte sich aber nicht.

»Waldemar?«

Die Erwähnung seines Namens war für den Russen ein kleiner Schock. Mit flackernden Augen und kurzen, heftigen Atemstößen starrte er den Kommissar an, der seinen Dienstausweis aus der Jacke nahm und ihm zeigte.

»Sie müssen keine Angst haben. Wir sind Polizisten aus Kassel und haben ein paar Fragen an Sie. Verstehen Sie mich?«

Keine Reaktion.

Lenz blickte Hain an, der mit den Schultern zuckte.

»Ich spreche kein Russisch.«

Der Hauptkommissar nickte und wandte sich wieder Sjomin zu.

»Sprechen Sie ein bisschen unsere Sprache?«

Ein leichtes Nicken.

»Schön. Können Sie mir bitte Ihren Namen sagen?«

Der Russe legte das Buch neben sich und steckte die Handflächen mit der Innenseite zum Bett unter seine Oberschenkel.

»Waldemar Sjomin«, antwortete er leise.

»Waldemar Sjomin«, wiederholte Lenz, dessen Herz einen Freudensprung machte, ebenso leise.

»Und Sie verstehen mich, Herr Sjomin?«

Wieder ein Nicken. »Nix gut sprechen. Gut hören.«

»Das macht nichts. Ich bin sicher, wir können uns verständigen. Aber nicht hier, das gefällt mir nicht.« Er wandte sich an seinen Kollegen. »Fragst du mal oben nach, Thilo, ob wir ein Zimmer von denen benutzen können? Ich will nicht hier rumstehen.«

»Mach ich«, erwiderte Hain und verließ die Zelle, in der nichts anderes stand als die Pritsche und ein ausgeblichener Plastikeimer.

»Wir gehen, wenn es die Möglichkeit gibt, in ein anderes, schöneres Zimmer«, erklärte Lenz dem Mann möglichst langsam. Der nickte wieder nur. Kurze Zeit später kam Hain zurück. »Kein Problem. Wir kriegen eines ihrer Vernehmungszimmer.«

Sie gingen nach oben und auf der Treppe hatte auch Lenz den Eindruck, dass Waldemar Sjomin dringend ein wenig Körperhygiene nötig hätte. Dann saßen sie sich an einem Tisch gegenüber. Ein Uniformierter brachte Kaffee und Wasser und verzog sich wieder. Sjomin trank zwei Gläser Wasser und eine Tasse Kaffee, ohne abzusetzen.

»Schön, dass Sie mit uns sprechen, Herr Sjomin«, begann Lenz. »Unsere Fragen beziehen sich in der Hauptsache auf die Nacht von Mittwoch auf Donnerstag.« Er wartete auf eine Reaktion des Russen, doch es kam keine. Normalerweise hätte er jetzt die Frage nach dem Aufenthaltsort des Russen in der fraglichen Nacht gestellt, aber er wollte den Mann nicht unter Druck setzen.

»Sie waren in der Nacht von Mittwoch auf Donnerstag eine Zeit lang hinter der Eisdiele an der Wilhelmshöher Allee. Stimmt das?«

Sjomin nickte. »Da.«

»Das ist Russisch und heißt ja«, belehrte Hain seinen Chef leise. Der tat so, als hätte er nichts gehört.

»Und Sie haben etwas gesehen, das Ihnen Angst gemacht hat?«

Wieder nickte Sjomin und bedachte Hain mit einem vielsagenden Blick. »Ja«, antwortete er dann auf Deutsch. »Habe gesehen Mann von Eis.«

»Haben Sie noch mehr Männer gesehen?«

»Da«, antwortete er wieder. »Ja.«

Der Oberkommissar zog ein paar Blätter aus der Innentasche seines Sakkos, entfaltete sie und reichte sie weiter an Lenz. »Hier, die Phantombilder.«

»Moment noch, Thilo«, bremste sein Chef ihn und wandte sich wieder Sjomin zu. »Haben Sie gesehen oder gehört, dass in dem Eiscafé geschossen wurde?«

»Nein. Nix hören.«

»Hat einer der Männer, die Sie gesehen haben, auf Sie geschossen?«

Sjomin holte tief Luft und fing leicht an zu zittern. »Schießen auf mich, da.«

»Ein Mann hat ein Mal auf Sie geschossen?«

»Ein Mal schießen. Leise schießen.«

»Und dann?«

»Ich weg. Laufen, schnell.«

Nun drehte Lenz die Phantombilder in seine Richtung und schob sie über den Tisch.

»War einer der Männer hier derjenige, der auf Sie geschossen hat?«

Der Russe deutete, ohne zu überlegen, auf eines der Bilder.

»Das der Mann der schießen.«

»Das ist dieser Sergio Vélez«, erklärte Hain leise seinem Chef.

»Und Sie sind ganz sicher, Herr Sjomin?«

Ohne zu antworten, deutete der Mann aus Sibirien mit dem Zeigefinger noch einmal auf die Darstellung und nickte.

»Wie ging es weiter, nachdem Sie weggelaufen waren?«

»Ich alles weg«, antwortete Sjomin leise. »Alles. Nix Tabak, nix schlafen, nix lesen. Alles weg.«

»Das wissen wir. Sie mussten Ihre ganzen Sachen zurücklassen. Schlafsack, Tabak, Kerze. Und Ihr Buch von Tolstoi, ›Krieg und Frieden‹.«

»Da. Tolstoi. Dann in Wald, neue schlafen. Nix wieder zurück.«

Die beiden Beamten waren ratlos. »Vielleicht meint er, dass er sich einen neuen Schlafplatz gesucht hat«, interpretierte Lenz die Worte des Obdachlosen.

»Mag sein, aber das tut im Moment nicht viel zur Sache. Am nächsten Tag«, fragte er Sjomin weiter, »waren Sie an der Fulda. Herr Winterschied wollte sich mit Ihnen und uns treffen. Ist das richtig?«

»Winteschid, da. Heinz. Gutes Mensch.«

»Das stimmt, ja«, bestätigte Lenz. »Er wollte uns helfen, Sie zu finden, was leider mit dem Tod von Herrn Pallhuber geendet hat. Kannten Sie Herrn Pallhuber? Den Österreicher?«

Wieder nickte Sjomin. »Ich kenne.« Er deutete auf sein Herz. »Kaputt.«

»Ja«, bestätigte Lenz und sah Sjomin ernst an. »Aber das war ein Missverständnis. Herr Pallhuber, der Österreicher, kannte die Leute, die ihn erschossen haben, gar nicht. Wir gehen davon aus, dass der Mordanschlag eigentlich Ihnen galt.«

Sjomin legte den Kopf schief und zuckte mit den Schultern. Offenbar hatte er nichts von dem verstanden, was Lenz gesagt hatte.

»Das erkläre ich Ihnen später, Herr Sjomin. Ich muss nämlich noch einmal auf die Nacht zurückkommen, als Sie den Mann hinter der Eisdiele gesehen haben.« Er deutete auf das Phantombild. »Als Sie weggelaufen sind, hat der Mann auf Sie geschossen. Und vorher haben Sie keine Schüsse gehört?«

»Nein. Eismann aus Tür kommen, werfen Papier.« Er machte eine Bewegung, als wolle er etwas wegschleudern. »Dann Mann mit Pistole. Zurück.«

Die Polizisten waren irritiert.

»Der Besitzer der Eisdiele hat mit Papier geworfen? Nach dem Mann, der ihn verfolgt hat?«

»Nix Mann. Mir.«

Lenz schüttelte den Kopf und sah seinen Kollegen an. »Das ist mir zu hoch, Thilo. Hast du eine Ahnung, was er meinen könnte?«

»Nicht die Spur.«

»Ich muss nachhaken, Herr Sjomin. Der Besitzer der Eisdiele kam aus der Hintertür und ist auf den Hof gelaufen?«

»Schnell laufen, da.«

Lenz deutete auf das Phantombild vor dem Russen.

»Dieser Mann ist hinter ihm hergerannt?«

»Da. Nix gleich.«

»Ach so, jetzt verstehe ich. Zuerst kam Iannone, dann dauerte es einen Moment und dann kam dieser Sergio Irgendwas.«

»Das ist mutig, so viel aus seinen Worten zu lesen«, meinte Hain skeptisch und kratzte sich am Kopf.

»Und jetzt, Herr Sjomin, müssen wir noch die Sache mit dem Papier klären«, fuhr Lenz ungerührt fort. »Was war das für Papier? Altpapier?«

Der Russe schien nicht zu verstehen, griff dann aber zu den Phantombildern, strich sie glatt, drehte sie um, und legte sie übereinander. »Das Papier«, sagte er und machte wieder die wegwerfende Handbewegung. Dann schlug er sich mit der flachen Hand an die Brust. »Zu mich.«

»Also wusste der Besitzer der Eisdiele, dass Sie da schlafen wollten?«

Sjomin schüttelte energisch den Kopf.

»Nix wissen.« Er kramte in seinem Kopf nach dem deutschen Wort, das Winterschied gebraucht hatte, als er ihm in dessen Wohnung von der Nacht und den fliegenden Dokumenten erzählt hatte.

»Ich zufällig.«

34

Molina Mälzer hatte einen schrecklichen Geschmack im Mund, als sie wach wurde. Sie wollte sich mit der Zunge über die brennenden Lippen fahren, doch ihr Mund ließ sich nicht öffnen. Wieder versuchte sie es, aber es gelang ihr nicht. Auch die Augen waren wie mit einer Schraubzwinge verklemmt. Mit den langsam einsetzenden Lebensgeistern und dem Fehlen jeglicher Orientierung überkam sie eine grenzenlose Panik. Die Panik, ihr Leben zu verlieren.

Der Geschmack in ihrem Mund war Blut. Ihr Blut. Als sie ein weiteres Mal versuchte, die Zunge gegen den Widerstand nach vorne zu schieben, bemerkte sie, dass dort, wo bis vor ein paar Minuten oder Stunden, das konnte sie nicht abschätzen, ihre Schneidezähne gewesen waren, eine große, fleischige Lücke klaffte. Immer wieder fuhr sie mit der Zunge durch die Lücke und wollte nicht glauben, was sie spürte und schon jetzt brutale Gewissheit war: Ihr fehlten die Schneidezähne.

Die Arme hatte man ihr nach hinten gebunden, die Füße ebenfalls nach hinten und nach oben gezogen und mit den Händen zusammengeknotet. Sie war ein gut verschnürtes Päckchen, das sich nicht rühren und nichts sehen konnte. Mit aller Kraft der Arme und Beine stemmte sie sich gegen den Widerstand, ohne jegliche Wirkung. Wieder und wieder versuchte sie es. Irgendwann wurde ihr Körper schlaff und sie begann leise zu weinen.

*

Einige Zeit später, wieder konnte sie nicht abschätzen, wie viel Zeit tatsächlich vergangen war, hörte sie von irgendwoher Gepolter. Dann kamen Schritte näher und etwas wurde neben ihr abgestellt. Sie schrie so laut sie konnte auf, doch schon wenige Sekundenbruchteile später wurde ihre Nase brutal zusammengedrückt. Nun war es ihr unmöglich, einen weiteren Ton von sich zu geben, aber es war ihr auch unmöglich zu atmen. Panisch bäumte sie sich auf, so weit es ihre Fesseln zuließen, doch die Umklammerung an ihrer Nase bewegte sich mit. Sie rang so heftig nach Atemluft, dass es laut in ihren Ohren knallte. Dann wurde ihre Nase freigegeben und sie atmete gierig ein.

»Wenn Sie noch einmal einen Laut von sich geben, stecke ich Ihnen eine Wäscheklammer an die Nase und sehe Ihnen beim Sterben zu.«

Diese Stimme! Die Stimme des Mannes, den sie als Gonzales kannte. Sie wagte nicht, etwas zu sagen, und nickte nur wimmernd mit dem Kopf.

»Gut«, lobte er sie. Nun wurde ihr Körper am Rücken und den Beinen angehoben, ein paar Meter weit getragen und wieder abgesetzt. Kräftige Hände schoben ihre Extremitäten hin und her. Dann bemerkte sie, wie etwas über sie gestülpt wurde. Ihren Impuls loszuschreien konnte sie nur durch den Gedanken an Gonzales' Drohung unterdrücken. Es klickte ein paar Mal dumpf, danach war für ein paar Sekunden Stille.

Molina Mälzer, die Frau, die ihre arrogante Haltung gegenüber anderen Menschen zur Kultur erhoben hatte, versank in Todesangst. Mit vorsichtigen Bewegungen ihrer Arme und Beine versuchte sie abzuschätzen, wo sie sich befand. Ihre Hände berührten etwas Raues, ihre Füße stießen gegen einen Widerstand, ebenso die Knie. Schockiert wurde ihr klar, dass sie sich in einer Kiste befand, die im selben Moment in Bewegung geriet. Wäre sie nicht so passend verpackt gewesen, wäre sie nun hin und her geschleudert worden. So jedoch spürte sie nur, dass ihr das Blut in den Kopf schoss, weil sie kopfüber in ihrem Gefängnis hing.

Es gab ein paar Lageveränderungen, bevor sie merkte, dass sich die ganze Kiste zur Seite neigte und in Bewegung setzte. Wieder wollte sie anfangen zu schreien, doch dafür hatte sie viel zu wenig Energie und viel zu viel Angst.

Der Transport ging durch ein Treppenhaus, was sie schmerzlich daran bemerkte, dass ihre Wirbelsäule wieder und wieder gestaucht wurde. Dann ein letztes Holpern und eine weitere Lageveränderung. Sie lag auf der Seite. Wie durch Watte hörte sie das Schlagen einer Autotür. Und obwohl sie gedacht hatte, dass die Panik, die sie in der Wohnung erlebt hatte, durch nichts zu steigern wäre, schoss schlagartig eine neue Welle der Angst und der Furcht durch ihren Körper, größer und mächtiger als jemals zuvor in ihrem Leben. Und wieder weinte sie, doch durch die straff sitzende Binde vor ihren Augen schaffte es keine Träne auf ihre zuckenden Wangen.

Wie ein Blitzlicht fiel ihr Franziska Faust ein, die vermutlich schon tot war. Blöde Kuh, dachte sie ohne eine Emotion der Trauer, was machst du auch so eine Scheiße.

Das Fahrzeug, in dem sie sich befand, setzte sich ruckartig in Bewegung. Sie bemerkte die Auswirkungen der Trägheitskraft und wurde bei jedem Fahrmanöver des Wagens in leichte Bewegungen versetzt, denen sie durch ihre eingezwängte Lage nicht entgegenwirken konnte. Und sie bemerkte, wie ihr heiß wurde. Der Schweiß breitete sich auf ihrem Rücken, ihrem Bauch und an ihren Beinen aus. Plötzlich stoppte das Fahrzeug, der Motor wurde abgestellt und eine Tür geöffnet. Kurz danach eine weitere. Dann fielen beide ins Schloss, was sie nicht nur hören, sondern auch spüren konnte. Dann hörte sie nichts mehr außer dem pulsierenden Blut in ihren Ohren.

35

»Ich hab keine Ahnung, wovon er spricht«, meinte Thilo Hain resignierend. »Lass uns zurückfahren und die Suche nach diesen Kerlen intensivieren, Paul.«

Lenz blickte zu Sjomin, der die Polizisten mit großen Augen ansah, dann zu Hain, wieder zurück zu dem Russen und wieder zu seinem Kollegen.

»Nein, Thilo, das interessiert mich. Ich will wissen, was er meint.«

Sein Kollege zuckte mit den Schultern. »Mach mal, du bist der Boss. Obwohl …« Er sprach nicht weiter, weil Lenz sich wieder Sjomin zugewandt hatte.

»Ich habe die Sache mit dem Papier noch immer nicht richtig verstanden. Was war das für Papier, Herr Sjomin?«

Der Sibirer stieß einen Fluch auf Russisch aus, den natürlich weder Lenz noch Hain verstanden. Er machte eine Pause und suchte offenbar nach einem deutschen Wort. Dann stand er auf, ging zu einem Aktenschrank in der Ecke des Raumes, nahm einen Ordner heraus und klappte ihn auf.

»Hehe«, wollte Hain intervenieren, doch Lenz winkte ab. »Lass ihn.«

Sjomin blätterte die Akten durch, legte den Ordner auf den Tisch, nahm einen Stapel Blätter heraus und steckte sie in seinen Hosenbund. »Da«, sagte er. »Hier Papier.«

»Ich werd verrückt«, japste Hain, »der hat irgendwas vom Tatort mitgenommen.«

»Sie haben Papier mitgenommen, als Sie weggelaufen sind? Stimmt das?«

»Da«, antwortete der Russe und deutete auf seine Hose. »Hier Papier.«

»Und wo ist das Papier jetzt?«

»Papier bei Heinz.«

»Heinz Winterschied?«, fragte Lenz zweifelnd.

»Da. Heinz.«

»Herr Winterschied war dabei in der Nacht?«

»Nix in Nacht. Ich bringen Hause.«

»Sie haben ihm die Papiere gebracht?«

»Da. Ja.«

»Und er hat sie noch?«

Sjomin zog die Schultern hoch. »Nix wissen.«

»Wissen Sie vielleicht, was auf den Papieren stand?«, wollte

Hain wissen und sprach extrem langsam. »Was geschrieben auf Papieren?«

Wieder zog der Russe die Schultern hoch. »Nix wissen.«

Nun hatte Lenz eine Idee. Er machte mit dem Daumen und dem Zeigefinger das auf der ganzen Welt übliche Zeichen für Bares. »War auch Geld bei den Papieren.«

»Nix Geld«, erwiderte Sjomin energisch. »Nur Papier.«

»Wir müssen nach Kassel, Thilo, sofort. Ich will wissen, was für Papiere das sind. Vielleicht ist es nur Schrott, der überhaupt nichts mit dem Fall zu tun hat, aber ich will es zumindest wissen.«

»Und was machen wir mit Kamerad Schnürschuh?«, fragte Hain mit einem verstohlenen Blick zu Sjomin. »Er hat nichts verbrochen, weswegen wir ihn festhalten könnten.«

Lenz kratzte sich nachdenklich am Kinn. »Da hast du recht. Aber er darf nicht einfach so verschwinden. Wir brauchen ihn als Zeugen, was auch immer passiert. Und wenn er erst mal weg ist, geht der ganze Tanz von vorne los.« Der Hauptkommissar warf dem Mann mit dem langen Bart und dem strengen Körpergeruch einen freundlichen Blick zu.

»Lass mich mal ein paar Minuten mit ihm allein, Thilo.«

»Gerne«, erwiderte sein Kollege, stand auf und verließ den Raum. Lenz deutete auf den Tabak, der vor Sjomin lag, und dann auf sich. »Darf ich mir eine Zigarette drehen?«

»Da«, nickte der Russe und schob das Päckchen über den Tisch. Lenz, der zum letzten Mal während der Ausbildung gedreht hatte, griff danach und begann, eine Zigarette zu rollen.

»Wo wollten Sie eigentlich hin, Herr Sjomin?«

»Weg. Weg Deutschland. Rossija. Ukrajina.«

»Zurück nach Russland? Das ist ein weiter Weg.«

»Nix weit.« Der Mann aus Sibirien deutete auf seine Schuhe. »Gut. Nix weit.«

»Ich will ganz offen sein, Herr Sjomin. Wir haben nichts gegen Sie in der Hand, und wenn Sie wollen, könnten Sie auf der Stelle gehen, nachdem Sie ein Protokoll unterzeichnet haben, auf dem Sie Ihre Aussagen unterschrieben haben. Aber ich möchte, dass Sie uns ein paar Tage zur Verfügung stehen.«

Waldemar Sjomin wirkte ratlos und deutete dann auf den Boden. »Hier bleiben muss?«

»Nein, nein, nicht direkt hier. Was würden Sie davon halten, wenn wir Sie irgendwo unterbringen würden, wo es schön ist? In einem Hotel vielleicht? Sie könnten duschen, sich rasieren, und vielleicht einmal richtig ausschlafen. In einem richtigen Bett.«

»Nix Hotel.« Er stand auf, kam auf Lenz zu und rollte sein rechtes Hosenbein hoch. Lenz wurde schlagartig übel. Er warf die fast fertig gedrehte Zigarette auf den Tisch und sprang auf. Das Bein war bis oberhalb des Knies schorfig, blutig und aufgekratzt und sah wirklich übel aus. Der Russe hob das andere Hosenbein. Dort war das Dilemma noch größer.

»Scheiße, das muss sich doch ein Arzt ansehen, Herr Sjomin.« Er bedeutete dem Mann, die Hosenbeine wieder nach unten zu ziehen.

»Da, scheiße«, bestätigte Waldemar Sjomin. Lenz überlegte fieberhaft, dann hatte er eine Idee.

»Ich mache Ihnen einen Vorschlag: Wir lassen Sie ins Klinikum nach Kassel bringen. Ich bin sicher, mit diesen Beinen haben die Ärzte dort eine gehörige Menge zu tun. Und Sie versprechen mir im Gegenzug, dass Sie so lange in der Stadt bleiben, bis die Sache mit den Italienern geklärt ist.«

Zu seiner großen Überraschung streckte Sjomin sofort den Arm nach vorne und hielt ihm die Hand entgegen. »Da, wir so machen«, antwortete er.

Zeitgleich mit einem Krankenwagen verließen die Kasseler Polizisten Hessisch Lichtenau.

*

»Wir müssen herausfinden, wo Winterschied wohnt«, erklärte Lenz seinem Kollegen, während der, die gebotenen Geschwindigkeitsbeschränkungen großzügig auslegend, Richtung Kassel raste.

»Ruf Lemmi an. Bis wir in Kassel sind, sollte er es rausgekriegt haben.«

»Gute Idee«, erwiderte Lenz und griff zum Telefon. Im Tosen des offenen Autos konnte er den Kollegen kaum verstehen, doch dem erging es eher noch schlechter. Als sie auf Höhe der Autobahnauffahrt Kassel-Ost waren, kam der Rückruf. Winterschied war in der Fiedlerstraße 14 gemeldet, in einem weniger angesehenen Viertel der Stadt.

*

Das Haus, in dem der Zeitungsverkäufer wohnte, war in einem erbärmlichen Zustand. Hain parkte den Mazda davor, stieg aus und sah sich um.

»Lass uns mal lieber das Dach zumachen«, schlug Lenz vor.

Sein Kollege winkte energisch ab. »Du spinnst wohl. Dann schneiden sie mir am Ende noch ein Loch in den Stoff. Nein, lass mal, die bösen Buben sollen ruhig sehen, dass es hier für sie nichts zu holen gibt.« Er drückte auf den Knopf eines kleinen Plastikteils, das an seinem Schlüsselbund befestigt war. »Jetzt wirds zumindest laut, wenn sich einer an der Karre vergehen will«, erklärte er seinem Chef. Sie gingen zur Haustür, fanden den Namen des Zeitungsverkäufers am Klingelbrett und wollten gerade läuten, als Hain bemerkte, dass die Haustür nur angelehnt war.

»Warte«, meinte er und trat in den Hausflur. Es roch nach Essen und ein bisschen muffig.

Neben einer bunt bemalten Tür im zweiten Stock war der Name Winterschied in die nackte Wand gekratzt. Hier hatte sich ein ganz besonderer Künstler ausgetobt. Lenz legte den Finger auf die Klingel, doch es passierte nichts. Er versuchte es erneut, mit dem gleichen Ergebnis. Hain grinste ihn an und hämmerte mit der Faust gegen das metallene Türblatt. Wieder keine Reaktion. Auch er wiederholte seinen Versuch. Nun war aus dem Innern ein verhaltenes Stöhnen zu hören. Der Oberkommissar polterte erneut gegen die Tür.

»Ich komme ja schon. Was soll denn dieser Krach?«

Dann eine kurze Stille. »Ach Sie sinds.« Offenbar hatte Winterschied durch den Spion geschaut. Er öffnete die Tür und bot den Polizisten einen skurrilen Anblick. Seine Füße steckten in alten, abgewetzten Cowboystiefeln mit schiefen Absätzen. Darüber trug er eine bunte Unterhose und eine sehr dunkle Sonnenbrille, sonst nichts.

»Ich hab heute etwas länger geschlafen«, erklärte er den Beamten ohne jegliche Verlegenheit. »Was gibts denn?«

»Können wir kurz reinkommen?«, fragte Hain und stand auch schon mitten in der kleinen Wohnung.

»Eigentlich nicht«, antwortete der Zeitungsverkäufer und betrachtete seine Beine. »Ich bin noch nicht so richtig vorzeigbar.«

Lenz schob ihn ins Innere und warf die Tür ins Schloss.

»Wir hatten gerade ein sehr informatives Gespräch mit einem Freund von Ihnen, Herr Winterschied. Und der hat uns erzählt, dass er Ihnen etwas für uns gegeben hat.«

Winterschied kratzte sich dort, wo Männer in Unterhose sich gerne kratzen, und machte ein dummes Gesicht.

»Ich weiß nicht, was Sie meinen, Herr Kommissar. Mit wem hatten Sie ein Gespräch?«

»Mit Herrn Sjomin. Waldemar Sjomin. Der Name sagt Ihnen doch noch was, oder?«

»Ja, klar, Waldemar. Schon lange nicht mehr gesehen.«

»Wann zuletzt?«

»Das wissen Sie doch. Und überhaupt, haben Sie einen Durchsuchungsbefehl? Was Sie hier machen, ist illegal. Ich kenne meine Rechte.«

Wenn Lenz noch einen Beweis gebraucht hätte, dass Sjomin die Wahrheit gesagt hatte, dann hatte er ihn jetzt.

»Wo sind die Papiere, die Sjomin Ihnen gegeben hat?«, herrschte er Winterschied an.

»Was denn für Papiere? Irgendwie ist da bei dem guten Waldemar was schiefgelaufen, Herr Kommissar. Ich hab keine Papiere von ihm gekriegt.«

»Fang an, Thilo«, raunzte Lenz seinem Kollegen zu.

»Willst du ihm nicht noch eine Chance geben, bevor hier alles zu Bruch geht?«, fragte Hain zurück, legte dabei eine Hand an ein offenes Regal und rüttelte ein wenig daran. »Wo er doch bisher immer so kooperativ gewesen ist, der Herr Winterschied.«

»Warten Sie, warten Sie. Das dürfen Sie nicht. Oder Sie müssen mir einen Durchsuchungsbefehl vorlegen. Wenn Sie den nicht haben, will ich sofort meinen Anwalt ...«

»Hör zu, du Clown«, wurde er von Hain unterbrochen, der das Regal nun in eine bedenklich instabile Position hievte.

»Das Ding, von dem du redest, gibt es gar nicht. Was du meinst, ist ein Durchsuchungsbeschluss. Den haben wir tatsächlich nicht. Was wir aber haben, ist Gefahr in Verzug, falls du schon mal davon gehört hast. Das gibt uns das Recht, ohne richterlichen Beschluss in deine Wohnung einzudringen und sie zu durchsuchen, wenn wir der Meinung sind, dass es unseren Ermittlungserfolg gefährden oder gar vereiteln würde, wenn wir es nicht täten. Alles klar?«

Natürlich wussten sowohl Hain als auch Lenz, dass sie sich auf juristisch superdünnem Eis bewegten, doch der schlagartig einsetzende Erfolg gab ihnen recht.

»Das wusste ich gar nicht, dass es so was gibt. Sie dürfen also doch einfach so in meine …«

Wieder wurde er von Hain schroff gestoppt.

»Wolltest du uns nicht sagen, wo diese verdammten Papiere sind? Oder soll ich wirklich zuerst hinter diesem Regal suchen?« Er rüttelte energisch an dem alten, blassen Möbelstück in seiner Hand.

Winterschied hob die Arme und schlug sich mit der flachen Hand an die Stirn.

»Ach, jetzt weiß ich auch, wovon Sie sprechen. Ja, der Waldemar hat mir da was dagelassen, aber ich hab nicht mal nachgesehen, was drin ist.« Er ging mit schnellen Schritten zur Couch, hob ein Polster hoch und zeigte den Beamten den Umschlag.

»Meinen Sie das hier?«, fragte er scheinheilig.

Hain ließ das Möbelstück nach hinten fallen, griff sich die Unterlagen und bedachte den Zeitungsverkäufer mit einem ultrabösen Blick der Marke ›Am liebsten würde ich dir eine runterhauen, du Arsch‹.

»Ist das alles, was Waldemar Ihnen gegeben hat?«, wollte Lenz wissen.

»Ja, klar. Ich sag doch. Ich weiß nicht mal, was da drin ist.«

»Dann nehmen wir dich am besten gleich mit, wegen der Fingerabdrücke und so.«

»Lass gut sein, Thilo«, bremste Lenz den Elan seines Kollegen. »Und Ihnen vielen Dank, Herr Winterschied, dass Sie so kooperativ gewesen sind. Sollten wir noch Fragen haben, kommen wir wieder vorbei. Auf Wiedersehen.«

»Wiedersehen«, murmelte der Zeitungsverkäufer zähneknirschend.

*

Im Flur knipste Lenz das matte Licht an, zog die Papiere aus dem Umschlag und wollte anfangen zu lesen, reichte den Stapel jedoch sofort weiter zu seinem Kollegen.

»Na, Brille vergessen?«, feixte Hain und hielt genüsslich den ersten A4-Bogen in die Höhe.

»Was ist es?«, raunzte Lenz ihn an.

»Moment, großer Buana. So schnell bin ich auch wieder nicht. Das hier ist …« Er machte eine Pause und griff zum nächsten Blatt. »Das ist …«

»Thilo, mach mich nicht wahnsinnig. Was …?«

»Pssst, Paul. Lass uns abhauen, das Licht ist wirklich schlecht hier.«

Damit stürmte er die Treppen hinunter. Der völlig verdutzte Lenz folgte ihm mit Respektsabstand. Als der Hauptkommissar durch die Haustür trat und wegen der gleißenden Sonne die Hand vor die Augen hielt, war Hain schon bei seinem Wagen und am Einsteigen.

»Was ist …?«

»Komm, steig ein«, wurde er erneut von seinem Kollegen

unterbrochen. Drei Ecken weiter bog Hain auf den Parkplatz eines Lebensmittelmarktes ab, stellte den Mazda in die hinterste Ecke und schaltete den Motor ab.

»Das, was wir hier haben, ist garantiert nicht für fremde Ohren bestimmt, Paul«, erklärte er und griff wieder nach dem Stapel Papiere.

»Und für welche Ohren ist es bestimmt?«

»Warte einen Moment, bitte.«

Hain blätterte die Papiere flüchtig durch, wobei seine Augen immer größer wurden. Er pfiff beeindruckt durch die Zähne.

»Wow, was wir hier haben, ist etwas über Mälzer und seine Bau-Consulting. Hier sind Kopien von Bauplänen, Kontoauszügen und Bewilligungsbescheiden für Subventionen sowohl von der Bundesregierung, dem Land Hessen als auch der EU.« Wieder hob er die Hand, als wolle er um eine Gesprächspause bitten.

»Und hier«, fuhr er fort, »geht es um die Herzogsgalerie. Dafür hat er, warte, Subventionen für 23.500 Quadratmeter bewilligt bekommen, dabei bringt es der gesamte Bau nicht einmal auf 16.500 Quadratmeter. Das gibts ja gar nicht.«

Lenz griff nach ein paar der Unterlagen.

»Willst du damit sagen, das hier ist ein Dossier über Mälzer? Ein belastendes am Ende gar?«

»Wie es aussieht, ja«, erwiderte der Oberkommissar stockend. »Und es geht noch weiter. Hier, wo die Zahlen mit dem gelben Edding gekennzeichnet sind, hat er wohl Steuern nicht korrekt bezahlt. So ganz verstehe ich das alles nicht, aber es sieht tatsächlich so aus, als ob wir den Kerl mit diesen Unterlagen an den Eiern kriegen könnten.«

Lenz sah ihn skeptisch an. »Moment mal, Thilo, irgendwie komme ich da nicht ganz mit. Wir kommen gerade aus der Wohnung eines etwas sonderbaren Menschen, der von einem Kumpel ein paar Kopien in die Hände gekriegt hat, die der leider kurz danach abgeknallte Besitzer einer Eisdiele dem vor die Füße geworfen haben soll. Gehts noch?«

Hain hörte ihm nur mit einem Ohr zu, weil er noch immer mit der Sichtung des Materials beschäftigt war.

»Hm«, murmelte er.

»Und wie ist Iannone eigentlich an das Zeug da gekommen? Hat ihm das eine Brieftaube vorbeigebracht?«

»Ich weiß es nicht, Paul. Und wenn du nicht glaubst, dass …«

Er wurde vom Klingeln von Lenz' Telefon abgewürgt. Der Hauptkommissar meldete sich.

»Hallo, Herr Lenz, hier ist Lars Gruber. Erinnern Sie sich an mich?«

»Klar, Herr Gruber, erinnere ich mich an Sie. Was gibts denn, ich hab leider ganz wenig Zeit.«

»Ich bräuchte Ihre Hilfe, Herr Lenz. Ich bin in der Wohnung meiner Freundin, wo sie eigentlich auch sein sollte, aber sie ist nicht hier.«

Lenz glaubte einen Moment, er müsse aus der Hose springen.

»Ja, Herr Gruber, ich bedaure, das zu hören, aber wie kann ich Ihnen denn bei diesem Problem behilflich sein?«

»Na ja, im Flur ist ziemlich viel Blut, und wenn ich mich nicht täusche, steht der Wagen ihrer Chefin vor der Tür, mit offenem Dach und nicht abgeschlossen. Das ist alles sehr merkwürdig.«

»Wie meinen Sie das, im Flur ist ziemlich viel Blut? Gab es eine gewaltsame Auseinandersetzung?«

»Das weiß ich nicht. Es sieht so aus, als sei jemand hier gewesen. Und dann die Sache mit dem Auto. Ich …«

Nun wurde es Lenz zu bunt. »Herr Gruber, ich stecke mitten in einem ziemlich verzwickten Fall, wie Sie sicher noch wissen. Es gibt wahrscheinlich eine ganz harmlose Erklärung für das Blut im Flur. Vielleicht ist Ihre Freundin einfach mit ihrer Chefin ein bisschen spazieren gegangen. Wer ist denn die Chefin?«

»Molina Mälzer.«

Lenz brauchte eine komplette Sekunde, bis Grubers Worte in seinem Gehirn die richtigen Windungen erreicht hatten. Dann reagierte er blitzschnell.

»Wo sind Sie?«, rief er ins Telefon.

*

Auf der Fahrt zu Franziska Fausts Wohnung bestellte der Hauptkommissar zuerst Rolf-Werner Gecks und danach die Spurensicherung dorthin. Dann ließ er sich mit dem KDD verbinden und sorgte dafür, dass vor Waldemar Sjomins Tür im Krankenhaus immer mindestens zwei Beamte Wache schoben.

Als die beiden Kommissare der Mordkommission vor dem Haus ankamen, in dem Franziska Faust wohnte, standen schon eine Handvoll Streifenwagen davor. Und ein atemberaubend schöner englischer Sportwagen. Lars Gruber saß in Joggingklamotten und mit Stirnband auf der Treppe vor der Wohnung.

»Hallo, Herr Gruber«, begrüßte Lenz den jungen Kommissar. »Schön, dass Sie hier draußen warten. Die Spurensicherung müsste jeden Moment hier sein, wir haben sie schon verständigt.«

Er schüttelte dem Kollegen die Hand, drehte sich um und betrachtete die Situation im Flur der Wohnung. Die

Garderobe lag quer vor dem Schuhschrank. Es sah aus, als hätte jemand sie umgeworfen und danach zur Seite geräumt. Zwischen dem Schuhschrank und der Tür zum Bad gab es eine größere Blutlache und ein paar einzelne Tropfen Blut.

»Erzählen Sie mal, Herr Gruber. Wann haben Sie die Wohnung verlassen?«

Der Kollege überlegte. »Vor anderthalb Stunden etwa. Ich war zum Joggen in der Karlsaue. Als ich weg bin, saß Franziska in der Küche und hat Zeitung gelesen. Beim Wiederkommen hab ich schon gestutzt, dass Frau Mälzers Wagen vor der Tür steht, er ist Ihnen bestimmt aufgefallen.«

»Ja. Es gibt nur einen, der zur ihr passen würde.«

»Als ich das Durcheinander hier gesehen habe, bin ich einmal durch die Wohnung und hab nach ihr gesucht, aber sie war nirgendwo. Dann hab ich unten bei der Vermieterin geklingelt, aber sie ist wohl nicht zu Hause. Zumindest hat sie mir nicht aufgemacht.«

»Wollte Ihre Freundin vielleicht noch irgendwohin? Einkaufen, ein Friseurtermin vielleicht?«

»Nein, nichts dergleichen. Wir wollten heute Nachmittag ins Schwimmbad.«

»Kennen Sie eigentlich Frau Mälzer?«

»Kennen wäre zu viel gesagt. Ich habe sie ein paar Mal aus der Ferne gesehen, wenn ich Franziska von der Arbeit abgeholt habe.«

»Und die beiden waren nicht verabredet?«, mischte Hain sich ein.

»Nein, davon hätte sie mir erzählt.«

Lenz sah erneut auf das Chaos im Flur.

»Und Sie haben keine Idee, was hier passiert sein könnte?«

Gruber schluckte deutlich sichtbar, bevor er antwortete. »Überhaupt keine, nein.«

»Wie ist das Verhältnis Ihrer Freundin zu Frau Mälzer?«

Wieder dauerte es ein paar Augenblicke, bevor Gruber antworten konnte. »Soweit ich weiß, gut. Sie hat sich jedenfalls nie beklagt. Ich meine, Streit gibt es überall mal, ist ja bei uns nicht anders.«

»Stimmt.«

Heini Kostkamp und ein Kollege kamen schnaufend die Treppe hoch.

»Wegen dir verpasse ich das KSV-Spiel heute Nachmittag«, nölte der Spurensicherer Lenz an.

»Das tut mir leid, Heini.«

Hain nahm Gruber zur Seite. »Und wir beide machen eine Fahndung nach Ihrer Freundin und der Mälzer fertig. Lassen Sie uns runtergehen zu den Kollegen mit dem Blaulicht auf dem Dach, dann können wir deren Funk benutzen.«

Vor der Haustür begegnete ihnen eine ältere, dürre, grauhaarige Frau, schwer bepackt mit Einkaufstüten. Gruber grüßte und blieb neben ihr stehen.

»Tag, Frau Holm. Haben Sie meine Freundin gesehen?«

»Was ist denn hier los«, beantwortete die Frau seine Frage mit einer Gegenfrage. »Ist etwas passiert?«

»Nein, hoffentlich nicht. Franziska ist irgendwie verschwunden.«

»Ein Mensch verschwindet nicht so einfach und *irgendwie*. Das lassen Sie sich mal von einer alten Lehrerin gesagt sein, junger Mann. Aber vielleicht ist sie ja mit den Männern weggefahren, die die Kisten aus ihrer Wohnung abtransportiert haben. Als ich raus bin, zum Einkaufen, haben sie gerade eingeladen.«

»Was für Männer waren das?«, wollte Hain wissen.

»Sie können Fragen stellen. Ich kannte sie doch nicht. Die waren noch nie hier.«

Der Oberkommissar zog die beiden Phantombilder aus der Jacke, faltete sie auf und hielt sie hoch. Die Frau blinzelte.

»So kann ich gar nichts erkennen. Warten Sie, ich setze meine Brille auf.«

Damit stellte sie ihre Tüten an die Hauswand und kramte in ihrer Handtasche. »Hier ist sie.«

Mit einer energischen Bewegung nahm sie Hain die Bilder aus der Hand und betrachtete sie eingehend. Dann deutete sie auf Vélez' Portrait. »Ja, bei dem hier bin ich mir ganz sicher. Das war der mit der Sackkarre.«

»Was hat er mit der Sackkarre transportiert?«

»Na, eine der beiden großen Kisten. Ich dachte noch, das sind aber große Kisten, die da aus Frau Fausts Wohnung geholt werden. Wenn ich es nicht besser gewusst hätte, wäre ich sicher auf die Idee gekommen, hier will jemand ausziehen. Die Männer waren auch gar nicht höflich. Keiner von denen hat mir auch nur guten Morgen gewünscht, wie sich das gehören würde, nicht einer.«

»Waren die Kisten aus Holz?«, fragte Hain.

»Das weiß ich nicht, junger Mann«, antwortete sie nach kurzem Überlegen. Dann wandte sie sich wieder Gruber zu. »Ist das ein Kollege von Ihnen?«

Der Mann von den Wirtschaftssachen nickte. »Ja, ein Kollege.«

»Und was genau ist jetzt passiert?«, wollte sie immer noch von ihm wissen. »Auf der Straße sieht es ja aus wie in einem Derrick-Krimi, mit den vielen Streifenwagen und den ganzen Schupos.«

»Nichts, Frau Holm, alles gut«, antwortete Gruber.

»Haben Sie gesehen, in was für einen Wagen die Kisten von den Männern geladen wurden?«

»Natürlich. Es war ein schwarzer Lieferwagen. Ganz schwarz. Nur auf der Seite hatte er so einen Schriftzug, einen hellen Werbeschriftzug. Aber was genau draufstand, darauf habe ich nicht geachtet.«

»Können Sie sich vielleicht an das Kennzeichen erinnern?«, mischte Hain sich wieder ein.

»Welches Kennzeichen?«

»Das Nummernschild, meine ich.«

»Ach so, das Nummernschild.« Wieder überlegte sie einen Moment. »Nein, auch darauf habe ich nicht geachtet.«

»Und dann sind die Männer mit dem Transporter weggefahren?«

»Das weiß ich nicht. Ich hatte eine Verabredung und musste weg. Natürlich habe ich gedacht, dass das alles seine Richtigkeit hat, weil sie ja aus der Wohnung von Frau Faust gekommen sind. Aber jetzt mache ich mir natürlich Sorgen, dass das ein paar Halunken gewesen sind, die am Ende noch etwas gestohlen haben.«

Hain hörte Grubers Antwort schon nicht mehr, weil er durch die offen stehende Tür flitzte und auf einen der Streifenwagen zuhielt. Dort leitete er eine groß angelegte Ringfahndung nach dem Transporter und den beiden Frauen ein. Jeder verfügbare Mann und jede Frau würde sich nun auf die Suche machen. Auf dem Rückweg zum Haus lief ihm der Schweiß den Rücken hinab. Es war vermutlich der heißeste Tag des Jahres. Gruber stand noch immer mit Frau Holm im Eingang.

*

Lenz empfing ihn mit einem kleinen Kunststoffbeutel in der Hand, den er schwenkte.

»Zähne«, erklärte er dem Kollegen knapp.

»Wie, Zähne?«

»Hat Heini gefunden, neben dem Schuhschrank. Irgendwie scheint es hier über Tische und Bänke gegangen zu sein.« Er deutete auf den Beutel in seiner Hand. »Zumindest hat es einen der Beteiligten diese Zähne gekostet. Heini meint, der würde in der nächsten Zeit ziemlich doof aussehen, weil es Schneidezähne sind.«

Dann kam Hain endlich dazu, ihm von den Beobachtungen der alten Frau zu berichten.

»Schön, dass du gleich die Fahndung angeleiert hast. Meinst du auch, dass sie die Frauen in den Kisten abtransportiert haben?«

»Alles andere wäre unlogisch. Was sonst sollte da drin gewesen sein?«

»Hm«, machte der Hauptkommissar.

»Ich gehe nach unten und zeige dem Gruber die Unterlagen von Winterschied. Der ist doch bei den Wirtschaftssachen und kann uns vielleicht erklären, worum es genau dabei geht.«

»Gute Idee. Ich komme mit, weil ich sowieso nicht in die Wohnung kann, solange Heini da noch am Wirbeln ist.«

Gemeinsam gingen sie die Treppe hinab, wo ihnen Frau Holm entgegenkam. Gruber stand noch im Flur. Er war kreidebleich.

»Herr Gruber, ich weiß, das ist jetzt nicht unbedingt der richtige Moment«, begann Hain, »aber könnten Sie sich kurz ein paar Unterlagen ansehen? Sie sind wahrscheinlich eher mit den Details vertraut, um die es dabei geht.«

»Ja, natürlich, aber ich bin gerade ziemlich durcheinander, das verstehen Sie sicher. Was gibt es denn?«

»Kleinen Moment, ich hole nur was aus dem Auto«, erwiderte Hain. Damit ging er zu seinem Wagen, öffnete die Kofferraumklappe, nahm den Umschlag mit den Papieren heraus und machte sich auf den Rückweg.

»Hier«, begann er und reichte Gruber, der sein Gesicht mit der flachen Hand an der Stirn vor der Sonne schützte, die Kopien. Der Mann von den Wirtschaftssachen griff danach, warf einen Blick darauf und schluckte.

»Das ist …, woher …, ich weiß nicht …«, stammelte er und verschluckte sich dabei.

»Ganz ruhig, Kollege. Ich weiß, Sie machen sich Sorgen um Ihre Freundin, aber ich bin sicher, wir finden sie bald. Im Moment können wir ohnehin nichts weiter tun, als hier zu warten. Und wenn Sie sagen, dass Sie damit…«, er deutete auf den Papierstapel in Grubers Händen, »…im Moment nichts anfangen können, ist es auch in Ordnung, wirklich. Nur mal einen Blick draufwerfen, dachte ich.«

»Woher haben Sie das?«, fragte Gruber mit tonloser Stimme.

»Von einem Freund des Obdachlosen, der in der Nacht von Mittwoch auf Donnerstag hinter der Eisdiele schlafen wollte, als das italienische Ehepaar ermordet wurde.«

Gruber griff sich an die Stirn, machte mit den Armen ein paar Bewegungen, die an Joe Cockers Art zu tanzen erinnerten, ging schwankend drei Schritte zur Seite und ließ sich auf das Mäuerchen der Hauseinfriedung fallen.

»Ich kenne diese Papiere«, flüsterte er mit tränenerstickter Stimme.

Lenz und Hain waren völlig irritiert.

»Wie?«, fand Hain als Erster wieder den Faden. »Was heißt das, Sie kennen die Papiere?«

Nun sackte Gruber völlig in sich zusammen, riss die

Hände vors Gesicht und fing hemmungslos an zu weinen.

»Sie … ist … entführt worden. Von diesen …«

»Nun reißen Sie sich mal zusammen, Gruber!«, polterte Lenz. »Was soll das denn?«

»Sie haben ja keine Ahnung«, schrie der junge Polizist zurück. »Keine Ahnung!«

»Das ist durchaus richtig. Aber ich glaube, Sie sollten uns jetzt helfen, ins Bild zu kommen, Herr Kollege.«

Wieder wurde Gruber von einem Weinkrampf geschüttelt. Dann sah er mit rot unterlaufenen Augen zu den Kollegen, stand langsam auf und trat mit gesenktem Kopf dicht an sie heran.

»Ich …, wir …, ich meine, meine Freundin und ich …, wir haben Scheiße gebaut.«

»Was für Scheiße?«, wollte Hain wissen.

»Können wir ein Stück gehen?« Er warf den uniformierten Kollegen, die in der Nähe am Absperren waren, einen kurzen Blick zu. »Ich möchte nicht, dass hier jeder mitkriegt, was ich Ihnen erzähle.«

»Dann los«, erwiderte Lenz und setzte sich in Bewegung. Zwei Ecken weiter blieb er stehen und musterte den Mann von den Wirtschaftssachen erwartungsvoll.

»Wir haben versucht, Mälzer und seine Frau mit diesen Unterlagen zu erpressen«, begann Gruber kaum hörbar und deutete dabei auf den Stapel Papiere in seiner Hand. Dann erzählte er seinen Kollegen den ganzen gescheiterten Versuch, die Mälzers mit dem Material, das Franziska Faust über Wochen gesammelt und kopiert hatte, unter Druck zu setzen. Und von Mälzers Reaktion. Davon, dass seine Freundin, nachdem sie ihr Vorhaben längst aufgegeben hatten, die Unterlagen per Post an die Italiener geschickt hatte. In genau jenem Briefumschlag, den er jetzt in seiner Hand hielt.

»Und jetzt habe ich total Schiss, dass die Männer, die das Italienerehepaar erschossen haben, Franziska gekidnappt haben und ihr was antun.«

Lenz und Hain waren total konsterniert und konnten nicht glauben, was sie gerade gehört hatten. So blöd konnte kein Mensch auf der Welt sein, dachten beide unabhängig voneinander.

»Und das Material, das Ihre Freundin da kopiert hat, ist definitiv authentisch? Es stammt wirklich aus Mälzers Büro?«

»Ich schwöre«, antwortete Gruber und hob dabei die rechte Hand. »Wir haben es Dutzende Male geprüft und sind ganz sicher, dass die Mälzers über Jahre hinweg ihre Investoren, die Finanzbehörden sowie das Land Hessen, den Bund und die EU betrogen haben.«

»Und Sie meinen, das ist gerichtsfest?«, bohrte Hain nach.

»Definitiv. Alle Unterlagen, die Sie hier sehen, sind im Original in Mälzers Büro vorhanden. Und wenn er sie weggeschafft haben sollte, macht das auch nichts, weil bei den Katasterämtern und den einzelnen Behörden alles vorhanden ist. Er hat nur ausgenutzt, dass niemand ihm eine solche Schweinerei zugetraut hätte.«

»Was mit Sicherheit auch auf Sie zutrifft«, merkte Lenz kopfschüttelnd an. Gruber nickte mit gesenktem Blick.

»Natürlich ist das durch nichts zu entschuldigen und ich stelle mich voll und ganz meiner Verantwortung. Aber zunächst bitte ich Sie, unabhängig von dem, was wir verbockt haben, alles zu tun, um meine Freundin zu finden. Lebend zu finden«, fügte er schluchzend hinzu und fing erneut an zu weinen.

Lenz legte ihm väterlich eine Hand auf die Schulter. »Natürlich werden wir alles tun, um sie zu finden. Aber wenn das vorbei ist, klicken die Handschellen, das muss dir klar sein, Junge. Aber bis dahin bist du ein Vorzeigebulle und hilfst uns. Wenn es nämlich wirklich so ist, wie du es uns erzählt hast, schnappen wir uns jetzt den Mälzer. Vielleicht hat er ja auch eine Erklärung dafür, warum der Wagen seiner Frau hier so unmotiviert rumsteht.«

Mit Gruber in der Mitte gingen die drei zurück zum Haus. Dort kam gerade Rolf-Werner Gecks mit einem zivilen Wagen angefahren.

»Bleib gleich sitzen, RW«, begrüßte Lenz den Kollegen. »Wir wollen uns einen großen Fisch angeln und brauchen dazu deine Hilfe.« Er drückte dem Kollegen die Unterlagen in die Hand. »Damit fährst du zur Staatsanwaltschaft und besorgst uns einen Durchsuchungsbeschluss für Mälzers Geschäfts- und seine Privaträume. Wenn der Diensthabende rumzickt, soll er mich anrufen, ich erkläre ihm dann, was da alles drinsteht.«

Gecks sah aus, als würde er an dem Verstand seines Chefs zweifeln.

»Nicht, dass es mich was anginge, auf welche Weise du dir deine Karriere ruinierst, Paul, aber Ludger und Bartholdy werden davon nur bedingt begeistert sein. Bist du sicher, dass du dich nicht ein bisschen weit aus dem Fenster lehnst?«

»No risk, no fun, RW. Sei sicher, dass ich weiß, was ich mache. Und jetzt hau ab, wir brauchen den Beschluss so schnell wie möglich.«

Gecks startete den Motor und wollte gerade den ersten Gang einlegen, als Lenz ihn noch einmal stoppte.

»Wenn ich es recht überlege, RW, brauchen wir auch gleich Haftbefehle für Mälzer und seine Frau. Fluchtgefahr und Verdunklungsgefahr. Bring die doch bitte auch gleich noch mit.«

Gecks schluckte. »Wie du meinst. Immerhin hast du, wenn das alles in die Hose gehen sollte, ab Montag Urlaub. Bis später.«

36

Eine halbe Stunde später war der doppelt gezogene Ring um den Großraum Kassel so dicht, dass nicht einmal die viel zitierte Maus hätte durchschlüpfen können. Trotzdem gab es keine Spur von dem schwarzen Transporter, den Franziska Fausts Nachbarin beschrieben hatte. Lenz und Hain hatten alles veranlasst, um eine groß angelegte Hausdurchsuchung bei den Mälzers und in deren Büro organisatorisch zu stemmen, standen jedoch noch immer vor dem Haus und warteten auf Rolf-Werner Gecks' Anruf.

»Kommt mal hoch, Jungs«, sie hörten die Stimme von Heini Kostkamp im Flur dröhnen. Beide setzten sich augenblicklich in Bewegung.

»Das ist eine komische Geschichte«, begann der Spurensicherer und hielt einen kleinen Plastikbeutel in die Höhe. »Was ihr hier seht, ist eine Wanze. Die Bude wurde abgehört.«

Gruber, der dazugekommen war, wurde erneut kreidebleich.

»Eine Wanze? Wo denn?«

Kostkamp deutete auf seine Hand. »Die hier war im Telefon. Wir haben aber noch zwei weitere gefunden. Eine im

Schlafzimmer und eine in der Küche. Die weiteren Räume durchsucht Martin gerade nach eventuellen weiteren Krabbeltieren.« Er wandte sich zu Gruber. »Was gibts denn bei euch abzuhören, Kollege?«

»Keine Ahnung.«

In diesem Moment vibrierte Lenz' Telefon. Er riss das Gerät aus der Tasche und nahm den Anruf an.

»Ja?«, fragte er knapp.

»Ich bins, Maria. Hast du kurz Zeit für mich?«

Lenz schluckte und sah in die Runde, wo ihn drei Augenpaare fixierten.

»Im Moment ist es extrem schlecht. Ich rufe zurück, sobald es geht. O. K.?«

»Gut. Aber vergiss es nicht, es ist dringend.«

›Nein‹, wollte der Kommissar erwidern, hörte jedoch das Anklopfen eines weiteren Anrufers.

»Ich muss Schluss machen. Bis später«, schloss er das Gespräch hastig ab und drückte erneut die grüne Taste.

»Ich bins«, meldete sich Rolf-Werner Gecks.

»Und?«

»Na ja, begeistert war hier niemand. Aber die Unterlagen, die du hast, sind nicht schlecht. Ich hab also deine komplette Bestellung bereit zur Lieferung.«

»Geil«, freute sich Lenz. »Weißt du, wo du hinmusst?«

»Der Richter, der die Unterlagen ausgefertigt hat, hat es mir erklärt. Wir treffen uns doch an seinem Privathaus?«

»Nein, RW. Wir treffen uns im Präsidium. Dort warten schon alle verfügbaren Kräfte auf uns. Von dort aus fahren wir gemeinsam los.«

»Gut, dann bis gleich.«

*

Um 15.05 Uhr setzte sich die Karawane vom Polizeipräsidium aus in Bewegung. Zwei Staatsanwälte, 13 Kripobeamte, zwei Computerspezialisten, ein Spezialist für Türöffnungen und etwa 40 uniformierte Polizisten waren an der Aktion beteiligt. Die Fahrt zum Privathaus der Mälzers im Stadtteil Mulang dauerte etwas länger, deshalb mussten sich die Kollegen, die zum Bürogebäude fuhren, ein wenig gedulden, denn die Durchsuchungen sollten zum exakt gleichen Zeitpunkt beginnen.

Die Villa der Mälzers war umsäumt von einem riesigen, eingewachsenen Gartenareal mit wunderschönen, mächtigen Bäumen. Das Rolltor an der Straße war offen, deshalb fuhren die Wagen der Beamten ohne anzuhalten die Auffahrt hinauf und parkten auf dem weitläufigen Platz vor dem Haus. Dort hätte ohne Mühe die doppelte Anzahl Autos Platz gehabt. Nachdem alle ausgestiegen und die Uniformierten neben und hinter dem Haus in Stellung gegangen waren, legte Lenz den Finger auf den goldenen Klingelknopf. Im Innern erklang ein heller Gong, doch es geschah nichts. Der Hauptkommissar drückte erneut. Wieder nichts. Er drehte sich um und blickte den begleitenden Staatsanwalt, einen kleinen, rundlichen, schwitzenden Mann mit dicken Brillengläsern, fragend an. Der nickte. Lenz gab dem Mann mit dem Lederkoffer, der nur für diese Eventualität dabei war, ein Zeichen und ein paar Sekunden später schwang die Tür nach innen. Im gleichen Moment begann die Sirene einer Alarmanlage, einen enervierenden, schrillen Ton zu produzieren. Auch dieses Problem hatte der Spezialist innerhalb weniger Sekunden gelöst. Im Anschluss stürmten die Beamten ins Haus.

*

Lenz, der wusste, dass alles so ablaufen würde, wie er es während des kurzen Briefings den Männern erklärt hatte, blieb vor dem Haus stehen und dachte darüber nach, wieder mit dem Rauchen zu beginnen. Nachdem er die Vor- gegen die Nachteile abgewogen hatte und sich gegen ein erneutes Raucherdasein entschieden hatte, griff er zu seinem Telefon und gab die Fahndung nach Jochen Mälzer durch. Er hatte das Telefon noch am Ohr, als ein großer, dunkler Geländewagen auf den Hof schoss, keinen Meter vor seinen Füßen zum Stehen kam und die Tür des Wagens aufgerissen wurde.

»Was fällt Ihnen ein«, brüllte Mälzer ihn schon an, noch bevor er den Sicherheitsgurt gelöst hatte. »Sind Sie wahnsinnig geworden?«

Damit sprang der Baulöwe aus dem Auto, stampfte mit hochrotem Kopf auf ihn zu und baute sich drohend vor ihm auf.

»Das wird Sie was kosten«, schrie er den Polizisten an. »Sie werden sich noch wünschen, dass Sie an diesem Samstag im Bett liegen geblieben wären, wenn ich mit Ihnen fertig bin.«

Lenz lehnte, zumindest nach seinen Maßstäben, cool wie eine Hundeschnauze an der Motorhaube des Opel Vectras, mit dem er gekommen war, und wog noch einmal Rauchen gegen Nichtrauchen ab. Während Mälzer ihn mit einer weiteren Schimpftirade überzog, betrachtete er die Bäume im Garten. Das Geschrei sorgte dafür, dass Hain und ein paar weitere Kollegen in der Tür erschienen. Auch sie wurden sofort von Mälzer übel beschimpft. Hain ging zu Lenz, der ihm emotionslos Haftbefehl und Durchsuchungsbefehl überreichte, sich wieder wegdrehte und den Bäumen zuwandte. Der Oberkommissar trat vor den Mann in den eigentümlich deplatziert wirkenden Golfklamotten, hielt ihm die Beschlüsse unter die

Nase und wollte gerade zu seinen Handschellen am Gürtel greifen, als Mälzer ohne erkennbaren Grund nach vorne und auf den Körper des Polizisten geschleudert wurde. Jeder einzelne Mann auf dem Hof erschrak wegen der blitzartigen Bewegung. Hain wurde von Mälzer nach hinten umgeworfen und fand sich unter seinem Körper wieder. Er gab dem Baulöwen einen Stoß und wollte sich von ihm befreien, als ihm etwas Warmes ins Gesicht spritzte. Angeekelt rollte er sich zur Seite und nahm erst jetzt die große, klaffende Wunde oberhalb von Mälzers Brust wahr. Was ihn im Gesicht getroffen hatte, war das pulsierende, warme Blut aus dessen aufgeplatzter innerer und äußerer Halsschlagader.

»Alles runter!«, brüllte er, und riss mit glitschigen Händen seine Dienstwaffe aus dem Holster.

Jeder der Polizisten auf dem Hof, ob in Uniform oder Zivil, warf sich zu Boden. Nur der Staatsanwalt stand mit weit aufgerissenen Augen in der Tür und starrte auf den sterbenden Mälzer. Ein Uniformierter robbte sich neben ihn und zog seinen massigen Körper nach unten.

Lenz lag neben dem Opel, abgedeckt vom vorderen linken Rad. »Thilo«, rief er leise, »haben die auf ihn geschossen?«

Hain warf einen Blick auf den zuckenden Körper neben sich. Der Einschlag des Projektils hatte einen Teil des Halses und die untere Partie der linken Gesichtshälfte weggerissen. Noch immer pulsierte Blut aus der klaffenden Wunde, doch Hain war sich völlig im Klaren darüber, dass kein Arzt der Welt Mälzers Leben würde retten können.

»Ja«, rief er zurück. »Und ich glaube nicht, dass die noch in den Bäumen hocken, um einem von uns was anzutun.« Damit sprang er auf, rannte zu Lenz, warf sich neben ihn und spähte vorsichtig über die Motorhaube. »Komm!«, forderte er seinen Kollegen auf, öffnete die Fahrertür des Wagens und sprang hinein. Lenz hätte gerne darauf hingewiesen, dass er eigentlich schon im Urlaub war, doch er wusste, dass jetzt nicht der richtige Augenblick für Scherze war. Deshalb folgte er Hain, öffnete die hintere Tür auf der Fahrerseite und ließ sich auf die Rückbank fallen. In der Ferne heulte ein Motor auf. Der Oberkommissar startete mit eingezogenem Kopf den Wagen, presste den Wahlhebel der Automatik auf D und gab Gas.

»Hast du irgendeine Ahnung, wo du hinwillst?«, brüllte Lenz von hinten in den Krach des hochdrehenden Motors.

»Was weiß ich?«, schrie Hain zurück. »Vielleicht sind sie noch mit dem schwarzen Lieferwagen unterwegs.« Er griff zum Funkgerät und wollte sich bei der Zentrale melden, doch das war nicht mehr nötig. Die Kollegen im und am Haus der Mälzers hatten schon alles Nötige veranlasst.

Als der Oberkommissar aus der Einfahrt zum Gelände der Mälzers schoss, hätte er um ein Haar einen Kleinwagen torpediert, der auf der ruhigen Seitenstraße unterwegs war. Die Fahrerin zeigte dem Polizisten den auf der ganzen Welt gültigen Autofahrergruß, nämlich einen Stinkefinger.

»Wo würdest du von hier aus hinfahren, wenn du schnellstmöglich aus der Stadt wolltest?«, rief Hain nach hinten.

»Zum Autobahnanschluss Wilhelmshöhe«, erwiderte Lenz, richtete sich auf, beugte sich zwischen den Sitzen durch und schaltete die Sirene ein. Sein Kollege ließ die Scheibe heruntergleiten, griff nach dem Blaulicht in der Konsole und heftete es aufs Dach.

»Also los, zur Autobahn«, stimmte er Lenz zu.

*

Es waren nicht viele Autos unterwegs an diesem Samstagnachmittag, deshalb kamen sie gut voran. Als sie etwa zwei

Minuten später auf den Autobahnanschluss zurasten, stellte Hain nur eine Frage nach hinten: »Dortmund oder die andere Richtung?«

Lenz musste nicht überlegen. »Die andere Richtung. Wo immer sie hinwollen, es liegt im Süden«, gab Lenz das Orakel. Der Oberkommissar warf einen skeptischen Blick in den Rückspiegel, vertraute jedoch seinem persönlichen Ratgeber und warf den Vectra mit wimmernden Reifen in die Kurve der Auffahrt Richtung Frankfurt. Dann war für etwa eine Minute Stille im Auto, weil es nichts zu sagen gab. Sie sahen in jedes Auto, das sie überholten, doch außer zwei Familien mit holländischen Kennzeichen auf dem Weg in den Urlaub und einem Sanitärhandwerker aus Kassel war die Autobahn leer. Erst als das Kasseler Südkreuz weit voraus auftauchte, blickte Hain hilfesuchend in den Rückspiegel.

»Ich würde auf die A49 fahren«, schrie Lenz. »Aber ab jetzt ist es sowieso ein Vabanquespiel.«

Wieder vertraute Hain auf den Instinkt seines Chefs, dem auf der Rückbank langsam schlecht wurde. Mit etwa 130 Stundenkilometern schoss der Opel an zwei Streifenwagen vorbei, die den Fahndungsring nach dem schwarzen Lieferwagen in Richtung Süden absicherten. Auf Höhe des VW-Werkes Baunatal überholten sie einen voll besetzten Reisebus aus Dänemark. Die Menschen, die darin saßen, spielten Karten oder schauten Fernsehen. Der nächste Wagen, der infrage kam, war etwa 300 Meter vor ihnen und fuhr wesentlich schneller als die an dieser Stelle erlaubten 100 km/h. Hain versuchte, das Gaspedal noch etwas weiter nach unten zu pressen, doch der Druck seines rechten Fußes wölbte ohnehin schon das Bodenblech nach außen. Langsam kamen sie dem Fahrzeug näher und erkannten, dass es sich um einen großen Audi-

SUV mit Münchner Kennzeichen und Sichtschutzfolien in den hinteren Scheiben handelte. In der Senke nach der langen Geraden gegenüber von Kirchbauna hatten sie aufgeschlossen. Mit Vollgas zogen die beiden Wagen nebeneinander durch die Kurve. Hain reckte den Kopf zur Seite und versuchte, den Fahrer zu erkennen, doch dafür baute der SUV zu hoch. Lenz rutschte nach rechts und wollte hinübersehen, als die hintere Seitenscheibe herunterfuhr und der Lauf einer Pistole sichtbar wurde.

»Brems, Thilo!«, schrie der Kommissar und warf sich nach links, doch für ein Ausweichmanöver war es bereits zu spät. In schneller Folge schlugen vier Kugeln in Tür, Seitenscheibe und Kofferraumdeckel des Dienstfahrzeuges ein, ohne jedoch einen der Polizisten zu treffen.

»Fahr langsamer!«, brüllte Lenz erneut, doch Hain lupfte nur kurz den rechten Fuß, um gleich hinter dem Audi einzuscheren. Nun müssten die Killer durch die Heckscheibe schießen. Der Oberkommissar riss seine Pistole aus dem Holster und reichte sie nach hinten.

»Jetzt vergiss mal deine Aversion gegen alles, was knallt, und schieß auf diese verdammte Karre!«, forderte er schreiend gegen den infernalischen Krach des durch die zerschossene Scheibe tosenden Fahrtwindes von seinem Chef. Lenz griff nach der Waffe, nahm sie in die rechte Hand, ließ sich wieder nach rechts fallen und nahm den rechten hinteren Reifen des SUV ins Visier. Doch noch bevor er einen Schuss abgeben konnte, prallte er gegen den Beifahrersitz, weil der Fahrer des Audis plötzlich voll auf die Bremse stieg und Hain ihm ins Heck rauschte. Die Motorhaube des Vectras bog sich leicht nach oben, sonst schien nichts passiert zu sein. Dann hob sich die Front des Audis, der Wagen schoss vorwärts und hatte schnell ein paar

Meter Vorsprung herausgeholt, als sie auf die Anschlussstelle Hertingshausen zurasten.

»Schieß!«, brüllte Hain erneut. »Schieß doch endlich!«

Wieder streckte der Hauptkommissar den rechten Arm nach vorne, spürte den warmen Wind an seiner abgewinkelten Hand und krümmte den Zeigefinger. Der Rückstoß ließ ihn vor Schmerzen aufstöhnen, weil er die Waffe so unglücklich um die Ecke hatte halten müssen, dass er keine Kraft aufbauen konnte. Und wo der Schuss hingegangen war, würde sich vermutlich nie mehr eruieren lassen. Den Audi zumindest hatte er nicht getroffen. Lenz lehnte sich nach hinten, sodass er mit dem Rücken das Polster berührte, machte den Arm gerade, zielte erneut auf den rechten hinteren Reifen und drückte dreimal ab. Zu seinem Erstaunen zersplitterte beim dritten Schuss die Heckscheibe. Und schlagartig wurde der Audi langsamer, begann zuerst kaum wahrnehmbar, dann immer stärker zu schleudern. Mit etwas mehr als 160 km/h touchierte der schwere Wagen die Mittelleitplanke, wurde auf die Fahrbahn zurückgeworfen und brach nach rechts aus.

»Scheiße!«, schrie Hain und deutete nach vorne, »die Tankstelle!«

*

Der Oberkommissar hatte recht. Der Audi kam der Tankstelleneinfahrt immer näher, schoss ungebremst mit der linken Spur über die aus dem Boden anlaufende Leitplanke, wurde wie in Zeitlupe oder einem schlechten RTL 2-Film in eine Drehbewegung um die Längsachse versetzt und hob ab. Mit dem nach unten zeigenden Dach riss der fliegende Wagen die Zapfsäulenbox aus dem Boden, machte noch eine Viertelumdrehung, prallte auf die vordere linke Hausecke der

Tankstelle und schlug ein vier mal fünf Meter großes Loch in das Gebäude.

Hain, der an der Tankstellenzufahrt vorbeigerast war, stierte nach rechts und stand dabei mit beiden Füßen auf der Bremse. Lenz wurde bei dem Manöver über den Vordersitz geschleudert und landete mit dem Kopf im Fußraum. Seine Füße schwebten auf Höhe der Kopfstütze. Dann kam der Vectra in einer blauen, nach verbranntem Gummi stinkenden Rauchfahne zum Stehen. Aus dem Vorderwagen lief eine Flüssigkeit. Der Hauptkommissar hielt noch immer die Waffe in der rechten Hand und war heilfroh, dass sich auf seinem Weg durch den Opel kein Schuss gelöst hatte. Hain öffnete den Gurt, sprang aus dem Wagen, riss die Beifahrertür auf, half seinem Boss auf die Beine und nahm ihm die Pistole ab. »Ist besser, wenn ich die jetzt wieder habe«, meinte der Oberkommissar. Nebeneinander rannten sie die etwa 150 Meter zurück zur Tankstelle.

*

Eine Waffe war dort im Moment nicht nötig. Der Audi war bis zur Unkenntlichkeit zusammengestaucht, das halbe Dach abgerissen, der Motorblock lag etwa vier Meter vom Fahrzeug entfernt im Verkaufsraum der Tankstelle. An einem normalen Arbeitstag hätte es um diese Uhrzeit hier vor Kunden auf dem Heimweg von der Arbeit gewimmelt und vermutlich Tote gegeben, doch an diesem Samstagnachmittag des heißesten Tages im Jahr 2009 hatte das Schicksal es gut mit den Menschen gemeint. Kein Unbeteiligter wurde verletzt, sah man von der Kassiererin in der Tankstelle ab, die von einem herabfallenden Stück der Deckenisolation und ein paar umherfliegenden Glassplittern getroffen wurde und dazu einen schweren Schock davontrug. So viel Glück war den vier Männern in dem verunfallten Wagen allerdings nicht beschieden. Den Fahrer, Koldo Gorospe, hatte Lenz mit seinem unbeabsichtigten Schuss in den Rücken schon während der Fahrt kampfunfähig gemacht. Und als der Audi die Zapfsäulenbox traf, wurde sein Kopf wie eine Melone zerdrückt. Dieses Schicksal teilte er mit dem Mann auf dem Beifahrersitz, einem Igor Urtason. Der Mann hinter dem Fahrer, der auf die Polizisten geschossen hatte, starb einen Tag später im Klinikum Kassel an schwersten inneren Verletzungen, die er sich auch deshalb zugezogen hatte, weil er den Sicherheitsgurt nicht angelegt hatte. Der vierte Mann im Auto, Sergio Vélez, der sich Molina Mälzer gegenüber als Gonzales ausgegeben hatte, überlebte mit schweren Verletzungen den Unfall. Neben einem Jochbeinbruch und einem komplizierten Beckenbruch zog er sich Quetschungen im Brustkorb und eine Fraktur des fünften Halswirbels zu.

*

Doch das alles erfuhren die Polizisten erst viel später. Zunächst stellten sie sicher, dass von den abgerissenen Leitungen der Zapfsäulen keine Explosionsgefahr ausging. Bis auf ein paar Liter ausgelaufenes Benzin und eine größere, jedoch wesentlich ungefährlichere Dieselpfütze hatten die elektronischen Notabsperrventile der Säulen einen perfekten Job gemacht. Dann begannen sie, die sofort auftauchenden Schaulustigen vom Tankstellengelände zu vertreiben, was ihnen glücklicherweise ein paar Augenblicke später von den eintreffenden Streifenwagenbesatzungen abgenommen wurde.

»Wollen wir nachsehen, ob einer der Halunken vernehmungsfähig ist?«, fragte Hain seinen Chef mit einem Blick auf das rauchende Autowrack, nachdem die Besatzung des ersten Notarztwagens sich der Mitarbeiterin der Tankstelle angenommen hatte.

»Hm«, machte der Hauptkommissar, ging langsam auf die Überreste des SUV zu, der den Verkaufsraum der Tankstelle zu zwei Dritteln zerstört hatte, kletterte über ein paar umgerissene Regale und warf einen Blick in den Fahrgastraum. Der Anblick der beiden auf den Vordersitzen verlangte einen verformungsresistenten Magen, so sehr waren ihre Körper und speziell die Köpfe bei dem Unfallablauf in Mitleidenschaft gezogen worden. Der dritte Mann hatte die Rückenlehne des Fahrersitzes mit seinem Gewicht nach vorne geschoben und den Fahrer damit zwischen Lenkradairbag und Kopfstütze eingeklemmt. Einzig Sergio Vélez, der Mann hinter dem Beifahrer, war in seine ursprüngliche Sitzposition zurückgeschleudert worden und starrte über einem blutverschmierten Airbag die Polizisten mit schmerzverzerrtem Gesicht an. Aus seinem Mund kam ein leises Stöhnen und neben ihm ragte der Schaft eines Gewehres aus dem Fußraum.

»Der lebt«, stellte Hain erstaunt fest. Lenz räumte einen Stapel Chipstüten zur Seite, trat näher an den Wagen heran und versuchte, die hintere Seitentür zu öffnen, was allerdings unmöglich war. Hain, der seine Waffe wieder gezogen hatte, zog ein Regal vor seine Füße, stieg darauf und beugte sich in das aufgerissene Dach. Damit kam er bis auf einen halben Meter an den Kopf des Mannes heran.

»Wo sind die Frauen?«, fragte er den schwer verletzten, stark blutenden Mann. Der Baske schloss die Augen, öffnete sie wieder, senkte den Blick auf die Pistole in Hains Hand, hob unter größten Mühen wieder den Kopf und sah den Oberkommissar mit einem flehenden Blick an.

»Vergiss es!«, zischte Hain, nachdem er die Geste des Basken verstanden hatte. »Sag mir, wo die Frauen sind, dann lege ich bei Gelegenheit ein gutes Wort für dich ein.«

Der Mann auf der Rückbank schnaufte schwer und presste mit jedem Atemzug einen Schwall blasigen Blutes aus Mund und Nase. Dann fiel sein Kopf nach vorne und er verlor kurz das Bewusstsein. Hain wollte schon Platz für die rot gekleideten Sanitäter machen, die sich gerade den Zugang zum Wagen freiräumten, als der Baske noch einmal den Kopf hob. Wieder blubberte Blut aus seinem Mund, den er nun jedoch für einen kleinen Moment zu einem Grinsen formte. Dann fiel sein Kopf erneut auf sein Brustbein.

»Weg da!«, brüllte einer der Sanitäter, der neben ihm auftauchte. »Die gehören jetzt uns und ihr macht, dass ihr rauskommt.«

Hain stieß einen leisen Fluch aus, steckte die Pistole zurück und kletterte von seinem kleinen Gerüst. Sofort sprang der Sanitäter hinauf. »Oh, mein Gott«, hörte der Oberkommissar ihn noch sagen, bevor er mit Lenz im Schlepptau die Überreste des ehemaligen Verkaufsraumes verließ.

»Hat er was gesagt?«, wollte Lenz wissen, als sie wieder in der Nachmittagshitze neben dem Gebäude standen.

»Er hätte es gerne gehabt, wenn ich ihm eine Kugel verpasst hätte«, antwortete Hain, »aber zu dem Versteck der Frauen hat er nichts gesagt, leider.«

Lenz schaute sich um. Der Opel, mit dem sie gekommen waren, stand noch immer an der Stelle, wo Hain ihn zum Stehen gebracht hatte, und verteilte sein Kühlwasser in einem langen, dünnen Streifen auf der Autobahn. Die Tankstelle, auf der es nun von Streifenwagen und Notarztwagen wimmelte, wirkte wie nach einem Fliegerangriff.

»Dann lass uns hier abhauen. Ich hab die schlimmsten

Befürchtungen, was die beiden angeht. Irgendwie würde es keinen Sinn machen, wenn sie sie am Leben gelassen hätten.«

»Das könnte euch so passen«, hörten sie die Stimme von Rolf-Werner Gecks aus dem Hintergrund. Neben ihm kam Ludger Brandt auf sie zu.

»Es tut mir leid, Paul«, begann der Kriminalrat und griff nach Lenz' Hand.

»Nun werd mal nicht sentimental, Ludger«, bremste Lenz seinen Chef. »Bei Bartholdy sähe es anders aus, wenn der zu einer Entschuldigung antreten würde, aber du bist doch nur den berühmten Sachzwängen unterworfen«, fuhr er mit einem Augenzwinkern fort. »Viel wichtiger ist, dass wir die beiden Frauen finden.« Er sah Gecks an. »Gibts da was Neues, RW?«

Der alte Hauptkommissar schüttelte den Kopf. »Leider nicht. Wir suchen zwar mit allem, was laufen kann, nach dem Lieferwagen, bis jetzt allerdings ohne Erfolg.«

»Dann lasst uns aufs Präsidium zurückfahren. Hier gibt es nichts mehr zu tun.«

Gecks ließ seinen Blick über das Gelände der Tankstelle schweifen. »Da hast du recht, Paul. Hier habt ihr wirklich ganze Arbeit geleistet.«

*

»Was ist mit Mälzer?«, fragte Hain, als sie auf dem Weg nach Kassel waren. Brandt machte eine eindeutige Geste. »Er hat nicht mal mehr das Eintreffen des Notarztwagens erlebt. Die Verletzung durch den Schuss war absolut tödlich.«

»Das kann ich nur bestätigen«, erklärte Hain mit einem Blick auf seine Hände, die noch immer mit Mälzers Blut beschmiert waren.

Eine Stunde später saßen er und Lenz in Uwe Wagners Büro und hielten jeder ein Glas Wasser in der Hand. Der Oberkommissar hatte sich gewaschen und umgezogen.

»Wenn mir das letzte Woche jemand gesagt hätte, der wär von mir für verrückt erklärt worden«, meinte der Pressesprecher, nachdem Lenz ihm von den Ereignissen des Tages berichtet hatte. Der Hauptkommissar trank sein Glas aus und füllte es gleich wieder auf.

»So kann das gehen, Uwe. Wir können den Leuten alle nur bis zur Stirn sehen und nicht weiter. Ich bin gespannt, was die Auswertung der …«

Er wurde vom Klingeln seines Telefons unterbrochen, nahm das Gerät aus der Jacke und meldete sich. Bis auf ein kurzes »Wir kommen« sagte er weiter nichts.

»Sie haben den Lieferwagen gefunden. Komm Thilo, wir müssen los.«

»Was ist mit den Frauen?«, fragte Wagner mehr als vorsichtig.

»Sie leben, sind aber in einer ziemlich schlechten Verfassung.« Damit stürmte er so schnell aus dem Büro des Pressesprechers, dass sein wesentlich jüngerer Kollege Mühe hatte, ihm zu folgen.

»Zum Rasthof«, informierte er Hain, als sie im Wagen saßen, schaltete die Sirene ein und klemmte das Blaulicht aufs Dach, was sie trotz des sehr dichten Verkehrs gut durchkommen ließ.

*

Der Oberkommissar fuhr über Bergshausen zum Rasthof Kassel. Dort standen etwa ein Dutzend Polizeiwagen und drei Notarztwagen. Dieser Tag stellte vermutlich auch die Leitstelle vor besondere Probleme. Ein Uniformierter bedeutete Hain, in welche Richtung auf dem weitläufigen Gelände er fahren sollte, dann sahen sie den schwarzen Lieferwagen. Er stand gut versteckt zwischen den vielen großen Lkws, die wegen des Fahrverbotes bis 22.00 Uhr am Sonntag zur Zwangspause verdonnert waren. Hain stellte den Wagen unter einem Baum im Schatten ab, die beiden stiegen aus und gingen auf die Polizisten zu, die innerhalb des Absperrkordons standen. Auch hier wimmelte es von Schaulustigen. Sie stiegen über das Trassierband und liefen auf eine Polizistin zu.

»Hallo, Herr Lenz«, begrüßte sie ihn freundlich.

»Hallo, Frau Brede«, erwiderte Lenz, der die Polizistin im Jahr zuvor kennengelernt hatte. »Geht es Ihnen gut?«

»So weit ja.«

»Und wie geht es den Frauen?«

Sie deutete auf einen Mann im weißen Kittel, der neben einer Trage stand und eine Flasche mit Infusionslösung hochhielt.

»Das kann Ihnen der Doc da drüben sicher besser erklären als ich.«

Als die Beamten näher kamen, erkannten sie Molina Mälzer auf der Trage. Sie war kreidebleich und hielt sich die Hände vor das Gesicht, obwohl sie im Schatten eines großen Aufliegers lag. Der Arzt drückte die Infusionsflasche einem Sanitäter in die Hand und ging mit den beiden Polizisten ein paar Schritte zur Seite.

»Wie sieht es aus«, wollte Lenz von dem Mediziner wissen.

»Das war kurz vor knapp. Mit ein bisschen Glück werden die beiden keine bleibenden Schäden davontragen, aber genau kann man das erst in ein paar Tagen sagen. Speziell die jüngere Frau ist völlig dehydriert und in einem ziemlich schlechten Zustand.«

»Und sie?«, fragte Hain mit einem Blick zu Molina Mälzer.

»Sie hat ein paar Zähne verloren, aber vermutlich mehr getrunken, bevor sie in der Kiste in das Auto gesperrt wurde. Im Moment überwiegt bei ihr die Sorge um ihr Aussehen und nicht die Tatsache, dass sie vermutlich keine drei Stunden länger in der Kiste überlebt hätte.«

»Woran wäre sie denn gestorben?«, fragte Hain irritiert.

Der Arzt deutete auf den Lieferwagen, der mit offenen Hecktüren dastand. Im Innern erkannte man die Überreste der zwei aufgebrochenen Holzkisten.

»Im Laderaum herrschten vermutlich über 80 Grad. Die Sonne steht jetzt noch fast direkt über uns und strahlt ungefiltert auf die schwarze Dachfläche. Dazu waren die Frauen in extrem enge Kisten gesperrt, in denen keine Luftzirkulation möglich war. Sie wären praktisch in ihrem eigenen Saft gekocht worden, und das im wahrsten Sinne des Wortes. Die jüngere war schon ohne Bewusstsein, als die Kiste geöffnet wurde, bei ihr hätte es sicher nicht mehr allzu lange gedauert.«

»Wo ist sie?«

»Schon auf dem Weg ins Klinikum. Bei ihr wollte ich keine Zeit verlieren.«

»Können wir mit Frau Mälzer sprechen?«

»Wenn sie mit Ihnen sprechen will, klar. Ich habe nichts dagegen.«

Hain blieb auf der Hälfte des Weges stehen.

»Mach du mal«, gab er seinem Kollegen mit. Lenz trat neben die Trage und räusperte sich.

»Tag, Frau Mälzer.«

Die Frau des Baulöwen sah zu dem Sanitäter, der noch immer mit der Infusionslösung in der Hand neben ihr stand, und danach zu Lenz.

»Ich mach das schon«, erklärte der Polizist dem jungen Mann und griff nach der Flasche.

»Guten Tag, Herr Kommissar«, antwortete sie nuschelnd, drehte ihr Gesicht zur Seite und fing an zu weinen. Irgendwie hatte ihre Attitüde etwas von einer griechischen Tragödie.

»Ich habe eine schlimme Nachricht für Sie, Frau Mälzer.«

Sie blinzelte ihn an, ohne die Hände von der unteren Hälfte ihres Gesichtes zu nehmen. Ihr Blick hatte etwas von ›Was kann schlimmer sein als ich ohne Schneidezähne?‹.

»Ihr Mann ist tot.«

Sie reagierte nicht. Zuerst dachte der Kommissar, sie hätte ihn nicht verstanden, doch dann bemerkte er eine Veränderung an ihr. Sie hörte auf zu weinen und holte tief Luft.

»Es wird Sie sicher erstaunen, Herr Lenz, aber mein Mann und ich hatten uns in der letzten Zeit nicht mehr viel zu sagen. Wir waren uns einig, dass wir uns scheiden lassen«, nuschelte sie durch die Hände.

»Und das wussten Sie schon länger?«

Sie nickte. »Mein Mann hat Dinge gemacht, die ich nie und nimmer gutheißen könnte. Davon habe ich leider erst heute Morgen erfahren, sonst hätte ich Sie natürlich darüber informiert.«

Lenz musste trotz des kläglichen Zustandes der total durchgeschwitzten Frau ein Lächeln unterdrücken.

»Davon bin ich überzeugt, Frau Mälzer. Natürlich wissen Sie auch nichts davon, dass Ihre Mitarbeiterin Franziska Faust und ihr Freund Sie erpresst haben?«

Sie machte ein erstauntes Gesicht.

»Erpresst? Nein. Wer soll uns erpresst haben?«

»Lars Gruber, der Freund Ihrer Mitarbeiterin, hat gestanden, Sie und Ihren Mann erpresst zu haben. Die beiden waren im Besitz von Unterlagen, die Sie schwer belasten, an Subventionsbetrug, Steuerhinterziehung und weiteren Straftaten beteiligt zu sein.«

Wieder öffneten sich bei Molina Mälzer die Tränenschleusen.

»Das ist mir jetzt außerordentlich peinlich, Herr Kommissar, dass mein Mann diese Dinge gemacht hat. Aber wie gesagt, er hat es mir erst heute Morgen gestanden.« Sie warf einen zornigen Blick zu dem Lieferwagen. »Und danach wurde ich geschlagen und entführt, was wohl ein eindeutiger Beweis dafür sein dürfte, dass ich von den Machenschaften meines Mannes nichts wusste. Ich hätte nie gebilligt, dass er sich mit diesen Gangstern einlässt. Niemals.«

»Das werden die Gerichte klären, Frau Mälzer. Aber Sie bleiben dabei, dass es keine Erpressung gab?«

»Ich schwöre es, davon hätte ich gewusst. Niemand hat uns oder meinen Mann erpresst, das müssen Sie mir glauben.«

»Was waren das für Gangster, mit denen er sich eingelassen hat? Und warum hat er das getan?«

Sie fuhr sich mit der linken Hand durch ihre struppigen, verfilzten Haare, die ihr ins Gesicht gefallen waren. Die rechte blieb vor dem Mund.

»Mein Mann hat sich auf riskante Spekulationen eingelassen und dabei viel Geld verloren. Damit ist er natürlich erst heute Morgen rausgerückt. Angeblich haben diese baskischen Investoren ihn vor der Pleite bewahrt und mit ihrem Geld das Projekt Outlet-Center am Leben erhalten.« Sie zog die Nase hoch. »Aber wie gesagt, das hat mich alles so schockiert, als ich es erfahren habe. Das hätte ich meinem Mann doch niemals zugetraut.«

Lenz nickte dem Sanitäter zu, der ihm die Flasche wieder aus der Hand nahm.

»Gute Besserung, Frau Mälzer.«

Damit drehte er sich um und wollte davongehen, überlegte es sich jedoch noch einmal.

»Der Tod Ihres Mannes nimmt Sie nicht besonders mit, oder nehme ich das falsch wahr?«

»Wie gesagt, wir hatten uns nicht mehr viel zu sagen. Natürlich bin ich traurig, dass er tot ist, aber ich muss jetzt nach vorne denken. Unsere Ehe war, sagen wir mal, am Ende, wenn Sie verstehen, was ich meine.«

»Und Sie wollen ganz sicher nicht wissen, was ihm zugestoßen ist?«

»Nein«, erwiderte sie mit einem weiteren, geringschätzigen Blick in Richtung des Lieferwagens und der Holzkisten. »Das interessiert mich wirklich nicht.«

Nun wurde es dem Kommissar zu blöd. Ohne ein weiteres Wort ging er kopfschüttelnd zurück zu Hain.

»Na, alles geklärt?«, wurde er von seinem Kollegen in Empfang genommen.

»Ach, Thilo, die Welt ist nicht gerecht und sie wird es auch nie sein. Molina Mälzer sagt, sie hätte von den Machenschaften ihres Mannes erst heute Morgen erfahren, und ich befürchte, sie wird damit durchkommen. Immerhin ist die positive Nachricht des Tages, dass Gruber sich geirrt haben muss.«

Er machte sich auf den Weg zum Dienstwagen. Hain lief völlig irritiert hinter ihm her.

»Was heißt denn das jetzt schon wieder, ›Gruber hat sich geirrt‹?«

»Es gab keine Erpressung, das heißt es. Vielleicht war es zu heiß heute Mittag und der Junge hat halluziniert, was weiß ich.« Er öffnete die Tür auf der Beifahrerseite. »Und ich hab keine Lust, dagegen irgendwas zu unternehmen. Was du machst, weiß ich nicht, aber ich kann dir gleich sagen, dass ich das Gespräch mit Lars Gruber soeben vergessen habe. Und irgendwie glaube ich, dass du das auch machen solltest. Jetzt bring mich heim, ich hab Urlaub.«

37

Zwei Stunden später kam Lenz aus der Dusche, stapfte mit umgehängtem Handtuch in die Küche, nahm eine Dose Bier aus dem Kühlschrank und wollte ins Wohnzimmer gehen. Auf dem Weg blieb sein Blick im Flur an dem großen Koffer hängen, der wie ein Menetekel dort herumstand. Er überlegte, gleich ins Bett zu gehen, trabte jedoch müde ins Wohnzimmer und schaltete den Fernseher ein. Auf fast allen Kanälen bekam er die beschädigte Tankstelle aus jeder erdenklichen Position serviert. Er drückte auf den Knopf der Fernbedienung, der die Stille im Raum wiederherstellte, legte die Füße auf den Tisch und öffnete die Bierdose. Während das kalte Getränk in seine Kehle strömte, klingelte sein Mobiltelefon. Er checkte das Display, doch der Anrufer hatte seine Nummer unterdrückt.

»Lenz.«

»Hallo, Herr Lenz, hier ist Anne Schwaiger.«

Der Kommissar musste einen Augenblick überlegen, dann wusste er, woher er den Namen kannte. Es war die Hautärztin, die sich um Heinrich Lappert kümmerte.

»Guten Abend, Frau Doktor. Das ist aber eine Überraschung. Was kann ich denn für Sie tun?«

»Gar nichts, Herr Lenz. Ich wollte Sie nur darüber informieren, was die Untersuchungen bei Herrn Lappert ergeben haben.«

»Schön«, erwiderte er.

»Sie hatten ja meinen Kollegen kurz kennengelernt, den Spezialisten aus Berlin. Der hat sich Herrn Lappert ganz genau angesehen und ist sich sicher, dass bei dem Mann keine bleibenden, sichtbaren Verfärbungen im Gesicht zurückbleiben werden.«

»Wie kommt das denn?«, wollte der Kommissar verwundert wissen.

»Die Leute, die das mit ihm gemacht haben, sind wohl nicht vom Fach gewesen, so hat es mir zumindest mein Kollege erklärt. Man muss beim Tätowieren genau darauf achten, wie tief die Nadeln in die Haut eindringen. Macht man es nicht tief genug, wird die Tinte mit der normalen Hauterneuerung abgetragen. Spritzt man jedoch zu tief, vermischt sich die Tinte mit dem Blut und wird so ausgewaschen. Und genau dieses Glück hat Herr Lappert gehabt. Die haben sich einfach nicht ausgekannt. Oder sie haben es absichtlich so gemacht.«

»Wie auch immer, es freut mich auf jeden Fall für den Mann. Wie geht es ihm denn?«

»Besser, als es vermutlich jedem von uns gehen würde. Er trauert, aber das macht er gut. Und seine Tochter ist ihm eine große Stütze.«

Es entstand eine Pause, weil Lenz nicht wusste, was er noch sagen sollte.

»Ich muss dann auch wieder zurück«, ließ sie ihn wissen. »Wenn Sie in der Nähe sind, können Sie mich gerne besuchen, ich würde mich freuen.«

»Ja«, erwiderte Lenz ohne jeglichen Enthusiasmus, »wenns passt, komme ich gerne mal wieder vorbei. Bis dahin.«

»Ja, bis dahin.«

Nachdem er die rote Taste am Telefon gedrückt hatte, fasste er einen Entschluss. Er würde sich einfach überraschen lassen, ob Maria zum Flughafen käme. Trotz aller Liebe zu ihr war er noch immer mächtig angefressen wegen ihres blöden Anrufs. Und trotzdem würde er, wenn sie denn auftauchen würde, voller Freude mit ihr in Urlaub fliegen. Mit einem Knopfdruck schaltete er sein Mobiltelefon aus, nahm die Akkus aus dem Mobilteil des Festnetzanschlusses und legte sich schlafen.

*

Am nächsten Morgen wachte er um halb sechs auf. Mehr als zehn Stunden Schlaf, dachte er erfreut, hatte ich schon ewig nicht mehr. Obwohl es nicht nötig gewesen wäre, duschte er noch einmal, zog sich in aller Ruhe an und trank dabei einen doppelten Espresso. Danach orderte er ein Taxi, ließ sich zum Fernbahnhof Wilhelmshöhe bringen und stieg in den nächsten ICE nach Frankfurt. Um Viertel vor elf betrat er Terminal 1 des gigantischen Airports und sah sich mit feuchten Händen um. Nach einer kurzen Suche hatte er den richtigen Schalter gefunden, stellte sich jedoch nicht in die Reihe der Fluggäste, die auf die Abfertigung warteten, sondern setzte sich auf einen freien Platz inmitten einer Horde tobender Kinder, etwa 20 Meter entfernt.

*

Sie kam, als die meisten Passagiere bereits eingecheckt hatten und er schon befürchtete, seine erste Flugreise allein antreten zu müssen. Mit wackligen Knien ging er auf sie zu. Maria suchte in ihrer Handtasche nach etwas und nahm ihn erst wahr, als er sie ansprach.

»Suchen Sie eine nette Begleitung für die nächsten zwei Wochen?«

Erschreckt ließ sie ihre Handtasche fallen.

»Was fällt dir ein, dich so anzuschleichen? Ich sollte dir eine runterhauen«, erwiderte sie und bückte sich nach ihren Utensilien, die wild verstreut auf dem Boden lagen. Als sie alles wieder verstaut hatte, kam sie hoch, fiel ihm um den Hals und küsste ihn innig.

»Ich hab schon gedacht, du hättest diesmal wirklich genug von mir und meinem kapriziösen Charakter. Verstehen könnte ich es. Und entschuldigen will ich mich auch bei dir. Ganz ehrlich.«

Lenz sah sich in der Halle um und machte sich von ihr frei. »Wenn uns jemand erkennt, Maria.«

Sie griff wieder nach seinem Hals und küsste ihn noch einmal.

»Das, mein Lieber, ist mir heute so was von egal. Aber wenn du noch einmal deine ganzen Telefone abschaltest und ich dich nicht erreichen kann, bringe ich dich um. Auch ganz ehrlich.«

*

Als der Airbus abhob, bekam Lenz feuchte Finger. Doch mit jedem Meter, den das riesige Flugzeug an Höhe gewann, wurde er zu seiner großen Überraschung ruhiger. Er genoss den Blick auf die unter seinen Füßen verschwindende Stadt und fühlte sich großartig. Mit dem Signal, das die Anschnallpflicht aufhob, drehte er sich um, wo Maria drei

Reihen hinter ihm saß, und warf ihr einen liebevollen Blick zu.

Ich freue mich auf dich, dachte er.

ENDE

Alle Gmeiner-Autoren und ihre Krimis auf einen Blick

Alle Gmeiner-Autoren und ihre Krimis auf einen Blick

Pilger des Zorns • Walhalla-Code (2009) • Die Kiliansverschwörung (2008) • Die Pforten der Hölle (2007) **KLEWE, SABINE**: Die schwarzseidene Dame (2009) • Blutsonne (2008) • Wintermärchen (2007) • Kinderspiel (2005) • Schattenriss (2004) **KLÖSEL, MATTHIAS**: Tourneekoller (2008) **KLUGMANN, NORBERT**: Die Adler von Lübeck (2009) • Die Nacht des Narren (2008) • Die Tochter des Salzhändlers (2007) • Kabinettstück (2006) • Schlüsselgewalt (2004) • Rebenblut (2003) **KOHL, ERWIN**: Willenlos (2008) • Flatline (2007) • Grabtanz • Zugzwang (2006) **KÖHLER, MANFRED**: Tiefpunkt • Schreckensgletscher (2007) **KOPPITZ, RAINER C.**: Machtrausch (2005) **KRAMER, VERONIKA**: Todesgeheimnis (2006) • Rachesommer (2005) **KRONENBERG, SUSANNE**: Rheingrund (2009) • Weinrache (2007) • Kultopfer (2006) • Flammenpferd (2005) **KURELLA, FRANK**: Der Kodex des Bösen (2009) • Das Pergament des Todes (2007) **LASCAUX, PAUL**: Feuerwasser (2009) • Wursthimmel • Salztränen (2008) **LEBEK, HANS**: Karteileichen (2006) • Todesschläger (2005) **LEHMKUHL, KURT**: Nürburghölle (2009) • Raffgier (2008) **LEIX, BERND**: Fächertraum (2009) • Waldstadt (2007) • Hackschnitzel (2006) • Zuckerblut • Bucheckern (2005) **LOIBELSBERGER, GERHARD**: Die Naschmarkt-Morde (2009) **MADER, RAIMUND A.**: Glasberg (2008) **MAINKA, MARTINA**: Satanszeichen (2005) **MISKO, MONA**: Winzertochter • Kindsblut (2005) **MORF, ISABEL**: Schrottreif (2009) **MOTHWURF, ONO**: Taubendreck (2009) **OTT, PAUL**: Bodensee-Blues (2007) **PELTE, REINHARD**: Inselkoller (2009) **PUHLFÜRST, CLAUDIA**: Rachegöttin (2007) • Dunkelhaft (2006) • Eiseskälte • Leichenstarre (2005) **PUNDT, HARDY**: Deichbruch (2008) **PUSCHMANN, DOROTHEA**: Zwickmühle (2009) **SCHAEWEN, OLIVER VON**: Schillerhöhe (2009) **SCHMITZ, INGRID**: Mordsdeal (2007) • Sündenfälle (2006) **SCHMÖE, FRIEDERIKE**: Fliehganzleis • Schweigfeinstill (2009) • Spinnefeind • Pfeilgift (2008) • Januskopf • Schockstarre (2007) • Käfersterben • Fratzenmond (2006) • Kirchweihmord • Maskenspiel (2005) **SCHNEIDER, HARALD**: Erfindergeist • Schwarzkittel (2009) • Ernteopfer (2008) **SCHRÖDER, ANGELIKA**: Mordsgier (2006) • Mordswut (2005) • Mordsliebe (2004) **SCHUKER, KLAUS**: Brudernacht (2007) • Wasserpilz (2006) **SCHULZE, GINA**: Sintflut (2007) **SCHÜTZ, ERICH**: Judengold (2009) **SCHWAB, ELKE**: Angstfalle (2006) • Großeinsatz (2005) **SCHWARZ, MAREN**: Zwiespalt (2007) • Maienfrost • Dämonenspiel (2005) • Grabeskälte (2004) **SENF, JOCHEN**: Knochenspiel (2008) • Nichtwisser (2007) **SEYERLE, GUIDO**: Schweinekrieg (2007) **SPATZ, WILLIBALD**: Alpendöner (2009) **STEINHAUER, FRANZISKA**: Wortlos (2009) • Menschenfänger (2008) • Narrenspiel (2007) • Seelenqual • Racheakt (2006) **SZRAMA, BETTINA**: Die Giftmischerin (2009) **THÖMMES, GÜNTHER**: Das Erbe des Bierzauberers (2009) • Der Bierzauberer (2008) **THADEWALDT, ASTRID / BAUER, CARSTEN**: Blutblume (2007) • Kreuzkönig (2006) **VALDORF, LEO**: Großstadtsumpf (2006) **VERTACNIK, HANS-PETER**: Ultimo (2008) • Abfangjäger (2007) **WARK, PETER**: Epizentrum (2006) • Ballonglühen (2003) • Albtraum (2001) **WILKENLOH, WIMMER**: Poppenspäl (2009) • Feuermal (2006) • Hätschelkind (2005) **WYSS, VERENA**: Todesformel (2008) **ZANDER, WOLFGANG**: Hundeleben (2008)